# 鹿苑長春

# THE YEARLING

MARJORIE KINNAN RAWLINGS

瑪喬莉·金南·勞林斯——著
周沛郁——譯　台師大翻譯所副教授 蘇正隆——植物譯名審定

# 第一章

小木屋的煙囪升起一道細而筆直的煙。剛冒出紅泥煙囪的煙是藍色的，飄入四月那片藍天之後就由藍轉成了灰。男孩裘弟望著那道煙推測：廚房的爐火將熄，午餐後母親正在掛起一個個鍋子和平底鍋；這天是星期五，她會拿起糅木枝葉做的掃帚掃地，要是他運氣好，她掃完地還會用玉米芯當刷子刷刷地，如果刷起地來，那麼等到她發現他不見蹤影的時候，他已經抵達溪谷了。他把鋤頭平衡在肩上，站了一會兒。

要是他面前沒有這一排排等著除草的玉米苗，這片林間墾地本身其實很宜人。野蜂發現前門邊有苦楝樹，於是貪婪地鑽進那薰衣草色的嬌嫩花叢裡，彷彿灌木林裡沒其他花朵似的；牠們好像已經忘了三月的金鈎吻花，還有即將在五月綻放的北美木蘭和木蘭。黑金相間的身軀敏捷飛舞，他突然想到可以跟著牠們的飛行路線，找到琥珀色蜂蜜滿溢的蜜蜂樹。冬天的蔗糖漿用完了，果醬也所剩無幾。和翻土比起來，找蜜蜂樹是更崇高的工作，玉米可以改天再說。午後充滿一種輕柔的悸動，像蜜蜂鑽進苦楝花一樣鑽進他的身體裡，所以他必須越過這塊墾地，穿過松樹林，沿著道路走向奔流的小溪。蜜蜂樹可能就在水邊。

他把鋤頭靠在木條柵欄上，走過玉米田，來到小木屋看不到的地方。他兩手一撐，翻過柵欄。父親駕馬車去葛雷姆斯維爾，獵狗老茱跟去了，不過利普那隻牛頭犬和新來的雜種小獵犬波克看到他的身影翻出柵欄，就朝他跑去。利普叫聲低沉，不過那隻雜種小狗的叫聲高昂尖銳。牠們認出他來，不贊同地朝他搖動短尾巴。他叫牠們回院子去，牠們冷漠地在他背後望著他。他心想，這兩隻狗真可悲，只會追蹤、獵捕和殺戮，除了他每天早晚用盤子盛剩菜拿給牠們的時候，其他時候都對他沒興趣。老茱對人類很和善，但只對他父親潘尼・巴克斯特抱著經年不變的忠心。裘弟曾經想討好老茱，但牠一點也不領情。

「十年前你們都還小，」父親告訴他：「你兩歲，牠還是狗娃娃。你傷了那個小東西，不是故意的。但牠沒辦法信任你，獵狗都是那樣子。」

裘弟繞過幾座放置工具的小棚屋和玉米倉，往南穿過馬里蘭櫟樹。他真想要一隻哈托奶奶養的那種狗。那是隻白色的捲毛狗，會玩把戲，每次哈托奶奶笑得身體搖來晃去時，狗就跳到她腿上，舔舔她的臉，搖著毛茸茸的尾巴，好像在和她一起笑。他真想要有個什麼專屬於自己的東西，會舔他的臉，跟著他，就像老茱跟著他父親一樣；什麼都好。他切進沙子路，往東跑去。到溪谷有兩哩路，但裘弟覺得自己可以永遠跑下去。替玉米除草的時候腿會痛，跑步卻不會。他緩下腳步，好好享受這條路。他已經跑過高大的松樹，把松樹抛在後頭了。灌木叢簇擁著他正在走的這段路，濃密的沙松像兩堵牆圍在道路兩側，每棵都長得好細瘦，在男孩眼中，它們細瘦得能拿來當生火時的引火柴了。路爬升之後下坡，他在坡頂處停下腳步。松樹和黃褐色的沙土勾勒出四月天空的輪廓，而天空藍得像他那件手織襯衫，那是用哈托奶奶的木藍莖葉染出的靛藍。小朵小朵的雲靜止不動，像綻開的棉桃。正當他望著看時，天空裡的陽光消失了一下，雲變灰了。

他心想：「天黑前會下一小陣毛毛雨。」

下坡讓他忍不住邁開步伐奔跑，來到銀谷路厚實的沙地。七瓣杜鵑正在盛開，亮葉南燭和光果藍莓也是。他放緩了腳步，這麼一來，才能一棵一棵、一叢一叢地行經這些變化萬千的植物，每一棵樹每一叢灌木都既獨特又親切。他來到自己刻上山貓臉的木蘭樹旁。有木蘭樹，就代表附近有水源。他覺得很奇怪，一樣有土壤，一樣有雨水，但瘦骨嶙峋的松樹就是會長在灌木間，而小溪、湖泊和河邊則長出木蘭樹。哪裡的狗都是一個樣子，牛、騾子和馬也是，可是不一樣的地方卻有不一樣的樹。

「大概是因為樹完全不能動吧。」他做出定論。底下的土壤裡有什麼，它們就只能拿什麼。

路的東側突然向下傾斜，斜坡下方二十呎處是一道泉水。水岸長著茂密的木蘭樹、毛花大頭茶、楓香和灰色樹皮的梣樹。他往下走向涼爽樹蔭處的泉水，一股強烈的喜悅湧上心頭。這裡是他的祕密，是一個可愛迷人的地方。

清澈如井水的清泉，就這麼倏地咕嚕咕嚕冒出沙地，兩岸的翠綠枝葉則如同雙手般將它捧在掌心。水從地裡冒出的地方有個漩渦，沙粒在漩渦裡翻騰。過了淺灘，主泉從地勢較高處湧出，在白色石灰岩上蝕出一道溝，然後奔流而下，形成一條小溪。小溪匯入喬治湖，而喬治湖屬於聖約翰河的一部分，這條大河會一路向北最終注入大海。看到大海的源頭令裘弟興奮不已。大海雖然有其他源頭，但這個源頭專屬於他。他總愛想像除了他和野生動物、口渴的鳥兒，誰也不會來這裡。

這一小段旅程讓他暖烘烘的，而幽暗的溪谷伸出了清涼的手擱在他身上。他捲起牛仔褲的褲管，光著髒兮兮的腳，踩進淺淺的泉水中。他的腳趾陷進沙裡，沙輕柔地從腳趾縫隙滲出，漫過他骨感的腳踝。泉水沁涼入骨，起初刺痛了他的皮膚，接著潺潺流過他瘦如煙管的雙腿，舒服無比。他來回走動，遇到平滑的石頭就把大拇趾往石頭下探一探。他面前的溪水愈來愈寬，水裡閃過一群鰷魚。他把鰷魚趕過淺水處，牠們一下子就沒了蹤影，好像從來不曾出現過似的。一旁樹根裸露下垂的南方綠櫟下面有潭深水，於是他蜷伏在那裡，以為鰷魚可能重新出現，卻只遇上一隻南方豹蛙從泥巴底下鑽出頭來，牠盯著他看，隨即倉惶地跳進樹根下，惹得裘弟哈哈大笑。

他在豹蛙背後喊道：「我不是浣熊，不會抓你啦。」

一陣微風吹開他頭上蔭蔽的枝條，陽光篩落灑在他的頭上和肩上。頭頂暖洋洋的、結著硬繭的腳掌冰冰涼涼的，真舒服。微風停息之後，照進來的陽光也消失了，於是他涉水走向植被比較稀疏的對岸。

一叢低矮的棕櫚輕輕拂過他，讓他想起自己塞在口袋裡的小刀，也想起他打從耶誕節就擬定的計畫：為自己做一個小水車。

裘弟不曾獨自做過水車。哈托奶奶的兒子奧利佛每次出海回來，都會幫他做一個。他專注地開始動工，皺著眉頭努力回想水車要什麼角度才能順暢轉動。他切下兩段分岔的細枝，削成大小相同的兩個丫字型。他記得，奧利佛總會特地把橫桿弄得又圓又平滑。溪岸一半高的地方長了一棵野櫻桃，他爬上樹，砍下一根細枝，它平滑得有如塗上光的鉛筆。然後他找來一片棕櫚葉，割下兩條四吋長、一吋寬的粗韌葉片，各在中央挖一道縱向的細縫，寬度足夠讓櫻桃枝穿過。兩條棕櫚葉必須斜斜地相交，像水車臂一樣，所以他小心翼翼地調整，然後在泉水下游幾碼的地方，把丫型細枝深深插進溪床的沙裡，兩根細枝的間距比櫻桃枝稍短一點。

水只有幾吋深，不過水勢強勁，水流穩健。棕櫚葉做的水車輪必須剛好劃過水面才行。他嘗試了幾個不同的深度，等到滿意了，才把櫻桃枝橫桿架到細枝上。橫桿懸掛在那裡一動也不動。他焦急地轉動一下橫桿，讓橫桿卡進丫型的溝槽中。現在橫桿開始旋轉了。水流攫住一條棕櫚葉柔韌的末端，當水打過葉面時，橫桿會轉動，帶動另一條葉尖和溪水接觸。小小的槳葉不停地上上下下，旋轉了一圈又一圈。小水車輪會轉了，水車開始動了，和林恩那座磨玉米粉的巨大水車一樣，用悠哉的節奏轉呀轉。

裘弟深吸一口氣，猛地躺進長滿雜草的水邊沙地，完全沉浸在水車轉動的魔法當中。揚起、轉過、落下、揚起、轉過、落下——水車著實讓人入迷。這道泉水將不斷從大地咕嚕咕嚕湧出，一條永不止息的涓涓細流。它是注入大海的水流的源頭。除非水車葉子掉落，或是有松鼠咬落的月桂細枝卡住脆弱的水車輪，否則水車可以永遠轉動下去。當他變成一個老男人，來到他父親的年紀，水車激起波紋的動作沒道理不像他當初一手促成之時那樣繼續轉動。

他搬開那塊邊緣抵到他凸肋骨的石頭，挖了挖沙地，為自己的屁股和肩膀騰出一個小窩，然後他伸出一隻手臂當枕頭。一道陽光覆蓋在他身上，像薄百衲被一樣輕薄溫暖。他沉浸在沙土和陽光之中，慵懶地望著水車。水車的動作讓他昏昏欲睡，他的眼皮隨著棕櫚葉的水槳閉又張張了又閉。水車輪甩出的一滴滴銀色水珠，模糊成一條線，好似流星的尾巴。水流發出小貓舔舐東西的聲音。一隻雨蛙鳴唱片刻便不再吭聲。有一瞬間，男孩似乎和雨蛙、水車閃爍的水滴一同掛在長滿帚蟹甲菊的蓬鬆高岸邊；他沒跌落邊緣，卻陷入那片柔軟之中，在藍天白雲的擁抱之下，睡著了。

醒來時，他還以為自己置身另一個地方，而不是在溪岸。他所處的世界完全不同，讓他一時間以為自己還在作夢。太陽不見了，光影也全都消失無蹤。綠櫟樹的黝黑樹洞沒了，木蘭葉的光滑綠葉也不見了，原本野櫻桃枝條篩落陽光之處，再見不著金黃的蕾絲圖樣。整個世界都是一片柔和的灰，而他躺在一片細密如瀑布水霧般的霧氣之中。霧氣搔癢了他的皮膚，微帶溼氣，既暖和又略帶涼意。他翻身躺下，覺得好像仰望著哀鴿的柔軟灰色胸膛。

他仰躺著，像幼嫩的植物一樣吸收細緻的雨絲，當他的臉終於溼了，衣衫摸起來也潮潮的，他離開了自己的窩。他突然停住了。曾有隻鹿在他睡著的時候來到泉水旁；剛留下的足跡從東岸而下，停駐在水邊，那形狀尖而細，是母鹿的足跡。足跡深深陷進沙子裡，所以他知道母鹿有點年紀了，而且體形還不小，或許是懷了鹿寶寶所以才這麼重。牠沒看到他睡在那裡，便走下溪谷來暢飲泉水，接著才聞到他的氣味，於是牠驚嚇地轉過身，在沙地上留下一片困惑的凌亂痕跡。足跡爬上對岸，留下憂慮的長長痕跡。也許牠根本還沒喝到水就聞到了他的氣味，然後轉身飛快逃跑，揚起陣陣沙土。他希望牠現在不是睜著大眼睛，口渴地待在灌木叢裡。

他四處尋找，看看有沒有別的足跡。曾有松鼠在兩岸上下追逐，不過牠們一向大膽。有隻浣熊曾去過那裡，牠的腳就像指甲尖尖的手；不過他不確定浣熊是多久以前來的，父親才有辦法分辨各種野生動物的經過時間。但母鹿肯定來過，而且嚇著了。他又轉身看看水車。水車正在平穩地轉呀轉，彷彿一直以來都在那裡似的。棕櫚欒葉雖然脆弱，卻勇敢地展現出力量，隨著淺淺的泉水波動，在緩和的雨中閃閃發亮。

裘弟望向天空。天色灰濛濛一片，他分不清時間，也不知道自己睡了多久。他蹦蹦跳跳地爬上西岸那片長滿光葉冬青的開闊低窪地。正當他站在那裡猶豫要走還是要留之際，雨輕柔地停了，正如它最初落下時那般輕柔。西南方揚起一陣微風。太陽露了臉，雲朵滾滾，聚攏成一大團白色翻騰的羽毛填料，一道彩虹拱橋橫跨東方，如此美麗，如此繽紛，讓裘弟幾乎無法自已。大地一片淺綠，空氣幾乎清晰可見，被雨水清洗過的陽光染得金黃，而所有的樹木、小草和灌木都在雨滴的潤澤下，熠熠生輝。

喜悅之泉在他的心中翻湧，就像小溪的泉源一樣無法抑制。他舉起雙臂，伸直在肩膀上宛如蛇鵜的翅膀。他開始繞圈圈打轉，愈轉愈快，直到內心的狂喜變成一道漩渦，然後就在他覺得自己快樂得要炸開來時，他感到一陣暈眩，眼睛一閉倒向地上，仰躺在帚蟹甲菊之中。大地在他底下轉動，隨著他轉動。他睜開眼睛，上方旋轉著四月的藍天與棉花般的雲朵。男孩、大地、樹木和天空一同轉動。當旋轉止息，頭腦清醒，他站起身來。他覺得飄飄然的，有點頭重腳輕，不過某部分的他感到放鬆與欣慰，而且，四月天將會再來，就像尋常的每一天會一再來到。

他轉身飛奔回家。他深深吸進潮溼芬芳的松樹氣息。之前阻礙他腳步的鬆軟沙土，因為雨水而變得扎實了，所以回去的路程很愜意。當巴克斯特家林間墾地周圍的那片長葉松映入他眼簾時，太陽已經快要西沉。松樹在西邊金紅天色的襯托下，顯得高大而黝黑。他聽見雞隻咯咯地吵鬧聲，知道有人剛餵過牠們。他彎進林間墾地。飽經風霜的泛灰色木條柵欄，在華麗的春日陽光下反射出光芒。樹枝和紅泥煙囪冒出捲捲濃煙，爐子上的晚餐快煮好了，荷蘭鍋裡正烤著熱騰騰的麵包。他希望父親還沒從葛雷姆斯維爾回來。他這時才第一次想到，父親不在家，也許自己不該離開，如果母親需要木柴，一定會生氣的，就連父親也會搖搖頭說：「兒子啊……」他聽到老凱薩噴鼻息的聲音，明白父親已經早他一步回來了。

墾地上一片歡喜的喧鬧聲。馬在大門邊嘶鳴，小牛在牛棚裡一聲聲哞叫而母牛一聲聲回應，小雞尖聲咯咯，四處尋食，狗兒也因食物和黑夜的到來而吠聲陣陣。肚子餓的時候有人餵食很幸福，家畜滿懷著確信的期待。這個冬末過得很拮据；不只是玉米，連草料、乾豇豆都短缺。不過現在四月了，牧草青翠多汁，就連雞隻也吃青草的嫩芽吃得津津有味。那天下午，獵狗發現了一窩小兔子，有了這樣的珍饈，巴克斯特家晚餐桌上的剩菜在牠們眼裡顯得可有可無。裘弟發現趴在馬車下的老茱，跑了這麼多哩路的牠已經精疲力竭。他推開前柵門找父親去。

潘尼．巴克斯特正在木柴堆旁，身上還穿著細平布西裝外套。那是他結婚時穿的西裝，現在則在上教堂或做買賣的時候穿，為了體面。外套的袖子過短，不是因為潘尼長高了，而是外套經年在潮溼的夏季掛著，又用熨鐵一遍遍燙過，所以纖維縮了水。裘弟看見父親的大手（那手和他的身材相較之下顯得巨大）抓住一捆柴枝，他在做裘弟該做的事，而且穿著好外套，裘弟連忙跑過去。

「爸，我來。」

他希望這時候的積極表現能彌補自己之前的過失。父親站直了腰。

「兒子，我差點洩了你的底。」他說。

「我去了溪谷。」

「今天天氣太好，去那邊正好；」潘尼說：「其實去哪裡都適合。怎麼跑那麼遠啊？」

很難想起他為什麼去那裡，感覺好像是一年前的事了。他必須回溯到自己放下鋤頭的那一刻。

「噢。」他想起來了：「我本來想跟蜜蜂去找蜜蜂樹。」

「找到了嗎？」

裘弟茫然地呆住。

「唉，我現在才想起來要找。」

他覺得自己好蠢，像捕鳥獵犬給人抓到在追田鼠。他怯怯地看著父親。父親的淡藍色眼睛閃閃發亮。

「說實話吧，裘弟，人要敢做敢當，蜜蜂樹是去玩的好藉口吧？」

裘弟咧嘴而笑。

「我還沒找到蜜蜂樹，就只想到要去玩了。」他承認。

「我想也是。我怎麼知道呢？其實我駕車去葛雷姆斯維爾的時候，自言自語說，『裘弟他啊，不會除草除太久的。我還是小男孩的時候，這麼美好的春天會做什麼？』然後我心想，『我會去晃晃』。只要可以跑來跑去，去哪裡都好。」

男孩感到全身一陣暖意，但不是因為低垂的金黃太陽。

他點點頭說：「我也是這麼想的。」

「可是你媽啊，」潘尼說著朝房子抬了抬下巴，「不贊成閒晃。大多女人一輩子也不懂為什麼男人喜歡遊蕩。我沒讓她知道你不在。她問裘弟在哪，我說：『喔，應該就在附近吧。』」

他一隻眼眨了眨，裘弟也對他眨眨眼。

「男人為了和平，得團結在一起。你幫你媽抱一大捆柴去吧。」

裘弟用雙臂抱了滿滿一堆柴，匆匆進到屋子裡。母親正跪在爐子前面。香料的氣味撲鼻而來讓他餓得發慌。

「媽，不會是番薯餅吧？」

「就是番薯餅，你們兩個別到處閒晃亂跑，拖太久啊，晚餐已經好了。」

他把木柴丟進柴箱，碎步跑向牲畜欄。父親正在替崔克西擠奶。

他回報道：「媽說快把事情做完過去。要我餵老凱薩嗎？」

「我餵過了，可惜只能給牠吃那種東西。」潘尼從三腳擠奶凳上站起來。「牛奶拿進去，別像昨天那樣絆到，灑出來浪費掉了。崔克西，別急……」

潘尼從母牛身邊走開，走向一旁棚子下的牛欄，崔克西的小牛就拴在那裡。

「崔克西，來啊。噓，小姑娘……」

母牛哞叫著走向牠的小牛。

「好啦，別急。你和裘弟一樣貪心。」

潘尼摸摸母牛和小牛，然後跟著男孩往屋裡去。他們輪流在洗手檯盥洗，用掛在廚房門外的滾桶式毛巾擦擦手和臉。巴克斯特媽媽已經就坐，正在替他們擺盤子。她龐大的身軀佔據了狹長餐桌的一側，裘弟和父親則坐到她的左右兩側。對他們兩人而言，她坐主位似乎是理所當然的事。

「你們今晚都餓了吧？」她問。

「我吃得下一桶肉、一大堆餅乾。」裘弟說。

「最好是。你的眼睛比肚子還大。」

潘尼說：「要不是學乖了，我也會說我吃得下那麼多。每次去葛雷姆斯維爾回來都好餓。」

她說：「你去那裡嚐了點私酒，當然餓了。」

「今天只喝了一點點。是吉姆．特恩巴克請的。」

「那想必沒喝多少了。」

裘弟什麼也聽不見，他眼裡只有自己的盤子。他這輩子從來沒這麼餓過，歷經這個匱乏的冬天和遲來的春天，巴克斯特一家子的食物沒比牲畜的寬裕多少，今天母親終於煮了頓豐盛得足以請牧師吃的晚餐。有摻了肥培根的美洲商陸，三明治（夾了馬鈴薯、洋蔥，和他昨天抓到的偽龜）、苦橙餅乾，以及母親手肘邊的番薯餅。他的渴望彼此拉鋸，要再吃點餅乾，還是另一份三明治好呢？痛苦的經驗告訴他，再吃下去就會突然沒肚子吃蕃薯餅了。選擇顯而易見。

「媽，」他說，「我可以吃我的蕃薯餅了嗎？」

她龐大的身體正好吃到一半停下來休息，便俐落地幫他切了一大塊。他立刻埋首其中享受那香噴噴又可口的美妙滋味。

「我忙好久才做好的，」她抱怨：「結果還沒喘過氣來，就給你吃掉了。」

「我是吃得快，」他承認：「不過味道我會記住很久。」

晚餐結束，裘弟吃撐了，就連平常小鳥胃口的父親，這次也多添了一回餐食。

「感謝上帝，我滿足了。」他說。

巴克斯特媽媽嘆了口氣。

「如果有人可以幫我點蠟燭的話，我就能洗點盤子，也許還有時間坐下來享受享受。」

裘弟離開座位，點了一支動物油脂做成的蠟燭。澄黃燭光搖曳，他望向東邊的窗外。滿月正在升起。

父親說：「滿月正亮，浪費月光就太可惜了。」

裘弟來到窗旁，兩人一起看著月亮。

「兒子，看到滿月，你有想到什麼嗎？記得我們說過要做什麼嗎，四月滿月的時候？」

「我不記得了。」

不知怎麼，季節的變換總讓他意外，一定得活到父親那個年紀，才能把季節牢記在心，記得年頭到年尾月亮盈缺的時間。

「你沒忘了我跟你說的吧？真是的，袭弟。兒子啊，四月的滿月，熊會爬出牠們冬眠的窩。」

「老瘸子！你說牠出來的時候，我們會埋伏等著牠！」

「沒錯。」

「你說，我們到牠足跡來來去去、交會的地方，應該就能找到牠的窩，還有牠，牠會在四月跑出來。」

「而且胖嘟嘟。又胖又懶。牠一直窩著，所以肉很甜美。」

「然後牠沒有很清醒，可能比較好抓。」

「沒錯。」

「爸，什麼時候可以出發？」

「除完草就走。還要看見熊跡才行。」

「我們要從哪開始追捕牠啊？」

「最好去溪谷泉水那裡，看看牠有沒有跑出來，去那裡喝水。」

「今天我在那裡睡覺的時候，有一大頭老母鹿去那裡喝水耶。」裘弟說：「爸，我自己做了一個小水車，轉得很好。」

巴克斯特媽媽整理鍋碗瓢盆的聲響停住了。

「你這個狡猾的畜生。」她說。「我現在才知道你跑出去。你快像雨裡的泥巴路一樣滑溜了。」

裘弟放聲大笑。

「媽，我騙過妳了耶。媽，說啊，我終於騙過妳了。」

「你騙過我了。我還站在火爐邊做番薯餅……」

她沒真的生氣。

「哎呦，媽，」他哄著她。「如果我變成畜生，只吃樹根和草怎麼辦。」

「那就不會有人惹我生氣了。」她說。

同時之間，他看見她嘴角的扭動。她努力想隱藏笑意，卻辦不到。

「媽笑了！媽笑了！妳笑了，沒發火！」

他衝到她背後，解開她的圍裙繫帶，任圍裙滑落到地板上。她笨重的身軀快速地轉過來，搧了他兩個耳光，但力道像羽毛那麼輕，是鬧著玩的。他又陷入下午那股狂喜，彷彿置身鱗籽莎中轉起圈圈來。

「把桌上的盤子掃下來，你就知道誰要發火了。」她說。

「我忍不住嘛。頭好昏。」

「你昏頭了。」她說：「完全昏頭了。」

她說得對。四月讓他昏了頭。春天令他發暈。他就像星期六晚上的蘭姆．佛瑞斯特一樣醉醺醺的。他的頭泅游在太陽、空氣和灰濛濛細雨釀成的烈酒裡。水車讓他心醉，還有母鹿的到來、父親掩護他跑去玩、母親替他做蕃薯餅還對他笑。安穩舒適的木屋裡的燭光和籠罩屋外的月光，耀眼刺目。他想像老瘸子那隻少了根趾頭、為非作歹的大黑熊，在冬眠的窩裡站起身來，品嚐柔和的空氣、嗅聞月光，就像裘弟一樣。上床時他興奮極了，無法入睡。那天的美好事物在他心裡留下了一個印子，所以往後此生，每當四月一片嫩綠，舌尖嚐得到雨的滋味時，他就會有一道舊傷隱隱作痛，某件他不大記得的事會讓他胸臆充塞懷舊之情。一隻三聲夜鷹的叫聲劃過明亮的夜，轉眼間他就睡著了。

# 第二章

潘尼・巴克斯特清醒地躺在妻子沉睡的龐大身軀旁。每逢滿月，他總是睡不著。他常常會想，光線那麼亮，男人是不是應該下田工作。他很想溜下床，也許砍棵櫟樹當柴燒，或者替裘弟完成他沒做完的除草工作。

他心想：「除草的事，我該罵他一頓吧。」

他小時候要是溜去閒晃，一定會挨好一頓鞭子。他父親會叫他餓著肚子回到泉水邊，拆掉那座水車。

「不過問題就在這裡。」他想著：「童年的日子沒多長。」

他回顧那段歲月，他自己不曾有過童年。父親是牧師，嚴厲得像舊約聖經裡的上帝。不過他們的生計靠的不是傳道，而是沃盧西亞附近的小農場，父親在那裡養育了一大群子女。他教他們讀書、寫字、認識聖經，不過所有的孩子打從他們能夠拿著一袋種子、步伐蹣跚地跟著他走過一排排玉米，就得開始苦幹實幹，做得他們小小的骨頭發疼，成長中的指頭抽筋。食物短缺，鉤蟲盛行。成年後的潘尼身材比男孩子高大不了多少。他的腳很小，肩膀窄，肋骨和髖骨結合成一副脆弱的骨架。那天，他和佛瑞斯特一家子站在一塊兒時，活像巨大櫟樹林間的一株楞樹苗。

蘭姆・佛瑞斯特低下頭來，看著他說：「嘿，你啊，一小枚便士*，雖然派得上用場，卻小到不能再小了。小潘尼・巴克斯特啊——」

從此以後，這成了他唯一的名字。他投票時，簽名簽的是「以斯拉・以西結・巴克斯特」，但繳稅時，名字卻被寫成「潘尼・巴克斯特」，而他也沒反駁。不過他具備了便士材質的優點：像銅一樣實在，也帶有一點銅的柔軟。他誠實至極，所以商店老闆、磨坊主人和馬販都很喜歡他。沃盧西亞有個跟他一樣老實的店老闆博以爾斯，博以爾斯有一次多找他一塊錢，馬瘸了，他便徒步行走好幾哩的路回去還錢。

「下次來買賣再給我就好了嘛。」博以爾斯說。

「我知道，」潘尼回答：「不過那不是我的錢，我可不要死的時候帶在身上。不論死活，我只要自己的東西。」

搞不懂他的人聽了這番話，或許就能明白他為什麼搬到附近的灌木林裡。一般人都沿著幽深平靜的河流居住，在某些河段，從此岸到彼岸，船隻、獨木舟、駁船、木筏、貨船、客船，和槳輪蒸汽船充斥河面，熱鬧非凡，這些人說潘尼・巴克斯特若不是很勇敢，就是瘋了，居然會拋下正常生活，帶著他的新娘深入熊、狼和山獅橫行的佛羅里達蠻荒叢林。他們可以理解佛瑞斯特家為什麼去那裡，佛瑞斯特一家子是吵鬧的彪形大漢，而且成員不斷增加，他們需要一整個郡的空間才能無拘無束，可是誰會礙著潘尼．巴克斯特呢？

其實並不是妨礙——而是在城鎮和村莊，或是鄰居相距不遠的農業區裡，人們的思想、行為和財產都有互相重疊的地方，個人的精神會受到種種侵擾，雖然在有困難時能獲得友愛和互助，但也會有爭執和警戒心，還有對他人的猜忌。潘尼在父親的嚴謹管教下長大，要融入這個沒那麼坦率、沒那麼正直的嚴酷世界，也就更令他感到困擾。

他從前可能太常受到傷害，而那片廣袤漠然的灌木林則充滿平靜，那寬容的靜默吸引了他。他內心某些赤裸敏感的部分，一經旁人觸碰便疼痛，但松樹的撫摸卻能帶來療癒。在這裡討生活比較困難，路途遙遠，採買必需品、販賣農作物都很麻煩，但這塊林間墾地專屬於他。對他來說，他從前遇到的人似乎比野生動物還凶殘，熊、狼、山貓和山獅攻擊家畜情有可原，但人類的殘忍讓他無法理解。

他三十多歲時娶了一個豐潤的女孩，當時她體型已有他的兩倍大，他讓她和簡單的家當裝載上一架牛車，顛顛簸簸地來到這片林間墾地，這裡有他親手蓋起的小屋。當初他在一片陰鬱的細瘦沙松林間，精心挑選了自己的土地。他向住在整整四哩外的佛瑞斯特家，買下這塊位於松樹島中央、高起的良

＊編按：便士的英文是 penny，後文音譯為「潘尼」。

地。之所以稱之為乾旱森林裡的「島」，是因為它名副其實是一座長葉松島，突出於一片起伏的灌木之海中，是個地標。北邊和西邊也散佈著其他類似的樹島，都是在土壤或溼度巧合下造就的一片片繁茂植被，最肥沃的地方甚至長得出常綠闊葉樹。南方綠櫟零零星星，還有鱷梨、木蘭樹、野櫻桃樹、楓香、山核桃和冬青樹。

這地點唯一的缺點是水源稀缺。地下水位太低，所以水井是天價。除非磚塊和灰泥的價格變便宜，否則巴克斯特家樹島居民的用水都要來自大陷穴，位於這片一百英畝大的土地的西緣。陷穴是佛羅里達石灰岩地區常見的景觀。這些區域都有地下河流流過。地下河流冒出地表，會形成汩汩泉水，迅速匯集成溪流。有時候，薄薄的表土層會塌陷下去，露出巨大的坑洞，洞裡可能會有流水。可惜潘尼．巴克斯特家土地上的陷穴並沒有泉水，不過高高的陷穴壁日以繼夜滲出過濾過的清水，在底部形成了一汪水池。佛瑞斯特家原本想把灌木林裡一塊貧瘠的土地賣給潘尼，幸好潘尼還有錢，所以堅持買這塊樹島。

當時他對他們說：「灌木林適合獵物生長，適合所有野生動物，有狐狸、鹿、山獅和響尾蛇。我可不能在一整片灌木林裡養小孩。」

佛瑞斯特一家拍著大腿，鬍子下發出轟然大笑。

蘭姆吼說：「一個潘尼值幾個半便士啊？要是你有隻狐仔，你一定會是個好爸爸。」

事隔這麼多年，潘尼還聽得見蘭姆的話。他小心翼翼地在床上翻身，生怕吵醒妻子。他搬來長葉松之間的富饒之地，原本大膽計畫要兒女成群。他們有了自己的家庭。奧拉．巴克斯特顯然很能生，只不過他的種看來和他一樣柔弱。

他心想：「不然就是給蘭姆說爛了。」

寶寶都很虛弱，幾乎才出生就生病死去。潘尼把他們一一埋葬在馬里蘭櫟樹之間開闢出的空地，那裡土壤貧瘠而鬆軟，掘土容易些。那塊地的面積日益擴大，最後他不得不把那裡圍起來，阻止野豬和鼬鼠破壞。他替所有孩子都刻了木頭墓碑。此時此刻，他能想像那些墓碑白森森、直挺挺地立在月光下。有些墓碑上有名字：以斯拉二世、小奧拉、威廉．T。其他墓碑上只刻了「巴克斯特寶寶，卒於三個月又六天」這類的銘文。在一個墓碑上，潘尼用小刀費勁地刻下了：「她沒見過陽光。」他的思緒回溯那些歲月，在心中一一觸摸那些墓碑，就像經過柵欄時，手摸過一根根欄杆。

他們暫停了一陣子沒再生。最後，就在這地方的孤寂開始有點令他害怕，而妻子幾乎過了生育年齡時，裘弟．巴克斯特誕生了，而且成長茁壯。寶寶兩歲大蹣跚學步時，潘尼上了戰場。那時他預期自己會有幾個月不在家，於是帶妻兒到河邊，讓他們和他的密友哈托奶奶一起住。結果整整四年之後他才回來，歲月已經在他身上留下了痕跡。他緊緊擁住妻兒，把他們接回灌木林，慶幸那裡靜僻安寧。

裘弟的母親對這個小兒子有點冷漠，好似她的愛、關注和興致已經全給了其他孩子。但潘尼打從心底渴望著這個兒子。他給兒子的不只是父愛。他發現那孩子像他一直以來一樣，會屏住呼吸，睜大眼睛佇立凝望飛禽走獸、花草樹木、風雨和日月的奇蹟。如果這個男孩在四月一個宜人的日子丟下男孩的粗活溜去玩，他也了解是什麼吸引了他。而且他了解那有多麼短暫。

妻子動了動身軀，並且從睡夢中發出些許聲音。他知道，那種時候他永遠會當男孩的堡壘，為他對抗嚴厲的母親。三聲夜鷹飛進森林更深處，又唱起牠的哀歌，歌聲依稀而甜美。月光移挪，離開了臥房窗口的焦點。

「就讓他跑去玩吧，」他心想：「就讓他蓋他的水車。總有一天，他不會想再做這些事了。」

# 第三章

裘弟不情願地睜開眼睛。他心想，哪天他要溜進林子裡，從星期五睡到下個星期一。陽光從他小臥室的東邊窗子照進來。他不確定喚醒自己的是微弱的日光，還是雞隻在桃樹叢裡騷動的聲響。他聽見牠們一隻隻在枝椏間的棲身處鼓動翅膀。晨光射出一道道橙黃色的光線。墾地外的松樹林仍然黑暗，和晨曦形成對比。現在是四月，太陽起得更早了。時間一定沒有多晚。在母親叫他之前自己醒來真好。他愜意地翻過身。床墊的乾玉米殼在身體下方窸窣作響。多明尼加公雞在窗子下喧鬧啼叫。

「你叫啊。」男孩說：「看你能不能把我拖下床。」

東方一道道明亮的光線加粗再加粗，然後交融成一片。一道金光蔓延直至松樹頂端，太陽在他眼前升起，像一大個銅煎鍋給人拽起掛在枝幹間。一陣清風徐徐，似乎是逐漸增強的光線將它從不平靜的東方給趕了出來。粗麻布窗簾被風捲入房裡。微風吹到床上輕輕觸摸他，彷彿乾淨毛皮一樣涼爽輕柔。他又躺了一下，掙扎著不想離開舒適的床，開始新的一天，然後他爬出自己的窩，站到鹿皮毯上，褲子就掛在一旁，襯衫恰好不用翻面，他穿上衣服打扮好，不再愛睏了，只想著新的一天，還有廚房裡熱煎餅的味道。

「嘿，老媽。」他在門邊說：「我喜歡妳，媽。」

「你，還有那些獵狗，還有所有家畜，」她說：「在肚子空空、我手上拿一盤東西的時候，最愛我了。」

「那時候妳最美啊。」他說著，咧嘴而笑。

他吹著口哨來到洗手檯，將臉盆浸到木桶裡盛滿水。他決定不用強力鹼皂，只把手和臉在水裡浸了浸，又沾溼頭髮，用手指分好邊，順一順，最後從牆上拿下小鏡子，端詳了一下鏡裡的自己。

「媽，我好醜喔。」他喊道。

「欸，打從有人姓巴克斯特開始，巴克斯特家就沒一個好看的。」

他朝著鏡子皺皺鼻子，這動作讓橫跨鼻梁的雀斑擠成了一團。

「真希望我像佛瑞斯特家的一樣黑。」

「該慶幸你沒有。那些傢伙黑得像他們的心一樣。你是巴克斯特家的，巴克斯特家都是白的。」

「講得好像我跟妳沒關係。」

「我家的人也比較白。不過沒人是瘦子。要是你懂得好好工作，就跟你爸沒兩樣了。」

鏡中映照出一張顴骨突出的小臉蛋，滿臉雀斑而且蒼白，不過是健康的顏色，像細緻的沙。去沃盧西亞上教堂或辦事時，他總是為自己的頭髮感到悲傷。他的頭髮是麥桿色，粗長而蓬亂，每月最接近月圓的那個星期天早上，父親都會幫他剪頭髮，但不論多麼小心修剪，後面的頭髮都會長成一撮一撮的，母親稱那叫「鴨屁股」。他的眼睛又大又藍，每次他皺著眉頭認真看書或看什麼有趣的東西時，眼睛就會瞇起來，在那種時候，母親會說他像她家的人。

她會說：「他的確有點像艾佛斯家的人。」

裘弟轉換鏡子的方向，檢查起自己的耳朵；不是看乾不乾淨，而是因為他想起那天蘭姆．佛瑞斯特用大手抓住他下巴、另一手拉他耳朵，那真是痛極了。

那時蘭姆說：「小子，你耳朵豎在頭上，真像負鼠。」

裘弟朝自己做了一個不懷好意的鬼臉，然後把鏡子掛回牆上。

「要等爸爸吃早餐嗎？」他問。

「要。全放到你面前，剩下的恐怕不夠他吃了。」

他在後門邊遲疑著。

「你也別想溜走。他只是到玉米倉去。」

他聽到南邊馬里蘭櫟樹後面傳來老茱的宏亮叫聲，牠的興奮情緒表露無遺。他覺得自己也聽見父親在對老茱發號施令。母親還來不及厲聲阻止，他就拔腿跑開了。她也聽見狗叫，於是跟到門邊，在他後面吆喝。

「別和你爸跟著那隻笨獵狗去太久啊。我可不想乾坐在這裡等著吃早餐，你們卻在林子裡鬼混。」

裘弟不再聽到老茱或父親的聲音。想到刺激的場面可能已經過去，闖入的動物跑掉，甚至父親和獵狗也追上去了，他幾乎要抓狂。他朝聲音傳來的方向鑽過馬里蘭櫟樹林，這時不遠處響起父親的聲音。

「兒子，別急。事情已經結束了，我等你。」

裘弟猛然停下腳步。老茱站著，正在發抖，不是因為害怕，而是太興奮了。父親站著低頭看黑豬母貝西癱扁殘缺的屍體。

「牠一定聽到我向牠挑戰了。」潘尼說：「孩子，仔細看看。看你能不能看出我看到了什麼。」

母豬支離破碎的景象令他作嘔。父親望向牲畜的屍體後方，老茱靈敏的鼻子也轉向同個方向。裘弟走了幾步，觀察沙土。那錯不了的足跡看得他熱血沸騰。這是一頭巨熊的足跡，右前掌的腳印大如帽頂，裡頭少了一根趾頭。

「是老瘸子！」

潘尼點點頭。

「你還記得牠的足跡，我很高興。」

他們一起彎腰觀察足跡，研究足跡來去的方向。

「這就是我說的『直搗敵人陣營』。」潘尼說。

「爸，狗都沒叫耶。不然就是我睡著沒聽見。」

「牠們都沒叫。牠在下風處。別以為牠不曉得自己在做什麼。牠像影子一樣溜進來，幹完壞事，然後在天亮之前溜走。」

一陣寒意竄過裘弟背脊。他可以想像那如小棚屋般龐大黝黑的影子在馬里蘭櫟樹林間移動，然後用巨大的掌爪一掃，攫住熟睡的溫馴母豬。雪白獠牙隨即刺入牠背脊，將之咬碎，咬進抽動的溫熱肉體中。貝西根本沒機會尖叫求救。

「牠已經先吃過東西了，」潘尼指出：「所以只吃一口。熊剛從冬眠的窩出來，肚子縮小了。我討厭熊就是因為這樣。野獸為了需要，所以把動物殺了吃掉，就跟我們人一樣，只是在盡力討生活。可是有些動物，或人也是，壞事想做就做——你看看熊的臉，一點悔意也沒有。」

「你要把老貝西帶回去嗎？」

「肉都撕爛了，不過我想還能做香腸。還有豬油。」

裘弟知道自己應該替老貝西難過，但他只覺得興奮。巴克斯特家土地這片庇護所發生了不必要的殺戮，讓五年來從所有牲畜主人手裡逃脫的大熊跟他們結了仇。他一心想動身追捕，但也承認自己有一絲恐懼。老瘸子在家裡附近開殺戒了。

他拉起母豬的一條腿，潘尼拉起另一條腿，兩人把牠拖回屋子，腳邊跟著不情願的老茱。老獵熊犬不懂他們為什麼不立即動身追趕。

潘尼說：「說實話，我真怕告訴你媽這件事。」

「她一定會大發脾氣。」裘弟附和。

「貝西是隻好豬母啊。唉，好豬母。」

巴克斯特媽媽在大門口等他們。

「我喊了又喊。」她朝著他們吆喝：「你們磨磨蹭蹭那麼久，怎麼啦？哎呀我的老天，老天爺——我的母豬，我的母豬喲。」

她朝著天空揮舞雙臂。潘尼和裘弟穿過大門，經過屋子後方。她跟在後頭哀號。

「兒子，我們把肉掛在橫梁上，」潘尼說：「狗就搆不到了。」

「告訴我吧。」巴克斯特媽媽說，「至少告訴我，牠是怎麼在我眼皮底下被殺掉、撕得稀巴爛的？」

「媽，是老瘸子幹的。」裘弟說。「牠的足跡很明顯。」

「然後那些狗就在墾地這裡睡死了？」

三隻狗已經跑過來，到處嗅著新鮮的血腥味。她朝牠們扔了一根樹枝。

「你們這些靠不住的傢伙！吃我們的食物，還讓這種事情發生。」

「狗就是沒那隻熊聰明。」潘尼說。

「至少可以吠一吠吧。」

她又扔了一截樹枝，狗兒們一溜煙跑走。

一家人回屋子去。一團混亂中，裘弟率先進到廚房，廚房裡早餐的氣味真折磨人。母親雖然心煩，但還是注意到他在做什麼。

「給我回來。」她叫道：「把你的髒手洗乾淨。」

他來到洗手檯跟父親一起洗手。早餐已經擺上桌。巴克斯特媽媽坐下來，難過地搖晃身子，沒開動。裘弟在盤子裡疊起食物。有玉米粥和肉汁、熱煎餅和酪奶。

「至少我們有肉可以吃一陣子了。」裘弟說。

巴克斯特媽媽轉身對著他，說：「現在有肉吃，今年冬天就沒了。」

「我會跟佛瑞斯特家要一頭母豬。」潘尼說。

「是啊，然後欠那些流氓一份情。」她又開始哀號：「該死的熊！真想親手宰了牠。」

潘尼在吞下食物的空檔，淡淡地說：「遇到牠的時候，我會跟牠說。」

裘弟放聲大笑。

「好呀。」她說。「你拿我當笑柄。」

裘弟拍拍她的粗手臂。

「媽，我是想到妳和老瘸子打在一起，會是什麼樣子。」

「我賭你媽會贏。」潘尼說。

她悲嘆道：「只有我認真看待生活。」

# 第四章

潘尼推開盤子，從桌旁站起來。

「好啦，兒子，今天的工作還等著我們呢。」

裘弟的心沉了下去。除草啊……

「我們今天很可能碰上那隻熊。」

陽光又燦爛起來。

「幫我拿子彈袋和我的火藥筒。還有火絨筒。」

裘弟一躍而起去拿那些東西。

「動作真快。」母親說：「看他除草的樣子，還以為他是蝸牛呢。聽到『打獵』，就像水獺一樣快。」

她走去廚房儲物櫃，從所剩無幾的果醬裡拿了一罐，為吃剩的那疊熱煎餅塗上果醬，用一塊布包好，放進潘尼的背包。她拿了剩下的番薯餅，留下一塊給自己，其他的用一張紙包起來，也收進背包裡。她又看了一眼留下來的那塊餅，然後俐落地把它也裝進背包。

「這算不上什麼午餐。」她說：「也許你們很快就回來了。」

「很難說什麼時候才回來。」潘尼說：「反正才一天，餓不死人。」

「你聽裘弟怎麼說，」她說：「他早餐吃完一個小時就能餓死。」

潘尼將背包和火絨筒甩到肩上。

「裘弟，拿那把大刀去切一大截鱷魚尾巴下來。」

那塊餵狗用的乾醃鱷魚肉掛在燻肉房。裘弟跑過去，推開沉重的木頭門。燻肉房裡陰暗涼爽，瀰漫著火腿和培根的香氣，覆滿山胡桃木的灰燼。屋椽上，用來掛肉的方頭釘子上頭幾乎全空了，只剩三條又瘦又乾的前腿火腿和兩條豬肋培根。一塊醃漬的鹿腰腿肉乾在乾燻鱷魚肉旁晃動。老瘸子確實造成了不小的損失：這個秋天，豬母貝西原本會用牠肥美的後代填滿燻肉房的。裘弟切下一片鱷魚肉。肉乾乾的，不過很嫩；他用舌頭舔了舔，鹹鹹的，並不討厭。他和父親在院子裡會合。

老茱一看見那把舊前膛槍，就欣喜地高聲號叫起來，利普從屋子下衝出來加入牠。新來的小獵犬波克不明究理，呆呆地跟著搖尾巴。潘尼輪流拍拍這些獵狗。

「今天過完，你們恐怕不會這麼開心了。」他對牠們說：「裘弟小伙子，你最好穿上鞋，有些地方不大好走。」

裘弟覺得再延遲下去，他就要受不了了。他衝進自己房間，擊潰重重阻礙，從床底下找出他那雙笨重的短筒牛皮靴，把腳塞進靴子裡，然後急忙要追上父親的腳步，好像狩獵大業會在他趕上前就結束似的。老茱大步跑在前頭，用長鼻子緊貼著熊的蹤跡。

「爸，蹤跡不會變太淡吧？牠應該沒跑太遠，不會趕不上牠吧？」

「牠已經跑遠了，不過只要讓牠慢慢來，給牠時間休息，趕上牠的機會就會大得多。熊知道有人在追牠，會跑得更快，比覺得全世界隨便牠走動、覓食的熊快多了。」

熊跡往南穿過馬里蘭櫟樹林。前一天下午下過雨，所以殘缺的巨大足跡在沙地上留下明顯的圖案。

馬里蘭櫟樹林戛然而止，彷彿有人播種播到這兒，袋子裡再沒有更多的種子。這裡的地勢較低，植被變成了高大的松樹。

「牠的腳和水桶一樣大。」潘尼說。

「爸，你覺得牠有多大？」

「很大。因為冬眠，牠肚子縮小了，而且空空的，所以現在的體重不是最重。不過你看看腳印。大到看得出是牠的足跡。還有，你看腳印後半部比較深。鹿的足跡也一樣。又胖又重的鹿或熊，足跡都會這樣陷下去。體重輕的小母鹿或小鹿會踮著腳走路，只能看到牠們的蹄子尖。噢，牠可大隻了。」

「爸，我們遇到牠的時候，你不會怕吧？」

「除非出了大差錯，不然不怕。不過我一向擔心可憐的狗。牠們這些畜生最危險。」

潘尼眨了眨眼。

「兒子，你應該不怕吧？」

「不怕。」裘弟想一想，然後說：「不過我怕的話，應該爬到樹上嗎？」

潘尼笑出聲。

「是啊，兒子。就算不怕，樹上也是看熱鬧的好地方。」

他們沉默地走。老茱信心滿滿地移動，牛頭犬利普安分地跟隨牠的腳步，嗅牠嗅過的地方，在牠遲疑時停下來。當柔軟的鼻子被野草搔得發癢，牠就噴噴氣。小獵犬竄來竄去，有一次還追著從牠眼前逃開的兔子跑遠了。裘弟吹口哨呼喚牠。

「兒子，隨牠去吧。」潘尼對裘弟說：「牠發現自己落單，就會回來的。」

老茱發出一陣細而高頻的號叫聲，轉過頭來。

「精明的老畜生調頭了。」潘尼說：「很可能往克拉莎草池塘去。要是牠打算去那裡的話，我們也許可以偷偷繞過去，嚇牠一跳。」

裘弟稍稍明白父親打獵的祕訣了。他心想，佛瑞斯特家的一發現老瘸子殺了牲畜，就會立刻追上去。他們會又吼又叫，那群狗會在主人鼓勵下狂吠，直到林子裡滿是狗吠的迴音，而警覺的老熊會得到充分的警告，知道他們要來了。父親獵到十次，他們才獵到一次。這個瘦小的男人因此出了名。

「你真會猜動物會做什麼。」裘弟說。

「人就是要想。動物的動作比人快，也比較強壯。人有什麼是熊沒有的？就是多了點腦袋。人跑不過熊，可是如果腦筋贏不了熊，就不是好獵人。」

松樹逐漸變稀疏了。突然出現一片狹長、長滿常綠闊葉樹的土地，還有一處長著綠櫟樹與伊頓櫚。林下植物長得十分繁茂，還有菝葜纏繞其上。之後這些闊葉樹也消失了，南邊和西邊是一大片開闊的土地，乍看之下是牧草地，其實是克拉莎草。克拉莎草在水中長到人的膝蓋高度，那鋒利的鋸齒狀葉緣昂然挺立，茂密得宛如密實的植被。老茱嘩啦一聲踩進其中，水波盪漾顯露出這汪池塘。一陣微風吹過開闊的土地，克拉莎草搖曳分開，顯露出十幾汪淺淺的水池。潘尼專心注意著獵狗。對裘弟來說，這片沒樹木的廣闊區域比幽暗的森林更令人緊張，那個巨大的黑色形體隨時可能昂然立起。

裘弟輕聲問：「要切過去嗎？」

潘尼搖搖頭，壓低聲音回答。

「風向不對。看來牠不像是穿過去，沒有。」

獵狗沿著堅實的地面和克拉莎草交界之處，嘩啦啦地以之字形前進。氣味不時會消失在水裡。老茱有一次低下頭舔舔水，牠不是渴了，而是想找蹤跡的味道。牠信心滿滿地朝池塘中央走去。利普和波克發現牠們的短腿在泥巴裡會陷得太深，於是退到地勢較高的地面抖抖身子，焦急地望著老茱。波克吠了一聲，潘尼摑牠一巴掌，要牠安靜。裘弟小心翼翼地走在父親背後。一隻藍鷺毫無預警地低空掠過他，嚇了他一跳。裘弟兩腿剛接觸池水時覺得冰涼，褲子溼溼黏黏的，泥巴也吸附在他的鞋子上，一會兒之後，水變得很舒服，在溼涼中行進，留下混濁的漩渦，感覺很好。

「牠在吃地膚草。」潘尼喃喃說。

潘尼指向扁平的箭形葉子，葉緣有參差不齊的齒痕，其他株則被咬到連莖桿都沒了。

「這是牠春天的補藥。春天熊一出來，就是去吃地膚草。」他彎腰靠近，摸摸一片葉子，參差的葉緣已經變成褐色了。「牠昨晚一定來過。所以牠才有食慾咬一口可憐的老貝西。」

獵狗也停下腳步。現在氣味不在腳下，而是在氣味濃厚的毛皮輕碰過的蘆葦和野草上。老茱將長鼻子貼在一株菀草上，凝視前方，然後很滿意牠嗅出的方向，踩著輕快的腳步嘩啦嘩啦向南方走去。潘尼這時改用正常音量說話。

「牠已經吃完東西。老茱莉亞說牠直衝回家了。」

潘尼移動到地勢較高的地方，留意獵狗的動向。他步伐輕快，邊走邊聊。

「我看過好幾次熊在月光下吃地膚草的景象。熊會哼著鼻子走來走去，呼嚕嚕濺起水花，從莖上扯下葉子，像人一樣把葉子塞進醜陋的嘴裡。然後牠會像狗嚼草一樣邊嗅邊嚼。夜裡的鳥在牠頭上唱歌，牛蛙像狗一樣鼓噪，綠頭鴨喊著『蛇呀！蛇呀！蛇呀！』地膚草上的水珠很亮，紅色的，像小美洲夜鷹的眼睛……」

聽潘尼敘述，宛如身歷其境一樣精采。

「爸，我真想看熊吃地膚草。」

「這個嘛，活到我這年紀就會看到了，還會看到一堆古怪好玩的事。」

「爸，牠們在吃東西的時候，你有開槍打牠們嗎？」

「兒子，動物在吃東西，沒威脅也沒傷害人的時候，我通常不開槍，看著我就滿足了。我認為不應該在那種時候攻擊動物。或者動物交配的時候也是。有時候，沒獵到肉，巴克斯特家就得挨餓，我會做我不喜歡做的事。你長大以後別像佛瑞斯特家的，只為了好玩去獵用不上的肉。那就像熊一樣壞了。聽到了嗎？」

「聽到了，爸。」

老茱發出一聲刺耳的尖叫聲。足跡往右一轉，向東去了。

「就怕這樣。」潘尼說：「鱷梨叢……」

鱷梨樹叢密實地幾乎無法穿越。這片土地變化多端，讓獵物有了絕佳的掩護。老瘸子雖然漫不經心地吃食，但牠從來不遠離有遮蔽的地方。鱷梨樹苗像柵欄的欄杆一樣緊緊挨在一塊兒，裘弟很納悶熊的身軀那麼龐大要怎麼鑽過去。不過有些地方的樹苗比較稀疏，或是比較幼嫩柔軟，他看得出那裡有條明顯的通用小徑。那是其他動物使用過的。路徑縱橫交錯。山貓跟著鹿，猞猁跟著山貓，以及密佈的小動物掌印，浣熊、兔子、負鼠和臭鼬戰戰兢兢地在牠們的掠食者同胞身邊覓食。

潘尼說：「我想最好裝一下彈藥。」

他發出嘖嘖聲，示意要老茱等他。牠懂事地趴下來休息，而利普和波克也欣然趴倒在牠身邊。裘弟一直把火藥筒扛在肩上。潘尼打開火藥筒，把一份火藥粉倒進槍口，接著從彈藥袋裡拿出一撮乾燥的黑色空氣草*，塞進去當填料，再用推彈杆壓實。他放進一些小型鉛彈，再加些填料，最後放上火藥帽，再用推彈杆輕輕一壓。

「好了，茱莉亞。去逮牠吧。」

早上的追蹤很愜意，比較像愉快的遠足而非打獵。現在昏暗的鱷梨樹叢在他們頭頂上緊密聚攏，濃密的林木間飛出鵰鳥，發出呼呼的嚇人振翅聲；土壤又黑又軟，兩旁的灌木叢傳來什麼東西疾行而過的窸窣聲。小徑上偶而會有一道陽光從樹叢的空隙投射下來。儘管有動物來來去去，這氣味錯不了，熊的濃郁氣息飄盪在這枝葉繁茂的通道裡。牛頭犬的短毛直豎，老茱敏捷地奔跑，而潘尼和裘弟不得不彎著腰跟上去。潘尼右手握著前膛槍，微微擺動，槍管稍微傾斜，這麼一來，就算他不小心絆倒而開火，也不會射到跑在前面的獵狗。裘弟背後落下一根枝條，他連忙抓住父親的襯衫。一隻松鼠吱吱跑開。

樹叢沒那麼密了。地勢變低，成了沼澤。一塊塊簍子大小的枝葉空隙透進陽光。這裡的巨型蕨類長得比他們還要高。熊行經之處有一株蕨類被壓扁了，它辛香的甜味瀰漫在溫暖的空氣之中。一根幼嫩的捲鬚回彈成直立姿態。潘尼指了指捲鬚。裘弟明白，瘸子沒幾分鐘前才經過這裡。老茱興奮得發狂。蹤跡代表的是食物和飲水。牠的鼻子掠過溼潤的地面。一隻叢鴉搶先飛上前警告獵物，大叫著：「普力克——啊普——哇——啊——啊。」

傾斜的沼澤地形成一道流動的小支流，只有柵欄的柱子那麼寬。殘缺的腳印越過流水。一條蝮蛇好奇地昂起頭，然後化為一道流暢的褐色螺旋，朝下游而去。支流對岸生長著棕櫚。巨大的足跡繼續越過沼澤。裘弟注意到父親襯衫後背溼了。他摸摸自己的袖子，袖子在淌水。老茱倏然吠叫，潘尼拔腿奔跑起來。

「小溪！」潘尼喊著。「牠要去小溪那裡。」

沼澤裡滿是聲響。樹苗被壓跨了。熊宛如一陣黑颶風，壓倒一切阻礙。狗兒吠叫。裘弟的心跳聲在他耳中隆隆作響。一條夜花菝葜的藤蔓絆倒了他，他跌趴在地上，又立刻站起來。潘尼的短腿像槳一樣在他前面不斷擺動。老瘸子將要在獵狗阻止牠之前跑到刺柏溪了。

---

* Spanish moss，學名 *Tillandsia usneoides*，屬於鳳梨科鐵蘭屬，通稱空氣草、空氣鳳梨、鐵蘭花等，本書採用「空氣草」的譯法。這是熱帶和亞熱帶氣候常見的一種附生植物，多半生長於較高大的樹木上，它的枝葉垂墜下來看起來很像樹木的頭髮或鬍鬚。

溪岸邊有片地方開闊起來。裘弟看到一團龐大的黑色影子衝出去。潘尼停下，舉起槍，然後剎那間，一顆小小的褐色飛彈擲向毛茸茸的熊頭。老茱追上了敵人。牠撲跳又後退，才剛後退又旋即撲向牠。利普竄到牠身旁並肩而戰。老瘸子轉身一掌揮向利普。茱莉亞撲向老瘸子的側腹。潘尼停火了，他怕傷到狗，所以不能開槍。

突然，老瘸子裝出一副無所謂的樣子站著，好像被搞糊塗似的，遲緩而猶豫，前後晃動，發出像孩子嗚咽一般的哀叫聲。獵狗立刻退開。這是射擊的完美時刻，潘尼把槍扛上肩頭，用左頰靠著槍，瞄準準星，扣下扳機。啵地一聲，槍沒擊發。他扳起擊槌，又扣了一次扳機。他的額頭佈滿汗珠。擊槌又白白卡答一響。這時一陣黑色的暴風爆發了，以快得不可思議的速度，呼嘯襲向獵狗。森白的獠牙和彎爪宛如劈過暴風的閃電。牠大聲咆哮，轉動身軀，齜牙咧嘴，並朝著四面八方發動攻擊。狗也一樣敏捷。茱莉亞從後面迅速突擊，當老瘸子轉身要抓老茱時，利普躍向牠毛茸茸的咽喉。

裘弟嚇呆了。他看著父親再一次扳起擊槌，半蹲著舔舔嘴脣，手指勾向扳機。老茱襲向熊的腰部右側。熊轉過身，但卻不是對付茱莉亞，而是牠左邊的牛頭犬。牠掃過利普側身，讓牠摔趴在灌木叢裡。潘尼又扣了一次扳機。隨之而來的爆炸聲嘶嘶作響，潘尼往後倒下。槍走火了。

利普回頭繼續試圖攻擊熊的咽喉，茱莉亞則改從後方進攻，熊再度搖搖擺擺地做困獸之鬥。裘弟跑向父親。潘尼已經爬起來了，右側的臉被火藥熏黑了。老瘸子甩開利普，轉向茱莉亞，用牠彎彎的爪子把牠抓向胸前。茱莉亞發出尖銳的吠叫聲。利普縱身撲向老瘸子背後，把牙齒深深埋進牠的毛皮裡。

裘弟尖叫：「牠要把茱莉亞殺了！」

潘尼拚命跑向那團混仗的核心，使勁把槍管捅向熊的肋骨。茱莉亞在劇痛中仍然咬住牠上方的黑色喉嚨。老瘸子咆哮一聲，猛然轉身衝下溪岸，躍進水流深處。兩隻狗都緊咬不放，老瘸子瘋狂地泅水。茱莉亞只有頭露出水面，就位在熊的口鼻下方，利普則逞強地騎在寬闊的熊背上。老瘸子游到了對岸，慌忙爬上岸。茱莉亞鬆開牙關，軟趴趴地跌到地上。熊衝向茂密的叢林。利普在牠身上多堅持了一會兒，然後不知如何是好地漸漸鬆口，猶豫地回到小溪。牠嗅嗅茱莉亞，然後蹲坐下來，朝著對岸哀號。

遠處林下植物傳來一陣踐踏聲，隨後是一片靜默。

潘尼喊：「來啊，利普！來啊，茱莉亞！」

利普搖搖他肥短的尾巴，沒有移動。潘尼把狩獵號角拿到脣邊，溫柔地吹了一下。裘弟看到茱莉亞抬起頭，又頹然落下。

潘尼說：「我得去帶牠。」

他脫掉鞋子，從岸邊滑進水裡，奮力游出去。離岸幾碼之處，水流像抓住原木一樣，狠狠攫住他往下游衝。他與水流奮戰，努力游向岸邊。裘弟看到他在遠遠的下游搖搖晃晃地站起來，抹掉眼裡的水，沿著岸邊賣力往上游走向他的狗。他彎腰檢查獵狗，然後把牠抱在一隻手臂底下。這次他往上游走了好一段路才過溪。他跳進溪裡，用空出的手來划水，水流接住他然後幾乎直接把他載送到裘弟腳邊。利普划水游在他後面，上岸後抖抖身子。潘尼輕輕放下老獵狗。

「牠傷得很重。」他說。

潘尼脫下襯衫，把狗包在衣服裡，然後用袖子打結做個背帶，扛到背上。

「決定了。」他說：「我得弄把新的槍。」

他臉頰上被火藥粉燒傷的地方已經起了水泡。

「爸，出了什麼問題？」

「幾乎整把槍都有問題。擊槌接彈筒的地方鬆掉了，我早就知道，都得扳個兩、三次才能擊發子彈。但走火的話，就代表主彈簧彈性疲乏了。欸，我們走吧。你拿著那把該死的槍。」

他們開始穿過沼澤，踏上歸途。潘尼朝著西北方切過去。

「這下子不逮住那隻熊，我不會罷休。」他說：「只要給我一把新的槍——以及時間。」

裘弟看著面前那包癱軟的東西，突然覺得再也受不了了。血流涓涓，淌在父親赤裸消瘦的背上。

「爸，我想走前面。」

潘尼轉過身注視著他。

「別給我昏倒了。」

「我可以替你開路。」

「好。去吧。裘弟，把背包拿去，拿點麵包。吃一口吧，孩子。會舒服點。」

裘弟在袋子裡盲目地摸索，拿出那包鬆餅。沙黑莓果醬嚐起來又酸又涼。鬆餅那麼好吃，讓他感到愧疚。他吞下幾塊鬆餅，然後拿了一些給父親。

「食物真是最好的慰藉。」潘尼說。

樹叢裡傳出一陣哀鳴。一個畏縮的小身影跟著他們，原來是小獵犬波克。裘弟氣得踢牠一腳。

「別找牠麻煩。」潘尼說：「我一直懷疑牠不行。有些狗可以獵熊，有些就是沒辦法。」

那隻小獵犬跟到了行列最後面。裘弟努力開路，但是那裡很多倒下的樹木，比他身子還粗，容不得他挪動。圓葉菝葜比父親的肌肉還堅韌，困住了他，他只能硬是推擠過去，或是從下面鑽過。背著重擔的潘尼還是得自己移動。沼澤茂密又潮溼。利普走得氣喘吁吁。裘弟肚子裡的鬆餅撫慰著他。他伸手進背包裡拿番薯餅，父親婉拒了自己的那一份，裘弟於是和利普分著吃。至於那隻小獵犬，裘弟覺得牠什麼都沒資格吃。

謝天謝地，最後終於離開沼澤，來到稀疏的松樹林。之後接連一、兩哩的灌木林也顯得輕鬆許多，不難穿越。和沼澤比起來，推擠過矮櫟樹、伊頓櫚、光滑冬青和鞣樹就沒那麼辛苦了。下午過半時，巴克斯特家樹島的高大松樹出現在前頭。他們的隊伍從東邊魚貫走下沙子路，進入林間墾地。利普和波克搶先跑向柏木挖成的雞隻專用水槽。巴克斯特媽媽坐在狹窄的陽台上搖著搖椅，大腿上擱著一堆要縫補的東西。

她喊道：「死了條狗，沒捉到熊，是嗎？」

「還沒死。給我水、碎布、粗針和線。」

她立刻起身幫忙。遇到麻煩的時候，她那龐大身軀和雙手展現的能耐總是讓裘弟驚奇。潘尼把茱莉亞放在門廊的地板上，茱莉亞嗚咽一聲。裘弟彎腰摸摸牠的頭，牠朝他露出牙齒。他悶悶不樂地跟在母親後面，她正把一條舊圍裙撕成布條。

她跟他說：「你可以去拿水來。」於是他匆匆跑去拿水壺。

潘尼抱回一堆黃麻袋到陽台幫獵狗鋪個窩。巴克斯特媽媽拿來手術工具。潘尼解開狗身上被鮮血浸透的襯衫，沖洗深深的傷口。老茱一聲不吭，牠以前就嚐過爪子的厲害了。潘尼縫起最深的兩道傷口，把松脂揉進所有的傷口。牠只吠叫了一聲，然後就靜靜地任他處理傷勢。他說牠斷了一根肋骨，他沒辦法處理，不過只要牠活下來，肋骨就會癒合。牠失血不少，呼吸變得急促。結束之後，潘尼把牠連著窩整個兒抱起來。

巴克斯特媽媽問：「你要把牠帶到哪去啊？」

「去臥房。我今天必須守著牠。」

「以斯拉．巴克斯特，別帶進我臥房。該替牠做什麼，我會做，可是我不要你整晚在床上爬上爬下吵醒我。我昨晚根本沒睡。」

「那我就和裘弟睡，把茱莉亞安頓在那裡。」他說：「今晚我絕對不會讓牠孤零零地留在小棚屋裡。裘弟，拿冷水給我。」

潘尼把茱利亞抱到裘弟房間，擱在角落堆起的麻布袋上。牠不知是不肯喝水還是喝不下去，於是他扳開牠的嘴，把水灌下牠乾燥的喉嚨。

「暫時讓牠休息吧。我們去做雜務。」

這個下午，這片墾地讓人感到一股莫名的安適。裘弟去乾草堆收集雞蛋，擠牛奶，放小牛到母牛身邊，然後替母親砍柴。潘尼則一如既往，瘦瘦的肩膀用牛軛扛著兩只木桶前往陷穴。巴克斯特媽媽煮了美洲商陸和乾豇豆當晚餐，還煎了小小一片新鮮豬肉。

「要是今晚有塊熊肉就太好了。」她惋惜地說。

裘弟很餓，但潘尼沒什麼胃口。他離席兩次去餵茱莉亞吃東西，但牠都不吃。巴克斯特媽媽沉重地起身清理桌子、洗碗盤。她沒問打獵的細節。裘弟很渴望談談打獵的事，好驅散追蹤那隻熊並與之戰鬥的餘韻，以及自己的恐懼。潘尼很安靜。沒人注意男孩，男孩只好埋首吃那道豇豆。

落日鮮紅且清晰。巴克斯特家廚房裡的陰影又黑又長。

潘尼說：「我累壞了，想去睡了。」
裘弟的腳被牛皮鞋磨破，生了水泡。他說：「我也是。」
巴克斯特媽媽說：「我晚點睡。我今天沒做什麼事，都在擔心受怕、弄香腸。」
潘尼和裘弟走進他們房間裡，在窄床邊更換衣服。
「要是你的塊頭和你媽一樣大，我們都躺上床，就會有人跌到地板上。」
床鋪大小夠躺兩個瘦巴巴的身子。西方的紅暈散去，房裡一片昏暗。獵狗睡了，在夢裡嗚咽。月亮升起，比滿月日晚了一個小時，讓小房間沐浴在銀色的光芒之中。裘弟的雙腿像著火似地發燙，膝蓋也陣陣抽痛。
潘尼說：「兒子，你還醒著嗎？」
「我好像還在走路。」
「我們今天走了很遠。喜歡獵熊嗎，孩子？」
「這個嘛——」裘弟說著，揉揉膝蓋。「我喜歡想像獵熊的事。」
「我知道。」
「我喜歡沿著足跡追蹤。我喜歡看到被踩爛的樹苗和沼澤裡的蕨類。」
「我知道。」

「我喜歡老茱有的時候長聲吠叫——」

「可是打鬥好可怕，對吧，兒子？」

「真的好可怕。」

「像狗全身是血這樣的景象，看了就難過。兒子，你還沒看過被殺死的熊。牠們雖然凶狠，但當牠們倒在地上、被獵狗撕裂喉嚨，發出像人一樣的慘叫，然後倒下來死在你眼前的時候，又有點可憐。」

父子倆沉默地躺著。

潘尼說：「要是野獸不來打擾我們就好了。」

「真希望可以殺光那些偷我們食物、傷害我們的野獸。」裘弟說。

「對動物來說，那不是偷。動物也要討生活，牠們為了生存會盡力而為，就像我們一樣。對山獅、野狼和熊來說，獵動物來吃是牠們的天性。郡的地界對牠們一點也不重要，人類的柵欄也一樣。動物怎麼會知道土地是我的、是我付錢買下來的呢？熊怎麼會知道我的豬是我的食物來源？牠只知道自己餓了。」

裘弟躺著注視外頭那片明亮。巴克斯特家的樹島在他眼中，就像被飢餓包圍的要塞。月光下閃爍著紅色、綠色和黃色的眼睛。飢餓會迅速襲來，衝進這片墾地，殺戮、進食然後溜走。鼬鼠和負鼠會偷雞窩，狼或山獅可能在日出之前殺死小牛，老瘸子可能再來殺戮飽食一頓。

「動物做的事，和我去給我們家打肉吃，其實沒什麼不同。」潘尼說：「我也是在牠生活、作窩、養育小孩的地方獵捕牠。不殺生，就得挨餓。這是個很殘酷的法則，但這就是法則。」

不過這片墾地很安全。會有野獸來，不過野獸會離開。裘弟發起抖，但他不知道為什麼。

「兒子，你會冷嗎？」

「好像會。」

他彷彿還看見老瘸子轉動身體，揮爪咆哮；看見老茱跳起來，被抓住重擊，而牠不肯鬆口，最後掉下去，身軀殘破、血流如注。但墾地是安全的。

「兒子，靠近一點。我來暖暖你。」

裘弟挪靠近父親的身體。潘尼一隻胳膊鑽過來摟著他，他緊靠著父親細瘦的大腿。父親是安全的核心。父親游過湍急的溪流，帶回他受傷的狗。墾地很安全，父親會為了墾地與家人而奮鬥。一股溫暖舒適的感覺籠罩住裘弟，他一下子就睡著了。夜裡他被吵醒過一次，那時潘尼正蹲在角落的月光下照顧獵狗。

# 第五章

早餐時，潘尼說：「不去換把新的槍，我就是自找麻煩。」

老茱好一點了。傷口很乾淨，沒有腫脹。不過牠失血太多很虛弱，只想睡覺。潘尼把裝牛奶的葫蘆遞向牠，牠只舔了一點。

巴克斯特媽媽問：「你幾乎沒錢繳稅，要怎麼買新槍？」

潘尼糾正她：「我說用『換』的。」

「要是你做買賣占得了便宜，我就吞了我的洗手盆。」

「我說孩子的媽啊，我不想占誰的便宜。不過有些交易可以皆大歡喜。」

「你有什麼可以做交易的？」

「那隻小獵犬。」

「誰會要啊？」

「牠是隻好的獵捕犬。」

「只會獵餅乾吧。」

「妳也知道嘛，佛瑞斯特家的愛狗成癡。」

「以斯拉．巴克斯特，你跟佛瑞斯特家的做生意，能穿著褲子回來就不錯了。」

「反正我和裘弟今天就要去那裡。」

潘尼的語氣十分堅定，相形之下連妻子壯碩的身體也沒了份量。她嘆口氣。

「好啊。不留個人幫我劈柴、提水，也不擔心我累死。去啊，帶他走啊。」

「我又不會沒準備柴或水，就把妳丟在家裡。」

裘弟焦急地聽著。他寧可不吃東西，也想去佛瑞斯特家。

潘尼說：「裘弟得和男人相處，學學男人的作風。」

「哼，從佛瑞斯特家開始學，真不錯。要是跟他們學，他的心會變得像午夜一樣黑。」

「他也許會學到別變成他們那樣。反正我們去定了。」

潘尼從餐桌旁站起來。

「我去挑水，裘弟，你去多劈點柴。」

她在他背後喊著：「你們要帶午餐嗎？」

「那可對鄰居們不太禮貌。我們中午會跟他們一起吃。」

袞弟匆匆來到木頭堆。斧頭每劈一下柴，他就更接近佛瑞斯特家和他的朋友乾草翅一點。他劈了不少木柴，捧著木柴來到廚房，裝滿母親的柴箱。父親還沒從陷穴挑水回來。袞弟趕緊去畜欄替馬上鞍。如果先讓馬準備就緒，等在那裡，或許能在母親找到其他藉口拖延他之前就離開。他看到潘尼挑著兩只盛滿水的沉重木桶，被牛軛壓彎了身子，從西邊的沙子路走過來。袞弟跑上前幫潘尼把木桶擱到地上，以免潘尼失去平衡打翻桶子，辛苦的挑水工作就得從頭來過一遍。

「凱薩上好鞍了。」

「我想柴也已經在燒了吧。」潘尼咧嘴而笑。「好啦。等我穿上大衣，把利普拴好，帶上槍，我們就出發。」

他們的馬鞍是跟佛瑞斯特家買的，佛瑞斯特家的發現這馬鞍對他們的大骨架而言小了點。潘尼和袞弟倒能夠舒舒服服地一起騎。

「兒子，坐到前面來。不過將來你的個子要是繼續追上我，讓我看不見前面的路，你就得騎在後面了。來，波克！跟上。」

小獵犬跟到他們後面，半途停了下來回頭張望。

潘尼對他說：「希望這是你的最後一眼了。」

凱薩精力充沛，開始穩定地小跑步。牠年邁的馬背十分寬闊，還有寬大的馬鞍，袞弟心想，背後靠著父親這樣騎馬，就像坐搖椅一樣舒服。沙子路宛如一條陽光明媚的緞帶，綴以重重樹影。往西去，路在陷穴附近分了岔，一條路通往佛瑞斯特家的樹島，另一條轉向北。古老的長葉松上，祖先的斧痕標示著轉向北方的路徑。

裘弟問：「那些記號是你或佛瑞斯特家做的嗎？」

「記號刻在那邊很久了，久到我和佛瑞斯特家的都沒聽過那是怎麼來的。有些記號刻得很深，而且松樹長得很慢，就算這是西班牙人留下來的，也不奇怪。去年那個老師沒教你歷史啊？欸，孩子，這條小徑是西班牙人開的。這條，就是我們正要離開的這條，是橫越佛羅里達的西班牙古道。前面巴特勒堡那裡有個岔路，南方那條通往坦帕。那條叫騎兵道。這條叫黑熊道。」

裘弟的大眼睛轉向父親。

「你覺得西班牙人跟熊打過架嗎？」

「他們停下來紮營的時候，應該不得不打吧。他們得和印地安人、熊和山獅打。我們也一樣，只不過少了印地安人。」

裘弟左右張望。松樹林突然茂密起來。

「現在附近還有西班牙人嗎？」

「裘弟，連那些有聽過爺爺說見過西班牙人的人都不在世了。西班牙人坐船來到這裡，在佛羅里達到處做買賣、打仗、跑來跑去，誰也不曉得他們到哪去了。」

在這個金黃色的早晨，春日林子裡的活動愜意地進行著。紅雀在求偶，到處都是頂著頭冠的公鳥在唱歌，唱到巴克斯特家樹島都盈滿甜美的鳥鳴。

「比小提琴和吉他都好聽，對吧？」潘尼說。

裘弟猛然回過神，回到灌木林裡。剛才，他已經和西班牙人一起渡過半個海洋了。

楓香長滿新葉。紫荊、茉莉和山茱萸的花開了又謝，但越橘、鞣樹和紅花琉璃草的花正在綻放。路徑穿過一哩嫩綠與白色、薔薇色的鮮花通向西方。野蜜蜂在聖奧古斯丁葡萄的細碎小花之間嗡嗡叫。接著路變窄了，穿過一塊荒廢的墾地。凱薩慢下腳步，開始用走的。灌木林在他們周圍濃密起來。矮櫟樹、光滑冬青和桃金孃樹叢擦過他們的腿。植物濃密而低矮，偶爾才有遮蔭。四月的烈陽高掛天空。凱薩汗流浹背，馬鐙的皮革磨擦得嘎吱作響。

炎熱寂靜的路走了兩哩。只有鵐鳥在樹叢裡竄動。一隻狐狸拖著尾巴穿越道路，還有個形似山貓的黃色身影一溜煙鑽進桃金孃裡。接著路又變寬了，植物逐漸稀疏，佛瑞斯特家樹島的高大樹木像地標一樣聳立在眼前。潘尼下馬抱起小獵犬，把牠抱在懷裡爬上馬。

裘弟問：「為什麼把牠抱起來？」

「你別管。」

他們進入常綠闊葉林，進入那陰涼、深邃，由棕櫚樹和綠櫟樹形成的圓拱裡。路徑彎彎曲曲，一棵巨大的櫟樹底下露出一塊褪色的灰，那是佛瑞斯特家的小屋，還有一汪池塘閃耀著粼粼波光。

潘尼說：「你別欺負乾草翅喔。」

「我才不會欺負他。他是我朋友。」

「很好。他媽老了才生他，所以他有點怪，不是他的錯。」

「他是我最好的朋友。不算奧利佛的話。」

「還是跟奧利佛當好朋友就好。他的故事和乾草翅一樣誇張，不過他至少曉得自己什麼時候在吹牛。」

突然間，森林的寂靜被打破了。木屋裡爆發一陣騷動，傳來椅子扔過地板、龐大物體撞擊、玻璃碎裂、腳步重重踩踏在木地板上等巨響，佛瑞斯特家男性的大嗓門也在牆與牆之間隆隆迴盪。一個尖銳的女性聲音蓋過所有騷動。門倏然敞開，一群狗湧向屋外。佛瑞斯特媽媽用爐床掃帚揮打牠們，所以牠們爭先恐後地逃命。她那幾個兒子都擠在她背後。

潘尼喊著：「這裡下馬安全嗎？」

佛瑞斯特家的人扯開嗓門，一邊向潘尼和裘弟打招呼，一邊對狗發號施令。佛瑞斯特媽媽雙手高高舉起自己的方格紋圍裙，上下揮動，像揮舞旗子似地。歡迎的吆喝和對狗群的命令混成一塊兒，讓裘弟聽得渾身不自在，不大確定佛瑞斯特家的人歡不歡迎他們。

「快下馬，進屋裡來！滾開，你們這些該死的培根賊！嗨呀！你們好啊！給我滾！」

佛瑞斯特媽媽衝向狗群，牠們跑進森林裡一哄而散。

「潘尼．巴克斯特！裘弟！快下馬，進來吧！」

裘弟跳落到地上，佛瑞斯特媽媽在他背後重重地拍了一下。她身上有鼻菸和柴火的味道，並不難聞，但這讓他不禁想念起哈托奶奶細緻甜美的氣味。潘尼也下了馬，他還是溫柔地抱著小獵犬。佛瑞斯特家人散亂地站在他四周，巴克把馬牽去畜欄，水車輪抱起裘弟，把他扛到一邊肩上，然後放回地上，像在抱小狗似的。

裘弟看向他們後方：乾草翅正在爬下木屋的階梯，匆匆朝他趕來。乾草翅駝背扭曲的身體像受傷的猿猴一樣，歪歪扭扭地前進。乾草翅高高舉起他的拐杖揮舞，裘弟也跑上前去。乾草翅整張臉都亮了起來。

他大喊：「裘弟！」

兩人站著，喜悅又難為情。

裘弟突然感受到一陣其他人不曾給過他的喜悅。對他來說，他朋友的身體就像變色蜥蜴或負鼠的身體一樣正常。他知道大人說乾草翅沒腦袋，「乾草翅」這名字就是因為那個事件而來的，裘弟自己可不會做出那種事。那時，佛瑞斯特家最小的這個孩子，覺得如果把自己綁在輕巧沒重量的東西上，就能像鳥兒一樣優雅地從穀倉屋頂上飄起來。結果他把幾大捆草料和豇豆莖綁在手臂上，然後就縱身一跳。他奇蹟似地活了下來，但增添了幾根斷骨頭，讓他天生駝背的骨架變得更加扭曲。這麼做當然很瘋狂，不過暗地裡，裘弟其實覺得類似的構想可能行得通。裘弟自己常想到風箏，很巨大的風箏。而且裘弟內心幽微深處，多少也了解畸形男孩多麼渴望飛翔、渴望輕盈，渴望擺脫被束縛於地面、駝背而蹣跚的身體，得到片刻的自由。

裘弟說：「嗨。」

乾草翅說：「我弄到一隻浣熊寶寶。」

他總是有新寵物。

「我們去看看吧。」

乾草翅帶他到木屋後成堆的箱子和籠子旁，他更迭不斷的那群鳥獸寵物就棲身在那邊。

「我的老鷹死了。」乾草翅說。「太野了，不能關著。」

那對黑色的沼澤兔不是新面孔。

乾草翅抱怨說：「牠們不肯生小兔子。我打算放了牠們。」

有隻狐松鼠不停地踩著滾輪。

乾草翅提議說：「這隻給你。我可以再抓一隻。」

裘弟的希望燃起又很快熄滅。

「媽不會讓我養任何東西。」

但他好想擁有那隻狐松鼠，內心激動了起來。

「這是浣熊。火箭，來！」

狹窄的木板之間探出一個黑鼻頭。像寶寶的小手一樣的小黑掌伸了出來。乾草翅掀起一片木板，抱出浣熊。浣熊攀住他的手臂，發出奇異的啾啾聲。

「你可以抱抱牠。牠不會咬你。」

裘弟把浣熊摟在身上。他覺得自己從沒看過也沒摸過那麼棒的東西。灰色毛皮像他母親的軟絨布睡衣一樣柔軟。尖尖的臉上有一塊黑色條紋，像面具一樣橫跨雙眼。毛茸茸的尾巴有一圈圈的美麗條紋。浣熊啃啃他的手，又叫了。

「牠要牠的糖奶嘴。」乾草翅疼愛地說：「我們趁狗不在，把牠帶進屋子裡吧。牠好怕狗，不過會習慣的。牠不喜歡騷動。」

裘弟問：「我們來的時候，你們在吵什麼？」

「我沒加入。」乾草翅不屑地說：「是他們在吵。」

「什麼事啊？」

「有隻狗在地板中央撒尿，他們在吵是誰的狗闖了禍。」

# 第六章

浣熊貪婪地吸吮著牠的糖奶嘴。牠被捧在裘弟懷裡，仰躺著，用兩隻前腳抓著吸飽糖水的布，享受地閉上眼睛。牛奶把牠的小肚皮撐得圓滾滾的，沒多久，牠就推開糖奶嘴，掙扎著要跑走。裘弟把牠抱上肩頭。浣熊撥開裘弟的頭髮，忙不停的小手沿著裘弟的脖子和耳朵摸索。

乾草翅說：「牠的手就是閒不下來。」

這時，佛瑞斯特爸爸在火爐後的陰影裡說話了。他一聲不響地坐在那裡，裘弟一直沒發現他。

「我小時候有隻浣熊。前兩年乖得像小貓一樣。然後，有一天，牠從我小腿肚咬掉一塊肉。」他向火裡啐了口痰。「這隻長大也會咬人。浣熊的天性就是這樣。」

佛瑞斯特媽媽進屋了，朝著她的鍋碗瓢盆走去。兒子們魚貫地跟著進來——巴克、水車輪、蓋比、派克，還有亞契和蘭姆。裘弟不解地望著他們：這對乾瘦的夫妻生養了這些巨大的男人。除了蘭姆和蓋比，其他人的模樣都差不多。蓋比稍微矮了點，沒那麼開朗；所有人之中，唯獨蘭姆的臉修得乾乾淨淨，他和其他人一樣高，不過瘦了點，沒那麼黑，而且最沉默寡言。最聒噪的巴克和水車輪喝酒喧鬧的時候，蘭姆常坐在一旁沉思，悶悶不樂的樣子。

潘尼．巴克斯特走進來，淹沒在他們之中。佛瑞斯特爸爸繼續評論浣熊的天性，除了裘弟之外沒人在聽，但老先生還是說得自得其樂。

「那隻浣熊會長到和狗一樣大。牠會打敗院子裡所有的狗。浣熊活著就是為了打敗狗。牠會躺在水裡對付整群的狗，一隻隻淹死牠們。而且還很會咬呢。浣熊即使死了，都會再咬你一口。」

裘弟陷入掙扎，他既想繼續聽佛瑞斯特爸爸說話，又對佛瑞斯特家其他人的談話深感好奇。他很意外父親居然還溫柔地抱著那隻沒用的小獵犬。潘尼走到房間的另一頭來。

「你好啊，佛瑞斯特先生。真高興見到你。身體還好吧？」

「你好啊，先生。我的命沒剩多少，這樣算很不錯了。說實在話，我早該掛掉，上天堂去，結果一直拖拖拉拉的。看來這地方跟我比較熟。」

佛瑞斯特媽媽說：「巴克斯特先生，坐呀。」

潘尼拉了張搖椅坐下。

蘭姆．佛瑞斯特從屋裡另一頭大喊：「你的狗瘸啦？」

「喔，不是。牠沒瘸過。只是不想給你們那些弒血獵犬咬了。」

「很寶貝，是吧？」蘭姆問。

「才不寶貝。牠連一絲菸草都不值。我要走的時候，你們可別想留住牠，牠連偷都不值得偷。」

「牠那麼糟，你還真照顧牠咧。」

「是沒錯。」

「你讓牠去獵熊了嗎？」

「我讓牠去獵熊了。」

蘭姆靠過來，粗聲粗氣地說話。

「牠很會追蹤嗎？有把熊追到無路可逃嗎？」

「很差勁。我沒養過這麼沒用的，也沒跟著這麼沒用的獵熊狗出去過。」

蘭姆說：「哪有人把自己的狗講得那麼難聽。」

潘尼說：「這個嘛，我承認牠看起來不錯，幾乎誰看了都想要，但我可不想讓你們動了交易的念頭，免得你們受騙上當。」

「你回去的路上想打打獵嗎？」

「欸，男人哪時候不想打獵。」

「你把沒用的狗帶在身邊，實在太奇怪了。」

佛瑞斯特一家子你看看我，我看看你，沉默了下來。他們的黑眼睛全盯著小獵犬。

「這隻狗不管用，我的老前膛獵槍也不管用。」潘尼說。「我沒輒了。」一雙雙黑眼睛瞥向木屋的牆壁，佛瑞斯特家的武器全掛在那裡。裘弟心想，那些槍枝都夠開一家槍店了。佛瑞斯特家靠買賣馬匹、賣鹿肉、釀私酒賺了不少錢。他們買槍枝，就像其他人買麵粉和咖啡一樣。

「我沒聽過你打獵失手。」蘭姆說。

「昨天就失敗了。我的槍沒辦法發射，好不容易擊發，卻走火了。」

「你在獵什麼？」

「老瘸子。」

一片嘩然。

「牠在哪裡找吃的？從哪邊來的？往哪裡去了？」

佛瑞斯特爸爸用枴杖敲敲地板。

「大家閉嘴，讓潘尼說。你們大家像公牛一樣又吼又叫，他什麼也說不了。」

佛瑞斯特媽媽放下鍋蓋，發出噹啷巨響，然後抬起裝著玉米麵包的平底鍋，裘弟心想，那個平底鍋大得像糖漿鍋一樣。爐邊的香味讓人受不了。

她說：「等巴克斯特先生吃飽再說。你們的禮貌哪去了？」

佛瑞斯特爸爸教訓兒子：「還有，你們不讓朋友在午餐前潤潤嘴，禮貌哪去了？」

水車輪走進一間臥室，回來時拿了一個細頸大酒瓶。他拔起玉米穗瓶塞，把酒瓶遞給潘尼。

潘尼說：「不好意思，我喝得不多。我不像各位，有那麼大的空間裝酒。」

大家一陣爆笑。水車輪把酒瓶傳給屋裡其他人。

「裘弟要嗎？」

潘尼說：「他還太小。」

佛瑞斯特爸爸說：「喔，我剛斷奶的時候就在喝了。」

佛瑞斯特媽媽說：「倒點給我吧。倒在我杯子裡。」

她把食物舀進盤子裡，盤子大到可以拿來盥洗了。長木桌上熱氣蒸騰。有乾豇豆煮肥培根、一塊烤鹿肉、一盤炸松鼠、棕櫚的髓心、一大鍋玉米粥、餅乾、玉米麵包、糖漿和咖啡。爐邊還有一份葡萄乾布丁等著上桌。

佛瑞斯特媽媽說：「早知道你們要來，我就煮些適合招待客人的東西。好啦，來吃吧。」

裘弟望著他父親，看他是不是也因為豐盛的佳餚而興奮，但潘尼的臉似乎有點嚴肅。

「這些菜好到可以宴請州長了。」他說。

佛瑞斯特媽媽不自在地說：「我猜你們家開動前應該會禱告吧。孩子的爸，有客人的時候，禱告一下不會怎樣。」

老人不滿地左看看右看看，然後合起雙手。

「上帝啊，感謝祢又一次用豐盛的食物賜福於我們罪惡的靈魂和肚子。阿門。」

佛瑞斯特家人清清喉嚨跟著唸。裘弟坐在父親對面，一邊坐著佛瑞斯特媽媽，另一邊坐著乾草翅。他發現自己盤子裡的食物堆得好高。巴克和水車輪專挑好的菜塞給乾草翅，乾草翅又在桌下傳給裘弟。佛瑞斯特一家吃得聚精會神，難得安靜下來。食物在他們面前一下就消失無蹤。蘭姆和蓋比吵了起來。他們的父親用他枯瘦的拳頭捶捶桌子，兩人不滿他干涉，抗議了一下，然後就安靜下來。佛瑞斯特爸爸靠向潘尼，壓低聲音說道：「我知道我的孩子很粗魯。他們該做的不做，就愛喝酒打架，女人都想離他們遠遠的，逃得像母鹿一樣快。不過我得替他們說一句——他們從來不會在餐桌上咒罵爸爸媽媽。」

# 第七章

佛瑞斯特爸爸說：「欸，鄰居啊，跟我們說說那隻該死的熊怎樣了。」

「是啊。」佛瑞斯特媽媽說。「你們這些畜生，在聽得太入迷之前先把盤子洗好。」

她的兒子們連忙站起來，手裡拿著自己的盤子和更大的盤子或鍋子。裘弟盯著他們瞧。看他們洗盤子，比看到他們在頭髮上綁緞帶更不可思議。佛瑞斯特媽媽走向搖椅，經過時擰了裘弟的耳朵一下。

「我沒女兒，」她說：「這些傢伙如果要我幫他們做菜，就得幫我善後。」

裘弟望著他父親，暗自祈禱這種異端思想不會被帶回巴克斯特家樹島。佛瑞斯特家的迅速處理了盤子。乾草翅跛著腳跟著他們，替所有動物收集剩菜。他得親自餵狗，才能確保也可以留一點好料給他的寵物。今天有好多可以帶給牠們，乾草翅暗自微笑了，甚至還有足夠的冷食可以當晚餐，食物多到裘弟目瞪口呆。佛瑞斯特兄弟在杯盤敲擊聲中完成他們的工作，把鐵鍋和水壺掛到火爐旁的釘子上。他們把牛皮椅和手工板凳拉到潘尼身邊。有人點上玉米菸斗，有人從黑色的菸草塊上削下菸草。佛瑞斯特媽媽在脣邊沾了點鼻菸。巴克拾起潘尼的槍和一小把銼刀，開始處理鬆動的擊槌。

潘尼開始說：「其實，我們完全沒料到牠會來。」

裘弟打了一個顫。

「牠像影子一樣溜進來，殺了我們的豬母。把牠從頭到腳開腸剖肚，然後只吃一口。牠不餓，只是卑鄙下流。」

潘尼停下來要點菸斗，佛瑞斯特家的彎了個身子把一支燃燒中的木片遞向他。

「牠像一朵黑雲飄進風裡，無聲無息出現。還繞了一圈跑到下風處。安靜得連狗都沒聽見，也沒聞到。就連這隻，連這隻——」他彎身摸摸腳邊的小獵犬，「——也被騙過了。」

佛瑞斯特家的交換了眼神。

「我、裘弟和三隻狗吃完早餐就出發。我們沿著熊的足跡追蹤牠，越過南方的灌木林，走過克拉莎草池塘邊，穿過刺柏灣，穿過沼澤，腳印愈來愈新。最後我們找到了——」

佛瑞斯特全家都緊張地抓住膝頭。

「各位，我們在刺柏溪邊找到牠，就在溪水最深最急的地方。」

裘弟心想，這故事比打獵本身還精采。當時的一切，陰影、蕨類、破碎的棕櫚和奔流的溪水都歷歷在目。故事很刺激，他興奮不已，而父親讓他自豪得不得了。潘尼．巴克斯特的個子不比泥蜂大，論打獵，卻比他們之中的好手更厲害。而且他會像現在這樣，坐著編織出有魔力的神祕話語，讓這些毛茸茸的高大男人們焦急地屏息以待。

他把那場打鬥講得像史詩。講到他的槍走火、老瘸子把茱莉亞壓向牠胸口時，蓋比還不小心把菸草吞下肚，衝向火爐又吐又咳。佛瑞斯特家的個個緊握拳頭，坐到逼近椅子邊緣，聽得嘴都合不攏了。

「媽的。」巴克喘著氣說：「真希望我在場。」

蓋比追問：「結果老瘸子到哪去了？」

潘尼對他們說：「誰也不知道。」

大家安靜了下來。

最後蘭姆開口：「都沒提到你這隻狗。」

「別這樣。」潘尼說：「我說過牠很沒用了。」

「看來牠經歷這一仗還沒事。牠身上一點傷也沒有，對吧？」

「對，一點傷都沒有。」

「要非常聰明的狗，才能跟熊打過卻連個抓傷都沒有。」

潘尼噴了噴菸斗。

蘭姆站起來走向他，聳立在他面前，折了折指節。蘭姆冒著汗。

「我有兩個要求。」他粗聲粗氣地說。「我要在幹掉老瘸子的事裡插一腳。還要你這隻狗。」

「天啊，不行。」潘尼淡淡地說：「我不想拿牠做買賣，騙了你們。」

「唬我沒用。開條件吧。」

「我拿老利普跟你換好了。」

「自以為精明是吧。我已經有比利普更厲害的狗了。」

蘭姆走向那面牆邊，從釘子上拿下一把槍。那是把倫敦精製扭式獵槍。雙槍管閃閃發亮。槍托是胡桃木做的，溫潤有光澤，一對擊錘十分漂亮，精製的配件雕著花紋。蘭姆把槍扛在肩上做了幾個瞄準的動作，然後遞給潘尼。

「英國進口。不用再從槍口裝火藥，三兩下就能填好你的彈殼。把子彈塞進去，上膛，扣扳機，然後砰！砰！連射兩發，就像老鷹飛翔一樣精準。公平吧？」

「天啊，不行。」潘尼說：「這把槍太貴重了。」

「再買就好了。老兄，別跟我爭。我要的狗，就一定弄到手。你不拿槍換，我對天發誓，我會去偷走牠。」

「唉，那好吧，你說了算。」潘尼說。「不過你得在大家面前保證，帶牠打完獵，別來找我算帳。」

「一言為定。」一隻毛茸茸的手掌握住潘尼的手。「來吧，小子！」蘭姆說著向小獵犬吹聲口哨。

他拉住狗的頸背，把牠帶了出去，似乎還怕失去那隻狗。

潘尼在搖椅上搖來晃去，若無其事地把槍橫架在腿上。裘弟目不轉睛地看著那把完美的槍。父親居然鬥智鬥過了佛瑞斯特家的人，他滿心敬畏。不知道蘭姆會不會信守承諾。他聽說過買賣交易有多複雜，卻沒想過光是說實話就能唬人。

他們繼續聊到下午。巴克把潘尼的舊前膛槍調緊，讓那把槍可以用。佛瑞斯特家的人過得十分悠哉愜意。他們說起老瘸子多聰明，說之前有其他的熊，不過都沒牠狡詐。獵捕的過程講得鉅細彌遺，就連二十年前死去的狗也叫得出名字、記得牠們的表現。乾草翅聽膩了，想去池塘抓鰷魚。但裘弟捨不得錯過他們的老故事。佛瑞斯特爸爸媽媽偶爾嘰嘰喳喳地講話、驚呼，不時像愛睏的蚱蜢一樣打瞌睡。最後他們耐不住疲倦，並肩坐在搖椅裡沉沉睡去，又老又乾的身軀在沉睡中仍顯得僵硬。潘尼伸伸懶腰，站了起來。

「真不想離開好同伴。」

「留下來過夜吧。我們要去獵狐狸。」

「謝謝，不過我不想讓家裡沒男人在。」

乾草翅拉拉他的胳膊。

「讓裘弟留下來陪我好不好。我的東西他都還沒看到多少。」

巴克說：「潘尼，讓小的留下來吧。我明天要去沃盧西亞，會把他載去你那邊。」

「他媽會很火大。」潘尼說。

「做媽媽的最會發脾氣了。對吧，裘弟？」

「爸，我好想留下來。我好久沒玩了。」

「是啊，前天之後就沒玩了。好吧，這些傢伙真的歡迎你的話，就留下來吧。蘭姆，要是巴克送孩子回家之前，你考驗小獵犬的結果不滿意，別殺了牠。」

他們哄堂大笑。潘尼扛起他的新槍和舊槍，走向馬匹。裘弟跟了過去，伸手撫摸光滑的槍。

潘尼喃喃說：「如果對方不是蘭姆，而是其他任何人，我會不好意思帶這把槍回家。只是蘭姆給我取了綽號之後，我還沒回敬過他。」

「但你跟他說的是實話。」

「我說的是實話，打的主意卻像奧克拉瓦哈河一樣扭曲。」

「他發現了會怎樣？」

「他會想把我宰了。氣消了之後，我希望他會哈哈大笑。兒子，明天見。要乖喔。」

佛瑞斯特家的跟過來道別。裘弟在父親背後揮著手，心裡有一股新生的寂寞。裘弟幾乎想叫他回來，想追過去，爬上馬鞍，跟他一起騎回那塊舒適的林間墾地。

這時乾草翅喊著：「裘弟，浣熊在池塘抓魚！快來看！」

裘弟跑去看浣熊，牠正在一小汪池水裡摸來摸去，用很像人類的雙手摸索牠直覺會在那裡的東西。下午剩餘的時光，裘弟都跟乾草翅和浣熊在玩。他幫忙清理松鼠的箱子，幫一隻跛腳的紅雀造籠子。佛瑞斯特家有一群和他們同樣野的鬥雞。母雞在附近的林子裡到處下蛋，在糾結的楔葉懸鉤子叢和灌木叢下，雞下多少蛋，蛇就吞掉多少。裘弟跟著乾草翅去一一收集。有一隻母雞正在孵蛋。乾草翅把他們收集到的蛋交給母雞，總共十五顆。

乾草翅說：「這隻是好媽媽。」看來這類的事都由他負責。

裘弟還是很渴望擁有屬於自己的東西。乾草翅願意把狐松鼠給他，裘弟相信他甚至願意把浣熊寶寶給自己。可是他從過去的教訓學到，別增加要餵養的嘴，不然會激怒母親，就算那張嘴再小也一樣。乾草翅對孵蛋的母雞說起話來：「要待在窩裡，知道嗎？把那些蛋孵成小雞。這次我要黃色的小雞，不要有黑的。」

他們回頭往木屋走。浣熊叫著跑來迎接他們。牠攀上乾草翅彎彎的腿和背，找到舒服的位置窩著，然後摟住他的脖子，牠潔白的小牙齒咬上乾草翅的皮膚，搖頭晃腦地裝凶狠。乾草翅讓裘弟帶浣熊進木屋。牠知道裘弟是陌生人，用困惑明亮的眼睛仰望著他，然後接納了他。佛瑞斯特一家子分散在他們土地上各處，悠閒從容地幹活。巴克和亞契把畜欄裡的母牛和牠們的小牛趕到池塘喝水。水車輪負責餵畜欄裡那排馬匹。派克和蘭姆消失在木屋北面的茂密樹林裡，裘弟懷疑他們是去釀酒的地方。這裡閒適又富足，不過也很粗野。他們有好多人可以做事。而潘尼．巴克斯特在幾乎和他們一樣大的墾地上，獨力完成所有的工作。裘弟內疚地想起，自己丟下幾排玉米沒除草。但潘尼不會介意把除草的工作完成。

佛瑞斯特爸爸和媽媽還坐在椅子上沉睡。西邊的太陽是紅色的。黑暗迅速進入木屋裡，因為綠櫟樹林擋住了光線，要是在巴克斯特家的墾地，光線還亮著呢。兄弟們一個接著一個走進屋裡。乾草翅生起爐子裡的火來加熱剩下的咖啡。裘弟看到佛瑞斯特媽媽警覺地睜開一隻眼睛，又再度閉上。她兒子把冷掉的食物匡啷一聲堆到桌上，聲音大得能把白天睡覺的貓頭鷹吵醒。佛瑞斯特媽媽坐直身體，戳戳佛瑞斯特爸爸的肋骨，然後一起加入用餐。這次他們把所有盤子都清空了，連餵狗的食物都沒留下。乾草翅拿平底鍋裡冷掉的玉米麵包和一桶酸凝乳和在一起，拿到外面給牠們。他歪歪扭扭地左搖右晃，桶子也傾斜了，裘弟跑上前去幫忙他。

晚餐後，佛瑞斯特家人抽著菸談論馬匹。他們聊到郡裡和更西邊的牧牛人都在抱怨馬變少了。狼、熊和山獅大肆殺戮這個春天的小馬。商人以往會從肯塔基州帶來一批又一批的馬，卻一直沒出現。佛瑞斯特家人都認為，帶牧牛馬去北方和西方賣有利可圖。裘弟和乾草翅對他們的談話失去興趣，跑到角落去玩擲刀遊戲。巴克斯特媽媽絕不允許小刀丟到她乾淨平滑的地板上，但這裡多些、少些碎木片也沒什麼差別。裘弟玩到一半，突然坐直身子。

「我知道一件你一定不知道的事。」

「什麼事？」

「以前西班牙人會經過我家大門前的灌木林。」

「喔，我知道。」乾草翅拱著身子靠向他，開始興奮地低語：「我看過他們。」

裘弟盯著他看。

「你看到什麼？」

「我看過西班牙人。他們又高又黑，戴亮晶晶的頭盔，而且他們騎黑馬。」

「你不可能看過。現在已經沒有西班牙人了。他們跟印地安人一樣，早就離開了。」

乾草翅睿智地閉上一隻眼睛。

「別人這麼跟你說的。你聽我說，下次你去你們的陷穴西邊——知道那棵大北美木蘭吧？周圍都是山茱萸的那棵。你看看北美木蘭樹後面。每次都有西班牙人騎著黑馬經過那棵樹。」

裘弟脖子的汗毛直豎。這當然又是乾草翅的故事，所以他父母親才會說乾草翅瘋了。不過他渴望相信這個故事。至少，去看看北美木蘭後頭不會有什麼壞處。

佛瑞斯特家的人伸伸懶腰，把菸斗敲乾淨，或是吐掉菸草，然後走進臥房，解開吊帶，鬆開他們的褲子。他們沒人能和別人擠雙人床，所以每個人都有一張自己的床。乾草翅帶裘弟去到他的床鋪，他的房間在廚房屋簷下，像個棚屋。

「枕頭給你用。」他對袞弟說。

袞弟納悶他母親會不會問他上床前洗腳了沒。袞弟心想，佛瑞斯特家過得多麼自由啊，可以不用洗腳就滾上床。乾草翅胡謅起世界末日的故事。他說，那裡空洞又黑暗，只能乘著雲。袞弟一開始有興趣，但後來故事變得沉悶又缺乏條理。他睡著了，夢見西班牙人。他們騎的不是馬，是雲。

他在深夜驚醒。木屋裡一片嘈雜。他第一個念頭是佛瑞斯特家的人又在吵架了。不過叫喊聲有一致的目標，而且佛瑞斯特媽媽也大聲鼓勵。一扇門砰的一聲打開，好幾隻狗被叫了進來。乾草翅房門口亮起一道光，狗群和男人們紛紛湧入。男人全身光溜溜，看起來瘦了點，沒那麼龐大了，卻像木屋一樣高。佛瑞斯特媽媽舉著一根點亮的牛脂蠟燭，灰色法蘭絨長睡袍蓋住了蚱蜢似的瘦身子。狗群在床底下吠叫，然後再度跑出去。袞弟和乾草翅慌慌張張地爬起來。沒人費事解釋這陣騷動是怎麼回事。兩個男孩跟在獵捕行動後頭，穿過所有房間，最後，狗群瘋狂地從窗戶紗網破掉的地方衝出去，一切結束了。

「牠們會在外頭逮到牠的，」佛瑞斯特媽媽突然平靜下來：「可惡的害獸。」

「媽媽的耳朵最靈，最會聽害獸的動靜。」乾草翅得意地說。

「在床柱邊窸窸窣窣，我想誰都聽得到。」她說。

「天都快亮了。」佛瑞斯特爸爸拄著拐杖，一跛一跛走進房裡，說道：「我寧可來一口威士忌，也不想再上床睡覺了。」

巴克說：「爸，還是你這老禿鷹頭腦最清楚。」

他走向一座櫥櫃，拿出細頸大酒瓶。老人拔起瓶塞，舉起酒瓶就喝。

蘭姆說：「愛喝哪要什麼頭腦。拿來。」

蘭姆喝了一大口，然後把酒瓶傳下去。他揩揩嘴，搓了搓自己裸露的肚皮。他走向牆邊，摸索著找到他的小提琴，隨意地撥弄琴弦，然後坐下來拉起一個調子。

亞契說：「你沒拉對。」一邊拿出吉他，坐到他旁邊的長凳上。

佛瑞斯特媽媽把蠟燭擱在桌上，問道：「你們這些光溜溜的長舌公打算坐到天亮啊？」

亞契和蘭姆埋首彈奏和弦，沒人應答。巴克從架子上拿來他的口琴，自己吹起一個調子。亞契和蘭姆停下來聽，然後跟著他的曲調彈奏起來。

佛瑞斯特爸爸說：「老天啊，真好聽。」

大酒瓶又傳了一輪。派克拿出他的口簧琴，水車輪拿出鼓，巴克把感傷的歌曲轉換成活潑的舞曲，隨性的音樂變得音量全開。裘弟和乾草翅在蘭姆和亞契之間的地板上一屁股坐下。

佛瑞斯特媽媽說：「這下子別認為我會去睡覺錯過好戲了。」

她撥散爐裡的火，丟進木柴，並且把咖啡壺移近爐邊。

「信不信由你，你們這些吵鬧的夜貓子今天早上很快就能吃到早餐了。」她說著，朝裘弟眨眨眼。

「這叫一石二鳥。樂一樂，又能把早餐做好。」

裘弟也向她眨眨眼。他感到肆無忌憚、開心且微微顫動，真不明白母親為什麼看這群歡樂的人不順眼。

音樂大得宛如雷鳴，而且走了調，聽起來像灌木叢裡的山貓全聚在一塊兒，不過那種節奏和熱情卻讓耳朵和靈魂舒暢無比。狂野的和弦傳遍裘弟全身，彷彿他也是小提琴，而蘭姆·佛瑞斯特正用那修長的手指滑過他。

蘭姆低聲對他說：「要是我的甜心也在這裡一起唱歌跳舞就好了。」

裘弟無禮地問：「你甜心是誰啊？」

「我的小婷可·威瑟比。」

「可是，她是奧利佛·哈托的女朋友。」

蘭姆高高舉起了琴弓，裘弟一時間以為他要打他。結果蘭姆繼續拉提琴，但眼神變得陰陰沉沉的。

「小子，這輩子你敢再說一次看看，我就讓你沒舌頭再說話。懂了嗎？」

「懂了，蘭姆。我可能搞錯了。」他連忙補充。

「就說嘛。」

裘弟消沉了一下，覺得自己背叛了奧利佛。隨後音樂又載起他，像一陣強風托著他飛越樹梢。佛瑞斯特家人從舞曲換成歌曲，佛瑞斯特爸爸和媽媽以尖銳顫抖的聲音加入歌唱。天已破曉，南方綠櫟樹林裡嘲鶇的鳴叫聲如此清晰而響亮，佛瑞斯特一家子都聽見了，他們放下樂器，發現照進木屋的晨光。

桌上的早餐對佛瑞斯特家的人來說有點少，因為媽媽剛才太忙，沒什麼空弄吃的。此時男人們只去穿上一條五分褲，因為早餐已經準備好，冒著蒸氣。早餐後，他們洗洗鬍子以上的臉，穿上靴子和襯衫，悠閒地幹起活兒來。巴克替他高大的雜色公馬上馬鞍，把裘弟拉到他背後的馬臀上，因為馬鞍已經一點空隙都沒有了。

乾草翅肩上背著浣熊，跛著腳，一起走到墾地邊界，揮舞枴杖道別，直到他們消失在視線外。裘弟跟巴克一起回到巴克斯特家的樹島，巴克離開時，裘弟在他背後揮手道別。裘弟仍然有點恍惚。他推開苦楝樹下的大門，才想起忘了看看北美木蘭後方有沒有騎著馬的西班牙人。

# 第八章

裘弟咔答一聲帶上大門。明顯的烤肉香味瀰漫在空氣中。他跑過木屋旁，內心夾雜了氣憤與渴望。他忍住不走進敞開的廚房門，匆匆跑去找父親。潘尼從燻肉房走了出來，朝著他打招呼。

令人痛苦又喜悅的事實就擺在眼前：一大片鹿皮攤開在燻肉房的牆面上。

裘弟哀叫：「你去打獵沒等我。」他跺著腳說道：「以後我不讓你自己走了啦。」

「兒子，別生氣，聽我說。事情這麼順利，你應該高興才對。」

他的怒火平息了。好奇心像泉水一樣汩汩湧出。

「爸，快告訴我是怎麼回事。」

潘尼蹲在沙地上，裘弟洩了氣坐在一旁。

「裘弟，是頭公鹿。我差點就撞上牠。」

裘弟又生氣了。

「為什麼不等我回家？」

「你在佛瑞斯特家不是玩得很開心嗎？魚與熊掌不可兼得。」

「可以等我啊。時間永遠不夠，時間過得太快了啦。」

潘尼哈哈大笑。

「欸，兒子，無論是你、我，還是任何人，都沒辦法停止時間。」

「那頭公鹿那時在跑嗎？」

「裘弟，說實話，我沒碰過像那頭公鹿那樣的獵物，居然在路上站著等我。牠完全沒注意到我的馬，就那樣站在那裡。我的第一個念頭是：『該死，我的新槍還沒裝子彈。』然後我卸下後膛看看裡面，謝天謝地，我該知道佛瑞斯特家的會把所有槍都填滿子彈才對。槍裡有兩枚子彈，而公鹿就站在那邊等著。我扣下扳機，牠就倒了，倒在路上，像一袋玉米粉一樣好得手。我把牠抬上老凱薩屁股後，就上路了。知道我想到什麼嗎？我想：『我帶鹿肉回去，孩子的媽就不會怪我把裘弟留下來跟乾草翅玩了。』」

「她看到新槍和獵物的時候說了什麼？」

「她說：『要不是你這麼正直，我一定覺得是你偷回來的。』」

他們一起咯咯笑。廚房的香味誘人極了。裘弟已經忘了與佛瑞斯特家共度的時光，腦子裡只剩下那天的午餐。他走進廚房。

「嘿，媽，我回來了。」

「喔，是要我笑還是哭呢？」

她豐滿的身子彎下來靠近爐火。天氣很暖和，汗水流下她粗壯的脖子。

「我們有個很會打獵的爸爸，對吧，媽？」

「是啊，謝天謝地，不然你老是不在。」

「媽……」

「怎麼了？」

「我們今天吃鹿肉嗎？」

她從爐火邊轉身。

「老天慈悲，除了你的空肚子，你想過別的事嗎？」

「媽，妳煮的鹿肉太好吃了嘛。」

她軟化了。

「對，要吃鹿肉。我怕鹿肉不能放，何況天氣暖了。」

「鹿肝也不能放。」

「欸，行行好，我們不可能一次吃下所有的東西。下午你幫我裝滿我的柴箱，我們晚上也許會吃鹿肝。」

他在盤子之間徘徊。

「你還不滾出我廚房，想把我折騰死嗎？我死了你午餐要吃什麼？」

「我會煮。」

「是啊，狗也會煮。」

他跑出屋子找父親。

「老茱怎樣了？」

他感覺自己好像離開了一個星期。

「還不錯。再給牠一個月，就能咬得老瘸子哀哀叫了。」

「佛瑞斯特兄弟會幫我們獵牠嗎？」

「我們總是意見不合。我寧可讓他們獵他們自己的，我獵我的。只要不讓牠碰我們的牲畜，誰獵到牠我都沒關係。」

「爸，我之前沒說，狗在攻擊牠的時候，我好害怕。我怕得跑都跑不了。」

「我發現我沒槍可用的時候，也高興不起來。」

「可是聽你跟佛瑞斯特家的說起來，好像你天不怕、地不怕。」

「兒子啊，故事就是要那樣才會好聽呀。」

裘弟端詳鹿皮。鹿皮又大又漂亮，而且春天的鹿皮紅紅的。在他眼中，人們狩獵的飛禽走獸似乎是兩種不同的動物。獵捕的過程中，是獵物，他只想看到獵物倒下。但當牠倒地死去，流淌著鮮血時，他卻覺得噁心且抱歉。他為受到摧殘的死亡而心痛。隨後，當獵物被切成一份份風乾、醃製和煙燻；在香氣撲鼻的廚房裡或煎或烤或煮，又或者架在營火上烤的時候，它就只是肉，像培根一樣，美味得令他口水直流。真不知是什麼樣的煉金術改變了牠，一小時前讓他作嘔的東西，下一小時卻讓他餓得抓狂。感覺好像有兩隻不同的動物，或是兩個不同的男孩。

鹿皮沒有變，還是生氣勃勃的樣子。每當他赤腳踩上他床邊柔軟的鹿皮時，他幾乎預期會感覺到鹿皮被驚動了。潘尼雖然個子矮小，單薄的胸膛上卻散佈著黑色胸毛。他小時候冬天裹著熊皮裸睡，皮膚就貼著毛皮。巴克斯特媽媽說，他是因為那樣睡才長出胸毛的。她是在開玩笑，不過裘弟有點信以為真。

他們家的林間墾地感覺像佛瑞斯特家的一樣富足了。母親把被殺的母豬絞成香腸肉，塞進腸衣，掛在燻肉房，底下是山核桃木的文火徐徐冒著煙。潘尼放下手邊的工作，在悶燒的餘燼中丟了幾片木頭。

裘弟說：「我一定要劈柴或是把玉米田的草除完嗎？」

「裘弟，聽著，你和我一樣清楚，我不能讓雜草占領玉米田。草我來除完。你劈柴。」

他很高興能去柴堆，因為不做點事分心，他會餓得去啃餵狗的鱷魚肉，或是把餵雞的玉米麵包碎屑撿來吃。一開始，時間過得很慢，他一直想看父親在做什麼。後來潘尼走進畜欄不見蹤影，裘弟才心無旁騖地揮動斧頭。他用抱一堆木柴給母親當藉口，趁機看看午餐準備得怎麼樣了，看到桌上的午餐讓他鬆了一口氣。她正在倒咖啡。

「去叫你爸，」她說：「然後去洗洗你那雙嚇死人的髒手。你離家之後一定還沒碰過水。」

潘尼終於來了。鹿肉火腿佔滿了餐桌中央，潘尼用切肉刀劃過鹿肉，慎重得令人發狂。

裘弟說：「我餓到肚子都覺得我喉嚨被割了。」

潘尼放下刀子看著他。

巴克斯特媽媽說：「這可不是什麼好聽的話。哪裡學來的？」

「是佛瑞斯特家的人說的。」

「就知道。跟那些下流無賴就是會學到那種東西。」

「媽，他們才不下流。」

「他們所有人都比蟻獅還下流。而且黑心肝。」

「他們才沒有黑心肝。他們很友善。媽，他們拉小提琴、彈奏、唱歌，比小提琴大會還厲害。天還沒亮我們就起來唱歌狂歡了。很棒耶。」

「他們如果沒別的事好做，那倒沒關係。」

鹿肉就在他們面前，高高堆在盤子裡。巴克斯特一家開動了。

# 第九章

夜裡下了一場濛濛細雨，隔天的四月早晨晴朗又明亮。玉米苗探著尖尖的葉子，又長高了幾吋；再過去的田裡，豇豆正破土而出；甘蔗葉是茶褐色土壤裡針尖似的嫩綠。真奇怪，裘弟想，每次他離開墾地再回來，就會發現自己從來沒注意過的東西，但那些東西其實一直都在。沿著枝幹長著一叢叢的青嫩桑椹，他去佛瑞斯特家之前都沒注意到。母親卡羅萊納州的親戚送的斯卡珀農綠葡萄樹初次開了花，精緻有如蕾絲。金黃色的野蜂發現香氣，正栽著頭啜飲稀薄的花蜜。

兩天來，他的肚子塞得太滿，所以這個早上覺得懶洋洋的，不太餓。父親像往常一樣，比他早起出門了。廚房裡，早餐已經做好，母親正在燻肉房處理香腸。柴箱裡的木柴少了，裘弟於是悠悠哉哉地出去添柴。他有心情工作，不過做起事來得輕鬆愜意才行。他悠閒地走了兩趟裝滿柴箱。老茱正拖著身子到處找潘尼。裘弟彎腰摸摸牠的頭。牠似乎也感受到墾地上滿溢的幸福感，或是了解自己還有一陣子不用跑過沼澤、叢林和常綠闊葉林。老茱在他的撫摸下，搖搖長尾巴，靜靜地站著。牠最深的傷口依然裂開發炎，不過其他傷口已經在癒合。裘弟看到父親正從穀倉和畜欄那邊穿過小路走向木屋。他拎著一個奇怪的東西，朝裘弟喊。

「我發現一個好怪的東西。」

裘弟跑向他。那癱軟的東西是某種既陌生又熟悉的動物。是浣熊，不過毛皮不是一般的鐵灰色，而是奶油白。裘弟不敢相信自己的眼睛。

「爸，怎麼是白色的？牠是浣熊老爺爺嗎？」

「怪就怪在這裡。浣熊的頭不會變白。牠不是老爺爺，這是書上說的白子，很少見，生下來就是白的。而且，你看，牠尾巴上的環應該是黑的，卻只是奶油色。」

他們蹲在沙地上研究這隻浣熊。

「爸，是陷阱抓到的嗎？」

「對，陷阱抓到的。受了重傷，不過那時還沒死。說實話，真不忍心殺了牠。」

裘弟感到一陣失落，可惜沒看到活著的白子浣熊。

「爸，我來拿。」

他把那隻死去的動物摟在懷裡。淡色的毛皮似乎比正常的毛皮還要細柔。肚子上的毛軟得像剛孵出的小雞身上的絨毛。他輕撫毛皮。

「爸，真希望在牠小的時候抓到牠，養起來。」

「牠一定會是很漂亮的寵物，不過恐怕會像一般浣熊一樣壞。」

他們轉進大門，繞過屋旁來到廚房。

「乾草翅說他的浣熊都不算特別壞。」

「是啊，不過佛瑞斯特家的人即使被咬了一口，恐怕也不會發現。」

「大概還會咬回去，對吧，爸？」

他們想像鄰居的樣子，一同哈哈大笑起來。巴克斯特媽媽在門口和他們碰頭。她看到那隻動物，表情愉快起來。

「逮到牠啦。很好。就是牠在騷擾我的母雞。」

「可是，媽，」裘弟抗議：「妳看牠，牠是白色的，好特別啊。」

「不過就是隻偷了東西的害獸。」她漠不關心地說：「毛皮有比較值錢嗎？」

裘弟看了看父親。潘尼正把臉埋在洗臉盆裡，他在肥皂泡裡睜開一隻明亮的眼睛，對兒子眨了眨。

「大概連五分錢都不值。」潘尼隨口說：「裘弟正好要個小背包，不如就給他用吧。」

雖然不如活的白子浣熊，能有柔軟奇特的毛皮做背包已經夠好了。裘弟滿腦子都是白浣熊背包，吃不下早餐。他想表達感激。

「爸，我可以清理水池。」他說。

潘尼點點頭。

「每年春天，我都想僱人挖個井。那樣的話，大可以讓那些水池積滿落葉。可是磚塊太貴了。」

「我還不知道不用省水是什麼滋味。」巴克斯特媽媽說。「我省水省二十年了。」

潘尼說：「孩子的媽，耐心一點吧。」

潘尼皺起眉頭。裘弟知道水源不足讓父親很辛苦，比他和母親辛苦多了。裘弟負責的是木柴，但潘尼得自己把牛軛扛在狹窄的雙肩，兩端掛著大大的粗製柏木桶，在墾地和陷穴之間的沙子路來回跋涉。陷穴那裡滲出的水形成了一汪汪水灘，水被腐質土染成琥珀色，再經過沙子的過濾。溪流、河川和良井都只有幾哩之遙，他們卻住到那麼乾旱的地方，而潘尼彷彿藉著擔起這工作，向家人表達歉意。裘弟頭一次疑惑起父親為什麼要選擇住在這裡。想起陷穴陡坡上該清理的水池，他幾乎忍不住希望他們跟哈托奶奶一起住在河邊。不過這片林間墾地、這座高大松樹之島構成了這個世界。對他而言，其他地方的生活不過是別人口中的故事，就像奧利佛·哈托講述非洲、中國和康乃迪克州的事一樣。

母親說：「你最好在口袋放一兩片餅乾和一點肉。你沒什麼吃。」

他裝滿了自己的口袋。

「媽，知道我想要什麼嗎？我想要有負鼠一樣的袋子可以裝東西。」

「上帝給你肚子，就是要你在媽媽把食物放上桌時，把你的份裝進肚子裡。」

他站起來緩緩走向門邊。

潘尼說：「兒子，你先去陷穴，我剝好你的浣熊皮就跟上。」

那天晴朗有風，陽光燦爛。裘弟從屋子後方的小棚屋拿了把鋤頭，散著步上路了。柵欄旁的桑樹一片翠綠。母親最愛的母雞正在木板雞舍裡朝牠的小雞咯咯叫。裘弟捧起一小球黃色絨毛，貼向自己的臉頰，小雞刺耳的啾啾聲傳進耳裡。裘弟放開小雞，牠匆忙躲到胖母雞的羽翼下。院子不久就要除草了。

前門階梯到大門的走道也需要除草。走道鋪著柏木板，但雜草鑽到木板上下，還放肆地長在走道兩側的孤挺花之間。苦楝樹的淡紫色花瓣正在飄落，裘弟光腳拖著步伐穿過花瓣，走出大門。他遲疑了。穀倉誘惑著他。可能又有新孵出的小雞。小牛看起來可能又和前一天不一樣了。他愈來愈不想清理水池，如果他能想個好理由說服自己在附近流連一下，或許就能再拖延一下再去。接著，他想到如果能早點清理完，這天可能就沒事了。於是他把鋤頭扛上肩，快步走向陷穴。

他想，世界末日可能就像陷穴一樣。乾草翅曾說世界末日空洞黑暗，只能乘著雲。可是誰也不知道到底是怎樣。世界末日來臨的感覺，想必就像到達陷穴時的感覺，裘弟希望自己是最先發現這點的人。他轉過柵欄一角，然後離開道路，走上小徑。小徑窄窄的，兩旁荊棘圍繞。他假裝自己並不知道有陷穴的存在。他經過一棵山茱萸，這棵樹是地標。他閉上眼，漫不經心地吹著口哨，慢慢伸出腳往前走。儘管下定了決心，儘管緊閉雙眼，他還是沒辦法逼自己閉著眼睛繼續前進。他睜開眼睛，鬆了一口氣，走完通往巨大石灰石陷穴邊上的最後幾步。

他腳邊是個小小世界。陷穴又深又凹，像個巨大的碗。乾草翅說那是一隻有如上帝般巨大的熊，在挖蓮藕時挖起一把泥土而形成的。裘弟聽父親說過事情的真相。其實只是地下河川流過大地，在地底下打轉形成漩渦，然後改變流向。像這裡一樣有石灰岩的地方，特別容易發生。石灰岩很軟，容易崩落，接觸到空氣才會硬化。有時候，也許是下過很久的雨之後，會有一區的土地無緣無故、毫無預警地塌陷下去，輕輕地，幾乎無聲無息，然後一個深深的洞出現，顯示在這沒人看見的黑暗之處曾有一條河流。有些陷穴只有幾呎寬、幾呎深。巴克斯特家的陷穴深達六十呎，寬到潘尼的舊前膛槍打不到另一邊的松鼠。這個陷穴圓得好似刻意挖出來的。裘弟望著陷穴裡，覺得它形成的真正原因，比乾草翅的故事還神奇。

陷穴早在潘尼出生前就存在了。潘尼．巴克斯特說自己還記得，從前圍在陡峭岸邊的樹木幾乎只有樹苗那麼高，那些樹現在已經長得又高又大。東側坡地一半高的地方長著一棵北美木蘭樹，樹幹像巴克斯特家磨玉米粉的磨子一樣寬。有棵核桃木的樹幹跟男人的大腿一樣粗，一棵南方綠櫟展開枝葉，遮蔽了大半個陷穴。楓香、山茱萸、鞣木和冬青樹這些小一點的樹，鬱鬱蓊蓊地長滿了陷穴的坡地，棕櫚像長矛在樹叢間突刺而出。從下到上生長著高大的蕨類。裘弟低頭看著這座綠葉綴飾的杯形大花園，涼快、潮溼，且總是充滿神祕。陷穴位於乾燥的灌木林裡，就在這座松樹之島的中心，宛如一顆翠綠的心。

通往陷穴底的小徑沿著西側的坡地而下。潘尼．巴克斯特經年累月領著牲畜走小徑去喝水，沙土和石灰石都被他踩凹了。旱季裡，水持續滲出，從陷穴的坡壁流淌下來，在底部匯聚成淺淺的水池。那池水是死水，在那裡喝水的動物來來去去，弄得池水混濁不堪。只有潘尼的豬會在那裡喝水打滾。至於其他牲畜和家人的用水，潘尼做了巧妙的安排。在東岸，也就是小徑對面的岸邊，他在石灰岩中挖出了一個個小水池，接住濾過的滲流水。最低的水池位在陷穴底算起來肩膀高的地方。他帶母牛和小牛來這裡喝水，還有他的馬。年輕的時候，他曾經用一對乳白色公牛來整地，領著牠們的牛軛來這地方。向上幾碼之處，他挖了兩個深一點的水池，妻子會帶著她的洗衣板和洗衣棒來洗衣服。水池壁有塊地方因為她經年使用肥皂，結了一層乳白色。她每年洗一次被子，是用收集的雨水。

最後，遠在牲畜水池和洗衣水池上方，有個又深又窄的水池，收集的水純粹拿來做菜和飲用。此處上方的坡地很陡，所以大型動物都不會擾動到這裡的水。鹿、熊和山獅都會走西面的小徑，在陷穴底的池子或牲畜水池裡喝水。高處的水池會有松鼠喝水，偶爾也有山貓，不過通常只有潘尼的葫蘆浸入水中，盛水裝滿他的柏木桶。

裘弟顛顛簸簸地走下小徑，用鋤頭撐著陡峭的路，穩住身子。鋤頭柄很難用，總是纏在野葡萄藤裡。每次爬下去，裘弟都很興奮。一步步向下，陷穴的岸邊逐漸升到他上方。一步步向下，他略過樹頂。一絲微風捲進了綠碗裡，攪起一波波涼意。葉片擺動著它們薄薄的手掌，蕨類一時間還彎到了地上。一隻紅雀飛越陷穴畫出一道弧線，又轉身飛落水池，活像鮮豔的葉子飄落，牠發現男孩後，又咻地竄起飛走。裘弟跪到水池邊。

水很清澈，因為野豬在北邊的沼澤草原覓食，不需要來陷穴。有隻小青蛙在半沉水下的一截細枝上望著男孩。最靠近的水源遠在兩哩外，蛙類會跑來這麼遙遠的小池塘定居，真是神奇。不知道當第一批的青蛙移民跳向陷穴邊，蹲著綠腿猶豫時，知不知道這裡有水。潘尼說，他曾經在下雨天看到青蛙排成一列，像士兵行軍一樣越過乾燥的矮樹林。牠們是盲目前進，還是知道自己在做什麼呢？潘尼不曉得。裘弟把一片蕨葉彈進池子中，青蛙鑽進軟泥裡躲了起來。

男孩感到一陣有別於寂寞的孤獨。他決定等他長大，要在水池邊給自己蓋一間小屋。動物會習慣有那間小屋的存在，而他會在月光下的夜裡望向窗外，看牠們喝水。

他越過陷穴平坦的底部，爬了幾呎，到達牲畜用的水池。把鋤頭扛在肩上帶進水池很礙事。他放下鋤頭，開始徒手工作。堆積的落葉和泥沙積成厚厚的一層。他活力十足地又挖又扒，忍耐著愈來愈潮溼的環境，儘可能暫時清空、清乾水池。他的手才離開水池，水又滲出來。最後，石灰岩水池好不容易潔白乾淨了。他滿意地離開這座水池，沿著陷穴內壁邊往上爬，準備進行更辛苦的工作，沖洗更大的洗衣水池。洗衣水池經常使用，所以落葉比較少，但肥皂泡經年累月讓洗衣水池變得滑腳。他爬上一株楓香，收集了一堆空氣草。空氣草是擦洗的好工具。他從坡壁光禿的一處挖了沙子，和空氣草一起用。

裘弟來到頂部的飲水池時，已經累了。坡度太陡，如果肚子貼在岸壁上趴著，只要像鹿寶寶一樣低下頭，就能喝水。他伸著舌頭沿著水池邊前後移動，把舌頭探進水裡又收回來，然後看著漣漪。他在想，不知道熊是像狗一樣舔著喝水，還是像鹿一樣用吸的。他想像自己是隻熊，兩種方法都用用看再決定。舔的比較慢，但他在吸水的時候嗆著了。他無法判斷。潘尼一定知道熊是怎麼喝水的，可能還親眼看過。

裘弟把整張臉都埋進水裡，左右轉頭，先是這邊然後另一邊都洗過、冷卻下來。他倒栽著把頭埋在水池裡，用雙掌支撐身體重量，想看看自己能憋氣多久。他吐出泡泡。他聽見父親的聲音從陷穴底部傳來。

「兒子，你怎麼那麼喜歡那裡的水啊？同樣的水放進洗臉盆裡，你卻一副看到髒東西的樣子。」

他轉過頭，滴著水。

「爸，我沒聽到你靠近耶。」

「你那張小髒臉在你可憐的爸爸想喝水的地方泡得太深了。」

「我不髒啦，爸。水沒被弄濁。」

「我也沒那麼渴。」

潘尼爬上岸邊，檢查下面的水池，點點頭。他倚靠在洗衣水池的邊緣，口裡嚼著一根細枝。

「說老實話，你媽說『二十年』的時候，嚇我一大跳。我從來沒停下來看看時間。我沒注意，也沒在算，一年一年就溜過去了。每年春天我都想替你媽挖口井。可是我需要公牛，有時是母牛陷進泥裡死掉了，或小牛翹辮子，讓我沒心情挖井，何況還得買藥。磚頭是天價——我挖過，挖了三十呎還沒水，就知道需要磚頭。可是要一個女人在滲水的山坡邊洗衣服二十年，實在太漫長了。」

裘弟嚴肅地聽著。

他說：「有一天，我們會幫她弄口井。」

「二十年啊……」潘尼重複道：「可是總有事情阻礙。還發生了戰爭……之後土地又得重新整過。」

他靠著水池佇立，回憶起過往的歲月。

「我剛來這裡的時候，選了這個地方，來這裡的時候，原來希望……」

裘弟腦中又浮現早上的疑問。

「爸，你為什麼會選這個地方？」

「喔，我選這裡，是因為……」潘尼皺起眉頭，思考要怎麼說。「我只是渴望平靜而已。」潘尼微笑了。「在這裡，我很平靜，只有熊、山獅、狼和山貓……還有你媽偶爾發發脾氣。」

他們沉默地坐著。樹梢上的松鼠發出了些許聲響。潘尼突然用手肘頂頂裘弟的肋骨。

「你看那隻小畜生在偷看我們。」

潘尼指向一棵楓香。有一隻快成年的浣熊在離地十幾呎的樹幹旁窺視。牠發現有人在看牠，就退出他們視線之外。沒一會兒時間，那張宛如戴了面具的臉再度探出頭來。

潘尼說：「我想，我們對那些動物好奇，牠們也對我們感到好奇。」

「為什麼有些動物膽子小，有些膽子大？」

「不曉得。大概和那隻動物被嚇到的年紀有關吧。好像沒有什麼規則。記得有一次，我整個早上都在打獵。那是在山貓草原發生的事。我坐到一棵南方綠櫟樹下，生火取暖，弄點培根吃。我坐在那裡的時候，有隻狐狸就走到火堆另一側趴下來。我看看牠，牠看看我。我想牠大概餓了吧，就拿塊肉戳在長長的樹枝上遞出去給牠。肉就吊在牠鼻子前方。話說狐狸很野，我還沒聽過有狐狸餓到不會跑走的，但那隻狐狸啊，就趴在那裡看著我，沒吃肉，也沒跑走。」

「真想看看那隻狐狸。爸，你覺得牠為什麼會趴在那裡看你？」

「事情過了這麼多年，我還是想不懂。我只能猜牠是被狗追，熱到腦子燒壞了。我想，那隻狐狸不知怎麼的瘋掉了吧。」

浣熊完整地現身他們眼前。

裘弟說：「爸，我真想像乾草翅一樣，有隻動物可以當寵物養、可以一起玩。真希望有隻浣熊、小熊，或是類似的東西。」

潘尼說：「你也曉得你媽發起脾氣是什麼樣子。我喜歡動物，所以覺得沒關係。可是我們的日子一直很苦，食物不多，你媽說了算。」

「我真想有隻狐狸寶寶或是山獅寶寶。抓到小動物的話，你可以馴服牠們嗎？」

「浣熊可以馴服，熊也可以馴服。山貓還有山獅都可以馴服。」潘尼沉思著。他回憶起父親的講道。「兒子，除了人類的口舌，什麼都能馴服。」

# 第十章

裘弟得了熱病正在康復中，舒舒服服地躺著養病。母親說他得了熱病，他沒爭辯，但他暗自覺得，自己不舒服可能跟吃太多沒熟透的楔葉懸鉤子有關。這種狀況的治療方式，向來比熱病的治療更激烈。母親察覺他在發抖，把大手擱在他額頭上說道：「上床去。你一下子發冷，一下子發熱。」而他什麼也沒說。

她帶了一杯熱騰騰的東西走進房間。他焦急地看著杯裡。她已經給他喝了兩天檸檬葉茶。茶很香、很好喝。他抱怨茶會澀的時候，她在茶裡加了一茶匙果醬。他納悶，她現在是不是福至心靈，發現了真相。要是她猜到他的毛病是肚子痛，那她拿的藥不是蛇根草湯，就是婦悅草做的清血藥，這兩種藥他都討厭極了。

「要是你爸幫我種一棵退燒草啊，」她說：「我兩三下就能治好你們倆的熱病。院子裡沒有退燒草實在很不恰當。」

「媽，杯子裡有什麼？」

「你別管。嘴巴張開。」

「我有權知道。妳要是害死我，我就永遠不知道妳給了我什麼藥。」

「你要是一定要知道，這是毛蕊花茶。我才想到，你可能是得麻疹病倒的。」

「不是麻疹啦，媽。」

「你怎麼知道？你又沒得過。張開嘴。就算不是麻疹，吃了也不會怎樣。如果是麻疹，這茶能讓疹子發出來。」

發疹子這個念頭很吸引人。他張開了嘴。她一把抓住他的頭髮，把半杯茶灌下他的喉嚨。他噴著茶水反抗。

「我不要喝了。不是麻疹啦。」

「如果是麻疹，疹子不發出來，你就死定了。」

他又張開嘴把剩下的毛蕊花茶喝完。茶苦苦的，不過沒有她的其他藥草那麼糟。她用石榴皮或瓶子草根做的苦藥酒，比這個難喝多了。他向後靠在塞滿空氣草的枕頭上。

「媽，如果是麻疹，疹子多久才會發？」

「你喝茶出汗之後就發了。蓋好被子。」

她離開房間，他乖乖地等著發汗。生病是一種享受。第一晚他痛得直不起腰，他可不想再來一次。

但是在恢復期間，母親和父親的關懷都非常令人愉快。他沒提起楔葉懸鉤子的事，心裡有一股淡淡的內疚。如果他說了，她就會給他瀉藥，那麼一切在隔天早上就會結束了。兩天來，墾地上的工作都由潘尼獨力完成。潘尼把老凱薩套上犁，犁過甘蔗，把甘蔗堆成一堆，又照料了一下玉米、豇豆和那小塊菸草田。他還從陷穴挑水回來，砍了柴，餵了牲畜，給牠們喝水。

不過呢，裘弟猜想也許自己真的得了熱病，或許是得麻疹病倒的。他摸摸臉和肚子，還沒有疹子，也沒流汗，於是在床上快速地翻來翻去，讓身體快點發熱，結果發現自己好得很，甚至比豐盛的肉害他忍不住吃過頭之前還舒服。他想起沒有母親的制止，他吃了多少新鮮的鹿肉和鹿肉腸。楔葉懸鉤子畢竟可能和他的病一點關係也沒有。現在他終於流汗了。

他叫道：「欸，媽，快來看！我流汗了。」

她過來仔細地檢查他。

「你和我一樣健康。」她說。「下床吧。」

他掀開被單，踩上鹿皮地毯，感到一陣暈眩。

「還好嗎？」她問。

「還好。有點沒力氣。」

「因為你什麼都沒吃。穿上衣服褲子，來吃點東西吧。」

他迅速穿上衣服，跟著來到廚房。食物還是熱的。她把餅乾和一盤肉末馬鈴薯泥放到他面前，為他倒了杯甜牛奶，然後看著他吃。

「希望你起來之後舒服點了。」她說。

「媽，我可以再吃一點肉末馬鈴薯泥嗎？」

「不行。你吃的夠餵飽一隻鱷魚了。」

「爸呢？」

「應該在畜欄吧。」

他漫步去找他。潘尼難得閒散地坐在大門口。

「嘿，兒子。」他說。「你看起來很好。」

「感覺不錯。」

「你沒得麻疹、沒有小兒夜熱，也沒長天花吧？」那對藍眼睛閃呀閃。

裘弟搖搖頭。

「爸……」

「說吧，兒子。」

「我想，只是沒成熟的楔葉懸鉤子害我不舒服。」

「跟我猜得差不多。我沒跟你媽說，不然一肚子的青澀楔葉懸鉤子啊，她可不會放過。」

裘弟鬆了口氣。

潘尼說：「我坐在這邊想。再過一、兩個小時，月亮的位置正好。我們拿兩個魚餌去釣魚怎樣？」

「去溪裡嗎？」

「我想去老瘸子覓食的那個克拉莎草池塘。」

「我敢說我們可以在那裡的某個池子裡抓到一隻大胖魚。」

「一定會很有意思。」

兩人一起到木屋後的小棚屋拿裝備。潘尼拆下一個舊魚鉤，裝上兩個新的。他從之前射殺的那頭鹿尾巴割下小短毛，用那撮灰白的鹿毛做假餌，綁到魚鉤上。

「要是我是魚，我也會跑來吃。」他說。

他去屋裡和妻子說一聲。

「我和裘弟要去釣鱸魚。」

「你不是累了嗎，裘弟又不舒服。」

「所以才要去釣魚。」他說。

她跟到門邊，看著他們的背影。

「釣不到鱸魚的話，」她喊道：「幫我抓隻小鯿魚，我可以炸酥了連皮帶骨吃。」

潘尼跟她保證：「我們一定不會空手回來。」

那個傍晚暖暖的，但這趟路似乎顯得短。裘弟覺得，某方面來說，釣魚比打獵好，沒有打獵那麼刺激，但也沒那麼恐怖，心跳的節奏比較平穩，他有時間東張西望，看看南方綠櫟和北美木蘭上的新添綠葉。他們停在一座熟悉的池塘邊。乾旱太久，池水淺了。潘尼找到一隻蚱蜢，把它丟進水裡。沒有魚來吞食，水裡沒有飢餓的擾動。

「這邊的魚恐怕死光了。」他說：「我總是搞不懂，這些小池塘在這麼鳥不生蛋的地方，卻不知道為什麼每年都有魚住在這裡。」

他又抓了隻蚱蜢丟進去，沒有反應。

「可憐的魚，」他說：「在牠們的世界裡只能聽天由命。我不該釣牠們，應該來這裡餵牠們才對。」

他舉起竹釣竿擱在肩頭。

「也許上帝也是這麼看我的。」他輕聲笑道：「也許祂低頭看著我，也說『潘尼．巴克斯特正辛辛苦苦在那塊墾地上過活呢。』」他又說：「不過那塊墾地不錯。魚大概和我一樣滿足吧。」

裘弟說：「爸，你看，那裡有人。」

在南方櫟樹樹島、克拉莎草的池塘和大草原這些寂寥的地方，人比動物稀罕。潘尼伸手擋著陽光。五六個男女排成一列，走進他們剛離開的灌木叢小路。

「是米諾卡人，」他說：「他們要獵陸龜。」

裘弟這時注意到他們肩上的背袋。陸龜深深的洞穴是土壤貧瘠的指標，而陸龜又小又灰土土的，灌木叢林的居民大多把牠們視為最不堪入口的食物。

「我一直在想啊，」潘尼說：「他們說不定是用陸龜做藥材。不大可能只是為了吃陸龜，從海邊老遠跑來這裡獵那些東西。」

「我們溜回去靠近一點看他們吧。」裘弟說。

「我不想刺探那些可憐的傢伙。」潘尼說：「這些米諾卡人以前被騙得很慘。我父親曉得他們完整的歷史。有個英國佬載他們渡過大海和印第安河，來到新士麥那，他向他們保證會找到天堂，卻叫他們工作。時局差，作物欠收的時候，他就讓他們餓死。剩下的不多了。」

「他們像吉普賽人一樣嗎？」

「不像，吉普賽人很野。米諾卡男人膚色深，像吉普賽人，可是女人年輕的時候皮膚很白。他們守本分，過著和平的生活。」

那一行人消失在灌木叢裡。裘弟好激動，頸背的毛髮豎起。這就像看見西班牙人，好像看見黑暗朦朧的鬼魂，而不是男人和女人，背著陸龜和委屈的奇異重擔從他眼前經過。

潘尼說：「好啦，那邊那座池塘的鱸魚一定多得像蝌蚪一樣。」

他們所在的地方離大草原西緣不遠，就是之前老瘸子吃地膚草的地方。乾旱的天氣消耗掉不少水，沼澤裡有大片區域都變得乾燥結實了。池塘清楚可見，已經從克拉莎草旁退開，只剩荷葉擾動水面。一隻紫鷸跑過荷葉間，牠黃腿花臉，顏色鮮明。一陣輕風拂過沼澤，吹起陣陣波紋。荷葉傾斜了一下，將寬大閃亮的葉面迎上閃爍的陽光。

「漣漪剛好。」潘尼說：「月光也剛好。」

他把釣魚線繫上兩根竿子，綁上鹿毛假餌。

「你去池子北側放假餌，我試試南側。走過去的時候別嚇到魚。」

裘弟在原地停了一會兒，看父親老練地把假餌甩過池塘。骨節嶙峋的雙手技術高超，令他驚嘆。假餌落在一叢荷葉邊緣，潘尼緩慢地在水中抽動假餌，讓假餌像活生生的昆蟲一樣，以不規則的節奏上下跳動。沒有魚來吃，於是潘尼收起線，在同個地點再拋一次。他呼喚著池底那些看不見、潛藏在叢生雜草之下的魚。

「老爺爺，我看得到你窩在你家門廊上。」潘尼拉動釣餌的速度更慢了。「放下你的菸斗，來吃飯吧。」

裘弟依依不捨地停止觀看父親迷人的釣技，移動到自己這一側的池塘。他起初拋得很糟，線纏住了，假餌掉落在最不可能有魚的地方，或者拋得超過狹窄的池塘，讓魚鉤纏進堅韌的克拉莎草中。然後他找到了某種平衡，感覺自己的手臂劃出滿意的圓弧，手腕在恰當的時機一收，釣餌落到一片柳枝稷邊緣，正是他瞄準的位置。

潘尼大喊：「太棒了，兒子。讓魚餌在那裡放一下，一開始拉就要做好準備。」

他之前不曉得父親在看，這下子緊張了起來。他小心地扯動釣竿，魚餌跳著跳著在水中移動。一個漩渦捲起，銀白的身軀幾乎飛離水面，大如鍋子的魚嘴吞下魚餌。磨石一樣的重量落到他釣魚線的末端，像山貓一樣掙扎，拉得他失去平衡。他怎麼也不能放手，奮力抵抗那股猛勁。

潘尼大喊：「小心點。別讓牠溜到蓴菜下面。釣竿前端抬高。別讓牠有機會喘氣。」

潘尼讓裘弟自己去搏鬥。裘弟手臂拉扯得發疼。他怕用力過猛會扯斷釣魚線；又擔心放鬆一點，會感覺到拉力瞬間鬆弛，顯示大魚沒了。他渴望父親說出什麼神奇的話，告訴他某種能幫他把魚拉上岸的奇蹟好結束這場折磨。鱸魚惱了，衝向克拉莎草，想把釣魚線纏在草莖上，扯脫魚鉤。裘弟想到，如果他沿著池畔走，讓釣魚線保持緊繃，就能把鱸魚引到淺水裡，在池邊和牠搏鬥。裘弟小心地進行。他好想丟下釣竿，直接抓釣魚線，然後抓住他的對手。他走離池塘邊，最後一扯釣竿，把鱸魚拋到草上，牠不斷跳動掙扎。他丟下釣竿跑過去，把獵物挪到真正安全的地方。那尾鱸魚應該重達十磅吧。潘尼走向他。

「小子，我真以你為榮。你比誰都厲害。」

裘弟站著喘氣。潘尼重重地拍了裘弟的背一下，簡直跟他一樣興奮。他難以置信地低頭看著厚實的魚身和巨大的嘴巴。

「感覺像抓到老瘸子一樣棒。」他說，然後兩人一起開懷地笑了，還一邊搥打著對方的背。

「這下我得打敗你了。」潘尼說。

他們各佔一個池塘。潘尼大喊自己輸得一敗塗地了。他開始用手釣線和蕁菜蟲替巴克斯特媽媽釣鯿魚。裘弟一次又一次拋擲，可是再也不見瘋狂攪動的漩渦、大幅度的跳動，和活生生不斷掙扎的重量。他釣到一尾小鱸魚，高舉起來給父親看。

「丟回去。」潘尼喊：「我們不需要吃牠。讓牠繼續長到跟剛剛那條一樣大，我們再回來抓。」

裘弟不情願地把小魚放回去，看著牠游走。不論是魚還是獵物，父親很堅持捕捉的量都不能超過吃得下、能夠保存的量。隨著太陽走完春日空中的弧線，再抓到龐然大物的希望逐漸渺茫。他悠閒地拋餌，享受手臂、手腕愈來愈靈巧的感覺。月亮的位置不對了，覓食的時間已經結束，魚不再吃餌。突然間，他聽見父親發出像鵪鶉叫的口哨聲。這是他們獵松鼠時用的信號。裘弟放下釣竿，回頭確定自己還認得那條鱸魚藏在哪個草叢裡躲太陽，然後小心翼翼地走向父親叫喚他的地方。

潘尼輕聲細語地說：「跟我來。我們盡可能靠近一點。」

他指著說道：「美洲鶴在跳舞。」

裘弟看見遠方的白色大鳥。他心想，父親的眼睛利得像鷹眼一樣。他們悄悄地緩緩匍匐前進。有些時候，潘尼會整個身體趴平到地上，裘弟也跟在後頭趴下去。他們來到一叢高高的克拉莎草旁，潘尼移動躲到草的後面。大鳥離他們很近，裘弟覺得好像用他的長釣竿就能碰到牠們。潘尼蹲了下來，裘弟跟著做。他瞪大眼睛數了數這些美洲鶴，有十六隻。

白鶴跳的是方陣舞，和大家在沃盧西亞跳的沒兩樣。有兩隻鶴站在一旁，潔白而挺立，發出似叫似鳴的奇妙樂音。節奏和牠們的舞步一樣沒有規律。其他大鳥圍成一圈，圓圈中心有幾隻鶴在逆時針移動。樂手演奏音樂，而舞者揚起翅膀，抬動雙腳，先一隻腳，然後另一隻腳。牠們把頭深深埋進雪白的胸前，昂起頭，又低下頭。牠們無聲地舞動，既笨拙又優雅。鶴之舞是如此莊嚴肅穆。雙翅鼓動，舉起，然後落下，像開展的雙臂。外層的圈子拖著腳步繞圈再繞圈，中間的那群則展現出徐緩的狂熱。

突然間，所有動作都靜止了。裘弟以為舞蹈結束了，或是牠們發現有闖入者。結果那兩個樂手加入圓圈之中，由另外兩隻取而代之。暫停一下之後，舞蹈再度開始。鳥群的身影映在清澈的沼澤水面上。十六個白影子反映出牠們的動作。向晚微風拂過克拉莎草，莎草窸窣彎腰，水面漣漪陣陣。西沉的太陽把潔白的身軀染上玫瑰色。神奇的大鳥在神祕的沼澤裡起舞。莎草和淺水隨著牠們搖擺，大地在牠們腳下脈動。大地隨著鶴一同起舞，還有那低垂的太陽、風與天空。

當鶴的翅膀揚起，裘弟發現自己的手臂也隨著呼吸而抬起、放下。太陽落入克拉莎草中。沼澤一片金黃，鼓噪的鶴群全身染上金色。遠方的常綠闊葉樹是黑色的。黑暗降臨荷葉間，接著水面暗了下來。而鶴群比任何雲朵、夾竹桃或荷花的白花還要白。突然間，牠們毫無預兆地飛起。裘弟不知道是因為這支長長的舞蹈結束了，還是一頭鱷魚的長鼻子抬出水面，嚇走了牠們；總之牠們飛走了。牠們在夕陽裡繞了一個大大的迴圈，發出飛行時才有的奇異粗啞鼓噪聲，然後就排成長長一列向西飛去，消失無蹤。

潘尼和裘弟挺直身子，站了起來。他們蹲太久，腳都抽筋了。黃昏覆蓋了克拉莎草，所以池塘幾乎看不見了。整個世界一片陰暗，融入陰影之中。他們向北走去，裘弟找到了他的鱸魚。然後兩人轉向東邊，把沼澤拋在背後，之後再朝北去。愈來愈濃的黑暗裡，路徑隱隱約約。小徑接上灌木叢裡的道路，他們又轉向東，這時茂密的灌木像牆一樣圍在路的兩旁，可以篤定地前進了。灌木叢林裡一片漆黑，路像一道深灰色的地毯，佈滿沙土，悄然無聲。小動物在他們前面竄出，又匆忙跑進灌木叢中。遠方有隻山獅在尖叫。小美洲夜鷹低低掠過他們頭頂。他們沉默地前進。

屋裡已經烤好麵包等著了，鐵煎鍋裡有熱騰騰的油脂。潘尼點燃木柴火把，去畜欄做他的粗活。爐火閃爍，有一道光線照射到後門門階上，裘弟就在那裡把魚刮去鱗片、殺好。巴克斯特媽媽把魚肉裹上玉米粉，炸得金黃酥脆。一家人默默地吃晚餐。

她問：「你們兩個怎麼啦？」

他們沒回答。他們的心思不在吃的東西上，也不在這個女人身上，甚至幾乎沒意識到她在跟他們說話。他們見識了神祕超凡的事物，因為這種美的強大魔咒而恍惚失神。

# 第十一章

鹿寶寶出生了。裘弟透過灌木，看見牠們尖尖的小蹄子踩出細緻交織的蹄印。不論裘弟是去陷穴、為了撿柴而走進畜欄南方的馬里蘭櫟樹林，還是去陷阱那裡（潘尼為了防止害獸侵入，不得不設下陷阱），都是邊走邊看地上，留意鹿寶寶來來去去的蹤跡。母鹿的蹄印比較大，通常走在前面。但母鹿非常謹慎。母鹿的足跡通常出現在一處，也就是鹿媽媽獨自覓食的地方；而搖搖晃晃的鹿寶寶足跡則在一段距離外，被母鹿留在植物濃密、比較安全的地方。常常有雙生的鹿寶寶。裘弟發現兩對足跡，興奮得不得了。

裘弟總是想：「我可以抓走一隻，留一隻給母鹿。」

一天傍晚，裘弟向母親提起這件事。

「媽，我們的牛奶那麼多，我可以養隻鹿寶寶當寵物嗎？一隻有斑點的鹿寶寶嘛，媽。不行嗎？」

「當然不行。什麼叫牛奶那麼多？一天下來，連一滴牛奶都不剩。」

「牠可以喝我的。」

「是啊，然後養肥可惡的鹿寶寶，你卻長成瘦竹竿。我們已經夠忙了，你幹嘛還要一隻從早到晚呦呦叫不停的東西？」

「我就是想要。我想要浣熊，可是我知道浣熊會變淘氣。我想要熊寶寶，可是熊寶寶一定會變壞。我就是想要個什麼——」他皺起臉，雀斑都擠到一塊。「——我就是想要完全屬於自己的東西。我想要有東西屬於我，會跟著我。」他拚命思考要怎麼說。「我想要有個會依賴我的東西。」

母親嗤之以鼻。

「天底下哪有那樣的東西。動物的世界、人類的世界都沒有。裘弟，聽著，別再煩我了。不管是『鹿寶寶』、『浣熊』還是『熊寶寶』，再說一個字，我就要你好看。」

潘尼在一角默默聽著。

隔天早上，他說：「裘弟，我們去獵頭公鹿。可能發現鹿寶寶在睡覺。看牠們無拘無束的，幾乎和養著牠們幾乎一樣愉快。」

「兩隻狗都帶去嗎？」

「只帶老茱。牠受傷之後就沒運動了。悠哉的打獵對牠很好。」

巴克斯特媽媽說：「上一批鹿肉一下就吃光了。不過我們倒是做了不少醃肉乾。燻肉房裡再多幾條火腿，就像樣了。」

食物充足她就脾氣好，食物少她就脾氣差。

潘尼說：「裘弟，看來你要繼承那把老前膛槍了。不過，那把槍要是像之前我用的時候一樣故障了，別太生氣。」

他無法想像自己會對那把槍沒耐性。槍可以歸他使用，已經夠好了。母親已經幫他把奶油色的浣熊皮縫成背包，他在背包裡裝進子彈、雷帽、填彈塞，然後填滿火藥筒。

潘尼說：「孩子的媽，我在想，我得去沃盧西亞買彈殼。蘭姆的槍只附了幾枚子彈。我還想來點真正的咖啡。我受夠那些野咖啡豆了。」

「我也是。」巴克斯特媽媽附議：「我還需要一些線和一排針。」

「公鹿啊，」他說：「看來是往河邊覓食。我發現一串完美的足跡往那個方向去。我想我和裘弟可以朝那個方向追捕，要是能打到一、兩頭公鹿，就能用腰肉和臀肉在沃盧西亞換我們需要的東西了。之後我們可以去跟哈托奶奶打聲招呼。」

巴克斯特媽媽皺起眉頭。

「你們去探望那個沒禮貌的老女人，免不了一去就是兩天。最好把裘弟留在我身邊。」

裘弟坐立不安，望向父親。

潘尼說：「我們明天就回來。如果爸爸不帶著裘弟教他，他要怎麼學打獵，變成男子漢？」

「真是好藉口。」她說：「其實只是男人喜歡一起遊蕩而已。」

「不然妳來跟我打獵，把裘弟留下來啊，親愛的。」

裘弟笑了出來。他想到母親龐大的身軀推擠過灣頭，忍不住狂笑。

「唉，再笑啊。」媽媽說著，也哈哈笑了：「好好笑個夠。」

「明明妳也喜歡偶爾擺脫我們。」潘尼對她說。

「你們不在，我才能休息。」媽媽承認：「給爺爺的槍上子彈，留給我。」

裘弟覺得老舊的長湯姆對任何入侵者的威脅都不大，對媽媽恐怕比較危險。她的槍法糟糕，準頭很差，而且那把槍跟潘尼的前膛槍一樣不可靠，不過他知道有那把槍在，她會安心一點。他去小屋拿槍給父親裝子彈，心裡慶幸她沒要他剛得到的槍。

潘尼朝著老茱吹口哨，於是早晨過一半時，男人、男孩和獵狗就出發往東去了。五月天很悶熱。烈日透過灌木火辣辣地曬下來。矮櫟樹的葉片又小又硬，像平底鍋一樣吸納熱氣。沙土透過牛皮鞋燙著裘弟的腳。天氣雖熱，潘尼的腳步卻很快。裘弟只能勉強跟上。茱莉亞大步跑在前頭。目前還沒有鹿的氣息。潘尼一度停了下來，眺望著地平線。

裘弟問：「爸，你有看到什麼嗎？」

「沒有，兒子，沒什麼東西可看的。」

從墾地出發向東走一哩之後，潘尼改變了方向。突然出現好多鹿的足跡。潘尼研究足跡，判斷體型、性別和足跡的新舊程度。

過了一下，他說：「有兩頭老公鹿同行。牠們天亮之前經過這裡。」

「你怎麼從足跡看出來的啊？」

「看多了就知道了。」

裘弟看不出那些蹄印和其他蹄印有什麼不同。潘尼彎下腰，手指順著蹄印邊緣移動。

「你知道怎麼分辨母鹿和公鹿了。母鹿的足跡又尖又細緻。誰都分得清足跡有多新，因為舊的足跡會有沙子吹上去。仔細看，鹿在跑的時候趾頭是分開的；走路時趾頭會合在一起。」他對獵狗指著新鮮的足跡。「來，茱莉亞，去逮住牠！」

茱莉亞長長的鼻頭垂向足跡。那足跡一路延伸到灌木叢外，朝著東南方通向一片光滑冬青的開闊平原。這裡也有熊的足跡。

裘弟問：「有機會的話，我也要開槍打熊嗎？」

「熊啊公鹿啊都行。只要確定有好機會就好。別浪費了子彈。」

平原不難走，但烈日炎炎。光滑冬青灌木消失之後，出現一片宜人的松林。樹蔭很涼快。潘尼指出熊啃咬的痕跡——那是一棵高大的松樹，在肩膀高的地方有一處佈滿爪痕，還淌著樹脂。

潘尼說：「我看過熊做記號好幾次了。熊會伸直身子抓樹皮，側著頭又咬又啃，然後退開來，用肩膀磨擦樹脂。有人說熊沾了樹脂，打劫蜜蜂樹的時候就不會被蜜蜂叮，不過我一直覺得那是一種虛張聲勢的方式。公鹿示威的方式也差不多，牠是用頭和角磨擦苗木，證明自己的能耐。」

茱莉亞舉起鼻子，所以潘尼和裘弟連忙停下腳步。前面有喧鬧聲。潘尼示意茱莉亞跟好，他們躡手躡腳靠近。一塊空地映入眼簾，他們停了下來。一對小熊高高攀在細瘦的松樹苗上盪來盪去。樹苗高大柔韌，一歲的小熊向前向後搖晃著樹苗。裘弟以前也曾在樹苗上那樣盪過。一時間，牠們似乎不是小熊，而是像裘弟一樣的小男孩。裘弟好想爬上樹苗，和小熊一起擺來盪去。牠們利用體重擺動樹苗，樹苗先是朝地上半彎著腰，接著反彈伸直，又彎向另一邊。小熊時不時友善地交談。

茱莉亞忍不住吠叫出聲。小熊吃驚地停止嬉戲，低頭看著人類。牠們毫無警覺，這是牠們第一次看到人類，好像和裘弟一樣只覺得好奇，毛茸茸的黑頭歪來歪去。有一隻爬上更高的枝條，但不是為了避難，只是想看得更清楚。牠將一隻手臂圈住樹苗，張嘴望著下面，亮晶晶的黑眼珠好明亮。

裘弟哀求著：「噢，爸，抓一隻起來嘛。」

潘尼自己也心動了。

「要馴養，嫌大了點。」潘尼回復理智，說：「我們在想什麼啊？你媽大概沒兩下就會把牠趕走，然後把我們一起趕出去。」

「爸，你看看牠瞪著眼睛。」

「那隻大概是比較壞的。雙生的小熊總有一隻脾氣比較溫和，另一隻比較壞。」

「我們抓脾氣好的那隻。拜託嘛，爸。」

小熊伸長了脖子。潘尼搖搖頭。

「走吧，孩子。我們繼續打獵，讓牠們玩去。」

父親繼續追蹤公鹿的足跡，裘弟在後面磨磨蹭蹭。他一度以為小熊會爬下樹苗跑到他身邊，但小熊只在枝幹間爬動，轉過頭來看著他。他好想摸摸牠們。他想像牠們像奧利佛．哈托口中受過訓練的熊，蹲坐著擺出乞求的姿態；想像牠們窩在他腿上，毛絨絨的，溫暖親暱；牠們睡在他床腳，甚至在寒冷的晚上和他一起睡在被單下。父親走在松樹下，幾乎已經消失在視線之外了，他趕忙追上去。他回頭看看小熊，朝著牠們揮揮手。牠們抬高了黑色的鼻子，好像雖然看不出旁觀者的本質，卻能聞得出來。裘弟看見牠們首度表現出警覺的跡象，爬下樹苗，溜向西邊的光滑冬青後面。他追上父親的腳步。

潘尼對他說：「如果真的想請媽媽讓你養隻小熊，就得找隻小到好訓練的。」

這念頭鼓舞了他。一歲的小熊確實太大了，不好馴服。

潘尼說：「其實我也幾乎沒有寵物可以養、可以一起玩。我家一大堆小孩。神職和種田的收入都不多，我爸就像你媽一樣，不想養任何寵物。他沒讓我們餓著。他過世之後，我是家裡最大的，所以得照顧其他小孩，直到他們能夠獨立。」

「可是小熊差不多可以養活自己了，對吧？」

「是啊——會吃你媽的雞。」

裘弟嘆口氣，繼續和父親一起追蹤公鹿的足跡。那一對鹿一直走得很近。裘弟心想，真奇怪，公鹿春天和夏天可以那麼友善。等牠們的角長好，秋天開始和母鹿一同奔馳的時候，就會把鹿寶寶趕離母鹿身邊，還會激烈地打鬥。這兩頭公鹿裡，有一頭比較大。

潘尼說：「那隻大到可以騎了。」

一片常綠闊葉樹林出現在松樹林間。這裡的羅布麻長得很茂密，高舉著黃色小鐘。潘尼研究起複雜的足跡。

「孩子，聽著。」他說：「你一直想看鹿寶寶。我和茱莉亞繼續走，繞個圈。你爬上這棵南方綠櫟，躲在樹枝間，一定能看到些東西。你不會用到槍，把槍藏在這邊的灌木叢裡。」

裘弟在南方綠櫟一半高的地方安頓下來。潘尼和茱莉亞沒了蹤影。櫟樹的樹蔭十分涼爽。輕柔的微風穿過樹葉間。裘弟蓬亂的頭髮是溼的，他撩開遮擋在眼前的頭髮，用藍袖子揩揩臉，然後安靜下來。灌木叢一片沉寂。遠方有隻鷹刺耳地尖叫，然後飛走。樹枝上沒有鳥的動靜。沒有動物在移動或覓食。沒有蜜蜂或任何昆蟲嗡嗡叫。現在是正中午，炎熱難當，所有生物都在休息，除了潘尼和老茱，他們正在矮櫟樹和桃金孃樹間的某個地方移動。裘弟下方的灌木叢發出劈啪聲，他以為父親回來了，急切的動作差點暴露了自己的行蹤。一聲低鳴傳來。一隻鹿寶寶從一叢低矮的棕櫚下現身。牠應該一直都在那裡吧。潘尼早就知道了。裘弟屏住呼吸。

一頭母鹿躍過棕櫚。鹿寶寶跑向牠，還不太穩的雙腿走得搖搖晃晃的。母鹿低頭靠近牠，低聲叫著迎接牠，舔舐那急切的小臉。牠有著大眼睛和大耳朵，身上有斑點。裘弟從沒看過那麼小的鹿。母鹿猛然抬頭，搧動牠寬大的鼻翼嗅聞空氣。空氣中有一絲人類敵人的氣息。牠拔腿跑向那片南方綠櫟，發現了獵犬和一個男人的足跡，然後來來回回跟著足跡，每走幾步就抬抬頭。牠停下腳步傾聽，一對耳朵挺立在亮晶晶的大眼睛上方。

鹿寶寶低鳴了幾聲，母鹿也平靜下來。威脅曾經出現但已經消失，牠似乎很滿意。鹿寶寶蹭蹭牠飽滿的乳房，開始喝奶。牠用凹凹凸凸的頭頂著母鹿的乳房，痛快暢飲，欣喜若狂地搖擺短尾巴。母鹿不大安心，掙脫牠，直直走到南方綠櫟下。裘弟下方的粗枝擋住他的視線，但他能看到牠循著他的氣味來到樹旁，正抬頭在尋找他。牠的鼻子跟隨著他雙手、鞋子的皮革與衣服汗水的氣味，就像人眼盯著做了記號的路徑一樣篤定。鹿寶寶貪戀溫暖的鹿奶，跟了過來。母鹿猛然轉身，踢得鹿寶寶摔趴到灌木叢裡，牠自己則縱身躍過灌木叢，飛奔離去。

裘弟手忙腳亂地從藏身處爬下來，朝著鹿寶寶摔向的地方跑去。鹿寶寶沒在那裡。他仔細搜索地面。蹄印縱橫交錯，讓他無法分辨。裘弟沮喪地坐下來等父親。潘尼回來了，他滿臉通紅，滿身大汗。

「欸，兒子，」他喊：「看到什麼啦？」

「一頭母鹿和鹿寶寶。鹿寶寶一直都在這。牠吸媽媽的奶，母鹿聞到我就跑走了。我哪裡都找不到鹿寶寶。你覺得茱莉亞能追蹤牠嗎？」

潘尼低下身子。

「只要留下蹤跡，茱莉亞就能追蹤。不過我們別折磨那個小東西了。牠現在就在附近，應該嚇得要死吧。」

「牠媽媽不該丟下牠。」

「這就是牠聰明的地方。幾乎所有動物都會去追牠。牠教過鹿寶寶躲著不動，所以牠不會引起注意。」

「爸，牠身上的斑點好可愛喔。」

「斑點是排成一條，還是散開的？」

「排成一條。」

「那就是公鹿寶寶了。靠那麼近看到牠，很開心吧？」

「很開心，可是好想抓起來養喔。」

潘尼哈哈笑了，他打開背包拿出午餐。裘弟表示抗議，他急著想打獵，難得不想吃東西。

潘尼說：「我們中午得找個地方休息。這裡很可能碰到鹿。中午休息的地點，還是選在獵物會經過的地方好。」

裘弟從藏槍的地方拿出槍，坐下來吃午餐。他起先心不在焉，直到嚐到新鮮黑莓果醬的滋味，心思才回到食物上。果醬很稀，糖不夠用所以不夠甜。老茱還有點虛弱，側身癱在地上，黑色毛皮上有打鬥留下的蒼白疤痕。

潘尼仰躺著，懶洋洋地說：「風向不變的話，那兩頭公鹿很快就會繞回來，經過這裡去休息。往東四分之一哩有些高大的松樹，你可以找一棵爬上去，那裡的位置很好。」

裘弟拾起槍，準備移動過去。只要能獨自撂倒一頭公鹿，要他怎樣都行。

潘尼在他背後叫著：「距離太遠別開槍。慢慢來。別讓槍把你撞下樹了。」

前面荒涼的平原上長著光滑冬青灌木叢，灌木叢中零星冒出幾棵高大的松樹。裘弟選了一棵視野開闊的。無論哪個方向有動物經過，他都看得見。一手拿著槍要爬上筆直的樹幹很辛苦，爬到最低那叢樹枝時，他的膝蓋和小腿都磨破了。他休息了一下，然後朝樹頂爬到他不敢繼續爬為止。松樹在一陣若有似無的風中搖曳，好像有生命，隨它自己的呼吸而振動。

裘弟想起搖晃樹苗的小熊，於是開始搖動自己的樹梢，但他和槍的重量讓樹失去平衡，發出不祥的嘎吱聲，於是他不再動彈。他張望四周，這下子他明白鷹隼從高空審視世界是什麼感覺了。當他正注視著一切，有一隻老鷹也同樣這麼注視著，居高臨下，睿智、凶猛又機敏。他緩緩轉頭環視四方。這是他第一次相信世界可能是圓的。頭轉動得快些，他幾乎可以一眼看盡整條地平線。

他覺得自己的視線能涵蓋這整片區域。看到有動靜，他嚇了一跳。他之前沒注意到有東西正在靠近。有一頭大公鹿在覓食，朝著他走來。青澀的越橘提供了公鹿食物。牠還在射程之外。裘弟很想爬下松樹偷偷靠近，但他知道這隻動物比自己機警，他還來不及舉槍，牠就跑掉了。所以他只能等待，祈禱公鹿會來到足夠近的距離之內覓食。公鹿前進的速度慢得要命。

他一度以為公鹿想往南去更遠的地方覓食，但公鹿卻直直朝他而來。他在枝幹的掩蔽下舉起了槍。他的心噗通噗通地跳，怎麼也看不出鹿與他的距離究竟是遠是近。公鹿步步逼近，愈來愈大，但裘弟明白自己還看不清楚牠的眼睛、耳朵這些細節。等待的時間似乎永無止境。然後公鹿昂起頭來——裘弟瞄準那結實的頸子。

他扣下扳機。就在那瞬間，他發現他把自己和獵物的高度差距算得太小，所以打太高了。不過他覺得自己一定有碰到那隻動物，因為牠一躍而起，看起來不只是受到驚嚇而已。公鹿從光滑冬青叢中騰空越過，在空中劃出彎彎的長弧線，然後從他這棵松樹下跑過。要是他有父親那把新的雙管槍，就能再射一發了。幾秒後，他聽見潘尼的槍聲。他因激動而顫抖，然後爬下松樹，推擠回到那片闊葉樹之間。公鹿倒在南方綠櫟的樹蔭下。潘尼已經開始處理鹿屍了。

裘弟喊道：「我打中了嗎？」

「打中了。做得很好。牠很可能再跑一下就會倒下來了，不過牠經過時我還是補了一槍，比較穩當。你打得有點高了。」

「我知道。我一開槍，就知道打高了。」

「嗯，就是這樣學的。下次就知道了。你看，你那槍在這，這裡，然後那是我那槍。」

裘弟跪下來研究那具優雅的軀體。看到無神的眼睛和冒著血的喉嚨時，他再度感到一陣噁心。他說：「真希望不用殺牠就能有肉吃。」

「是很可惜。不過我們得填飽肚子。」

潘尼手腳俐落。他的獵刀是一把磨出刀鋒的扁鋸銼，刀柄只是玉米桿，不算特別鋒利，但他已經將鹿肉放血，割掉沉重的鹿頭了。他將膝蓋以下的鹿皮剝掉，把鹿腿交叉捆起，他手臂穿過鹿腿交叉處，然後站起來，就這麼輕輕鬆鬆地將鹿的屍體扛在背上，方便搬運。

「我們到沃盧西亞把鹿皮剝掉，博以爾斯可能會要，」他說：「不過如果你想把鹿皮拿去送哈托奶奶，我們就拒絕他。」

「她可以拿鹿皮做地毯，一定很開心。真希望是我自己打死送給她的。」

「沒關係。鹿皮是你的。我呢，我會把前半部的一塊肉送給她。奧利佛出海去了，除了我們，沒人幫她打獵。她身邊晃來晃去的那個蠢北方佬可不會做這種事。」潘尼若無其事地說：「不過你可能比較想把鹿皮帶給你的女朋友。」

裘弟氣惱地板起臉。

「爸，你明知道我沒有女朋友。」

「我看到你和尤拉麗在慶典裡手牽手，你不會在那之後就甩了她吧？」

「我才沒手牽手。那是他們在玩遊戲。爸，你再說，我死了算了。」

潘尼很少捉弄兒子，但偶爾總有忍不住的時候。

裘弟說：「我的女朋友是奶奶。」

「好啦。我只是想確定一下。」

沙子路炎熱而漫長。潘尼滿身大汗，卻輕鬆地扛著重擔前進。

裘弟說：「可以讓我背著走一段嗎？」但潘尼搖搖頭。

「這東西要男人背才行。」他說。

他們越過刺柏溪，走了兩哩的窄路，然後走上通往大河和沃盧西亞的大路。潘尼停下來休息。快傍晚的時候，他們經過麥當勞上尉的房子，裘弟知道他們接近巴特勒堡了。來到道路的一個轉彎處，此處不再有乾燥的松樹和矮櫟樹林，取而代之的是一片茂盛的新綠，這裡有楓香、月桂和柏樹；柏樹就像路標一樣，代表附近有河。低窪的地方可以看到野杜鵑花開遲了，百香果花的淡紫色花冠沿路綻放。

他們來到聖約翰河。河水幽暗而漠然，似乎毫不在意自己的河岸和渡河或利用河水的人，就這麼流向海洋。裘弟望著河流，這是通往世界的途徑。潘尼朝河對岸喊叫，呼喚沃盧西亞那一側的渡船。一個男人划著原木劈成的粗製筏子，渡河朝他們而來。他們渡河回到那一側，一邊看著水流緩緩流送。潘尼付完渡河錢，父子便走上彎彎的貝殼路，進入沃盧西亞的店鋪。

潘尼和老闆打招呼：「博以爾斯先生，你好啊。你看這傢伙怎麼樣？」

「給汽船太浪費了。不過船長會要的。」

「現在鹿肉價錢怎樣？」

「老樣子。一塊腰肉一塊半。說真的，那些在河上來來往往的城市佬喊著要鹿肉，不過鹿肉遠比不上豬肉，你和我都很清楚。」

潘尼把鹿搬上大砧板，開始剝皮。

「是啊。」他附和說。「不過我想如果有人頂個大肚子，又沒辦法去自己獵鹿，應該覺得鹿肉嚐起來非常特別吧。」

他們同聲笑了。潘尼不但會做生意，而且機智又會說故事，因此店家愛和他做買賣。博以爾斯是當地小聚落的法官、仲裁者，也是萬事通。站在自己店裡密閉芬芳的幽暗中，他就像船艙裡的船長。他賣的東西包括整個鄉間的必需品和稀有的奢侈品，從犁、貨車、輕馬車和用具、主食，到威士忌、五金、紡織品、縫紉用具和藥品。

潘尼說：「我明天會來拿一塊前半部的肉帶回家給我老婆。另一塊要給哈托奶奶。」

「老天保佑她的老靈魂。」博以爾斯說：「不曉得我幹嘛說『老靈魂』。要是男人的老婆和哈托奶奶一樣有顆年輕的心，欸，人生就快活了。」

裘弟沿著櫃檯下的玻璃櫃走。玻璃櫃裡有甜餅乾和各式各樣的糖果。有巴洛牌小折刀和新的羅捷斯牌刀具。有鞋帶、鈕釦、針線。牆邊的架子上放著比較粗製的器具，木桶和水壺，大型油燈和洗臉盆，還有嶄新的煤油燈、咖啡壺、鑄鐵煎鍋和荷蘭鍋，全都像古怪的鶵鳥一樣，在一個巢裡緊緊彼此依偎。器皿再過去是布料——印花布和麻布，牛仔布和廢絨料，平布和手織布。有幾捆亞麻、亞麻呢、羊駝毛和細平布上積著厚厚的塵埃。那種奢侈品的銷路不好，夏天賣得特別差。商店比較裡面的部分賣食品雜貨，有火腿、乾酪和培根。有一桶桶糖、麵粉、粗磨粉、粗玉米粉和青咖啡豆；一袋袋馬鈴薯，小桶裝的糖漿，木桶裝的威士忌。這些東西都吸引不了裘弟的興趣，於是他晃回到玻璃櫃前，一堆長條甘草糖上擱了一把生鏽的口琴。一時之間，他真想賣了他的鹿皮來買口琴，好吹給哈托奶奶聽，或是加入佛瑞斯特家的行列。但哈托奶奶大概比較喜歡鹿皮。博以爾斯叫喚他。

「小夥子，你爸難得來做買賣。你看上什麼一角錢的東西，我送給你。」

他渴望地看向那些那堆東西，說：「我猜那把口琴應該不只一角錢吧。」

「是沒錯，不過已經放很久了。歡迎你拿去。」

裘弟又瞥了一眼那些糖果，不過哈托奶奶會替他準備甜食。

他說：「先生，謝謝您。」

博以爾斯說：「巴克斯特先生，你兒子真有禮貌。」

「他給了我們不少安慰。」潘尼說。「我們失去太多孩子，我覺得有時我太疼他了。」

裘弟散發出良好美德的光輝，他渴望當一個善良又高尚的人。他繞到櫃檯後去拿他人格的獎賞，卻瞥見門口有動靜，是博以爾斯的姪女尤拉麗站在那裡楞楞看著他。他心中瞬間充滿恨意。他恨她，因為父親逗他。他恨她紮緊的馬尾長髮，恨她比他濃密的雀斑。他討厭她的兔寶寶牙齒、她的手、腳和她瘦高身子的每根骨頭。他迅速彎下腰，從袋子裡撿起一小顆馬鈴薯高高舉起。她惡狠狠地看著他，然後像隻束帶蛇一樣緩緩向他吐舌頭。她用兩隻手指夾住鼻子，做出聞到惡臭而作嘔的樣子。他扔擲那顆馬鈴薯，它擊中她的肩膀，她痛苦地尖叫跑開。

潘尼說：「嘿，裘弟。」

博以爾斯皺著眉頭走過來。

潘尼嚴厲地說：「出去。博以爾斯先生，他不能拿那把口琴了。」

裘弟走出商店，來到炙熱的陽光下。他覺得很丟臉，不過如果有機會重來，他還是會朝她扔擲馬鈴薯，而且會扔更大顆的。潘尼談完生意，出來找裘弟。

他說：「很遺憾你居然讓我丟臉。也許你媽說得對，你可能不該和佛瑞斯特家的來往。」

裘弟的腳在沙子裡扭來扭去。

「我不管。我恨她。」

「我不知道要說什麼。你究竟為什麼做出那種事？」

「我就是恨她。她對我扮鬼臉。她好醜。」

「欸，兒子，你不能這輩子老對你碰到的醜女人丟東西。」

裘弟毫無悔意地朝沙地啐了一口。

「哎呀，」潘尼說：「不知道哈托奶奶會怎麼說。」

「噢，爸，別跟她講。拜託別告訴她。」

潘尼不祥地沉默著。

「我會守規矩啦，爸。」

「不曉得她會不會收你的鹿皮了。」

「爸，把鹿皮給我。只要你不跟奶奶說，我保證再也不會拿東西丟人了。」

「好吧。這次饒了你。可是別再給我抓到你那樣子了。拿你的鹿皮吧。」

裘弟的心情好起來。危機的陰霾解除了。他們轉向北，走上和河道平行的一條路徑。北美木蘭沿途綻放。之後是一條夾竹桃小徑，夾竹桃也繁花盛開。紅雀沿小徑向前飛去。夾竹桃小徑通向一道白色木樁柵欄的大門。哈托奶奶的花園有如鋪在木樁裡的鮮豔百衲被。忍冬花和茉莉的藤蔓讓她的白色小屋安固在這片富饒的大地。這裡的一切都熟悉而親愛。裘弟跑過小徑，通過花園，穿過那片盛開著淡粉紫色羽狀花朵的木藍。

他喊道：「嘿！奶奶！」

小屋裡傳來輕輕的腳步聲，接著她出現在門階上。

「裘弟！你這個壞小子。」

他跑向她。

潘尼叫著：「孩子，別把奶奶撞倒了。」

她瘦小的身子撐住了。他緊緊抱住她，直到她尖叫起來。

「你這隻可憐的熊寶寶。」

她笑了起來，他仰頭和她一起大笑，一邊望著她的臉，那張粉紅色的臉蛋佈滿了皺紋。她的眼睛黑得像光滑冬青果，笑的時候眨呀眨的，四周的皺紋像漣漪般漾開。她笑得身體上下搖晃，渾圓的小胸部顫動，彷彿鵪鶉在抖落塵土。裘弟像小狗一樣嗅聞著她。

「嗯，奶奶，妳好香喔。」他說。

潘尼說：「奶奶，他說得一點也沒錯。我們倆髒得像什麼一樣。」

「不過是打獵的味道而已。」裘弟說：「鹿皮、葉子之類的味道。還有汗味。」

「那是很高尚的氣味。」哈托奶奶說：「我好懷念男孩和男人的味道。」

潘尼說：「對了，這是我們的一點心意。新鮮鹿肉。」

「還有鹿皮，給妳做毯子。」裘弟說：「鹿皮是我的。我打傷了那隻鹿。」

她朝著空中高舉雙手，他們的禮物立刻變得貴重無比。裘弟覺得他為了報答她的肯定，甚至可以親自獵來一隻山獅。她摸了摸鹿肉和鹿皮。

潘尼說：「別弄髒了妳的小手。」

她能像太陽吸引水氣般，吸引出男人的英勇氣概。她的活潑令男人著迷。年輕男子遇見她就勇氣百倍；年長的男人則為她銀白的鬈髮痴迷。她有種永恆的女性特質，激起所有男人的男子氣概。但她的天賦激怒了所有女人。巴克斯特媽媽在她屋裡待了四年，回墾地時非常討厭她。老太太對巴克斯特媽媽也沒客氣。

潘尼說：「我把肉拿到廚房去。然後我還是幫妳把鹿皮拿去釘在妳小屋的牆上，給妳晾乾好了。」

裘弟呼喚：「毛毛，來！」

白狗衝過來，像顆球一樣躍向裘弟，跳向他的臉舔他。

奶奶說：「牠看到你，高興得像看到親人一樣。」

毛毛瞥見老茱平靜地蹲坐一旁，變得有點拘謹，牠朝著老茱走去。茱莉亞垂著長長的耳朵坐在那裡，動也不動。

奶奶說：「我喜歡那隻狗。牠好像我的露西阿姨。」

潘尼帶著鹿肉和鹿皮來到小屋後面。父子和身上帶著光榮傷痕的獵犬，都在這裡受到歡迎。裘弟覺得在這裡比回到自己媽媽身邊更自在。

他說：「要是妳得一天到晚忍受我，看到我大概就不會那麼開心了。」

奶奶咯咯地笑了。

「是你媽說的吧。聽到你們要來，她有反對嗎？」

「沒像其他時候那麼糟。」

「你爸啊，」她挖苦地說：「娶了一個連全地獄都取悅不了的女人。」

她說著伸出一根指頭。

「你一定想去游泳吧。」

「去河裡嗎？」

「對，噗通跳進河裡。上岸之後，我會給你乾淨的衣服。奧利佛的衣服。」

她沒警告他小心鱷魚、水蝮蛇，或小心水流。他自己多少知道要小心，沒被管束的感覺真好。他跑過通向碼頭的小徑。河水的水流深沉幽暗，潺潺地拍打著河岸，但主要水體的移動是悄然無聲的，人要看到落葉飛也似地漂走，才知道水流有多湍急。裘弟在木碼頭上遲疑了一下，然後跳進水中。他浮出水面，冷得吸了一大口氣，然後往上游游去。他保持在靠近河岸，這裡水流比較沒那麼湍急。

他幾乎沒什麼前進。河流兩岸聳立著黑森森的植物，他在南方綠櫟和柏樹的河段之間進退不得。他假裝後頭有隻鱷魚，然後拚命游水，用狗爬式游過了一個點，接著又吃力地遊過另一個點。他納悶自己能不能游到上面一點的碼頭，也就是渡船過河、汽船靠岸的地方。他努力朝那裡游去。一根柏樹的膝狀根給了他支柱，他攀住樹根喘息，然後再次出發。碼頭看起來很遠。襯衫和褲子阻礙了他的活動，早知道就光著身子下水。奶奶不會介意的。可是如果告訴母親，佛瑞斯特家彈奏唱歌時什麼都沒穿，不知道母親會說什麼。

裘弟回頭看看。哈托家的碼頭消失在河道轉彎處。待在流動的黑暗中突然不再讓他感到快樂了。他轉過身，水流攫住他，把他飛也似地帶向下游，他努力游近河岸。水的觸手抓著他，他慌張地想，自己可能會被沖到沃盧西亞灣，沖到喬治大湖，甚至沖到海裡。他盲目奮戰，尋找腳下結實的地方。最後他發現自己在碼頭上游一點的地方踩到了底。他如釋重負，小心地漂向碼頭，爬上木碼頭。他深深吸了口氣，不再驚慌，反而因為危險和冰冷的水而感到振奮。潘尼出現在碼頭上。

父親說：「剛剛的搏鬥真不得了。看來我就在碼頭邊繞繞，洗個澡就好了。」

潘尼小心翼翼地從碼頭下水。

他說：「我的腳可不打算離地。我早就過了玩水的年紀了。」

潘尼不久就爬上岸。他們回到小屋後面，哈托奶奶已經準備好乾淨的衣服等著他們。給潘尼的是哈托先生的衣物，哈托先生過世多年，老舊的衣服有股霉味。給裘弟的是奧利佛好幾年前就穿不下的襯衫和褲子。

奶奶說：「有人說啊，把東西留下來，每七年就會用到一遍。裘弟，七乘以二是多少啊？」

「十四。」

潘尼說：「可別再問下去。去年在我們和佛瑞斯特家寄宿的那個學校老師，自己都不大清楚。」

「欸，比讀書重要的事多著呢。」

「我知道，不過人總要會讀寫算數。話說回來，我能教裘弟的東西他已經學得很好了。」

他們在小棚屋裡換衣服，用手把頭髮往後梳了梳，然後穿上借來的衣服，覺得乾淨又不自在。裘弟長著雀斑的臉蛋散發光彩，黃褐的溼頭髮平順地貼著。他們穿上自己的鞋子，用脫下的衣服抹去塵土。哈托奶奶在叫喚他們，所以他們走進小屋。

裘弟聞了聞屋子裡熟悉的氣味。他向來沒辦法一一分辨出那氣味的組成元素。她用在自己衣服上的甜薰衣草味道很明顯。火爐前的一個罐子裡裝著乾燥的草。有一股清晰的蜂蜜味（她把蜂蜜收在碗櫃裡）。還有甜點，有水果塔、餅乾和水果蛋糕的味道。還有她用來洗毛毛的肥皂味。屋裡還瀰漫著窗外花園飄進來的花香。在那些味道之外，裘弟最後才聞到河流的氣息。這條河穿過小屋，也包圍著小屋，留下難聞的潮溼漩渦和腐爛的蕨類。裘弟從開敞的門往外看。有條小徑穿過萬壽菊花叢通往水邊。河水在近晚的陽光下閃爍，宛如冬莵葵的明豔黃花。水流將裘弟的心思拉向海洋，奧利佛正在那裡航行，乘風破浪見識這個世界。

奶奶拿出斯卡珀農綠葡萄酒和香料蛋糕。裘弟獲准喝一杯。酒清澈得像刺柏泉。潘尼滿足地咂咂嘴，但裘弟希望自己喝的是甜一點的東西，也許黑莓甜酒之類的。裘弟心不在焉地吃著香料蛋糕，然後發現自己拿空了盤子，羞愧地停下來。要是在家裡他就慘了，但奶奶卻只是走去碗櫃，再把盤子盛滿。

她說：「別壞了晚餐的胃口。」

「我發現的時候都太遲了。」

奶奶走進廚房，裘弟跟著她。她將鹿肉切片燒烤。裘弟焦慮地皺眉。對巴克斯特家的人而言，鹿肉並不是什麼了不起的珍饈。她打開烤箱門，裘弟才發現她在煮別的東西。她有個鐵火爐，裡面的食物比家裡開放式火爐裡的食物更神祕。關著的爐門把各種東西藏在黑暗的爐子裡。蛋糕讓裘弟的胃口縮小了點，但香氣又令他食慾大增。

裘弟在奶奶和他父親之間跑來跑去。潘尼默默地陷進客廳一張加墊的椅子裡。陰影籠罩著他，吞沒了他。這裡少了去佛瑞斯特家的那種興奮，卻有種舒適的感覺，像冬天溫暖的百衲被一樣籠罩著他。潘尼在家有一堆責任要煩惱，在這裡對他來說只有肉和酒。裘弟在廚房裡要幫忙，但奶奶把他趕開。裘弟晃到院子跟毛毛玩，老茱不解地看著他們，牠和牠主人一樣，都不習慣玩耍，黑黃相間的臉上有種工作犬的嚴肅神情。

晚餐準備好了。裘弟認識的人之中，只有哈托奶奶有專門用餐的房間。一般人都在廚房裡，在擦乾淨、沒鋪桌巾的松木桌上用餐。就連奶奶端上食物時，他還目不轉睛地盯著藍色盤子和潔白的桌巾。

潘尼說：「我們坐在這些漂亮東西旁邊，好像兩個邋遢的流浪漢。」

但潘尼和奶奶說笑閒聊，比在自家餐桌上還自在。

他對她說：「妳的情人居然還沒出現吶。」

她的黑色眼珠瞪了他一眼。

「潘尼・巴克斯特，這話換作別人說，就要給丟進河裡了。」

「妳就是這麼對付可憐的易希，對吧？」

「可惜他沒淹死。他那人啊，被侮辱了也不曉得。」

「看來妳得跟他結婚，於法才有權趕他出去。」

裘弟放聲大笑。他沒辦法一邊聽他們說話，一邊吃東西。他發現自己進度落後，開始認真吃個不停。桌上有易希在河裡設陷阱抓到的新鮮鱸魚，全魚烘烤，裡頭塞滿了可口的填料。愛爾蘭馬鈴薯是一大享受，因為巴克斯特家一天三餐都吃番薯。還有剛成熟的甜玉米，巴克斯特家很少吃新鮮的玉米，因為種出來的那些玉米，家畜似乎更急迫需要。裘弟吃不了所有的東西，無奈地嘆息。他集中火力對付白麵包和山楂果凍。

潘尼說：「寵壞他了，到時候他媽還得把他當新的捕鳥獵犬來訓練。」

晚餐後，他們一起穿過花園，來到河畔。小船來來往往。旅人向奶奶揮手，她也向他們揮手。快傍晚時，易希．歐塞爾走上小屋的小徑，來做晚上的粗活。奶奶打量著走來的仰慕者。

「他看起來夠晦氣的吧？」

裘弟覺得易希活像病奄奄的灰鶴，羽毛淋了雨，又溼又髒。他一綹一綹的灰髮留到脖子，稀疏的灰鬍子垂到下巴，兩條手臂像癱軟的翅膀一樣掛在身邊。

「瞧瞧他。」她說。「可憐的北方佬。好像鱷魚拖著尾巴一樣拖著腳。」

潘尼承認：「他是不好看，不過倒是謙遜得像隻狗。」

「我討厭可憐兮兮的男人。」她說：「而且我討厭羅圈腿的傢伙。他腿彎得太嚴重，褲子都快在地上擦出痕跡了。」

易希拖著腳走到屋後。裘弟聽到他照顧牛隻的聲音，之後是在柴堆旁的聲音。晚上的粗活完成之後，他怯生生地來到門階前。潘尼和他握握手，奶奶對他點點頭。他清清喉嚨，接著他要說的話卻像被上下滑動的喉節卡住了。他放棄開口，坐到最底下的階梯，沉浸在你來我往的談話之間，灰白的臉龐綻放滿足的光采。日暮時分，奶奶進屋去了。易希拘謹地站起來，準備離開。

他對潘尼說：「老天，要是我能像你一樣會說話就好了。或許她會對我好一點。你覺得會嗎，還是她永遠不會原諒我是北方佬？那樣的話，潘尼，我發誓我會在國旗上吐口水。」

「欸，你也知道，女人堅持某個想法的時候，就像鱷魚緊咬著小豬一樣固執。她忘不了北方佬搶走她的針線，她得帶著三隻母雞生的蛋，老遠走到聖奧古斯丁去換一排針。如果輸的是北方佬，她可能會原諒你吧。」

「可是我打輸了啊，潘尼。我被狠狠痛宰過。是在牛奔溪的事。你們叛軍痛宰我們一頓。天啊，真討厭。」他陷入回憶，擦擦眼睛。「我們人數是你們的兩倍，你們還痛宰了我們！」

他拖著腳走開了。

潘尼說：「那個落魄的傢伙巴望奶奶，太不自量力了。」

進了小屋，潘尼像之前拿尤拉麗的事鬧裘弟一樣，拿易希的事調侃奶奶。不過奶奶好好地回敬他一番，你來我往，氣氛十分和善。這話題讓裘弟想起他一直耿耿於懷的一件事。

他說：「奶奶，蘭姆・佛瑞斯特說婷可・威瑟比是他女朋友。我說她是奧利佛的女朋友，結果蘭姆聽了很不高興。」

「奧利佛回家之後，應該會去擺平蘭姆。」她說：「不過佛瑞斯特兄弟恐怕不知道怎麼公平打架。」

她讓他們睡在一間潔白的房間，白得像奧利佛說過的雪。裘弟躺在父親身邊，在無瑕的床單和被單之間伸展身子。

他說：「奶奶的日子過得真好，對吧？」

潘尼說：「有些女人可以這樣過。」接著又忠心地說：「不過別因為你媽不像奶奶就苛責她。你媽能支用的不多，不是她的錯，是我的錯。生活辛苦，她也沒辦法。」

「真希望奶奶是我真正的奶奶。希望奧利佛真的是我親人。」

「其實親得像親人一樣，就是親人了。你比較想和奶奶住在這裡嗎？」

裘弟腦中浮現林間墾地上的木屋。橫斑林鴞應該在叫了，或許還有狼號，或是山獅尖叫。鹿會在陷穴喝水，公鹿獨自飲水，母鹿則帶著鹿寶寶。熊寶寶會在牠們的窩裡蜷曲在一起。巴克斯特家樹島的某些東西比潔白的桌布和床單更棒。

「我不想。我會想帶奶奶回家跟我們一起住。不過，那就得叫媽媽照顧她了。」

潘尼呵呵笑了。

「可憐的孩子，」他說：「你該長大，多了解了解女人……」

# 第十二章

大約黎明時分，裘弟聽見載貨和載客的汽船經過哈托家的碼頭。他在床上坐起來，望向窗戶外。汽船的燈光在晨光之下顯得暗淡，兩側的舷明輪在水中轆轆轉動。汽船朝向沃盧西亞發出尖銳的汽笛聲。裘弟好像聽見汽船停了一下，之後繼續往上游去。不知怎麼的，他一直想著汽船來過的事。他沒辦法繼續睡。老茱在外面的院子裡吠叫。潘尼從睡夢中醒來。他的驚覺心一直在戒備，風吹草動都能驚醒他。

潘尼說：「汽船停過。有人要來了。」

老茱低聲吠叫，嗚咽一陣，然後沒了聲音。

「是牠認得的人。」

裘弟大叫：「是奧利佛！」然後跳下床。

他光著身子跑過小屋。毛毛被吵醒了，從位在奶奶門邊的窩裡衝出來，尖聲吠叫。

有個聲音喊著：「起床啦，懶惰的旱鴨子！」

奶奶從臥室跑出來。她身穿長長的白睡袍，戴著白睡帽，邊跑邊把披肩繫在肩頭。奧利佛像公鹿一樣一步跳上門階，他母親和裘弟旋風似地撲到他身上。他攔腰抱起母親搖了搖，她用小拳頭捶打他。裘弟和毛毛叫喊著想引起他的注意，奧利佛一一抱起他們搖晃一番。潘尼穿戴整齊，平靜地加入他們，兩人握手打招呼。朦朧的晨光中，奧利佛的牙齒潔白閃亮。奶奶的眼睛注意到另一道閃光。

「你這海盜，那對耳環拿來。」

她踮起腳尖，朝他耳朵伸出手。他的耳垂上掛著金環。她解下金環，戴上自己的耳朵。他笑了，搖搖她，毛毛狂吠。一片混亂中，潘尼說話了。

「老天保佑啊，裘弟，你什麼都沒穿。」

裘弟鬧到一半呆住了，轉身要跑，奧利佛一把抓住他，奶奶解下肩膀的披肩，綁在他的腰際。她說：「要是需要，我也會光溜溜跑過來。奧利佛兩年才回家一次，對吧，孩子？」

裘弟說：「反正我出來的時候天色還很暗。」

騷動平息了。奧利佛拎起旅行袋扛進屋裡。裘弟尾隨著他。

「奧利佛，這次你去了哪裡啊？有看到鯨魚嗎？」

潘尼說：「裘弟，讓他喘口氣。他不能像噴泉吐水一樣，滔滔不絕地跟小孩說故事。」

但奧利佛有滿肚子故事可以講。

「水手回家，不就為了看媽媽、看他的女朋友和說故事嗎？」

他的船去了熱帶地區。裘弟勉強暫時離開，飛快套上借來的襯衫和褲子。裘弟高聲發問，奶奶也高聲發問，返鄉的遊子輪流回答。奶奶穿上花朵圖案的凸花條紋裙，格外費心地整理她的銀白鬈髮，然後去廚房開始準備早餐。奧利佛打開旅行袋的袋口，把裡面的東西倒在地板中央。

奶奶說：「我沒辦法邊看邊煮東西啊。」

奧利佛說：「看在老天份上，媽，那就煮東西吧。」

「你好瘦。」

「我瘦到皮包骨，就等著回家吃。」

「裘弟，來把火加大。切那條火腿，切那塊培根，還有那塊鹿肉。」

她從碗櫃裡拿出碗來打蛋和麵糊。裘弟幫忙她，然後跑回奧利佛身邊。太陽升起，光線湧進小屋裡。奧利佛、潘尼和裘弟蹲在旅行袋倒出的那堆東西旁。

奧利佛說：「我帶了給每個人的東西，就是沒裘弟的。真奇怪，我居然忘了裘弟。」

「才沒有。你從來沒忘記我。」

「看你能不能找出你的禮物吧。」

裘弟跳過一捲絲綢。絲綢當然是給奶奶的。他把奧利佛的衣服推到一旁，那些衣物帶著香料味和黴味，有種奇怪的異國氣息。有個法蘭絨裹住的一小包東西，奧利佛從他手中拿走。

「那是給我女朋友的。」

有個鬆鬆的袋子裡裝了瑪瑙和半透明的寶石。裘弟繼續看別的東西。他把一個小包裹湊到鼻子前。

「是菸草！」

「給你爸的。土耳其的。」

潘尼驚奇地打開包裝，說：「哎呦，奧利佛。」濃郁的香氣飄過室內。「哎呦，奧利佛。我已經不記得多久沒收過禮物了。」

裘弟揑揑一個狹長的包裹。包裹沉甸甸的，感覺是金屬。

「是這個！」

「你沒看怎麼知道。」

裘弟拚命拆包裝。一把獵刀掉到地上，刀刃鋒利閃亮。裘弟瞪大了眼。

「奧利佛，不會是刀吧……」

「還是你比較想要你爸那種銼刀磨成的……」

裘弟跳起來，揮舞著長長的刀刃，刀刃反射光芒。

「灌木林裡沒人有這樣的東西。」他說：「連佛瑞斯特家的兄弟也沒有這麼好的刀子。」

「我想也是。可不能讓那些黑鬍子贏過我們。」

裘弟望著奧利佛拿在手裡的小法蘭絨包裹。他夾在奧利佛和佛瑞斯特兄弟之間，左右為難。最後他脫口而出：「奧利佛……蘭姆．佛瑞斯特說，婷可．威瑟比是他女朋友。」

奧利佛笑了，把包裹在兩手之間拋來拋去。

「佛瑞斯特家的一向不老實。沒人能搶我女朋友。」

裘弟如釋重負。他告訴了奶奶和奧利佛，覺得心安理得，而且奧利佛沒生氣。這時他想起蘭姆撥弄小提琴時，黝黑臉上沉思陰鬱的表情。但他拋開腦中的畫面，沉醉在朋友從遙遠海外帶回家的寶物。

他發現奶奶早餐時沒碰她盤裡的東西，只顧著添滿奧利佛的盤子。她明亮的眼睛像飢餓的燕子一樣，在兒子身上打轉。奧利佛在桌邊坐得直挺挺。瘦脖子上，領子敞開的地方，皮膚曬成了古銅色。他的頭髮被太陽曬得褪了色，泛著一點紅光。他的雙眼和裘弟想像中的海一樣是灰藍色的，還帶著一抹綠。裘弟的手摸過自己的塌鼻子和雀斑皮膚，然後悄悄摸索後腦杓，麥桿色的頭髮像鴨屁股，硬梆梆地翹著。裘弟對自己非常不滿意。

「奶奶，」他問道：「奧利佛生下來就那麼帥嗎？」

潘尼說：「這我可以回答。我還記得他曾經比我們倆還醜。」

奧利佛自滿地說：「裘弟，你在煩惱這個嗎？你長大以後就會跟我一樣帥了。」

「有你一半帥就好了。」他說。

奧利佛說：「今天我可要叫你進來，讓你說給我女朋友聽。」

奶奶皺起鼻子。

「水手都回家了，還追什麼女人。」她說。

潘尼插嘴說：「據我所知，水手永遠都在追女人。」

奧利佛問：「袅弟，你呢？你有女朋友了嗎？」

潘尼說：「喔，奧利佛，你沒聽說嗎？袅弟喜歡的是尤拉麗．博以爾斯。」

袅弟感到一股憤恨的怒意悄悄湧上來。他好想像佛瑞斯特家的人一樣咆哮，用他的怒氣嚇壞所有人。他結結巴巴地開口。

「我——我討厭女孩子。尤其是尤拉麗。」

奧利佛若無其事地說：「喔，她怎麼了？」

「我討厭她皺鼻子。她好像兔子。」

奧利佛和潘尼放聲大笑，拍拍對方。

奶奶說：「你們兩個，別折磨孩子了。你們隔自己小時候太久，都不記得了嗎？」

袅弟對她的感激化解了恨意。只有奶奶會替他說話。他心想，不對，不是這樣。潘尼也常幫他抗爭。他母親不講理的時候，潘尼總會說：「歐莉，隨他去吧。我還記得我小時候……」他這才想到，父親只有在這裡，在朋友之中，才會捉弄他。他需要救兵的時候，潘尼從來沒讓他失望。

他露出微笑，對父親說：「看你敢不敢跟媽媽說，我有個女朋友。她會比我養了隻害獸還生氣。」

奶奶說：「你媽會對你大發脾氣，對吧？」

「對我、對爸爸都會。對爸爸比較凶。」

「她不會欣賞他。」奶奶說：「她就是不夠明理。」奶奶嘆了口氣。「女人一生中總得愛一、兩次壞男人，才懂得珍惜好男人。」

潘尼謙虛地看著地上。裘弟很好奇，很想知道哈托先生是好男人還是壞男人，但他不敢問。反正哈托先生去世太久，應該不重要了。奧利佛站起來，伸展他的長腿。

奶奶說：「你才到家，又要丟下我了？」

「去一下而已。我得去繞繞，再熟悉一下這地方。」

「要找那個金髮的小婷可，對吧？」

「對。」他靠向她，摸摸她的鬈髮。「潘尼，你們今天不會回家吧？」

「奧利佛，我們得去做買賣，然後回灌木林。唉，真不想錯過星期六的盛會。我們星期五來，是為了把鹿肉給博以爾斯，好賣給今天北上的船。不該讓歐莉一個人太久。」

「是啊。」奶奶說。「可能會被山獅抓去。」

潘尼瞥了她一眼，她正認真地低頭整理圍裙上的皺摺。

奧利佛說：「好吧，河對岸見了。」

他把水手帽往腦後一戴，就這麼走了，留下飄盪的口哨聲。裘弟好沮喪。總是有事情阻礙他聽奧利佛說故事。他真的這麼覺得。他好想整個早上都坐在河岸邊，聽奧利佛編織故事。他永遠聽不夠。奧利佛說了一、兩個故事，就會有人來，或是奧利佛停下來去做別的事，從來沒把故事說完。

「我故事永遠聽不夠啦。」他說。

奶奶說：「我也總是覺得他待在我身邊的時間不夠久。」

潘尼磨磨蹭蹭沒有離去。

「真不想走。」他說：「尤其奧利佛回家了。」

奶奶說：「奧利佛回來卻不在家的時候，比他在海上更叫我想念。」

裘弟說：「都是婷可啦。都是女朋友害的。我永遠都不要有女朋友。」

他好氣奧利佛離他們而去。他們四人是一個緊密的群體，奧利佛卻破壞了一切。潘尼享受著小屋的祥和氣氛，在菸斗裡一次又一次添上外國菸草。

他說：「真不想走，可是我們非走不可。有買賣要做，而且回家要走的路很長。」

裘弟沿著河岸走，丟樹枝給毛毛撿。他看到易希·歐塞爾跑向小屋。

易希喊著：「快叫你爸來。別讓哈托小姐聽到了。」

裘弟跑過花園叫喚父親。潘尼走了出來。

易希氣喘吁吁地說：「奧利佛在跟佛瑞斯特家的打架。他在商店外面揍了蘭姆一拳，然後佛瑞斯特家那些愛打架的傢伙都撲上去。他們會殺了他。」

潘尼跑向商店。裘弟追不上，易希跟在他們倆後面。

潘尼朝背後喊：「希望奶奶拿槍插手之前，我們可以擺平。」

裘弟喊道：「爸，我們是要幫奧利佛嗎？」

「我們要幫那個挨打的人，而那個人就是奧利佛。」

裘弟的腦子像風車一樣不停轉動。

他說：「爸，你說過，要不是交上佛瑞斯特家的朋友，誰也沒辦法在巴克斯特家的樹島活下去。」

「我是說過。但我不能看著奧利佛受傷。」

裘弟感覺無動於衷。他有點覺得奧利佛活該得到報應，誰叫奧利佛拋下他們去見女孩子。他幾乎有點高興佛瑞斯特家的找奧利佛麻煩。或許奧利佛打完架回家，就不會再做荒唐事了。想到婷可·威瑟比，裘弟在沙地上啐了一口。他想起乾草翅，覺得沒辦法忍受不能再跟乾草翅做朋友。

裘弟朝父親背後喊：「我不會幫奧利佛打架。」

潘尼沒回話，他的短腿使勁地跑。鬥毆發生在博以爾斯店外的沙子路上。前頭一片塵霧瀰漫，好像炎熱夏日裡的旋風。裘弟還看不清打架的人的身影，就已經聽到旁觀者的吶喊聲。全沃盧西亞的人都來了。

潘尼喘著氣說：「那群白人畜生只想看打架，才不管誰要被殺。」

裘弟看到婷可．威瑟比站在外圍。男人女人都說她漂亮，但他真想把她頭上金黃柔軟的鬈髮一捲一捲扯下來。她尖尖的小臉發白，大大的藍眼睛盯著打架的人群，手指間揪著一條手帕擰來擰去。潘尼推擠過群眾，裘弟抓著父親的襯衫，跟在後面。

是真的，佛瑞斯特兄弟快把奧利佛殺了。奧利佛一打三，對上蘭姆、水車輪和巴克。他好像裘弟曾見過的那頭公鹿，因獵狗撕扯牠喉嚨和肩膀而受傷淌血。他滿臉鮮血和沙土，小心翼翼地揮拳，試著想一次對付一個佛瑞斯特兄弟。但蘭姆和巴克一起撲向他。裘弟聽到沉沉一拳砸到骨頭的聲音。奧利佛倒在沙地上。眾人嘩然。

裘弟的腦袋混亂地打轉。奧利佛離開小屋去找女孩子，這是他活該。但是三個打一個，一點也不公平。對他來說，就算是一群獵狗朝一頭熊或山獅狂吠，都顯得不公平。母親說佛瑞斯特家的都很壞心，他從來不相信。他們會唱歌、喝酒、玩鬧、大笑。他們給他吃豐盛的食物、拍他的背，讓他和乾草翅玩。三個打一個真的很壞嗎？但水車輪和巴克是在幫蘭姆，為了保住他的女朋友，那樣不好嗎？不是很有義氣嗎？奧利佛跪起來，搖搖晃晃地站起身，滿是沙土和鮮血的臉露出微笑。裘弟的胃在翻攪。奧利佛要被宰了。

裘弟跳上蘭姆的背，抓住他脖子，捶打他的頭。蘭姆把裘弟甩下來，轉過身把他打趴到地上。裘弟的臉被大手打得刺痛，跌倒時摔痛了屁股。

蘭姆罵道：「你這隻小山獅，別插手。」

潘尼大喊：「這場架，誰當裁判？」

蘭姆說：「我們當裁判。」

潘尼推擠到他面前，提高音量蓋過喧嘩聲。

「如果三個人才打得倒一個男人，我會說那個人比較強。」

蘭姆朝他逼近。

他說：「潘尼．巴克斯特，我不想殺你，但你再不讓開，我就像打蚊子一樣打扁你。」

潘尼說：「做人要公平。想殺了奧利佛，就老老實實一槍斃了他，然後以謀殺罪吊死。做個男子漢吧。」

巴克尷尬地在沙地上挪動雙腳。

他說：「我們原來想一個一個上來對付他，可是他就這麼衝過來。」

潘尼趁勝追擊。

「這場架是誰要打的？誰對誰做了什麼？」

蘭姆說：「告訴你，他回來偷別人的東西。」

奧利佛用衣袖抹抹臉，說：「蘭姆才想偷人東西。」

「偷什麼？」潘尼用拳頭捶了另一手的掌心。「獵狗、豬、槍，還是馬啊？」

婷可・威瑟比在外圍開始哭了起來。

奧利佛低聲說：「潘尼，別在這裡說。」

「那就該在這裡用拳頭解決嗎？像一群狗一樣，在路上打架？你們兩個傢伙，自己改天用拳頭解決吧。」

奧利佛說：「誰要是跟蘭姆說一樣的事，不管我在哪裡，我都會揍那個人。」

蘭姆說：「我就是要說。」

他們同時出手。潘尼擠在兩人之間。他在表弟眼中，有如一株堅韌、拒絕屈服於颶風的小松樹。群眾又喊又叫。蘭姆掄起拳頭，越過潘尼的頭重擊奧利佛。那一拳聽起來像來福槍響，奧利佛像布娃娃一樣倒向沙地，不再動彈。潘尼一拳往上揮向蘭姆下巴。巴克和水車輪從兩旁夾擊他，蘭姆一拳打中潘尼的肋骨。一股有如狂風的怒氣由外而內攫住表弟，他暴怒地進攻，將牙齒深深咬進蘭姆的手腕，然後踢他粗壯的小腿。蘭姆像是被小狗惹毛的大熊，他轉過身來，將裘弟打飛。裘弟覺得自己在半空中又吃了蘭姆一拳。他看到奧利佛搖搖晃晃地站起來，看到潘尼的胳膊像連枷般揮打。他聽見咆哮聲。聲音一開始很近，然後漸漸遠去。他墜入黑暗中。

# 第十三章

裘弟心想：「那場架是夢。」

他望著哈托奶奶家客房的天花板。一艘載貨的汽船正衝破水花逆流而上。他聽著汽船兩側的舷明輪吞下湍急的水流，它們含住一大口水，再把水吐掉。汽船鳴笛靠向沃盧西亞的碼頭。他一定是從早上睡到剛剛才醒來。汽船的隆隆聲充斥河道，西岸的灌木林傳來回音。他做了一個惡夢，夢見奧利佛·哈托回家來，跟佛瑞斯特兄弟打架。他轉頭想望出窗外，看看經過的汽船，結果脖子和肩膀傳來一陣劇痛。他的頭只能轉一半。回憶重現，像痛楚一樣刺人。

他想：「那場架真的發生了。」

下午了。太陽在西方，在河的對岸照耀。床罩上橫過一道明亮的陽光。他不痛了，但是覺得虛弱頭暈。房間裡有動靜，搖椅傳出嘎吱聲。

哈托奶奶說：「他睜開眼睛了。」

他想往她聲音傳來的方向轉頭，但是一轉就痛。她在他上方彎下腰。

他說：「嘿，奶奶。」

她說話了，但不是對他說，是對他父親說。

「他跟你一樣壯。沒事的。」

潘尼出現在床的另一側。他一手手腕裹了繃帶，一眼帶著黑眼圈，朝著裘弟微笑。

他說：「我們倆啊，幫了大忙呢。」

一條涼涼的溼布從裘弟額頭上滑過。奶奶拿走溼布，把手貼上他額頭。她的手指探向他腦後，仔細摸摸他發疼的地方。痛的是他左下巴被蘭姆打的地方，還有撞到沙地的後腦杓。她緩緩推揉那些地方，舒緩了疼痛。

奶奶說：「說點話啊，讓我知道你的腦子沒震壞。」

「我想不出要說什麼。」他接著說：「午餐時間過了嗎？」

潘尼說：「他恐怕只有肚子會餓壞。」

裘弟說：「我不餓。只是看到太陽，想知道時間而已。」

奶奶說：「沒關係，寶貝。」

裘弟問：「奧利佛在哪？」

「躺在床上。」

「他傷得很重嗎？」

「還沒重到讓他學到教訓。」

「這可說不定。」潘尼說：「他再挨一拳，恐怕什麼也學不了。」

「反正他的漂亮臉蛋都毀了，暫時不會有金髮小妞盯著他看了。」

「妳們女人對自己人真嚴厲。」潘尼說：「在我看來，盯著人看的主要是奧利佛和蘭姆。」

奶奶捲起溼布，離開臥室。

潘尼說：「小孩子給人打昏，不是什麼好事。不過你看到朋友有難，肯插手，很有男子氣概，我以你為榮。」

裘弟望著陽光，心想：「佛瑞斯特兄弟也是我朋友。」

潘尼好像聽見了裘弟的心思，他說：「和佛瑞斯特家當鄰居，就可能這樣。」

一陣刺痛從裘弟頭部竄向肚子。他沒辦法拋下乾草翅。他決定要找機會溜走，躲在灌木叢裡叫乾草翅。裘弟想像他們密會。他們可能被抓到，蘭姆會拿鞭子抽死他們。那奧利佛就會後悔他為婷可・威瑟比打架了。裘弟比較氣奧利佛，倒不那麼氣佛瑞斯特兄弟。奧利佛有些本來屬於他和奶奶的部分被奪走，給了那個擰著手帕看他們打架的金髮女孩。

不過，如果有機會重來，他還是會幫奧利佛。他想起有次一隻山貓被一群獵犬撕成了碎片。山貓死有餘辜，但當那張咆哮的嘴在痛苦中喘息、邪惡的雙眼被死亡籠罩的那一刻，他卻感受到強烈的憐憫。他叫出聲，渴望幫助那隻飽受折磨的動物。太多痛苦是不對的，以多欺少也是不對的。所以那時候，即使會失去乾草翅，也必須幫奧利佛打架。他滿意地閉上眼睛。想明白之後，一切都沒關係了。

奶奶拿著托盤走進臥房裡。

「寶貝，來，看看你能不能坐起來。」

潘尼兩手鑽到枕頭下扶住裘弟，裘弟緩緩坐起來。他身上僵硬痠痛，不過沒比摔下苦楝樹那次糟糕。

潘尼說：「真希望奧利佛打完這一架也沒有大礙。」

奶奶說：「他漂亮的鼻子沒斷，算他走運。」

裘弟難受地吃著一盤薑汁麵包。他身上痠痛，不得已留下一塊沒吃完。他望著剩下的麵包。

奶奶說：「我幫你留著。」

潘尼說：「有女人讀懂你的心思還認同你，真是種享受。」

「沒錯。」

裘弟靠在枕頭上。暴力曾擾亂平靜，讓世界支離破碎，突然之間一切再度恢復祥和。

潘尼說：「我得動身了。歐莉一定氣死了。」

他站在門口，背有點駝，看起來很落寞。

裘弟說：「我想跟你走。」

潘尼神色開朗起來。

「聽著，孩子，」他熱切地說，「確定可以嗎？這樣好了，我去借博以爾斯的老母馬，會自己回家的那匹馬。我們騎牠回去，再放了牠。」

奶奶說：「他跟你回去的話，奧拉會比較放心。看得到奧利佛怎麼了，遠好過他在我看不到的地方出事。」

裘弟挪下床。他昏昏沉沉，覺得頭重腳輕，好想倒回柔滑的床單上。

潘尼說：「說實在，裘弟真有男人的樣子。」

他站起身，走向門口。

「我要跟奧利佛道別嗎？」

「喔，當然了，不過別說他看起來多慘。他自尊心很強。」

裘弟去了奧利佛的房間。奧利佛好像跌進胡蜂窩一樣，兩眼腫到睜不開。他的一邊臉頰發紫，頭上包著白色的繃帶，嘴脣腫脹。優秀的水手臥床不起，都是婷可・威瑟比的錯。

裘弟說：「奧利佛，再見了。」

奧利佛沒回答。裘弟軟化了。
「抱歉我和爸沒早點趕到。」
奧利佛說：「過來。」
裘弟走近他的床。
「可以幫我個忙嗎？去跟婷可說，我跟她星期二傍晚時分在老樹叢見。」
裘弟呆住了。他脫口而出：「才不要。我討厭她。那個金髮的老傢伙。」
「好吧。我叫易希去。」
裘弟一腳撥弄著毯子。
奧利佛說：「我還以為你是我朋友。」
裘弟心想，當朋友真麻煩。這時他想起那把獵刀，心中又感激、又羞愧。
「唉，好吧。我不想去，不過我會跟她說。」
奧利佛躺在床上哈哈笑。裘弟心想，他即使躺在床上快死了，還是會笑。
「再見，奧利佛。」
「裘弟，再見。」
裘弟離開房間。奶奶正等著。

裘弟說：「奶奶，結果有點讓人失望吧？我是說奥利佛打架那些事。」

潘尼說：「孩子，禮貌點。」

奶奶說：「真相夠禮貌了。壞脾氣的熊求偶時，總會有麻煩。只要這是結束，不是開始就好……」

潘尼說：「需要的話，妳知道要去哪找我。」

他們走過小徑，穿過花園。裘弟回頭看，奶奶在他們後面揮手。

潘尼在博以爾斯的商店逗留片刻，買補給品，拿前半部的鹿肉。博以爾斯很樂意借他母馬，只要潘尼放牠回家時，在馬鞍綁上一條上好的公鹿皮當報酬就好，博以爾斯要拿鹿皮做靴子的鞋帶。麵粉、咖啡、火藥、鉛和新槍用的彈殼，這些補給品全都丟進一只布袋裡。博以爾斯去他的畜欄牽來母馬，墊上毯子當馬鞍。

「早上再放走牠。」他說。「牠跑得過狼，但我可不希望有頭山獅撲到牠身上。」

潘尼轉身扛起他的袋子。裘弟不想讓父親知道奥利佛的祕密，所以悄悄靠近店老闆，低聲說：「我要找婷可・威瑟比。她住在哪裡？」

「你找她什麼事？」

「我有話跟她說。」

博以爾斯說：「我們一堆人都有話跟她說。這個嘛，你得等等了。那位小姐在金黃鬈髮上包了條頭巾，坐上開往桑福德的貨船溜走了。」

裘弟感到心滿意足，那份滿足感像是他親手趕走她那般強烈。他借了一張紙和一枝粗鉛筆，寫了張紙條給奧利佛。他寫得很辛苦，因為他除了父親的教導，只在一個冬天接受過巡迴教師的短暫指導。他寫道：

ㄑㄧㄣㄞˋ的奧力佛，你的亭可已今去河上由了。我很高幸。你的朋友裘弟上。

他讀了一遍，最後決定要寬容一點。他把「我很高幸」劃掉，改成「我很怡汗」，然後覺得自已很高尚。他對奧利佛恢復了一些從前的熱情。或許他還能聽奧利佛說故事。

他們搭乘渡船過河到灌木林那一側，裘弟在船上俯看湍急的河水。他的心思和水流一樣混亂。奧利佛以前從沒讓他失望過；而母親堅持說佛瑞斯特家的很粗野，她終究說對了。他覺得好落寞。但他相信乾草翅不會變。乾草翅殘缺身體裡溫柔的心會像裘弟的心一樣，不受爭執影響。而父親當然和大地一樣，永遠不會動搖。

# 第十四章

鵪鶉正在築巢。鳥群笛聲般的對話已經沉寂了一段時間。鵪鶉開始成雙成對了。公鵪鶉持續發出清亮甜美的求偶鳴叫。

六月中旬的某一天，裘弟看到一隻公鵪鶉和一隻母鵪鶉成對地從葡萄藤架裡跑出來，像做父母的一樣匆匆忙忙。他很聰明沒跟過去，反而跑到葡萄藤架下來回尋找，直到他找到鳥巢。巢裡有二十顆奶油色的蛋。他小心翼翼地不碰到蛋，以免鵪鶉像珠雞一樣棄巢而去。一星期後，他去葡萄藤架那邊看斯卡珀農綠葡萄生長的情形。葡萄像最小顆的彈丸，但翠綠而飽滿。他拉起一段葡萄藤，想像起夏末帶著白霜的金黃葡萄。

他腳邊一陣騷動，彷彿草叢炸開來。那窩鵪鶉孵化了。小鵪鶉不比他大拇指尖大，像風吹散小葉子一樣散開。鵪鶉媽媽叫著，一下追向那窩幼鳥要保護牠們，一下衝向裘弟要攻擊他。他照父親教的那樣，靜靜站在那裡。母鵪鶉把她的幼鳥趕到一起，帶著牠們穿過高高的鱗籽莎草叢離開。裘弟跑去找父親。潘尼正在照料豌豆。

「爸，鵪鶉在斯卡珀農葡萄藤下孵化了。然後葡萄藤正在長葡萄。」

潘尼倚著犁柄，滿身大汗。他望向田野。一隻老鷹飛得很低，正在梭巡。

他說：「如果老鷹沒抓到鵪鶉，浣熊沒吃掉斯卡珀農葡萄，那降下第一場霜的時候，我們就有頓大餐可以吃了。」

裘弟說：「我討厭老鷹吃鵪鶉，可是不知道為什麼，覺得浣熊吃葡萄沒關係。」

「因為比起葡萄，你更愛鵪鶉肉啊。」

「不對，不是啦。是因為我討厭老鷹，喜歡浣熊。」

「是因為乾草翅養的那些寵物浣熊，你才喜歡上的吧。」

「大概吧。」

「孩子，豬出現過了嗎？」

「還沒。」

潘尼皺起眉頭。

「我真不想懷疑是佛瑞斯特家的用陷阱抓了牠們，不過牠們從來不會那麼久都不見蹤影。如果是熊幹的，豬不會一下全沒了。」

「爸，我最遠有跑到到舊墾地去看，足跡從那裡往西邊去了。」

「等我弄完這些豌豆，就帶利普和茱莉亞去追蹤牠們。」

「如果是佛瑞斯特家的抓了牠們，怎麼辦？」

「到時候該怎樣，就怎樣。」

「你不怕再對上佛瑞斯特家的人嗎？」

「不怕，因為我沒有錯。」

「如果你錯了，你會怕嗎？」

「我有錯的話，就不會去跟他們對質了。」

「如果我們再被痛扁怎麼辦？」

「就認了，繼續過日子。」

「我寧可讓佛瑞斯特家的留著豬。」

「然後不拿肉就離開嗎？黑眼圈比空肚子好解決。你不想去嗎？」

裘弟猶豫了。

「看來不是。」

潘尼轉身繼續種豌豆。

「那就去跟你媽說，請她早點幫我們做晚餐。」

裘弟走回屋子。母親正在陰涼的門廊上搖著搖椅縫東西。一隻藍腹小蜥蜴匆匆從她椅子下爬走。裘弟微微一笑了，心想如果她發現那隻蜥蜴，她沉重的身軀會多快速從搖椅上跳起來。

「媽，爸說請妳現在就幫我們做晚餐。我們要去找豬。」

「也該去了。」

她不慌不忙地把手上的東西縫完。他一屁股坐上她下方的階梯。

「媽，如果是佛瑞斯特家的把豬抓走，我們可能得去跟他們對質了。」

「那就去吧。那幫黑心的賊。」

他直直地看著她。她之前對他和父親很生氣，因為他們在沃盧西亞跟佛瑞斯特兄弟打架。

他說：「媽，我們可能又會被他們痛扁流血耶。」

她不耐煩地收起她的針線活。

「唉，可憐我們，我們得拿回我們的肉啊。你們不去討，誰去？」

她走進屋裡，裘弟聽見她把鍋蓋用力蓋在荷蘭鍋上。他不懂，母親開口閉口是「義務」，他向來很討厭這個詞。如果他沒有義務為了幫奧利佛這個朋友而被他們打傷，那為什麼他就有義務為了把豬要回來，再次被他們打傷呢？對他來說，為朋友流血似乎比為一塊豬肋培根流血更高尚。他無所事事地坐著，聽苦楝樹上的嘲鶇把翅膀鼓動得呼呼作響。烏鴉正在追逐紅雀，要把牠趕出桑樹。即使在這片安全的林間墾地上，也會有食物的爭奪。但他覺得這裡的食物永遠都夠大家吃。爸媽和兒子，老凱薩、崔克西和牠的斑點小牛，利普和茱莉亞，咯咯啼叫、四處刨抓的小雞，下午呼嚕嚕叫著討玉米的豬，樹上鳴叫的鳥，以及葡萄藤架下做窩的鶺鴒，大家都有食物和遮風避雨的地方。墾地上的大家都一切充足。

外面的灌木林裡，戰爭永無止境。熊、狼、山獅和山貓都會獵食鹿隻。熊甚至會吃其他熊的寶寶，反正所有的肉進了肚子裡都沒有區別。松鼠、林鼠、負鼠和浣熊都得為了活命而奔波。鳥和毛茸茸的小動物看到老鷹和貓頭鷹的影子就膽顫心驚。但是這片林間墾地很安全，那是潘尼的功勞，他靠著結實的柵欄，靠著利普和老茱，靠著好像不用睡覺的警戒心，守護這裡安全無虞。有時候，裘弟會在夜裡聽到窸窣聲，聽到門開了又關，這表示潘尼悄無聲息地獵完那些來打劫的掠食者，然後溜回床上。

這片墾地上和灌木林裡的生物也會互相侵入彼此的領域。巴克斯特家人會進入灌木林獵鹿肉和山貓皮。猛獸和飢餓的害獸一有機會就闖入墾地。這片墾地被飢餓包圍，是叢林中的堡壘。巴克斯特家的樹島是飢餓之海裡的一座富饒之島。

裘弟聽見挽鍊鏗鏘作響。潘尼沿著柵欄回到畜欄。裘弟跑去替他打開畜欄的柵門，幫忙卸下馬具。他沿著梯子爬上廄樓，拋下一叉子的豇豆莖到凱薩的馬槽裡。玉米沒了，要等夏天的作物收成，才會有玉米。他找到一堆豆莖上面還掛著乾豆子，拋下來給崔克西吃。明早巴克斯特家和斑點小牛都會多一點牛奶。潘尼要讓小牛斷奶，小牛有點瘦了。廄樓上蓋著手劈的厚木板屋頂，悶熱不堪。乾草窸窣作響，散發出乾燥的甜味，搔癢了他的鼻孔。裘弟在草料上躺了一下，沉醉在蓬鬆的感覺之中，舒服極了。他聽見母親叫喚，匆忙爬下廄樓。潘尼擠完奶了，兩人一起走向屋子。晚餐已經上桌，只有凝結酸乳和玉米麵包，不過份量充足。

巴克斯特媽媽說：「你們男人出去的時候，盡量打點肉回來啊。」

潘尼點點頭。

「所以我才帶著我的槍。」

他們朝西邊出發。太陽還掛在樹梢上。幾天沒下雨，但這時北邊、西邊都湧起了低垂的積雨雲。東邊和南邊有一片鐵灰色往燦爛奪目的西方蔓延。

潘尼說：「今天好好下一場雨，玉米就差不多可以收成了。」

一點微風也沒有。路上的空氣就像一條厚厚的羽絨被。裘弟覺得，他如果能掙扎著鑽出那層空氣，似乎就能把它推開。沙子燙著他長繭的光腳底。利普和茱莉亞低頭垂著尾巴，張嘴吐舌，漫不經心地走。有些地方鬆散的土壤乾燥太久，很難追蹤豬的足跡。潘尼的眼睛比茱莉亞的鼻子還敏銳。那群豬一邊覓食一邊穿過馬里蘭櫟樹林，越過荒廢的墾地，往大草原去，那裡有蓮藕可以挖，還有一汪汪清涼的池水可以進去打滾、裹上一身泥巴。家附近有食物的時候，牠們不會遊蕩那麼遠。正值蕭索的季節，松樹、櫟樹或山核桃都還沒結果實，只剩去年的果實深深埋在落葉下。豬雖然不挑食，但棕櫚的果實還是嫌太青澀。從巴克斯特家樹島走了三哩後，潘尼蹲下來研究足跡，他拾起一顆玉米粒在手中翻看，接著指向一隻馬匹的蹄印。

「他們下餌引走那些豬。」潘尼說。

他站直了身子，臉色凝重。裘弟焦急地看著他。

「好吧，兒子，我們只好追過去了。」

「追到佛瑞斯特家嗎？」

「豬在哪就追到哪。我們可能在那裡的豬舍找到牠們。」

豬隻來來回回撿食散落的玉米，足跡曲折。

潘尼說：「我懂佛瑞斯特兄弟為什麼跟奧利佛打架，也能了解他們為什麼攻擊我們。可是我完全不能理解純粹的卑鄙。」

又走了四分之一哩，有個粗糙簡陋的捕豬陷阱。陷阱觸發過，不過欄裡已經空了。陷阱是沒修過的樹苗做的，一株柔韌的樹苗放了餌，讓欄門在推擠的豬群後方回彈閉合。

「那些無賴就等在附近。」潘尼說：「那個圍欄連一隻豬都擋不了多久。」

一輛馬車曾經在圍欄右邊的沙地上調頭。車輪的軌跡通向一條昏暗的灌木叢路，往佛瑞斯特家樹島的方向駛去。

潘尼說：「好啦，孩子。我們往這邊走。」

太陽快落到地平線了。積雨雲像蓬鬆的白球，沾染上落日的紅黃光暈。籠罩南方的黑暗有如槍煙。一陣寒風吹過灌木林然後散去，好像有個龐大的東西呼出一口冰冷的空氣，然後離開。裘弟打個哆嗦，很慶幸接下來又吹起熱風。印著淺淺車輪痕跡的小路上，有一條野葡萄藤橫過路面，潘尼彎腰把葡萄藤拉到一旁。

「如果有麻煩在等著，不如勇往直前。」

一隻響尾蛇毫無預警地從葡萄藤下竄出來攻擊潘尼。裘弟看到有什麼東西一閃而過，模糊如影子，比燕子更快、比熊爪更精準。他看到父親遭受重擊踉蹌退後，聽到父親大叫一聲。他也想退後，也想放聲大喊，卻像生了根似地釘在沙地上，出不了聲。擊中父親的是閃電，不是響尾蛇吧。是斷裂的樹枝，是飛過的鳥，是跳過的兔子吧……

潘尼大吼：「退後！抓住狗！」

那聲音將裘弟從定住的狀態解放出來。他退開，抓住獵狗的項圈。他看見，那斑駁的影子昂起扁平的頭到人膝蓋的高度。蛇頭跟著父親緩慢的動作，左右搖擺。他聽見響環發出嗡嗡聲。獵狗也聽見了，開始嗚咽，毛髮直立。老茱發出哀鳴，從裘弟手中掙脫，轉身夾起長尾巴，沿著小徑溜走。利普用後腳立著吠叫。

潘尼像在夢遊般緩慢退後。響環又發出響聲。那不是響環——那一定是蝗蟲在嗡嗡叫，一定是樹蛙在唱歌吧——潘尼把槍舉到肩上然後開火。裘弟抖動了一下。響尾蛇因痙攣而蜷曲扭動，將頭埋進沙子裡，沿著粗壯的蛇身移動，響環無力地呼呼作響，然後完全靜止下來。盤繞的蛇身放鬆了，平緩地蜷縮在一起，彷彿退潮的潮水。潘尼轉過身盯著兒子。

「牠咬到我了。」他說。

潘尼目瞪口呆地注視著舉起的右手臂，驚恐得齜牙咧嘴，喉結上下滑動。他呆滯地看著手臂上的兩個孔，孔裡各冒出一滴血。

潘尼說：「牠好大一隻。」

裘弟放開利普，牠跑到死掉的蛇旁邊猛吠，發動一陣陣攻擊，最後用前掌探探捲起的蛇，然後安靜下來，在沙裡嗅來嗅去。潘尼發完楞，抬起頭，臉色有如山核桃的灰燼。

「死神快逮到我了。」

他舔舔嘴脣，然後猛然轉過身，開始邁步穿越灌木林，往墾地的方向前進。走道路明明會比較快，因為道路比較開闊，但他卻盲目地直接穿過灌木叢朝家的方向前進。他撥開低矮的矮櫟樹、光滑冬青和伊頓欄。裘弟氣喘吁吁地跟在後面，心跳飛快，看不清自己往哪去。他跟著父親猛烈穿過林下植物的聲響前行。突然，灌木林不再濃密，一片比較高大的櫟樹形成一塊樹影重重的空地。在寂靜中前進，感覺好怪。

潘尼突然停下腳步。前面有一陣動靜，一頭母鹿跳了起來。潘尼深吸口氣，彷彿他的呼吸因為某種理由變得容易了些。他舉起獵槍，瞄準鹿頭。裘弟腦中閃過一個念頭：父親瘋掉了，現在哪是停下來打獵的時候啊。潘尼開火，母鹿翻了個跟斗，倒在沙地上踢了幾下，然後不再動彈。潘尼跑向母鹿，從刀鞘裡拔出小刀。現在裘弟確定父親真的瘋了。潘尼沒割牠的喉嚨，卻砍進牠肚子，把母鹿的屍體開腸剖肚。鹿的心臟還在鼓動。潘尼割下鹿肝，然後跪著把刀換到左手，轉動右手臂，再看看那兩個洞。洞已經閉合了，前臂腫大發黑。他的額頭冒出汗珠。他用刀迅速劃過傷口，一股黑血湧出來，他把溫熱的肝臟壓向切口。

潘尼壓低聲音說：「我感覺得到毒吸出來了……」

他壓得更用力，然後把鹿肝拿開來看。鹿肝呈現恐怖的綠色。他把鹿肝翻過來，換新鮮的那面壓上去。

「幫我割一塊心臟。」他說。

裘弟從不知所措中驚醒，笨拙地拿刀去割。他割下一塊。

潘尼說：「再一塊。」

潘尼一次又一次更換肉塊。

之後他說：「把刀給我。」

他在手臂更上面一點的地方劃了一刀，那裡深色的腫脹最嚴重。裘弟看了大叫。

「爸！你會流血太多死掉！」

「寧可流血死掉，也不要腫起來。我看過有人死於……」

他的兩頰汗如雨下。

「爸，會痛嗎？」

「好像火熱的刀子插進肩膀。」

潘尼拿開肉塊時，肉塊不再發綠了。母鹿肉體的溫暖生命力凝結在死亡之中。

潘尼平靜地說：「只能做到這樣了。我要繼續走回家。你去找佛瑞斯特家的，叫他們騎馬去河邊找威爾森醫生。」

「你覺得他們會去嗎？」

「總要試試。要搶在他們拿東西砸你，甚至開槍打你之前，趕緊向他們大喊。」

潘尼轉身走回一般人走的路徑，裘弟跟了上去，卻聽見背後傳來細小的窸窣聲。他回頭一看，有隻身上帶著斑點的鹿寶寶搖搖晃晃踩著不穩的腳步，在空地邊緣偷看。牠深色的大眼睛充滿疑惑。

裘弟叫著：「爸！母鹿有隻鹿寶寶。」

「孩子，抱歉了，我幫不了牠。走吧。」

裘弟為鹿寶寶心痛。他遲疑了。鹿寶寶不知所措地搖晃小小的頭，蹣跚走到母鹿的屍體旁，靠過去聞了聞，然後呦呦叫。

潘尼喊：「小子，該走了。」

裘弟追上去。潘尼在昏暗的路上突然停下來。

「叫他們走這條路去我們家，如果我撐不到家，可以接到我。快去。」

想到父親可能身軀腫脹倒在路上，一股恐懼湧上裘弟心頭。他開始奔跑。父親絕望地踩著緩慢沉重的步伐，朝巴克斯特家樹島的方向走去。

裘弟沿著馬車道跑到桃金孃樹叢，路在那裡分岔，接上通往佛瑞斯特家樹島的大路。那條路經常有車馬通行，沒有雙腳可以著力的雜草或小草，乾燥鬆動的沙子黏在他腳底，彷彿用觸手纏住他腿上的肌肉，緊抓不放。他慢下來變成小跑步，這樣好像比較能掙脫沙地。他的腿在動，思緒和身體卻好像懸在上方，猶如一對馬車輪上載著空箱子。他腳下的路十分單調，雙腿踩上踩下，卻好像不斷經過同樣的樹木和灌木。他前進的速度感覺好慢、好徒勞，以至於當他來到一個彎道時，只感到一股麻木的驚奇。這道彎很熟悉。他離直達佛瑞斯特家墾地的路不遠了。

裘弟來到樹島的高大樹木前。他嚇了一跳，因為看到大樹，就表示自己快到目的地了。他回過神來，感到恐懼。他害怕佛瑞斯特家的人。而且，如果他們不肯幫他，但讓他沒事地脫身，他又該去哪呢？他在陰鬱的南方綠櫟下稍事休息，在心裡盤算。薄暮降臨，他知道馬上就要天黑了。積雨雲不再是雲朵，已經在天空融合，而且佈滿整片天空。只有橫過西邊的一道綠霞還亮著，是母鹿肉吸過蛇毒液的那種綠。他想自己可以呼喚朋友乾草翅。他朋友會聽到他的聲音跑過來，他們就可能讓他靠近一點，向他們傳達他的任務。想到朋友溫柔的眼神會為他憂愁，他的心情輕鬆了些。他吸了長長一口氣，然後拚命跑過南方綠櫟下的路。

他大喊：「乾草翅！乾草翅！我裘弟啊！」

他朋友隨時會從屋裡出來找他，四肢並用爬下搖搖欲墜的階梯，乾草翅心急的時候總是那樣。他也可能從灌木叢冒出來，腳邊跟著他的浣熊。

「乾草翅！是我！」

沒有回應。他跑進掃過的沙土院子。

「乾草翅！」

屋裡早早點了燈，煙囪裡冒出裊裊炊煙。天要黑了，加上要擋蚊子，門和窗板都關著。這時門推開了，裘弟看到門後的光線裡，佛瑞斯特家的男人一個個站起來，好像森林裡的大樹拔起樹根，向他挪動而來。裘弟猛然停下腳步。蘭姆·佛瑞斯特走到門階上，低下頭，微微偏著頭看，最後才認出這個不速之客。

「你這個小混蛋。來幹嘛？」

裘弟支支吾吾地說：「乾草翅……」

「他病了。你不准見他。」

裘弟承受不住，哭了出來。

他抽抽噎噎地說：「我爸——他被蛇咬了。」

佛瑞斯特家人走下階梯，圍到他身邊。他大聲啜泣，替自己難過、也替父親難過；而且他終於來到這裡，完成了任務。這群男人開始騷動，好像一碗麵團在加速發酵。

「他在哪？哪種蛇？」

「響尾蛇，很大隻。他往家裡走，可他不知道到不到得了家。」

「傷口有腫起來嗎？咬到哪？」

「咬到手臂。已經腫得很厲害了。拜託騎馬去找威爾森醫生。拜託快點去找他，我不會再幫奧利佛跟你們打架了。拜託。」

蘭姆·佛瑞斯特哈哈笑了。

「蚊子保證自己不會咬人啊。」他說。

巴克說：「看來沒望了。咬在手臂上，一下就沒命。醫生還沒找到他，他大概已經死了。」

「他殺了一頭母鹿，用鹿肝把毒吸出來。拜託去找醫生吧。」

水車輪說：「我騎馬去找他。」

如釋重負的感覺像陽光一樣盈滿了他。

「真謝謝你。」

「不用謝。即使是狗被蛇咬，我也會幫。」

巴克說：「我騎馬去接潘尼。被蛇咬再走路不好。老天啊，大夥們，我們沒一滴威士忌可以給他。」

蓋比說：「老醫生倒有一點。他還算清醒的話，就會剩一些酒。如果他已經把酒都喝光，那只要他呼口氣，就是很烈的酒了。」

巴克和水車輪轉身去畜欄，替馬匹裝上馬鞍，動作從容得要命。他們匆促點可能還好，但那副悠哉的樣子嚇到了裘弟。如果他父親還有希望，他們應該會動作快一點。他們那種慢條斯理、漠不關心的態度，好像不是要騎馬去救人，而是要去埋葬潘尼。裘弟淒慘地站在那裡。他很想看看乾草翅再走。剩下的佛瑞斯特家人轉身走上階梯，沒理他。

蘭姆從門邊喊著：「小蚊子，回去吧。」

亞契說：「別管那孩子。別折磨他，他父親恐怕快死了。」

蘭姆說：「死了好，臭屁的矮子。」

他們走進屋裡，關上門。裘弟一陣恐慌，擔心他們其實全都沒打算幫忙；他擔心巴克和水車輪去畜欄只是開玩笑，這下子正在那裡笑他。他被遺棄了，他父親也被遺棄了。就在這時，那兩人騎馬出來，巴克親切地向他招手。

「孩子，別擔心。我們會盡力而為。人家有難，我們不會記仇。」

他們踢踢馬腹，急馳而去。裘弟心頭的千斤重擔輕鬆了起來。所以只有蘭姆和他們為敵。裘弟盡情地恨著蘭姆。他側耳傾聽，直到再也聽不見馬蹄聲，才動身走上回家的路。

這時他終於能坦然接受事實了。響尾蛇咬了他父親，父親可能因此送命，不過幫手已經在路上，他完成了自己該做的事。恐懼有了名字，不再那麼可怕。他決定別再試圖用跑的，而是穩穩地用走的。他很想借匹馬自己騎，可是不敢。

驟雨嘩啦啦地淋了他一身，接著是一陣寂靜。暴風雨可能完全繞過灌木林，這是常有的事。四周的空氣微微泛著光。這時他才意識到自己拿著父親的槍，於是把槍背到一側的肩後，快步走在路面上結實的地方。他在想，不知道水車輪騎到河邊地要多少時間。他想到，不知道老醫生現在有多醉，大家都知道老醫生總是醉醺醺的，不過只要他能從床上坐起來，就可以上路。

裘弟很小的時候去過醫生那裡。他還記得，那間雜亂擴建的房子與寬大的門廊在一片茂密的植物中央逐漸腐朽，就像老醫生自己也在腐朽中。他記得蟑螂和蜥蜴無論是在屋裡還是屋外濃密的藤蔓間都很自在。他還記得老醫生醉醺醺的，躺在蚊帳下盯著天花板。要有人叫喚他，他才爬起來，搖搖晃晃地做事，不過他心腸好，動作溫柔。不管他醉不醉，他都是遠近馳名的好醫生。裘弟心想，只要及時找到他，父親就有救了。

裘弟從佛瑞斯特家的小路走上向東的大路，朝父親的墾地去。還有四哩路要走。在堅硬的路面上，他一小時出頭就能走到。可是沙土鬆軟，而且那片黑暗似乎拖住他，讓他步伐踉蹌。他最快可以在一個半小時內到家，也可能花上兩個小時。他時不時會轉換成小跑步。天上的月光像蛇鵜掉進河裡似的，落入黑暗的灌木林中。路兩旁的植物愈靠愈近，所以路變窄了。

他聽見東方的雷鳴，一道閃電照亮天際。他覺得自己聽見矮櫟樹間有腳步聲，但那是雨滴像子彈一樣落在葉子上的聲響。他從來不怕夜晚、不怕黑，但從前總是有潘尼走在他前面，現在他只有一個人了。他難過地想，父親現在是不是中毒全身腫脹倒在前面的路上，還是巴克已經追上父親、找到他，所以他正趴在巴克的馬鞍上。閃電又亮起。他和父親曾坐在南方綠櫟下度過許多次暴風雨。那時的雨很友善，讓他們父子一同困在樹下。

灌木間響起一陣咆哮。有個速度極快的東西閃過前方的路，然後無聲無息地消失。空氣中留下一股麝香。他不怕猞猁或山貓，但誰都知道山獅會攻擊馬匹。裘弟的心臟砰砰跳，他摸摸父親那把槍的槍托。潘尼已經開了兩槍，一槍打響尾蛇，一槍打母鹿，所以槍已經沒用了。裘弟腰帶上插著父親的小刀，但要是他有帶奧利佛送的長刀就好了。那把刀沒刀鞘，潘尼說太鋒利，帶在身邊太危險。裘弟安安全全地在家，躺在葡萄藤下或陷穴底的時候，曾經想像自己揮舞那把刀，結結實實地刺進熊、狼或山獅的心臟。現在他想像中的那股傲氣已經不再，他知道山獅的爪子會比他快。

不管那是什麼動物，都已經離開了。裘弟加快腳步走，匆忙中有些跌跌撞撞。他覺得自己聽到狼號，但聲音太遠，也可能只是風聲。起風了，他聽著遠處的風聲，風彷彿吹在黑暗深淵那邊的另一個世界。強風驟起，裘弟聽見風愈靠愈近，彷彿一堵移動的牆。前方的樹木揮舞著枝條，灌木在風中嘎嘎作響然後伏倒在地。一陣震耳的咆哮聲傳來，暴風雨朝著裘弟重重一擊。

裘弟低下頭和強風搏鬥，不一會兒就溼透了。雨從他頸後灌下來，沖刷他的褲子。衣物沉重地掛在身上，阻礙他行進。他停下來背對著風，把槍拄在路邊，脫掉襯衫褲子，捲成一捆，然後拿起槍，一絲不掛地在暴風雨中前進。雨打在他裸露的皮膚上，讓他感覺乾乾淨淨，無拘無束。閃電一亮，當他看到自己渾身慘白時吃了一驚，他突然有種毫無防備的感覺。他獨自一人，光溜溜地置身一個不友善的世界，迷失在暴風雨和黑暗中，遭人遺忘。有東西從他前後跑過，像山獅一樣在灌木林裡出沒。那東西龐大而無形，與裘弟為敵。死亡正在灌木林裡肆虐。

他想到，父親可能已經死掉或是快死了。這個念頭沉重不堪。他為了甩掉，跑得更快了。父親不能死。狗可以死，熊、鹿和其他人都可以死，那些死亡很遙遠，所以都能接受。但父親不能死。即使他腳下的土地塌陷成巨大的陷穴，他也能接受。但少了父親，就像失去腳下的大地。沒了他，一切全沒了。裘弟從來沒這麼害怕過。他啜泣起來，鹹鹹的淚水淌進嘴裡。

他像之前對佛瑞斯特家的人求情那樣，向黑夜求情：「拜託——」

他的喉嚨發疼，鼠蹊部像被熱鉛擊中似的。閃電照出前面一片開闊的地方。他來到那片廢棄的墾地了。他衝進墾地裡，蹲在老舊的木條柵欄旁尋求暫時的遮蔽。風刮在他身上，比雨還要冷。他打著哆嗦，站起來繼續前進。短暫的停留讓他發冷，他想跑一跑，暖暖身子，卻只有拖著步伐慢慢前進的力氣。雨把沙地壓得密實了，所以行走變穩也變容易了。風勢減弱，傾盆大雨緩和成穩定的雨勢。他麻木淒慘地往前走，覺得自己好像得永遠走下去，但他突然就過了陷穴，回到墾地。

巴克斯特家的木屋裡燭火通明。馬匹嘶鳴，用馬蹄刨著沙。木板柵欄栓著三匹馬。他穿過大門走進屋裡。迎接他的不是忙亂的場面；不論情況如何，事情都結束了。巴克和水車輪坐在空盪盪的火爐旁，翹著椅子，漫不經心地交談。他們瞥見他，說句：「嘿，孩子。」然後繼續講話。

「巴克，特衛斯妥老頭被蛇咬死的時候，你不在。潘尼說威士忌沒好處，說得沒錯。特衛斯妥一腳踩在響尾蛇身上的時候，根本醉得不像話。」

「欸，如果我哪天被蛇咬，還是把我灌飽酒以防萬一。管他是哪天死，我寧可死的時候是醉的，不是醒的。」

水車輪朝爐裡啐了一口。

「別擔心，一定會。」他說。

裘弟感到暈眩。他不敢問他們那個問題。他走過他們，進了父親的房間。母親坐在床沿，威爾森醫生坐在另一邊。老醫生沒回頭。母親望著他，默默站起來，去衣櫃拿乾淨的襯衫、褲子，遞給他。他丟下那捆溼答答的衣物，把槍拄在牆邊，慢慢走向床。

他心想：「他現在還沒死的話，就不會死了。」

潘尼在床上動了動。裘弟的心跳得像隻兔子。潘尼呻吟乾嘔。醫生連忙靠過去，拿臉盆給他，扶起他的頭。潘尼的臉腫脹發黑，吐得很痛苦，好像沒東西能吐了卻還得吐。潘尼氣喘吁吁地倒回去。醫生伸手到床單下，掏出包著法蘭絨的磚頭，交給巴克斯特媽媽。她把裘弟的衣物擱在床腳，去廚房把磚頭重新熱過。

裘弟輕聲細語地說：「他很嚴重嗎？」

「對，不大好。看起來像撐過去了，又像撐不過去。」

潘尼睜開腫脹的眼睛，他的瞳孔放得好大，大到眼珠都像黑色的。他動了動手臂，那手臂腫得像小公牛的大腿那麼粗。

他口齒不清地說：「你會著涼。」

裘弟笨拙地拿衣服穿上。醫生點點頭。

「他還認得你，這是好事。那是他說的第一句話。」

裘弟心裡充滿了柔情，半是痛苦半是甜蜜。父親在痛苦中還掛念著他。父親不能死。不可以。

裘弟說：「醫生，先生，他一定要好起來。」他學他父親說話，加了句：「我們巴克斯特家的個子小，可是都很頑強。」

醫生點點頭。

他朝廚房喊：「我們餵他一點溫牛奶試試。」

巴克斯特媽媽有了希望，開始吸鼻子。裘弟跑到爐邊陪她。

她嗚咽著說：「他不該死啊，這種事不該發生在我們身上。」

裘弟說：「不會的，媽。」但寒意再度滲入他骨髓。

他出去拿柴，把火燒旺。暴風雨往西邊去了，雲像西班牙軍隊行軍一樣滾滾翻騰。東邊露出一塊塊明亮的天空，佈滿星辰。風清新涼爽。裘弟抱著一堆木柴進門。

「媽，明天是好天氣。」裘弟說。

「只要太陽出來時他還活著，就夠好了。」媽媽哭了出來。淚水滴在爐床上，嘶嘶作響。她撩起圍裙，擦擦眼睛。「把牛奶拿進來。」她說：「我來給醫生和我自己泡杯茶。巴克帶他回來的時候，我還在等你們，什麼都沒吃。」

他想起自己幾乎沒有進食，然後想不出他會覺得什麼東西好吃。想到食物在舌尖，他覺得索然無味，沒有營養也沒有享受的感覺。他小心翼翼，雙手穩穩地端著那杯熱牛奶。醫生接過去，坐在床上挪近潘尼身邊。

「好了，孩子，你把他的頭扶起來，我用湯匙餵他。」

潘尼的頭沉重地壓在枕頭上。裘弟辛苦地撐起他的頭，手臂累得發疼。父親的呼吸沉重，就像佛瑞斯特家的喝醉酒，他的臉色變了，變得像青蛙肚子一樣發青泛白。起先他咬緊牙關，湯匙伸不進嘴裡。

醫生說：「不張嘴，我就叫佛瑞斯特兄弟來把你的嘴撬開。」

發腫的嘴唇張開了。潘尼吞下牛奶，把那杯牛奶喝掉了一些。然後他別過頭。

醫生說：「好吧。不過如果你吐出來的話，我會拿更多牛奶來。」

潘尼發了一身汗。

醫生說：「很好。中毒的時候，流汗很好。老天爺啊，要不是我們的威士忌都沒了，我就讓你好好流個汗。」

巴克斯特媽媽走進臥房，手裡端著兩杯茶，茶杯盤上放了幾塊餅乾。醫生接下他那盤，擱到腿上。

他喝著茶，既享受又嫌棄。

他說：「不錯，但不是威士忌。」

裘弟沒聽過他那麼清醒。

「唉，好人給蛇咬，」醫生悲哀地說：「而且整個郡都沒有威士忌了。」

巴克斯特媽媽呆滯地說：「裘弟，要吃點東西嗎？」

「我不餓。」

他和父親一樣覺得反胃。他好像能感覺到蛇毒在自己的血管裡作用，攻擊他的心臟，翻攪他的胃。

醫生說：「要是他把牛奶吐出來，那就糟了。」

不過潘尼睡得很沉。

巴克斯特媽媽搖著搖椅，啜飲著茶，吃了點餅乾。

她說：「願主看顧掉落的麻雀。或許祂會幫幫巴克斯特家。」

裘弟走到客廳。巴克和水車輪正躺在地板的鹿皮地毯上。

裘弟說：「媽媽和醫生在吃東西。你們餓了嗎？」

巴克說：「你來的時候，我們剛吃飽。不用管我們。我們就睡這裡，再看看情況怎樣。」

裘弟蹲坐下來。他很想跟他們說說話。如果能談談狗、槍枝和打獵的事，或者活的人能做的各種事，一定很好。但巴克發出鼾聲。裘弟躡手躡腳回到臥室。醫生坐在椅子上打瞌睡。母親把床邊的蠟燭拿開，又坐回她的搖椅。搖椅的椅腳轆轆搖一陣子之後沒了動靜。她也打瞌睡了。

裘弟覺得只剩下他和父親了。現在由他負責守夜。只要他不睡著，和飽受折磨的沉睡之人一起辛苦喘息，和父親一起呼吸、幫忙他呼吸，就能讓他活著。他像父親那樣深深吸進一口氣，然後感到一陣暈眩，有點站不穩，而且肚子空空的。他知道吃點東西會比較舒服，卻吃不下。他坐到地板上，頭靠著床邊，開始像倒著走路一樣，回想這天發生的事。他不禁覺得待在這裡，在父親身邊，比待在狂風暴雨的黑夜中安心多了。他意識到，很多事情獨自一人時覺得可怕，但和潘尼在一起就不可怕了。只有響尾蛇還是一樣恐怖。

裘弟想起那三角形的頭，快如閃電的攻擊，縮回去盤起蛇身的警戒動作。他渾身發毛，覺得自己以後在林子裡都會提心吊膽了。他想起父親開槍時的沉著冷靜，以及獵犬的恐懼。他記起那隻母鹿，還有牠溫熱的鹿肉貼著父親傷口的嚇人景象。他想起鹿寶寶。他坐直了身子。鹿寶寶獨自待在黑夜裡，和他那時一樣孤零零的。那場大禍可能奪走他的父親，但已經讓鹿寶寶失去了母親。牠在大雨和打雷、閃電中又飢餓又慌張，緊緊依偎在母獸的殘破屍體旁，等待那僵硬的身體站起來給牠溫暖、食物和安慰。裘弟將臉埋在垂下的床單裡，哭得心碎。他滿心痛苦，憎恨所有死亡，又憐憫所有孤單。

# 第十五章

裘弟做著情節曲折的夢。他跟父親並肩對抗一窩響尾蛇。蛇拖著響環爬過他腳上，響環發出微弱的吧嗒聲。蛇窩化成一條巨蛇，立起跟裘弟一樣高，朝他襲來。蛇發動攻擊，裘弟想尖叫，卻叫不出聲。他尋找父親，發現他倒臥在響尾蛇身下，睜著雙眼望向黑暗的天空，全身腫得像熊那麼大。他死了。裘弟開始退後想避開響尾蛇，艱難地一步一步移動，因為他的腳被黏在地上了。蛇突然消失，裘弟懷裡抱著鹿寶寶，獨自站在一個遼闊而大風的地方。父親不見了。裘弟滿心哀傷，覺得要心碎了。他啜泣著醒來。

他在硬地板上坐起身。墾地上，天將破曉。松樹後方亮起一道道微弱的光線。房裡一片灰暗。他一時還覺得有鹿寶寶靠在他身上，接著才回憶起一切，連忙爬起來看父親。

潘尼的呼吸輕鬆多了。他依然腫脹、發燒，但看起來不比被野蜜蜂叮到那次糟糕。巴克斯特媽媽仰頭睡在搖椅上。老醫生橫躺在床腳。

裘弟輕聲說：「醫生！」

醫生咕噥著，抬起頭。

「怎麼、怎麼——怎麼了？」

「醫生！你看爸爸！」

醫生挪挪身子，用一隻手肘撐起身體，眨眨眼，揉了揉眼睛，然後坐起來，在潘尼上方彎下腰。

「我的老天爺，他撐過去了。」

巴克斯特媽媽說：「啊？」她坐直身子。「他死了嗎？」

「一時死不了了。」

她哭了出來。

醫生說：「妳怎麼一副難過的樣子。」

巴克斯特媽媽說：「你不知道如果他拋下我們，會怎麼樣。」

裘弟從沒聽過她說話那麼溫柔。

醫生說：「喔，不過妳身邊還有另一個男人。瞧瞧裘弟，他已經大到可以耕田、收割、打獵了。」

巴克斯特媽媽說：「裘弟還行，但他不過是個孩子，腦袋老想著遊蕩玩耍。」

她說的沒錯。他垂下頭。

巴克斯特媽媽又說：「是他爸在那邊鼓勵他。」

醫生：「欸，孩子，要慶幸有人鼓勵你。一般人一輩子都沒人鼓勵。好了，太太，等這傢伙醒過來的時候，我們再讓他喝點牛奶吧。」

裘弟熱切地說：「媽，我去擠奶。」

巴克斯特媽媽滿意地說：「也該去了。」

他經過客廳。巴克正從地上坐起來，睏倦地摸摸頭。水車輪還在睡。

裘弟說：「醫生說我爸撐過去了。」

「真該死。我醒來的時候，還打算要幫忙埋了他。」

裘弟繞過屋子旁，拿下牆上裝牛奶的葫蘆。他覺得自己像葫蘆一樣輕飄飄的，如釋重負，彷彿張開手臂就能像羽毛一樣飄過大門。清晨還是一片朦朧。苦楝樹上，一隻嘲鶇發出尖銳不和諧的聲音。多明尼克公雞猶豫地啼叫。潘尼通常都在這時候起床，讓裘弟睡晚一點。這個早晨一片沉寂，一陣微弱的風吹拂過高大松樹的樹梢。朝陽的指狀光芒伸進墾地。他啪嗒一聲推開畜欄的柵門，鴿子咻咻拍著翅膀從松樹梢飛開。

他雀躍地在後面喊著：「嘿，鴿子！」

崔克西聽見他的聲音，發出低鳴。他爬上廄樓幫牠弄草料。他心想，牠願意把牛奶給他們，換取這麼貧乏的食物，真是有耐心。牠飢餓地嚼食，裘弟擠奶時笨手笨腳的，牠抬抬後腿警告他。他小心地擠完兩個乳頭，然後把小牛放進來，讓牠吸另外兩個乳頭的奶。裘弟擠的奶沒有父親擠的多。他決定自己先不喝，全都讓給父親，直到父親康復。

小牛撞著垂墜的乳房，發出嘖嘖的吸奶聲。牠已經不小了，不該再吃奶了。裘弟又想到鹿寶寶，心裡沉重了起來。鹿寶寶今天早上一定餓得要命，不知道牠會不會跑去吸母鹿的冰冷乳頭。母鹿開腸剖肚的屍體會引來狼隻。也許狼已經發現鹿寶寶，撕碎了牠柔軟的身軀。今早因父親還活著的喜悅此時蒙上了陰霾。他的心思都在鹿寶寶身上，無法自拔。

母親接過葫蘆，對於奶量的差異沒說什麼。她過濾牛奶，倒了一杯拿去病人房裡。裘弟尾隨在後。

潘尼醒了，虛弱地微笑。

他含糊地說：「死神得再等我一下了。」

醫生說：「老弟，你一定跟響尾蛇是一家的。沒有威士忌，不知道你是怎麼撐過來的。」

潘尼低聲說：「醫生啊，我可是蛇王喔。響尾蛇殺不死蛇王的，知道吧。」

巴克和水車輪走進房裡，露齒而笑。

巴克說：「潘尼，你看起來真慘，不過老天為證，你還活著。」

醫生把牛奶端到潘尼脣邊。潘尼飢渴地喝下。

醫生說：「你活下來，我沒什麼功勞。只是你的日子還沒到，命不該絕而已。」

潘尼閉上眼睛，說道：「我可以睡上一個星期。」

醫生說：「現在就是要睡。我能做的都做了。」

醫生說完，站起來伸伸腿。

巴克斯特媽媽說：「他睡覺，農事誰來做？」

巴克說：「他有什麼要做的？」

「主要是玉米田，還要再處理過才能告一段落。馬鈴薯要除草鬆土，不過裘弟滿會除草的，只要他願意乖乖做。」

「媽，我會乖乖做完。」

巴克說：「那我留下來處理玉米田之類的。」

巴克斯特媽媽手足無措，拘謹地說：「我不想欠你們人情。」

「哎呀，太太，這裡討生活的人不多。不留下來幫忙的話，我就太沒良心了。」

她接受了，客氣地說：「那就麻煩你了。玉米長不好的話，不如三個人都給蛇咬死算了。」

醫生說：「我老婆死後，我從來沒在醒來後這麼清醒過。要是離開前能吃到早餐就好了。」

巴克斯特媽媽急忙趕去廚房。裘弟過去生火。

媽媽說：「我沒料到我會欠佛瑞斯特家的人情。」

「媽，巴克其實不算佛瑞斯特家的。巴克是朋友。」

「看來是沒錯。」
她在咖啡壺裡盛滿水，在磨子裡加入新的咖啡豆。
「去燻肉房拿最後那條豬肋培根。我可不能被比下去。」
袞弟引以為傲地拿來培根。媽媽讓他切片。他說：「媽，爸殺了一頭母鹿，用鹿肝把毒吸出來。他割自己一刀，然後把鹿肝放上去。」
「你應該帶隻鹿腰腿肉回來的。」
「沒時間想那種事。」
「說得也是。」
「媽，母鹿有隻鹿寶寶耶。」
「母鹿通常都有鹿寶寶。」
「那隻鹿寶寶好小。幾乎才剛出生。」
「喔，所以呢？去擺桌子。把沙黑莓果醬擺出來。奶油味道很濃，不過還只是奶油。奶油也擺出來。」
巴克斯特媽媽拌了一鍋玉米麵糊。煎鍋裡的油滋滋作響，她把麵糊倒進去。培根在平底鍋裡煎得香脆，她把培根片翻面攤平，煎成均勻的褐色。袞弟在心裡納悶，巴克和水車輪習慣了自己家的豐盛食物，他家的食物能不能餵飽他們。

裘弟說：「媽，做一鍋肉汁吧。」

「你不喝你的牛奶，我就做牛奶醬。」

這點犧牲不算什麼。

裘弟又說：「我們可以殺隻雞。」

「我想過，不過雞不是太小，就是太老了。」

媽媽把玉米餅翻面。咖啡滾了。

裘弟說：「我今天早上應該去打點鴿子或是松鼠。」

「現在想到也來不及了。去叫男人們洗洗手，準備開動。」

裘弟叫喚他們。三個男人走到外面的洗手檯，在臉上潑潑水，沾沾手。裘弟拿了一條乾淨的毛巾給他們。

醫生說：「要是清醒的時候不會餓就好了。」

水車輪說：「威士忌也是食物啊。我喝威士忌就能過活。」

醫生說：「我也差不多。二十年。我老婆死後就這樣了。」

桌上的食物讓裘弟引以為榮。他們不像佛瑞斯特家有那麼多道菜，不過所有食物都份量充足。男人們大快朵頤。最後，他們推開盤子，點起菸斗。

水車輪說：「感覺像星期天，對吧？」

巴克斯特媽媽說：「有人生病的時候，不知怎麼總像星期天。大家坐在一起，男人不下田。」

裘弟沒看過媽媽這麼和善。她怕男人們吃不夠，等他們吃完了才開動，現在正吃得津津有味。男人散漫地閒聊。裘弟任自己的思緒飄回那隻鹿寶寶。他沒辦法不想牠。在他腦海深處，鹿寶寶像他在夢中抱在懷裡一樣靠近。他從桌旁溜開，跑去父親床邊。潘尼正躺著休息，他睜著眼睛，兩眼明亮，但瞳孔依然漆黑擴張。

裘弟說：「爸，你怎麼樣了？」

「很好，孩子。死神去別的地方奪命了。不過還真險啊！」

「是啊。」

潘尼說：「孩子，你能保持冷靜，做了該做的事，我真以你為榮。」

「爸……」

「什麼事，兒子？」

「爸，你還記得那頭母鹿和鹿寶寶嗎？」

「怎麼忘得了。可憐的母鹿救了我一命，這我很清楚。」

「爸，鹿寶寶可能還在那邊。牠餓了，應該很害怕。」

「我想也是。」

「爸，我差不多長大了，不需要牛奶了。我可以去看看能不能找到鹿寶寶嗎？」

「然後帶牠回來？」

「帶回來養。」

潘尼默默躺著，望向天花板。

「孩子，你真讓我為難。」

「爸，養牠不會用到太多食物。牠很快就會長到可以吃樹葉和橡實了。」

「唉，不管是什麼動物寶寶在你眼裡都是這樣。」

「我們殺了牠媽媽，牠是無辜的。」

「讓牠挨餓，好像不知感恩，對吧？兒子，我不忍心拒絕你。我沒想到還能看到今天黎明的陽光。」

「我能跟水車輪騎馬回去，看能不能找到牠嗎？」

「跟你媽說，我說你可以去。」

裘弟溜回餐桌旁坐下來。母親正在替大家倒咖啡。

裘弟說：「媽，爸說我可以去帶鹿寶寶回來。」
她的咖啡壺停在半空中。
「什麼鹿寶寶？」
「我們殺的那頭母鹿的鹿寶寶，就是用牠的鹿肝吸出蛇毒，救了爸爸。」
她倒抽口氣。
「欸，真可憐……」
「爸說，讓牠挨餓，是不知感恩。」
威爾森醫生說：「是啊，太太。世上事事都有代價。這孩子說得對，他爸也說得對。」
水車輪說：「他可以跟我一起騎回去。我會幫他找。」
巴克斯特媽媽無助地放下咖啡壺。
「如果你肯把你的牛奶給牠就行——我們沒別的能餵牠了。」
「我就是想這樣。牠很快就什麼也不用餵了。」
男人們從桌旁站起來。
醫生說：「太太，他的狀況應該只會改善，不過要是惡化了，妳知道要去哪找我。」
巴克斯特媽媽說：「醫生，我們該怎麼報答你？我們現在付不出錢，不過等作物收成……」

「報答什麼？我什麼也沒做啊。我來之前，他已經脫險了。我在這裡借住一晚，還吃了一頓美味的早餐。你們榨完甘蔗，送點糖漿給我就好。」

「醫生，你人太好了。我們過得太苦，都不知道大家可以那麼好。」

「欸，太太。妳家的這位是個好人，大家怎麼會對他不好呢？」

巴克說：「你覺得潘尼那匹老馬犁田的時候能走在我前面嗎？我可能會撞倒牠。」

醫生說：「潘尼喝得下多少牛奶，就盡量讓他喝。然後如果有蔬菜和新鮮的肉，就給他吃。」

巴克說：「我和裘弟會處理。」

水車輪說：「孩子，來吧。我們得上馬了。」

巴克斯特媽媽焦急地問：「你們不會去太久吧。」

裘弟說：「我很快就會回來，午餐前就回來。」

「要不是要吃午餐了，你大概永遠不會回家。」媽媽說。

醫生說：「太太，這是男人的天性。男人回家的原因有三個——他的床，他的女人，還有午餐。」

巴克和水車輪放聲狂笑。醫生的視線捕捉到那個奶油色的浣熊背包。

「那東西真漂亮。要是有那樣的背包可以帶我的藥就好了。」

裘弟從來不曾擁有值得送人的東西。他取下掛釘上的背包，送到醫生手中。

他說：「這是我的，收下吧。」

「哎呀，孩子，我可不能搶了你的東西。」

裘弟清高地說：「我留著沒用。再弄一個來就好。」

「真謝謝你。以後每次出診，我都會想著：『謝謝你啊，裘弟・巴克斯特。』」

老醫生那麼開心，裘弟好得意。他們走出去給馬喝水，餵牠們吃巴克斯特家穀倉所剩不多的乾草。

巴克對裘弟說：「你們巴克斯特家過得很辛苦，只能勉強糊口對吧？」

醫生說：「潘尼得自己幹這些活。等這孩子個頭大一點，他們就會寬裕了。」

巴克說：「對巴克斯特家的人來說，個子好像不成問題。」

水車輪騎上馬，把裘弟拉到他背後。醫生也上了馬，調頭朝向相反的方向。裘弟朝醫生揮揮手，心情很輕鬆。

他對水車輪說：「你覺得那隻公鹿寶寶還在嗎？你會幫我找牠嗎？」

「牠還活著，我們就會找到牠。你怎麼知道是公的？」

「斑點連成一線。爸說母鹿寶寶身上的斑點亂七八糟。」

「母的都是那樣。」

「什麼意思？」

「我是說，母的都不可靠。」

水車輪拍拍馬的側腹，馬開始快步前進。

「說到女人，我們跟奧利佛・哈托打架的時候，你和你爸為什麼打我們？」

「奧利佛被打得很慘。你們一堆人在打奧利佛，感覺不大對。」

「你說得對。那是蘭姆和奧利佛的女朋友。他們應該自己解決。」

「可是女孩子不能同時屬於兩個人。」

「你不懂女生啦。」

「我討厭婷可・威瑟比。」

「我對她也沒興趣。我在蓋茲堡有個寡婦，她知道怎麼專情。」

太複雜了。裘弟任自己想著鹿寶寶。他們經過廢棄的墾地。

裘弟說：「水車輪，往北切。爸就是在這邊被蛇咬，殺了母鹿，然後我看到鹿寶寶。」

「你和你爸走這條路幹麼？」

裘弟遲疑了一下。

「我們在找我們的豬。」

「噢——找你們的豬嗎？哎，別著急。我想牠們傍晚就會回家了。」

「爸媽看到牠們回去，一定很高興。」

「我還不知道你們手頭這麼緊。」

「我們手頭才不緊。我們過得去。」

「好吧，你們巴克斯特家的真有種。」

「爸應該不會死吧？」

「當然不會。他是鐵打的。」

裘弟說：「乾草翅怎麼了？他真的病了嗎？還是蘭姆不想讓我見他？」

「他真的病了。乾草翅跟我們其他人不一樣。跟誰都不一樣。好像不喝水，只喝空氣，不吃培根，只吃野生動物吃的東西。」

「他會看到不存在的東西，對不對？西班牙人之類的。」

「是啊，就算沒有東西，有時候真讓人覺得他看見了。」

「你覺得蘭姆會讓我去看他嗎？」

「最好先別去。要是哪天蘭姆出門去，我會傳話給你，好吧？」

「我好想見乾草翅。」

「會見到的。好啦，你要往哪去找那隻鹿寶寶呢？這條小徑的植物變得好密。」

裘弟突然不想要水車輪跟著了。如果鹿寶寶死了或找不到，他不想讓別人看到他失望的樣子。如果找到鹿寶寶，重逢的場面會太美好、太私密，他沒辦法和其他人分享。

他說：「不遠了，可是這裡植物長得太密，馬不好騎。我走過去就好。」

「可是我不敢把你留在這裡，孩子。如果你迷路或是也被蛇咬了，怎麼辦？」

「我會小心。如果鹿寶寶亂跑，我可能要找很久。就把我留在這裡吧。」

「好吧，不過你撥動那些棕櫚的時候要小心。這附近是響尾蛇的樂園。你知道哪邊北邊，哪邊東邊吧？」

「那邊，和那邊。看遠方那棵高大的松樹就知道了。」

「沒錯。要是情況又惡化，你或巴克就騎馬回來找我。再見囉。」

「沒問題。再見了，水車輪。」

裘弟在水車輪後面揮手。他等待馬蹄聲消失，才切向右手邊。灌木叢一片沉寂，只有他踩斷細枝的聲音在寂靜中回響。他心急得幾乎顧不得要小心，但還是折了一段樹枝，探向前面植物茂密、看不到地面的地方。如果先給響尾蛇機會走掉，牠們不會擋在路上。潘尼那時走進櫟樹叢裡，走得很深，裘弟記不得位置了，他有一度懷疑自己是不是搞錯了方向。這時他前方飛起一隻禿鷹，振翅飛向空中。他來到了櫟樹林間的一片空地。一群禿鷹成圈圍在母鹿屍體四周，瘦長頸子上的頭轉過來，朝他嘶嘶叫。他把手上的樹枝丟向牠們，牠們飛進一旁的樹上，翅膀像生鏽的抽水機把手一樣嘎吱作響。沙地上印著大貓的腳印，他分不出是山貓還是山獅。但大貓只獵殺新鮮獵物，因此把母鹿留給腐食的鳥。裘弟心想，鹿寶寶的肉更甜美，該不會散發出香味給鷹勾鼻聞到吧。

他繞過鹿屍，在之前看到鹿寶寶的地方撥開草叢。感覺真不像昨天剛發生的事。鹿寶寶不在那裡。他在空地繞一圈。無聲無息，也沒有任何痕跡。禿鷹啪的一聲拍動翅膀，急著要繼續牠們的勾當。裘弟回到之前鹿寶寶現身的地方，趴下來研究沙地上的小蹄印。前一晚的雨把足跡都沖走了，只剩大貓和禿鷹的蹤跡。但這方向沒有大貓的腳印。裘弟勉強在一叢伊頓欄下辨識出一道足跡，像雛鳩的腳印一樣尖細小巧。裘弟緩緩離開伊頓欄。

正前方有動靜，把裘弟嚇得踉蹌後退。鹿寶寶困惑地大動作轉過頭，抬起臉正對著他，水汪汪的眼睛凝視著他，讓他渾身一顫。鹿寶寶顫抖著，沒試圖站起來或逃跑。裘弟不敢動彈。

他輕聲說道：「是我啊。」

鹿寶寶抬起鼻子嗅嗅裘弟。他伸出一隻手擱到牠柔軟的頸子上，那觸感令他興奮不已。他四肢並用往前爬，爬到牠身邊，然後環抱住牠的身體。牠輕輕一顫，但沒有移動。他極為輕柔地撫摸牠身體的兩側，彷彿鹿寶寶是陶瓷做的，一碰就碎。鹿皮比白浣熊皮背包還要柔軟，乾淨有光澤，而且挾帶著青草的香甜。裘弟慢慢站起來，從地上抱起鹿寶寶。鹿寶寶不比老茱重。牠的腿無力地垂下，腿長得驚人，所以得盡可能將手臂裡的鹿寶寶抬得高高的。

裘弟擔心鹿寶寶看到鹿媽媽或聞到味道，會踢腿嗚叫。他繞過空地，鑽進灌木叢。抱著重擔，很難鑽過去。鹿寶寶的腳一直卡到灌木叢，裘弟自己要抬起腳也很辛苦。他盡量替牠的臉擋住刺人的藤蔓，牠的頭隨他的腳步一上一下。牠居然接受了他，他的心因為驚奇而砰砰直跳。他來到小路上，加緊腳步，最後來到通往他家那條路的岔路口。他停下來休息，放下鹿寶寶，讓牠用巍巍顫顫的腿站立。牠站得搖搖晃晃，看著他呦呦叫。

他陶醉地說：「等我喘過氣，就抱你。」

他記得父親曾說過，鹿寶寶會跟著第一次抱牠的人。他緩慢地出發前行，鹿寶寶在後頭盯著他看。他折回來摸摸牠，然後再度走開，牠歪歪倒倒朝他走了幾步，可憐兮兮地哀鳴。牠願意跟著他，牠屬於他，牠是他的。他樂昏了頭，真想撫摸牠，跟牠一起奔跑、嬉戲，把牠喚來他身邊。他不敢嚇到鹿寶寶。他又抱起牠，雙手將牠捧在胸前。他覺得自己似乎走起路來一點也不費力，像佛瑞斯特家的一樣有力氣。

他的雙臂開始作痛，所以必須再次停下來。他繼續向前走時，鹿寶寶立刻跟上來。他讓鹿寶寶走了一小段路，然後又抱起牠。回家的路程不算什麼，他可以抱著鹿寶寶、看鹿寶寶跟著他，就這麼走上一整天，直到黑夜。他滿身大汗，但一陣輕風吹過六月的早晨，讓他涼快下來。天空晴朗得像藍瓷杯裡的泉水。墾地到了，經過前一晚的雨，墾地清新翠綠。裘弟看到巴克・佛瑞斯特在玉米田裡，跟在拖著犂的老凱薩後面，他好像聽見巴克咒罵馬匹動作太慢。他笨拙地想拉開柵欄門閂，最後不得不放下鹿寶寶來開門。裘弟突然想到，可以讓鹿寶寶跟在他後面，然後這麼走進房子、走進潘尼臥室。但鹿寶寶走到門階就畏縮了，不肯爬上去。他抱起牠去找父親。潘尼躺在床上閉著眼睛。

裘弟喊著：「爸！你看！」

潘尼轉過頭。裘弟站在潘尼身邊，緊緊把鹿寶寶摟向自己。潘尼覺得男孩的眼睛和鹿寶寶一樣明亮。看到裘弟和鹿寶寶在一起，潘尼的臉亮了起來。

他說：「真高興你找到牠了。」

「爸，牠不怕我耶。牠就躺在牠媽媽幫牠做了窩的地方。」

「牠們一生下來，母鹿就教牠們了。就算你踩到牠好幾次，牠還是會一動也不動。」

「爸，我抱了牠，放下牠以後，牠馬上跟過來。好像狗一樣喔，爸。」

「很棒，對吧？我們來仔細看看。」

裘弟把鹿寶寶高高抱起。潘尼伸出手碰碰牠的鼻子。牠呦呦叫著，期待地探向潘尼的手指。

潘尼說：「唉，小傢伙。抱歉我不得不奪走你媽媽。」

「你覺得牠想念媽媽嗎？」

「沒有。牠想念牠要喝的奶，這牠自己也知道。牠還想念些別的，不過牠不大知道是什麼。」

巴克斯特媽媽走進房間。

「媽，妳看，我找到牠了。」

「這樣啊。」

「牠很漂亮吧，媽？妳看斑點都排成一條。妳看那雙大眼睛。牠很漂亮吧？」

「牠好小。要喝很久的奶。早知道牠那麼小，我當初可能不會答應。」

潘尼說：「歐莉，我有事要說，就說這麼一次。這個家會像接納裘弟一樣接納這隻小鹿寶寶。牠是裘弟的。我們養牠，牛奶或麥片不要省。我再聽你們吵鹿的事，妳就得跟我交待。就像茱莉亞是我的狗，這是裘弟的鹿寶寶。」

裘弟沒聽過父親這麼嚴厲地跟她說話。不過母親一定很熟悉父親這種口吻，因此她欲言又止，眨了眨眼。

媽媽說：「我只是說牠很小而已。」

「好吧。牠確實很小。」

潘尼閉上眼睛，說：「大家都滿意了的話，請你們讓我休息了。說話讓我心跳好快。」

裘弟說：「媽，我來準備牠的牛奶。妳不用麻煩。」

她沒說話。裘弟走到廚房，鹿寶寶搖搖擺擺地跟著他。廚房紗櫥裡放了一鍋早上擠的牛奶，奶油浮了上來。他把奶油撇到一個罐子裡，並且用袖子擦掉不小心灑出的幾滴牛奶。如果他不讓鹿寶寶給母親添麻煩，她就不會那麼介意了。裘弟把牛奶倒進一個小葫蘆裡，遞給鹿寶寶。鹿寶寶聞到奶味，猛然撞向葫蘆。裘弟驚險地搶救了葫蘆，沒讓牛奶灑到地上。他把鹿寶寶帶去院子裡，再試一次。但牠喝不到葫蘆裡的牛奶。

裘弟用手指沾沾牛奶，塞進鹿寶寶溼軟的嘴裡。鹿寶寶貪心地吸吮，在裘弟抽出手指時，激動地呦呦叫，並且衝撞他。他又沾溼手指，鹿寶寶吸吮時，他慢慢放下手，浸到牛奶裡。鹿寶寶噴著鼻息不停吸吮，發出哼哼聲，沒耐性地跺著小蹄子。裘弟只要把手指浸在牛奶裡，鹿寶寶就滿足了。牠陶醉地閉上眼睛。手碰到牠舌頭的感覺美妙至極。牠的小尾巴前後擺呀擺。剩下的牛奶咕嚕嚕地在泡沫的漩渦中消失了。鹿寶寶低聲嗚叫、衝撞，但不再激動了。裘弟好想拿更多牛奶來，但即使有父親支持，他還是不敢太濫用自己的優勢。母鹿的乳房不過像一歲的小母牛那麼大，鹿寶寶一定有喝到母鹿能給牠的那麼多了。鹿寶寶突然疲憊又飽足地趴了下來。

裘弟開始思考幫牠弄個窩。要求把鹿寶寶帶進屋裡就太過分了。裘弟去屋子後方的小棚屋裡清出一個角落，露出沙地。他去院子北端的南方綠櫟那裡，扯下一堆空氣草，在木屋裡做了厚厚的一個窩。旁邊雞窩裡有隻母雞，珠子般亮的眼睛狐疑地看著他。牠下完蛋，咯咯叫著飛出門。雞窩是新的，裡頭有六個蛋。裘弟小心地收起蛋，拿去廚房給母親。

他說：「媽，多的蛋。妳一定很開心。」

「有多點東西可吃，總是好事。」

裘弟沒理會她的話。他說：「那個新窩就在我替鹿寶寶做的窩旁邊。鹿寶寶的窩在小棚屋裡，不會妨礙任何人。」

她沒回話，於是裘弟走出屋子去找鹿寶寶。鹿寶寶躺在一棵桑樹下，裘弟抱起牠，帶牠去陰暗小棚屋裡的窩。

「好了，你要乖乖聽我的話，就像我是你媽媽一樣。」他說：「你待在這，等我來找你。」

鹿寶寶眨眨眼睛，舒服地呻吟，然後垂下頭。裘弟躡手躡腳地離開小棚屋，心想，狗都沒這麼聽話。他到柴堆，刨下引火柴的木屑當火種，把柴堆堆得整整齊齊，然後用手臂抱了一大把馬里蘭櫟樹的木柴放進母親廚房的柴箱。

裘弟說：「媽，我把奶油撇起來，弄得可以嗎？」

「可以。」

裘弟說：「乾草翅生病了。」

「喔？」

「蘭姆不讓我看他。媽，只有蘭姆生我們的氣，因為奧利佛女朋友的事。」

「嗯哼。」

「水車輪說，蘭姆不在的時候他會告訴我，讓我溜進去看乾草翅。」

她哈哈笑了。

「你今天和老太太一樣多話。」

她走向火爐時經過他身邊，輕輕摸一下他的頭，說：「我啊，我真的很開心。沒想到你爸能活著看見今天的陽光。」

廚房一片祥和。鞍具鏗鏘的聲響傳來。巴克從田裡回來，經過大門，越過小徑到畜欄安頓好老凱薩，讓牠中午休息。

裘弟說：「我最好去幫忙他。」

不過裘弟離開舒適的屋子，其實是為了鹿寶寶。裘弟溜進小棚屋裡，讚嘆這隻鹿寶寶的存在，而且牠居然屬於他。他和巴克從畜欄回來的時候聊著鹿寶寶；他招手要巴克跟著他來看。

「別嚇到牠。牠窩在那裡——」

巴克的反應不像潘尼的那樣令人滿意，他看過太多乾草翅的寵物來來去去了。

「牠以後應該會變野、跑掉。」他說完，去洗手檯洗手，準備吃飯。

裘弟感到一陣寒意。巴克比母親還煞風景。他在鹿寶寶身邊逗留一下，撫摸牠。牠動動昏昏欲睡的頭，磨蹭磨蹭裘弟的手指。巴克不知道他們這麼親近。沒人知道最好。裘弟離開鹿寶寶，也去洗手槽洗手。碰過鹿寶寶，他的手沾上一股微弱的青草辛味。他很不想洗掉，但他覺得母親恐怕不會喜歡。

母親為了午餐而沾溼頭髮，梳理了一番；不是想賣弄，而是為了尊嚴。她在褐色的印花布裙外穿了一件乾淨的粗麻布圍裙。

她對巴克說：「我們只能靠潘尼，所以食物不像你們那麼豐盛。不過我們吃得乾淨體面。」

裘弟急忙瞥向巴克，看他有沒有被冒犯到。巴克把玉米粥舀進他盤子裡，在中間挖了一個洞來放煎蛋和肉汁。

「歐莉小姐，別擔心我。我和裘弟下午會溜出去幫妳抓一堆松鼠，甚至抓隻火雞。我在豇豆田另一頭看到火雞的蹤跡。」

巴克斯特媽媽幫潘尼盛滿一盤，加上一杯牛奶。

「裘弟，你拿去給他。」

裘弟去找父親。潘尼對盤子搖搖頭。

「兒子，我看了就噁心。放到那裡，餵我一匙玉米粥，還有牛奶。我抬個手臂都覺得累。」

潘尼的臉不腫了，但手臂還是平常的三倍粗，而且呼吸沉重。潘尼吞下幾口軟軟的玉米粥，喝了牛奶，然後示意裘弟把盤子拿走。

「你和你的寶寶處得還好吧？」

裘弟報告了他用空氣草做的窩。

「位置選得好。你打算叫牠什麼名字？」

「不知道。希望是非常特別的名字。」

巴克和巴克斯特媽媽走進房裡，坐下來探望潘尼。天氣很熱，太陽高掛，不急著做事。

潘尼說：「裘弟在煩惱巴克斯特家的新成員要叫什麼名字。」

巴克說：「裘弟，跟你說，你去看乾草翅的時候，他會替你選個名字。他很擅長那種事，就像有些傢伙很會拉小提琴。他會替你選個好聽的名字。」

巴克斯特媽媽說：「裘弟，去吃你的午餐。那隻斑點鹿寶寶都讓你沒心情吃東西了。」

時機大好。他去廚房，在盤裡堆滿食物，跑去小棚屋。鹿寶寶還昏昏沉沉。裘弟坐在牠身邊吃午餐。裘弟把手指插進浮了一層油的玉米粥，把手伸向牠，但牠聞一聞就別過頭去。

裘弟說：「你最好學著吃牛奶之外的東西。」

泥蜂在屋椽上嗡嗡叫。裘弟把盤子刮乾淨，放到一旁，然後躺到鹿寶寶身邊。裘弟一手摟著鹿寶寶的頸子，覺得自己再也不會孤單了。

# 第十六章

鹿寶寶佔用了裘弟不少時間。他去哪兒，鹿寶寶就跟到哪兒。牠在柴堆阻礙裘弟揮斧頭。擠奶一直是分派給裘弟的工作，他不得不把鹿寶寶關在畜欄外，牠站在柵門口，在欄杆間窺視，呦呦叫直到裘弟擠完奶。裘弟擠乾崔克西的奶頭，直到牠踢腳抗議。多擠一杯牛奶，鹿寶寶就能獲得多一點營養。裘弟覺得自己似乎看得出鹿寶寶在長大。牠伸著小小的鹿腿穩穩站立，時而跳躍、時而甩甩頭和尾巴。裘弟和鹿寶寶一同嬉鬧，最後倒在一塊兒休息，讓自己冷靜一下。

天氣溼熱。潘尼躺在床上流汗。巴克汗流浹背地從田裡回來，他脫了襯衫，光著膀子工作。他胸膛上長著濃密的黑色胸毛。汗珠在胸毛上閃閃發亮，像枯黑青苔上的雨滴一樣。巴克斯特媽媽確定巴克不需要他的襯衫之後，就把衣服洗了、煮過，在豔陽下晾乾。

她滿意地說：「至少他身上有東西不臭了。」

巴克的身體快把巴克斯特家的小屋擠爆了。

巴克斯特媽媽對潘尼說：「早上我第一次突然看到他的鬍子和胸膛，嚇了一跳，以為有一頭熊跑進房子裡了。」

巴克一天三餐吞下的食物之多，嚇壞了巴克斯特媽媽。不過巴克做的工作和帶回來給她的獵物，完全抵得過他的食量，所以她沒有怨言。巴克待在墾地的那一星期，把玉米、豇豆和番薯都處理好了。他在西邊的豆子田和陷穴之間清出兩英畝的地，砍下十來棵櫟樹、松樹、楓香和無數棵樹苗，燒了樹樁，把倒木修剪整理過，讓裘弟和潘尼可以用橫鋸鋸下樹枝、樹幹來當柴燒。

巴克說：「明年春天你們可以在那塊新地上種海島棉，之後就能收成了。」

巴克斯特媽媽半信半疑地說：「可是你們沒有棉花。」

巴克不以為意地說：「我們佛瑞斯特家的不是農夫。我們會整地、偶爾犁個田，可是我們天生喜歡的這種生活方式，你們大概覺得粗野隨便吧。」

巴克斯特媽媽一本正經地說：「過得粗野，容易惹上麻煩。」

巴克說：「妳知道我爺爺嗎？人家都叫他麻煩鬼佛瑞斯特。」

巴克的脾氣好得像狗一樣，巴克斯特媽媽沒辦法討厭他。她只能在夜裡私下對潘尼說：「他做起事來像一頭公牛，可是他黑得要命。以斯拉，他黑得像隻禿鷹。」

「是因為他的鬍子吧。」潘尼說：「要是我也有那樣的黑鬍子，即使不像禿鷹，也會像烏鴉。」

潘尼的力氣恢復得相當緩慢。中毒造成的腫脹已經消退了，被響尾蛇咬傷和他自己劃開傷口讓毒血順暢流出的地方都正在脫皮。不過他只要一使力就反胃，心臟像河上汽船的舷明輪一樣不停鼓動，氣喘吁吁，必須平躺才能讓自己平復。他神經緊繃，像脆弱的木頭豎琴上緊繃著的琴弦。

對裘弟來說，巴克在這裡帶來了強烈的刺激，讓他興奮不已。光是鹿寶寶就讓他欣喜若狂了。鹿寶寶加上巴克讓他恍惚發暈，他從潘尼的房間遊蕩到巴克做事的地方，再去找鹿寶寶，然後又重來一次。

母親說：「你最好注意一下巴克做的所有事情，這樣他離開的時候，你就會做了。」

他們三個有心照不宣的共識，那就是不能讓潘尼做事。

巴克來墾地的第八天早上，把裘弟叫去玉米田。夜裡有東西來搞破壞，半排的玉米穗都被拔光了玉米。那排玉米的中間處躺著一堆玉米殼。

巴克說：「你知道這是什麼幹的嗎？」

「浣熊嗎？」

「才不是。是狐狸。狐狸比我還愛玉米。看樣子有兩、三隻尾巴毛茸茸的小賊昨天跑進來，好好吃了頓野餐。」

裘弟哈哈大笑。

「狐狸野餐！我真想看看。」

巴克嚴厲地說：「你該做的是在夜裡拿槍防止牠們來！今天晚上我們來獵狐狸。你得學著認真點。

下午我們去陷穴那棵蜜蜂樹打劫，以後你就會了。」

裘弟不耐煩地度過那一天。和巴克一起打獵的感覺，不同於和父親一起打獵。佛瑞斯特家的做什麼都有一種興奮感挾帶其中，吵鬧而且混亂，讓他敏感又緊張。和潘尼打獵，有種超越追逐獵物的滿足感。他們總是有時間觀看鳥類飛過，或傾聽鱷魚在沼澤裡吼叫。他真希望潘尼起得了身，跟他們一起去蜜蜂樹打劫、去追狐狸賊。下午過了一半，巴克從新開墾的田地回來。潘尼還在睡。

巴克對巴克斯特媽媽說：「我要一個豬油桶、一把斧頭，還有燒生煙用的一堆碎布。」

巴克斯特家裡的碎布不多，衣服破了就補起來，穿到破破爛爛才淘汰。麵粉袋都改成圍裙、擦盤布、她冬日下午繡的椅背，或者做成百衲被的襯裡。巴克嫌棄地看著她拿來的一小把碎布。

他說：「欸，我想我們可以用空氣草吧。」

巴克斯特媽媽說：「你們別給蜜蜂叮了。我祖父被叮過一次，在床上躺了兩星期。」

「要是被叮，我們一定不是故意被叮的。」

他和裘弟並肩走過院子。鹿寶寶緊跟在後面。

「你想讓你該死的鹿寶寶被叮死嗎？不想就把牠關起來。」

裘弟不情願地領著鹿寶寶去小棚屋，關上門。他真不想和牠分開，即使為了採蜂蜜也一樣。要丟下潘尼，似乎有點不公不義，他整個春天都在注意蜜蜂樹，等待適當的時機，讓蜜蜂採完金鉤吻花、桑樹、冬青樹、棕櫚、苦楝樹、野葡萄、桃樹、山楂和野李樹的花蜜。現在還有花朵讓牠們採集冬天的存糧。鱷梨和毛花大頭茶都在盛開，很快就會輪到漆樹、一枝黃花和紫菀了。

巴克說：「你知道誰會很想跟我們一起去找蜂蜜嗎？乾草翅。他在蜜蜂之間拿蜂蜜的時候好安靜，你甚至會覺得蜜蜂要把整個蜂巢送給他了。」

他們來到陷穴。

巴克說：「你們都要跑那麼遠拿水，真不知道是怎麼撐下去的。要不是我快走了，就幫你們在房子旁邊挖個井。」

「你要走了嗎？」

「對啊。我擔心乾草翅。而且我從來沒這麼久沒碰威士忌。」

蜜蜂樹是一棵枯死的松樹。松樹一半高的地方有野蜂正在飛進飛出一個深深的洞。松樹位在陷穴的北緣。巴克停在南方綠櫟旁，扯下一堆綠色的空氣草。來到松樹下，巴克指向一堆乾枯的草和羽毛。

「林鴛鴦本來想在這裡築巢，」他說：「牠們只看見樹有個洞，也不管那洞是誰的，是冠啄木鳥的、象牙鳥啄木鳥的，還是一群蜜蜂的，牠們只是突然想到，就試著在洞裡築巢看看。結果蜜蜂把牠們趕跑了。」

巴克開始砍枯樹的基部。上空傳來一陣遙遠而狂暴的嗡嗡聲，好像一窩響尾蛇。斧頭聲在陷穴裡迴盪。松鼠原本靜靜待在櫟樹和棕櫚樹上，聽到騷動開始在遠方吱吱喳喳起來。叢鴉尖聲叫嚷。松樹顫動，嗡嗡聲轉變成一種怒吼，蜜蜂在他們頭上來回作響，像小霰彈。

巴克喊著：「小子，幫我點燻煙。手腳俐落點。」

裘弟把空氣草和碎布揉成鬆鬆一球，然後打開巴克的火絨筒，艱難地使用燧石和打火鐵生火。潘尼太擅長生火了，裘弟這才恐慌地想起自己其實沒親手做過。火種是由碎布做成，火星噴向帶了焦痕的碎布，但他吹氣吹得太大力，火星幾乎才碰到布，就閃兩下熄滅了。巴克拋下斧頭跑向他，拿走他手裡的材料，像裘弟先前一樣使勁摩擦燧石和打火鐵，不過他吹著沾上火星的碎布時，露出佛瑞斯特家難得一見的謹慎。碎布起火燃燒，他將火引向空氣草。空氣草開始悶燒冒煙。

巴克跑回松樹，奮力揮動斧頭。松樹中心已經腐朽了，閃亮的斧面砍進去，長條纖維被劈開、扯斷、碎裂。松樹對空咆哮，好像要倒下時突然有了聲音可以呼喊。最後松樹轟然倒地，蜜蜂像一團雲似地掠過它深深裂開的枯死樹心。巴克抓起那把燻煙，他雖然人高馬大，卻像黃鼠狼一樣敏捷地衝過去，把那團冒煙的東西一把塞進去，然後拔腿狂奔，看起來更像隻笨重的熊了。他哀號一聲，拍打起自己的胸口和肩膀。裘弟忍不住笑他，接著自己脖子上也傳來一陣火熱的刺痛。

巴克喊著：「爬下陷穴！泡進水裡！」

他們爬下陡峭的陷穴壁，雨水少，底部滲穴的水並不深，水不大夠淹過他們。巴克用手舀起泥巴，抹上袁弟的頭髮和脖子；至於巴克自己，他濃密的毛髮就足以形成保護了。幾隻蜜蜂跟了過來，不屈不撓地來回飛舞。片刻之後，巴克小心翼翼地爬起來。

他說：「牠們應該平靜下來了。我們還真像兩頭豬啊。」

他們的褲子、臉上、襯衫上都沾滿了泥巴。洗衣服的日子還沒到，所以袁弟帶巴克爬上陷穴的南壁，到洗衣池那裡。他們把衣物泡進其中一個水池，到另一個水池洗身體。

巴克說：「你在笑什麼？」

袁弟搖搖頭。他能想像母親說：「要是蜜蜂才能讓佛瑞斯特家的人變得乾乾淨淨，我就弄一窩蜜蜂給他們。」

巴克被叮了五、六下，不過袁弟被叮了兩下就逃過一劫。他們謹慎地靠近蜜蜂樹。燻煙放的位置剛好，蜜蜂被濃煙熏昏了，緩緩聚到洞旁尋找牠們的女王蜂。

巴克在樹上劈開一個更大的開口，用刀子砍去邊緣，清掉枯枝落葉和碎木片，拿刀探進去，然後驚奇地轉身。

「太好了！這裡有一澡缸的蜂蜜。整棵樹滿滿都是。」

他拿出一片淌著蜂蜜的金黃蜂巢。蜂巢粗糙、顏色深沉，但蜂蜜的顏色比上好的糖漿還要淡。他們盛滿豬油桶，合力提回屋子。巴克斯特媽媽給他們一個柏木桶拿回去繼續裝。

巴克說：「現在只差一澡缸的餅乾了。」

回程時的蜂蜜沉甸甸的。巴克說，他從小到大沒看過蜂蜜這麼多的蜜蜂樹。

「我明天回去跟我家那群人說，他們一定不信。」

巴克斯特媽媽緩緩地說：「你應該想帶點回去吧。」

「只要裝得進我肚子裡的就行了，不用多。我有在注意沼澤那裡的兩、三棵樹。要是沒成功，我再來討。」

巴克斯特媽媽說：「你真是太好心了。也許哪天我們寬裕了，可以回報你們。」

裘弟說：「巴克，真希望你不要走。」

大塊頭開玩笑地推推他。

「我走了，你就沒時間照顧那隻鹿寶寶了。」

巴克顯然很焦慮。晚餐時他的腳動來動去，餐後他又來回踱步。他望著天空。

「今晚晴朗舒服，適合騎馬。」

裘弟說：「你怎麼突然變得那麼焦急？」

巴克踱步踱到一半，停下來。

「我就是那樣子。我喜歡來來去去。到哪兒都能安分地待一陣子，然後不知道為什麼就不再滿足了。我發誓，我、蘭姆和水車輪去德州買賣馬匹的時候，我覺得渾身不對勁，直到回家為止。」他停頓一下，望向落日，然後壓低聲音又說：「而且我非常擔心乾草翅。我這裡有種感覺……」他捶捶毛茸茸的胸膛，「他恐怕不大好。」

「不會有人來通知你嗎？」

「就是不會啊。要是他們不知道你爸病了，他們騎馬來打個招呼都可能。可是他們覺得你爸需要幫忙，所以即使有壞消息或是令人擔心的時候，也不會想來把我帶走。」

他緊張地等待天黑，想做完工作再離開。潘尼夜裡打獵的能力不輸佛瑞斯特家的任何人，裘弟很想吹噓他父親解決過的害獸，但可能因此不能和巴克一起夜遊，只好閉緊嘴巴。他幫巴克準備火盆要用的碎木柴片。

巴克說：「我叔叔老棉有一頭紅髮。一堆紅髮站得直直的，像乾草堆一樣，而且紅得像鬥雞的雞冠。有天晚上，他去用火光誘獵，火盆的把手有點短，火盆裡的火星點燃了他的頭髮。結果，他向我爸求救的時候，我爸沒理他，以為是月亮升起來照在老棉叔叔的頭髮上。」

裘弟聽得目瞪口呆。

「真的嗎，巴克？」

巴克忙著削木頭，說：「換成你說故事給我聽，我可不會問這種問題。」

潘尼從臥房向外頭呼喊：「我受不了了；我不想讓你們丟下我，自己去。」

他們來到他房間。

「如果你們要去獵的是山獅，我發誓我一定狀況好到可以跟你們去了。」

「如果我的狗有在身邊，我一定帶你去獵山獅。」

「不過我那兩隻狗可以贏過你們那一整群。」他若無其事地說：「我換給你們的那隻爛狗，你們大家覺得怎樣？」

巴克慢條斯理地說：「喔，結果我們那邊的狗之中，從來沒有那麼快、那麼棒、那麼努力打獵、那麼勇敢的狗。牠只是欠訓練而已。」

潘尼笑出聲。

他說：「很高興你們夠聰明，能讓牠派上用場。牠現在怎樣了？」

「這個嘛，牠太厲害了，把其他狗都比了下去，蘭姆受不了，就把牠拖去斃了，某天晚上埋到你們巴克斯特家的墓園裡。」

潘尼嚴肅地說：「我注意到新墳，以為是你們的墓地用完了。等我有力氣，我會削個墓碑，刻上『這裡躺著佛瑞斯特家的一員，親人一致悼念』。」

說完，他咧嘴而笑，拍著被單。「巴克，認輸吧。認輸吧。」

巴克抹抹鬍子。

「好吧。算是好笑。不過蘭姆大概只覺得根本就是侮辱。」

潘尼說：「請別見怪。我沒惡意，希望你們，不論蘭姆還是其他人都別介意。」

「蘭姆不一樣。他覺得什麼事都是衝著他來的。」

「想到就難過。他和奧利佛打架，我插手，只是因為你們那邊人太多了。」

巴克說：「唉，血濃於水啊。我們自己也常打架，可是對上別的傢伙，我們全都會站到同一邊。不過你我沒什麼好爭的。」

話語能引發衝突，也能平息紛爭。

裘弟問：「如果大家不說會引起爭執的事，還會打架嗎？」

潘尼說：「可能還是會吧。我看過一對聾傻子打架。不過他們說他們會用手語溝通，很可能其中有人比手勢侮辱了對方。」

巴克說：「孩子，那是男人的天性。等你開始追女生，你就得灰頭土臉好幾次啦。」

「可是只有蘭姆和奧利佛在追女生，結果我們巴克斯特家和你們佛瑞斯特家的都被捲進去了。」

潘尼說：「男人什麼都能爭。甚至有個牧師脫下外套，說誰要是不相信沒受洗的嬰兒死了會下地獄，就跟他打一場。人能做的，就是為他相信正確的事而戰，人總要為自己。」

巴克說：「你們聽。我剛剛好像聽見有狐狸在常綠闊葉林裡叫。」

起初，夜晚似乎悄然無聲，接著聲響像浮雲一樣飄進他們耳中。一隻貓頭鷹嗚嗚叫，一隻樹蛙奏起琴聲，預告了將會下雨。

巴克說：「是牠。」

遠方傳來一陣細細的吠叫，叫聲尖銳又哀傷。

巴克說：「我可憐的狗一定覺得那個叫聲很美妙吧？牠們應該會跟著那個女高音一起唱吧？」

潘尼說：「你和裘弟今天晚上沒把那窩畜生清光的話，下次滿月帶你的狗來，我們來打一場獵。」

巴克說：「裘弟，走吧。我們到玉米田的時候，在叫的那隻差不多也到了。」他從角落拾起潘尼的獵槍。「這把槍滿眼熟的，今晚跟你借一下。」

「別把槍埋到狗旁邊就是了。」潘尼說：「這槍滿不賴的。」

裘弟把他的前膛槍扛上肩頭，和巴克走出去。鹿寶寶聽見他的聲音，在小屋裡低鳴。他們走過桑樹下，經過木條柵欄，走進玉米田。巴克沿著第一排玉米往北走。到了玉米田另一頭，他走過一排排玉米的尾端，每走過一排，就把火盆的火光照進玉米田裡。他走到一半停下腳步，轉身推推裘弟。光線照到的地方有兩粒明亮的綠瑪瑙映著火光。

巴克喃喃說：「沿著這排玉米小聲走去中間。我繼續用光照著牠。別擋到光線。牠的眼睛大到像一先令一樣的時候，就瞄準兩隻眼睛中間，給牠一槍。」

裘弟挨著左手邊的一排玉米，躡手躡腳地前進。綠光消失一下又出現。裘弟舉起槍，讓火盆裡燃燒碎木片的光沿著槍管指向的方向照去，然後扣下扳機。槍像以往一樣撞得他失去平衡。他正要跑過去確認有沒有打中，巴克卻噓聲阻止。

「噓。你打中了。讓牠躺在那邊。回來。」

他沿著玉米列溜回去。巴克把獵槍遞給他。

「附近可能還有一隻。」

他們溜過一排排玉米。這次裘弟比巴克先發現閃亮的眼睛。他像上次一樣沿著玉米列靠近。拿著獵槍真開心。獵槍比他的老前膛槍輕，槍身比較短，而且更容易瞄準。他信心滿滿地開槍。巴克又把他叫回去，他退了回去。他們雖然一排排仔細檢查，還繞過玉米田西邊，從南端拿火盆照過玉米田的行列，都沒有再看到其他閃亮的綠眼睛。

巴克放聲說：「今晚的收穫就這樣了。來看看我們打到了什麼吧。」

兩槍都一擊斃命。一隻是公狐，一隻是母孤，都被巴克斯特家的玉米餵得肥嘟嘟。

巴克說：「牠們不知道在哪裡的窩裡還有小狐狸，不過已經快長大，可以自己生活了。等秋天我們就來獵狐狸。」

狐狸是灰色的，狀況不錯，尾巴完整。裘弟得意地抱著牠們。

快到木屋的時候，他們聽到一陣騷動。巴克斯特媽媽在尖叫。

巴克說：「你媽不會趁你爸生病的時候欺負他，對吧？」

「她頂多動動嘴，從來不會真的欺負他。」

「我寧願女人用木柴把我打昏，也不要跟我說刻薄話。」

靠近木屋時，他們聽見潘尼在吼叫。

巴克說：「唉，孩子，那女人要害死他了。」

裘弟說：「有什麼東西在追鹿寶寶！」

院子很少受到小型害獸之外的東西侵擾。巴克越過柵欄，裘弟跟著翻過去。門口透出一道光，潘尼只穿了件褲子站在那裡。巴克斯特媽媽站在他身邊搧動圍裙。裘弟似乎看見一個黑黑的影子跑進黑夜裡，朝葡萄架的方向衝去，獵狗跟在後面吠叫。

潘尼叫著：「是熊！快射牠！在牠到柵欄前逮住牠！」

巴克奔跑時，火盆灑出火星。火光照出一個笨重的身軀在桃樹下向東飛奔。

裘弟大喊：「巴克，火盆給我，你來開槍。」

裘弟感覺害怕又無能為力。他們邊跑邊交換東西。熊到了柵欄邊，轉身面對狗群的包圍，朝著兩隻狗揮舞爪子；牠的眼睛和牙齒在閃爍的光線裡閃耀。接著熊轉身爬過柵欄。巴克開了槍，熊應聲倒地。狗騷動起來。潘尼跑了過來。火光中看出熊被擊斃了。狗覺得那是牠們的功勞，得意地吠叫、撲咬上去。巴克得意洋洋。

他說：「要是知道這裡有個佛瑞斯特家的，這傢伙就不會來了。」

潘尼說：「牠聞到東西，想吃想瘋了，即使你們一家子都在，牠也不會注意到。」

「聞到什麼？」

「裘弟的鹿寶寶和剛採的蜜。」

「爸，牠抓到鹿寶寶了嗎？噢，爸，鹿寶寶沒受傷吧？」

「沒抓到。幸好門關著。然後牠一定聞到了蜂蜜的味道，所以跑來門階旁磨蹭。我以為是你們回來了，所以沒留意，等到牠把蜂蜜的蓋子打掉，我才發現不對勁。要是身邊有槍，我就在門邊打死牠了，可惜沒槍。我和歐莉只能大吼大叫，不過看來牠沒遇過這麼凶狠的吼叫，所以就匆忙跑掉了。」

裘弟一想到鹿寶寶可能發生什麼事就腳軟。他跑向小棚屋想安慰牠，發現牠昏昏欲睡，一副漠不關心的樣子。他慶幸地摸摸牠，然後回到男人和熊那裡。那是隻兩歲的公熊，狀況很好。潘尼堅持要幫忙處理。他們把屍體拖到後院，借著火盆的火光剝皮，然後肢解了熊，把肉掛到燻肉房。

巴克說：「我要替我媽討一桶肥肉，給她做點熊油和油渣。有些東西她要有熊油才肯炸，然後那老傢伙說，她牙齦咬起熊油渣和番薯時很舒服。妙的是，她那四顆牙可以喀喀咬那些東西，咬上一整天。」

獵物充足，巴克斯特媽媽也慷慨了。

她說：「切一大塊熊肝帶給可憐的小乾草翅吧，他吃了會有力氣。」

潘尼說：「只可惜不是老瘸子。老天，我真想拿刀砍牠奸詐的背脊。」

狐狸肉只能拿來煮了加胡椒當補藥餵雞，可以等明天早上再剝皮。

巴克說：「易希．歐塞爾老頭邀你們去吃過他的狐狸肉燉飯嗎？」

潘尼說：「他邀過。我說：『謝謝你，易希，我等你煮了你的狗再去。』」

這陣騷動讓潘尼有了活力。他蹲在巴克旁邊，和他交換故事，聊著狐狸和狗、奇怪的食物和吃那些食物的怪人。那些故事難得沒吸引裘弟的興趣。他希望大家快點上床睡覺。最後潘尼剛獲得的精力耗盡了，他洗過手，清理了剝皮刀，上床跟妻子睡覺去。巴克精力充沛，能講上半個晚上。裘弟看得出來，所以假裝去他小房間地上的床墊睡。巴克佔了他的床，躺下來時毛茸茸的長腿有四分之一掛在床外。巴克這時坐在床緣，說到最後沒人聽，自覺無趣。裘弟聽到他打個呵欠，脫下長褲，躺上嘎吱作響的床板上那張玉米殼床墊。

裘弟等到低沉隆隆的鼾聲響起，才從屋裡溜出去，在黑暗中摸索著來到小棚屋。鹿寶寶聽到聲音，站了起來。他摸索到牠身邊，摟住牠的頸子。牠蹭蹭他臉頰。他抱起牠，把牠抱到小棚屋門邊。他帶鹿寶寶回家以來，牠長得好快，現在他只能勉強抱起牠。他躡手躡腳走進院子，然後放下鹿寶寶，鹿寶寶欣然跟著他。裘弟溜進屋子，一手放在牠堅硬但柔順的頭上引導牠。牠尖銳的蹄跟躂躂踩在木地板上。裘弟再度抱起牠，小心翼翼走過母親的臥房，進了自己房間。

裘弟躺在自己的床墊上，把鹿寶寶拉下來躺在身邊。他時常這樣和牠躺在小棚屋裡，或在日正當中躺在南方綠櫟下。裘弟用頭靠著牠腹側，牠的肋骨隨著呼吸上下起伏，下巴靠在他的手上，幾根短毛搔得他發癢。裘弟絞盡腦汁想找夜裡把鹿寶寶帶進來和他一起睡的藉口，這下子他有名正言順的理由了。他會為了家庭和諧，盡可能偷偷把牠帶進帶出。哪天他終於被發現了，他會說熊帶來的威脅讓鹿寶寶隨時可能有危險，這豈不是最完美的理由嗎？

# 第十七章

番薯田像一望無際的海。袞弟回頭看著背後一排又一排他除完草的地。完成的部分開始顯得壯觀，不過還沒完成的部分似乎一直延伸到地平線。七月的暑氣在土地上蒸騰，沙地燙著他的赤腳。番薯藤的葉子向上捲起，彷彿灼傷它們的不是太陽，而是乾燥的土地。袞弟把棕櫚帽往後推，用袖子抹抹臉。從太陽的位置來判斷，應該快要十點鐘了。父親說，如果他中午前把番薯除完草，下午就能去看乾草翅，讓他給鹿寶寶取名字。

鹿寶寶躺在接骨木灌木陰影中的樹籬裡。袞弟開始工作以後，幾乎有點覺得牠煩了。牠在番薯的苗床上竄下跳，踐踏番薯藤，把苗床的邊緣給踢崩塌了。牠跑來站在袞弟前方的除草路徑上，不肯走開，想逼他跟牠玩。牠跟他一起度過的頭幾個星期總是睜大眼睛，一臉困惑的表情；現在卻顯得機伶精明，看起來像老茱一樣聰慧。袞弟幾乎決定要把牠帶回去關進小棚屋的時候，牠卻自己跑去陰影裡躺下來。

牠躺在那，頭擺成牠最愛的姿勢，扭回來枕在肩上，用一隻大眼睛的餘光看著袞弟。白色的小尾巴不時抖動，帶著斑點的鹿皮波浪般起伏，抖去蒼蠅。要是牠能保持安靜，他除草就會更有效率了。他喜歡工作的時候有牠在附近。鹿寶寶給他一種自在的感覺，他以前拿鋤頭的時候從不曾有過這種感覺。他精力充沛地除去雜草，看著自己的進展，十分得意。一排排番薯被拋在背後。他吹起不成調的口哨。

裘弟替鹿寶寶想過很多名字，都一一拿來試著叫過鹿寶寶，但沒一個讓他滿意。他用上自己知道的所有狗名：喬、阿抓、漫遊者、羅勃，諸如此類，感覺都不對。鹿寶寶走路有種輕巧的姿態，潘尼說像在「墊腳尖」，裘弟原來想叫牠「叮腳尖」，暱稱「叮叮」，但這名字讓他想起婷可．威瑟比，壞了感覺。「小尖」這名字也不行，潘尼有過一隻又醜又凶的牛頭犬，就叫這個名字。乾草翅一定不會讓他失望。乾草翅很會替自己的寵物取名字。他有浣熊小吵，負鼠阿推，松鼠吱吱，然後那隻跛腳的紅雀叫「主祭」，因為牠總是站在棲木上，叫著「啾唧、啾唧、啾唧」。乾草翅說其他紅雀都從森林裡來，要主祭幫忙證婚，不過裘弟聽過其他紅雀也是那個叫聲。但反正那名字取得好。

巴克回家已經兩星期了，這期間裘弟做了不少工作。潘尼的體力漸漸恢復，但不時還會頭暈目眩、心悸。潘尼確定那是響尾蛇毒液遺留的影響，但巴克斯特媽媽覺得是熱病，拿檸檬葉茶給他喝。幸好潘尼可以起來走動了，不再有令人心寒的恐懼。裘弟盡量提醒自己別讓他做事。有鹿寶寶真好，不用再時常感到寂寞帶來的隱約痛楚，所以裘弟很感激母親對鹿寶寶的容忍。唯一的問題是，鹿寶寶需要不少牛奶，這就絕對礙到她了。有一天，鹿寶寶來到屋裡，發現一鍋已經拌好、準備用來做成玉米麵包的麵糊，結果把整鍋都清空了。那之後，牠還吃過綠葉子、摻了水的玉米粥、一點餅乾等等，幾乎什麼都吃。巴克斯特家的人用餐的時候，只能把牠關進小棚屋裡，否則牠會用頭亂頂亂撞，呦呦叫，撞掉他們手裡的盤子。裘弟和潘尼笑牠，牠就故意甩甩頭。起初狗還會欺負牠，現在會包容牠了。巴克斯特媽媽雖然忍著牠，但她從不覺得好笑。裘弟試著指出牠的迷人之處。

「媽，牠的眼睛很漂亮，不是嗎？」

「牠的眼睛老遠就能看到一鍋玉米麵包。」

「喔，媽，不過牠的尾巴又蠢又可愛，對吧？」

「鹿尾巴都是那樣。」

「可是，媽，那樣不是又蠢又可愛嗎？」

「是很蠢，沒錯。」

太陽悄悄爬向天頂。鹿寶寶進了番薯田，嚼了幾根柔嫩的番薯藤，又回到樹籬，在一棵野櫻桃的樹蔭下找了新位置。裘弟檢查自己的成果。只剩下一排半還沒完成。他很想回屋裡喝點水，但那樣會耗去太多時間。也許午餐會晚一點吃吧。他盡可能快速用鋤頭挖土，小心不去傷到番薯藤。太陽升到頭頂時，他完成了半排，剩下的那整排在他面前延伸出去，彷彿在嘲笑他。母親很快就會敲響廚房門口的鐵環，那他就得停工了。潘尼說得很清楚，這次的時間沒得寬限。午餐時間還沒除完草，就不准去找乾草翅。他聽到柵欄另一側傳來腳步聲。潘尼站在那裡看著他。

「好大一堆番薯，對吧，兒子？」

「有夠多。」

「真難想像明年這個時候會半顆都不剩。你在櫻桃樹下的那個寶貝會想分一杯羹。記得兩年前我們怎麼把鹿擋在外面吧？」

「爸，我來不及了。整個早上我幾乎沒停下來過，現在卻還有一排。」

「好，就這樣吧。我說過不能讓你去了，所以不能放水。不過我跟你談個條件：你去陷穴幫你媽提水來，我下午來把番薯田弄好。爬陷穴壁累死我了。這交易很公平吧。」

裘弟拋下鋤頭，拔腿跑向屋子拿水桶。

潘尼在他後面喊：「別想裝太滿。小鹿可沒公鹿的力氣。」

光是桶子就很重了。桶身是手工切割的柏木做的，兩個桶子用白橡木牛軛擔著。裘弟把牛軛扛上肩頭，快步沿路走去；鹿寶寶大步跑在後面。陷穴裡黑暗又寂靜，厚厚的樹葉會遮去頭頂的太陽，所以清晨、下午的陽光比中午還要強。鳥雀悄然無聲，中午時間都待在陷穴的沙質邊緣休息、洗沙澡。傍晚牠們會飛下去喝水。鴿子會來，還有鵐鳥、紅雀和卡羅萊納覇鶲、嘲鶇和鵪鶉。裘弟飛快衝下陡坡，來到大綠碗的底部。鹿寶寶跟著他，他們一同嘩啦啦地涉過水池。鹿寶寶低下頭喝水。這是裘弟夢寐以求的景象。

他對鹿寶寶說：「有一天，我會自己在這裡蓋間屋子。我會替你找頭母鹿，然後我們就一起住在水池邊。」

一隻青蛙突然跳起來，鹿寶寶連忙退開。裘弟笑牠，然後跑上坡來到飲水池。他彎下腰喝水；鹿寶寶跟來，也一起喝著水，吸吮池水，嘴沿著水池邊左右移動。有那麼一個短暫片刻，牠的頭靠在裘弟臉頰邊，裘弟陪著鹿寶寶一同喝水，發出像牠一樣的嘖嘖吸水聲。裘弟抬起頭甩了甩，揩揩嘴。鹿寶寶也昂起頭，口鼻間淌著水。

水池邊掛著葫蘆瓢，裘弟拿瓢子舀水裝進水桶，他沒聽父親的話，幾乎把水桶裝滿。他想得意洋洋地扛著水桶走進院子。他蹲下來，縮著肩頭鑽到牛軛下，挺直身子時，卻撐不起重擔。他倒了些水出來，好不容易才站起來，爬上最後那段坡面。木軛陷入他瘦巴巴的肩頭，壓得他背痛。回家走到半路，他不得不停住放下桶子，再倒一些水出來。鹿寶寶好奇地把鼻頭探進一個桶子裡。幸好母親不會知道。她不懂鹿寶寶有多乾淨，也不承認鹿寶寶聞起來多甜美。

裘弟到家時，他們已經開始享用午餐了。他把水桶抬上架子，關起鹿寶寶，然後拿水壺從新桶子裝滿水，拿到餐桌。裘弟工作得太賣力，又熱又累，所以不大餓。他對此很高興，因為這麼一來，他那份午餐就可以留一大堆給鹿寶寶。這餐的肉是熊後腿做的燉肉，之前醃在鹽水裡保存。肉帶著長長的纖維，有點老，但他覺得滋味比牛肉好，幾乎和鹿肉一樣好吃。他主要都是吃肉，配了點羽衣甘藍，把自己的玉米餅和牛奶都留給鹿寶寶。

潘尼說：「幸好明目張膽來打劫的是這樣一頭年輕的熊。如果來的是一大頭老公熊，一年的這個時候，牠的肉是沒辦法吃的。裘弟，熊在七月求偶，別忘了求偶時的公熊肉不適合吃。那時候，除非牠們來招惹你，不然別殺牠們。」

「為什麼不適合吃？」

「這我就不知道了。不過牠們求偶的時候壞心又暴躁……」

「像蘭姆和奧利佛一樣嗎？」

「……對，就像蘭姆和奧利佛。牠們發火或發脾氣的時候，恨意好像會跑進肉裡。」

巴克斯特媽媽說：「公豬也一樣。只不過公豬一年到頭都在發情。」

「爸，那公熊會打架嗎？」

「打得可凶了。母熊會站很遠，看牠們打……」

「像婷可．威瑟比一樣。」

「……對，就像婷可．威瑟比。然後母熊會和打贏的那頭一起離開。牠們整個七月，甚至八月都成雙成對，然後公熊就離開，熊寶寶會在二月誕生。公熊，像老瘸子，遇到熊寶寶可是會吃了牠們。這是我討厭熊的另一個原因，牠們的感情不正常。」

巴克斯特媽媽對裘弟說：「你今天走去佛瑞斯特家時小心一點。碰到求偶的熊就躲遠一點。」

潘尼說：「眼睛放亮一點。你只要先注意到動物在哪裡，別突然嚇到牠，就不會有事。唉，就連咬了我的響尾蛇也是被我嚇到，為了保護自己而已。」

巴克斯特媽媽說：「即使是魔鬼，你也會替他講話。」

「應該會吧。我們把一堆人類自己造成的壞事怪到魔鬼頭上。」

她懷疑地問：「裘弟把該除的草除完了嗎？」

潘尼爽快地說：「他完成約定了。」

他對裘弟眨眨眼，裘弟眨回去。跟她解釋其中的差異是沒有用的，男人跟她說不通。

裘弟說：「媽，我可以去了嗎？」

「我看看。我還需要拿點木柴進來——」

「媽，拜託別再找事情給我做了。你不會希望我晚上太晚回來，被熊抓了吧。」

「你要是敢天黑才回家，最好祈禱逮到你的是熊，不是我。」

裘弟裝滿柴箱，準備走了。母親逼他換件襯衫，梳梳頭。遲遲不能出發讓裘弟很焦躁。

巴克斯特媽媽說：「我只是想讓那些骯髒的佛瑞斯特家人知道，世上有人活得體面。」

裘弟說：「他們又不髒。只是過得舒服又自然，自得其樂而已。」

她嗤之以鼻。裘弟把鹿寶寶從小棚屋裡放出來，把食物拿在手上餵牠吃，拿那盤摻了水的牛奶給牠喝，接著他們兩個就出發了。鹿寶寶有時跑在後面，有時跑在前面，有時衝進灌木叢一下，然後緊張地跳回他身邊，裘弟確定牠是假裝的。有時鹿寶寶走在他身旁，這樣最美妙。這時，他會輕輕把手擱在牠頸子上，讓自己的兩條腿配合牠四條腿的律動。裘弟想像自己也是鹿寶寶，跪下來模仿牠走路，警覺地昂起頭。路旁有株灰毛豆藤開了花。裘弟扯下一截豆藤，纏到鹿寶寶頸子上當牽繩。玫瑰紅色的花朵襯得鹿寶寶好漂亮，裘弟覺得連母親都會覺得好看。要是他回家前花就謝了，他會在回家路上再做條牽繩。

來到廢棄墾地附近的岔路，鹿寶寶停下腳步，在風中探探鼻子，豎起耳朵左右張望，嚐空氣裡的味道。牠似乎固定朝著某個方向，裘弟把鼻子朝向那邊。一陣強烈刺鼻的惡臭襲來，裘弟感覺自己頸後的毛豎了起來。他好像聽到了低沉的隆隆聲，接著是一陣像牙齒猛咬發出的喀嚓聲。裘弟好想調頭跑回家，但是這麼一來，他就永遠想不透那是什麼聲音了。於是他一步步前進，彎過路的轉角。鹿寶寶動也不動地待在後面。裘弟猛然停下腳步。

兩頭公熊正在他前面一百碼的路上，慢慢走遠。牠們用後腿站著，像人一樣並肩行走。牠們走路的姿態幾乎像在跳舞，就像一對伴侶跳方塊舞時，肩並肩跳著花式舞步。突然，牠們像在摔跤一樣推擠彼此，舉起前掌，轉身咆哮，試圖攻擊對方的喉嚨。其中一隻往另一隻頭上揮了一掌，咆哮於是轉成怒吼。激烈的打鬥持續了一陣子，接著那對熊又推推打打、你閃我躲地繼續前進。裘弟待在下風處，牠們不會聞到他。他保持距離，悄悄跟在牠們後面。他不想跟丟，希望牠們能打到最後分出勝負，不過如果有隻打贏了，朝他而來，他一定會嚇個半死。裘弟覺得牠們應該已經打了很久，累壞了。沙地裡有血跡。每次攻擊好像都沒前一次猛烈；每次牠們肩並肩前進的速度也都更慢了。在裘弟注視著牠們時，有頭母熊從前面的灌木叢走出來，後面跟著三頭公熊。牠們默默地走到路上，變成一路縱隊。正在打鬥的那對熊搖頭晃腦跟了上去。那支隊伍既莊嚴又滑稽、令人興奮，裘弟站在原地看著牠們，直到再也看不見。

裘弟轉身跑回岔路。鹿寶寶沒了蹤影，他呼喚牠，牠才從路邊的灌木叢間現身。裘弟走上佛瑞斯特家的路，沿著跑去。事情結束之後，他想到自己居然那麼大膽還心有餘悸。不過已經結束了，而且如果還有機會，他會再跟上去；畢竟能目睹動物的私密時刻，實在機會難得。

裘弟心想：「我大開眼界了。」

長大，看到、聽到像巴克和他父親那些男人看過的景象、聽過的聲音，感覺真好。這就是為什麼當男人談話時，裘弟喜歡趴倒在地板上或營火前的泥土地上。他們看過神奇的事，而且年紀愈大，見識過的愈多。他感覺自己即將加入一個神祕的團體；這下他有個自己的故事可以在冬夜裡說了。

父親會說：「裘弟，說說那次你看到兩頭公熊沿路打鬥的事吧。」

最重要的是，他可以跟乾草翅說。他急著跟朋友說自己的故事，開心得又跑了起來。他會讓乾草翅很驚訝。袞弟會在林子裡遇到乾草翅，或者走向屋子後面被寵物圍繞的乾草翅，如果乾草翅的病還沒好，袞弟就走向他的床。鹿寶寶會跟在袞弟身邊。乾草翅臉上會發出異樣的光彩，他會弓著歪扭的身軀靠近，伸出溫柔而扭曲的手撫摸鹿寶寶。乾草翅知道袞弟心滿意足，一定會微笑。好一段時間以後，乾草翅會開口，他說出口的名字可能很怪，不過一定很美。

袞弟來到佛瑞斯特家的土地，匆忙走過南方綠櫟樹下，進入開敞的院子。房子一片寂靜，煙囪沒吐出捲捲灰煙。看不到半隻狗，不過後面的狗舍有隻獵狗在號叫。佛瑞斯特家的恐怕都正在炎熱的午後睡覺。不過他們白天睡覺時，通常會從屋裡蔓延到屋外，有的睡在陽臺上，有的睡在樹下。袞弟停下腳步大喊。

「乾草翅！我袞弟啊！」

獵犬哀叫著。屋裡有椅子拖過地板的聲音。巴克來應門。他低頭看看袞弟，用手抹了嘴巴一把，雙眼茫然。袞弟覺得他一定是喝醉了。

袞弟支支吾吾地說：「我來看乾草翅。我帶鹿寶寶來給他看。」

巴克搖搖頭，好像要趕跑纏著他的蜜蜂，或是想甩掉什麼念頭。他又抹了把嘴。

袞弟說：「我特地來的。」

巴克說：「他死了。」

那些字沒有意義，不過是風中吹過他的三片枯葉。但一陣寒意隨之襲來，裘弟感到麻木。他的思緒一片混亂。

裘弟又說一次：「我來看他的。」

「你來得太晚了。要是有時間，我應該去找你。可是根本連找老醫生都來不及。前一分鐘他還在呼吸，下一分鐘就沒氣了。就好像你吹熄蠟燭一樣。」

裘弟直直盯著巴克看，巴克也看著他。原先的麻木感變成麻痺的感覺。裘弟不覺得悲傷，只感到一陣寒冷暈眩。乾草翅沒死也沒活著，只是哪兒都不在了。

巴克啞著嗓子說：「你可以來看看他。」

巴克才說乾草翅像燭光一樣沒了，然後又說他還在。這些話都沒道理。巴克轉身走進屋子，然後回過頭，用暗淡的雙眼懇求裘弟跟著。裘弟抬起一腳、再抬起另一腳，爬上階梯。他跟著巴克進了屋裡。佛瑞斯特家的男人都坐在那兒。他們那樣坐著，動也不動，氣氛沉重，有種一體的感覺。他們好像一塊深色的大石頭碎裂成個別的人。佛瑞斯特爸爸轉過頭看了一眼裘弟，彷彿不認得他，然後又把頭轉回去。蘭姆和水車輪看著他。其他人沒動彈。裘弟覺得，他們好像建了一堵牆來防他，正從牆上望著他，他們無法忍受他的身影。巴克艱難地拉了他一把，領著他走向主臥房。巴克開口說話，但聲音哽咽。他停下腳步抓住裘弟的肩頭。

「撐著點。」巴克說。

乾草翅閉眼躺著，在大床中央顯得又小又無助。他比睡在自己床墊上還要小。他身上蓋了張被單，被單在下巴下面折起，手臂伸到被單外，在胸前交叉，扭曲難看的手掌往外垂，像他生前那樣。裘弟嚇壞了。佛瑞斯特媽媽坐在床邊，把圍裙蓋到頭上，身子前後搖晃。她把圍裙扔下來。

她說：「我的兒子沒了。我可憐的駝孩子啊。」

她又把圍裙蓋到頭上，左右晃動，悲嘆著：「上帝好狠心。噢，上帝好狠心。」

裘弟好想跑走。枕頭上的枯瘦臉龐嚇壞他了。那既是乾草翅，又不是乾草翅。巴克把他拉到床沿。

「他聽不到了，但你還是跟他說說話吧。」

裘弟的喉嚨動了動，但沒吐出話來。乾草翅好像牛脂做的，像蠟燭一樣。突然之間，他又出現一種令人熟悉的感覺。

裘弟輕聲說：「嘿。」

說話之後，麻痺感就消失。裘弟的喉嚨緊到好像有繩子勒著。他受不了乾草翅這麼沉默。現在裘弟明白了，這就是死亡，死亡是不會回應的沉默，乾草翅再也不會跟他說話了。他轉過身，把臉埋進巴克的胸膛，粗壯的手臂抱住他，他站了好一陣子。

巴克說：「我就知道你會難過得要命。」

他們離開房間。佛瑞斯特爸爸向裘弟招招手，裘弟走去他身邊。老人輕撫裘弟的手臂，然後朝那群圍成一圈沉思的男人甩了甩手。

「很奇怪吧？」他說。「這些小夥子我們少一個也不會怎樣。唯一不能少的，卻被帶走了。」他又開朗起來：「而他還是個歪歪扭扭不中用的東西。」

他陷入搖椅中，思索這個矛盾。

大家看了裘弟就難受。裘弟漫步走進院子裡，一直遊走到屋後。乾草翅的寵物都關在那裡，遭眾人遺忘。一隻五個月大的熊寶寶被鏈在木樁上，顯然是乾草翅生病時抓來逗他開心的。牠在塵土中一圈圈打轉，最後鏈子纏住，緊緊卡在木樁上。熊寶寶的水盤翻倒，空了。牠看到裘弟就躺著打滾，發出像人類嬰兒的哭聲。松鼠吱吱叫著，無止盡地踩著滾輪，籠裡沒食物也沒水。負鼠睡在牠的盒子裡。紅雀主祭用牠好的那隻腳跳來跳去，啄著籠子光禿禿的門。沒看到浣熊的蹤影。

裘弟知道乾草翅為寵物準備的那幾袋花生和玉米收在哪。乾草翅的哥哥幫他做了一個小飼料箱，並且在箱裡裝滿食物。裘弟先餵了那些小傢伙，給牠們水喝。然後他小心翼翼地靠近熊寶寶。熊寶寶很小，矮矮胖胖的，但他不確定牠會用利爪做出什麼事情來。熊寶寶嗚咽著，裘弟向牠伸出一隻手臂。牠四肢纏上裘弟的手臂，拚命抱住，用黑鼻子蹭他肩膀。裘弟解開熊寶寶，離開牠身邊，替牠弄直鏈子，拿了盤水給牠喝。熊寶寶喝了又喝，然後用熊掌把盤子拿走，把最後幾滴清涼的水灑到自己肚子上；裘弟覺得牠的手掌好像嬰兒的小手。要不是此刻裘弟的心情悲傷沉重，他一定會哈哈大笑。照顧動物讓他好過了一點，牠們的主人再也不能帶給牠們舒舒服服的日子了，至少現在他在這裡，能為牠們做點什麼。他傷心地想，不知道牠們未來會怎麼樣。

裘弟心不在焉地和牠們玩耍。乾草翅和他分享寵物時那種強烈的喜悅已經不在。浣熊小吵從森林裡以踉蹌古怪的步伐走出來，認出裘弟，從他的腿爬上他肩膀，悲傷地啾啾叫，用牠細小焦躁的手指撥弄他頭髮，裘弟想乾草翅想到心痛，忍不住趴到地上，猛踢沙地。

心痛轉化成對鹿寶寶的渴望。裘弟爬起來，拿了一把花生給浣熊讓牠有事忙，然後就去找鹿寶寶。他在一叢桃金孃灌木後面找到牠，牠正躲在那裡窺看。他想到牠可能也渴了，於是用熊寶寶的盤子裝水給牠喝。鹿寶寶嗅了嗅，不肯喝。佛瑞斯特家的食物充足，他很想拿把玉米來餵牠，但覺得那樣子不老實。反正牠的牙齒可能也還不夠堅固，啃不了玉米粒。裘弟坐到一棵南方綠櫟樹下，把鹿寶寶摟向自己。摟著鹿寶寶，帶給他一種在巴克．佛瑞斯特毛茸茸的懷中得不到的慰藉。裘弟納悶，他是因為乾草翅不在了，所以乾草翅的動物不再令他喜悅呢？還是因為現在鹿寶寶能滿足他所需要的快樂？

他對鹿寶寶說：「即使把牠們都給我，加上那隻熊寶寶，我也不會拿你來換。」

他感到一股令人滿意的忠誠；即使是他渴望已久的動物帶有的魅力，也不影響他對鹿寶寶的喜愛。

下午好像沒有盡頭，裘弟覺得有事還沒了結。佛瑞斯特家的人沒理會他，但不知怎麼，他知道他們期待他留下來。如果他們要他離開，巴克應該會跟他道別。太陽落到南方綠櫟樹後了。母親一定會生氣，但他還等著什麼事情發生，即使只是暗示要他離開也好。乾草翅躺在床上，慘白如蠟，裘弟覺得和乾草翅還有羈絆，而將發生的事會放他自由。日暮時分，佛瑞斯特家人魚貫走出屋子，默默做他們的粗活。煙囪裡冒出了煙。柴火的氣味和煎肉的味道混成一氣。巴克把牛趕去喝水，裘弟跟在後面。

裘弟對他說：「我拿水和食物餵過熊寶寶、松鼠和那些動物了。」

巴克用細枝碰碰一頭母牛。

他說：「我今天想起過牠們一次，之後腦袋又一片黑。」

裘弟說：「需要我幫忙嗎？」

「我們這裡人手很多。你可以跟乾草翅一樣，幫我媽的忙，幫她顧火之類的。」

裘弟不情願地走進屋裡，避開不看臥房。臥房的門幾乎完全拉上了。佛瑞斯特媽媽在爐邊，眼睛紅紅的，每隔一下子就用圍裙一角沾沾眼睛。像是為了要對客人禮貌，她把一頭亂髮沾溼了，往後梳得平平順順。

裘弟說：「我來幫忙。」

佛瑞斯特媽媽手裡抓了根湯匙，轉過身來。

「我一直站在這邊想你媽的事。她埋葬的孩子和我有的一樣多。」

裘弟悶悶不樂地添柴，愈來愈不自在，但他沒辦法離開。晚餐和巴克斯特家的一樣貧乏。佛瑞斯特媽媽呆滯地擺桌子。

她說：「我忘記煮咖啡了。他們如果不吃東西，就會喝咖啡。」

她將水壺盛滿水，放在煤炭上燒。佛瑞斯特家的男人輪流去後陽臺洗手洗臉，梳梳頭髮、鬍子。沒人講話、開玩笑或推擠，也沒有吵雜的腳步聲。他們像在夢遊一樣魚貫走進來，來到桌旁。佛瑞斯特爸爸從臥房過來，疑惑地張望，說：「感覺好怪……」

裘弟坐到佛瑞斯特媽媽身邊。她把肉分到大家盤裡，然後哭了起來。

她說：「我還是把他算進來了。噢，上帝啊，我把他算進來了。」

巴克說：「好啦，媽，裘弟會吃了他的份，可能會長得跟我一樣高大呢。對吧，小子？」

一家子恢復了精神。他們饑腸轆轆地吃了幾分鐘，然後覺得飽到反胃，於是推開盤子。

佛瑞斯特媽媽說：「我今晚沒心情清理，你們也是吧。盤子疊著，明早再說。」

這麼說來，早上就會釋懷些了吧。

她看看裘弟的盤子，說：「孩子，你沒吃餅乾也沒喝牛奶。餅乾、牛奶有什麼不對嗎？」

「我要留給我的鹿寶寶吃。我每次都會留點我的午餐給牠。」

佛瑞斯特媽媽說：「可憐的小羔羊。」她又哭了起來。「我兒子看到你的鹿寶寶一定很高興。他說鹿寶寶的事說個不停。他說：『裘弟有個弟弟了。』」

裘弟感到喉嚨一緊，這種感覺令人憎惡。他吞了吞口水。

「我就是為這個來的。我想讓乾草翅幫我的鹿寶寶取名字。」

「喔，」佛瑞斯特媽媽說：「他取好了。他上次說到的時候，給了牠一個名字。他說，『鹿寶寶都會很開心地搖屁股上的小旗子。鹿寶寶的尾巴就像開心的小白旗一樣。如果我有隻鹿寶寶，我會給牠取名叫小旗。我會叫牠鹿寶寶小旗。』」

裘弟跟著說：「小旗。」

他感覺自己要哭出來了。乾草翅提起過他，還幫鹿寶寶取了名字。他的哀傷與喜悅交織，令他既欣慰卻又難以承受。

他說：「我想我最好去餵餵牠。我最好去餵小旗吃東西了。」

他從自己的座位溜走，帶著那杯牛奶和餅乾出去外面。乾草翅好像還活著，就在附近。

裘弟喊著：「小旗，來！」

鹿寶寶來到他身邊，牠好像認得那個名字，也許牠一直都知道自己該叫那個名字。裘弟把餅乾泡進牛奶裡，然後餵牠。牠的口鼻在他手裡感覺又軟又溼。他走回屋子，鹿寶寶跟了過去。

裘弟問：「小旗能進來嗎？」

「帶牠進來吧，歡迎。」

裘弟拘謹地坐到乾草翅位在角落的那張三腳凳子上。

佛瑞斯特爸爸說：「今晚有你來替他守夜，他一定很高興。」

是了，這就是他們期待他做的事。

「要是早上埋葬他的時候，你不在這裡，那可不行。除了你，他沒別的朋友。」

裘弟像丟掉一件太破爛的襯衫一樣，拋開自己對母親和父親的焦慮。和這麼重大的事比起來，那根本不足輕重。佛瑞斯特媽媽進臥房去守第一班。鹿寶寶在大房間裡聞聞嗅嗅，一一聞了聞佛瑞斯特家的男人，然後到裘弟身旁躺下。黑暗潛進屋裡，加重了他們的沉重心情。他們坐在那裡，被濃厚的悲傷氣氛壓得喘不過氣，那股悲傷只有時間之風能夠吹散。

九點鐘，巴克起身點蠟燭。十點鐘，有個人蹉蹉騎馬進了院子。是潘尼騎著老凱薩來。他把韁繩往馬的頭上一拋，進屋裡來。佛瑞斯特爸爸是一家之主，站起來迎接他。潘尼掃視著一張張陰鬱的臉，老人指向半掩的臥房門。

潘尼說：「是那個男孩嗎？」

佛瑞斯特爸爸點點頭。

「已經走了……還是不大行了？」
「走了。」
「我就擔心這樣。我想到，裘弟可能是這樣才沒回去。」
他將一隻手搭到老人肩上。
「我懂。」
潘尼一一跟男人說話。輪到蘭姆時，潘尼直直望著他。
「你好啊，蘭姆。」
蘭姆遲疑了一下。
「你好，潘尼。」
水車輪讓出椅子。
潘尼問：「什麼時候的事？」
「就今天天亮的時候。」
「我媽進去看他要不要吃點早餐。」
「他已經不舒服躺了一兩天了，我們本來要找老醫生的，可是他看起來有比較好。」
一句接一句，他們滔滔不絕對潘尼傾訴。話語的安慰洗淨了滋長中的傷痛。潘尼嚴肅地傾聽，不時點頭。他就像一小塊牢固的岩石，受他們的悲傷沖刷。他們說完，沉默下來，換他說起自己失去的孩子。這提醒了眾人，誰也逃不過這一關。這種每個人都承受過的痛，沒有人承擔不起。他分擔他們的哀傷，而他們也成為他悲傷的一部分；因為有人一起承擔，他們的憂傷分攤出去，稀釋了些。

巴克說：「裘弟也許會想單獨陪他一下。」

他們帶裘弟進房間，要關上門離開時，裘弟感到一陣驚恐。有什麼東西端坐在房間另一頭的黑暗角落裡，他父親被咬那晚，那東西就潛伏在灌木林裡。裘弟說：「讓小旗也進來，可以嗎？」他們也覺得這樣比較好，於是把鹿寶寶帶來陪他。他坐在椅子邊緣。椅子還殘留著佛瑞斯特媽媽的體溫。他雙手交疊在大腿上，偷偷看向枕頭上的臉。床頭旁的桌上有根蠟燭在燒。燭火閃爍時，乾草翅的眼皮好像眨動了。柔和的微風吹過房裡，床單似乎在起伏，像乾草翅在呼吸似的。過了一陣子，裘弟不再恐懼，這才靠向椅背。裘弟靠到很後面，覺得乾草翅看起來稍微沒那麼陌生了。但在燭光下躺在那裡、面容憔悴的，並不是乾草翅。乾草翅還在外面灌木林裡蹣跚走動，腳邊跟著他的浣熊吧。他隨時可能踩著搖搖晃晃的步伐走進家門，裘弟會聽見他的聲音。裘弟瞥了一眼交疊的畸形雙手。那雙手毫無動靜。裘弟無聲地暗自哭泣。

搖曳的燭光令人昏昏欲睡。裘弟的視線模糊了。他振作起來，接著卻有一下子，他的眼睛完全睜不開。死亡、寂靜與他的睡夢融為一體。

裘弟心情沉重地在晨光中醒來，耳邊傳來敲敲打打的聲響。有人抱他去躺在床尾。他倏然清醒了過來。乾草翅不見了。他滑下床，走進大房間，那裡空蕩蕩的。他走出屋外。潘尼正在替一個新的松木箱子釘好上蓋。佛瑞斯特一家站在一旁。佛瑞斯特媽媽在哭。沒人跟他說話。潘尼敲上最後一枚釘子。

他問：「準備好了嗎？」

大家點點頭。巴克、水車輪和蘭姆走上前。

巴克說：「我可以一個人抬。」

巴克把箱子扛上肩頭。佛瑞斯特爸爸和蓋比沒了蹤影。巴克動身走向南邊的常綠闊葉林。佛瑞斯特媽媽跟著他，水車輪攙著媽媽胳膊，其他人跟在後頭。一行人緩緩地朝常綠闊葉林而去。裘弟想起乾草翅在這裡有個葡萄藤鞦韆，就在一棵南方綠櫟樹下。他發現佛瑞斯特爸爸站在鞦韆旁。他們手裡拿著鏟子，地上挖了一個粗糙的坑。坑旁堆起來的土黑黑的滿是木黴。破曉的天光照亮了常綠闊葉林，晨曦伸出與大地平行的閃亮手指，讓常綠闊葉林籠罩在一片光明之中。巴克放下棺木，把棺木放進坑裡，然後退開。佛瑞斯特一家人猶豫不決。

潘尼說：「做父親的先。」

佛瑞斯特爸爸拿起鏟子，把泥土鏟到箱子上，然後把鏟子遞給巴克。巴克鏟下幾塊土。鏟子在兄弟之間傳遞。最後剩下一茶杯的泥土。裘弟發現鏟子傳到自己手上。他麻木地鏟起泥土，拋向土堆上。佛瑞斯特家的人你看我，我看你。

佛瑞斯特爸爸說：「潘尼，你家是基督教的，希望你可以說點什麼。」

潘尼走到墓前，閉上眼，然後抬頭迎向陽光。佛瑞斯特家的人垂下頭。

「上帝啊，全能的神。我們這些無知的凡人沒有資格去說什麼是對、什麼是錯。要是可以，我們誰都不會讓這可憐的男孩身體殘廢、腦袋瘋瘋癲癲地來到這世上。我們會讓他像哥哥一樣高大英挺，能好好活著，工作、生活。不過，上帝啊，祢可以說是補償了他。祢讓他對野生動物很有一套。祢給他一種智慧，讓他溫柔體貼。鳥來找他，害獸自在地在他身邊來去，他可憐歪扭的手應該可以抱起一隻母山貓吧。

「現在祢決定帶他去一個腦袋或肢體上的殘缺都不要緊的地方。不過，上帝啊，希望祢拉直了那雙腿、他可憐的駝背和那雙手。希望他和大家一樣活動自如。上帝啊，請給他幾隻紅雀，也許再一隻松鼠、浣熊和負鼠陪伴他，像他在這裡一樣。我們大家都有點寂寞，但我們知道，如果要求在天堂放幾隻害獸不會太過分的話，願他身邊有那些野生的小動物，他就不會寂寞了。願上帝的意旨成就。阿門。」

佛瑞斯特家人喃喃說「阿門」。他們滿臉汗水，一一走向潘尼跟他握手。浣熊跑過來，越過剛翻過的泥土，出聲叫喊，巴克把牠抱上肩頭。佛瑞斯特一家子轉身成群結隊走回家。他們替凱薩上鞍，潘尼上了馬，拉裘弟上去坐到他背後。裘弟呼喚鹿寶寶，牠從灌木叢裡跑出來。巴克從屋後走來，手裡拎了一個小鐵絲籠，遞給坐在馬臀上的裘弟。籠裡是主祭，那隻跛腳的紅雀。

巴克說：「我知道你媽什麼動物也不給你養，不過這傢伙光靠麵包屑就能活。給你紀念他。」

「謝謝你。再見。」

「再見。」

凱薩朝著家的方向慢步跑去。他們沒有交談。凱薩慢下腳步行走，潘尼也沒催促。太陽高掛。裘弟拎著小籠子拎得手臂痠痛。巴克斯特家的墾地出現在眼前。巴克斯特媽媽聽到馬蹄聲，已經來到大門邊。

她喊道：「擔心一個就夠了，結果你們兩個都跑了，沒回來。」

潘尼跨下馬，裘弟滑下來。

潘尼說：「孩子的媽，別生氣。我們有事情要做。可憐的小乾草翅死了，我們幫忙埋了他。」

她說：「欸——真可惜死的不是愛鬧事的蘭姆。」

潘尼牽凱薩去吃草，然後走進屋子。早餐早已準備好，不過已經涼了。

他說：「沒關係。熱一下咖啡就好。」

他心不在焉地吃著。

他說：「我沒見過哪個家庭受到那麼大的打擊。」

巴克斯特媽媽說：「他們那些大老粗，哪會受到什麼打擊。」

他說：「歐莉，總有一天妳會明白，人心都是一樣的。悲傷啊，誰都不放過，會在不同地方留下不同的痕跡。有時候啊，我覺得悲傷只是讓妳的嘴變毒了。」

她猛然坐下，說：「可能心不硬一點我承受不了。」

他擱下早餐走向她，輕撫她的頭髮。

「我知道。只是對其他人寬容一點嘛。」

# 第十八章

八月酷熱無情卻也仁慈，很是悠閒愜意。要做的工作不多，那點工作也不急著做。下過幾場雨，玉米成熟了，在玉米株上慢慢變乾，不久就可以拔下來處理。潘尼預估收成應該不錯，那塊地大概會有十蒲式耳的收穫。番薯藤長得很茂盛。種來餵雞的非洲高粱快要成熟了，結出的穗很像穀蜀黍。向日葵長在柵欄邊，也是餵雞用的，花頭有盤子那麼大。豇豆盛產，搭配一些獵物的肉當配菜，成了幾乎每天的主食。冬季會有一大片豇豆草料可用。花生田長得不大好，不過因為老瘸子殺了豬母貝西，所以要餵肥的小豬不多。巴克斯特家的豬神祕地回家了，還跟了隻小豬母，身上佛瑞斯特家的烙印改成了巴克斯特家的。潘尼接受了佛瑞斯特家象徵和解的饋贈。

那片紅甘蔗長得很好。巴克斯特一家期待著秋天，也期待降霜，那時就能挖番薯、殺豬，把玉米磨成粉，把甘蔗榨汁煮成糖漿，貧乏將由充沛取而代之。現在是最貧瘠的時節，雖然東西也夠吃，但變化不多，不夠豐富，也少了庫藏充足給人的安心感。肉類、麵粉和油短缺，他們過一天算一天，得依賴潘尼不定時獵到的鹿、火雞和松鼠。一天晚上，潘尼在院裡用陷阱抓到一隻胖負鼠，於是挖了一堆剛長出來的番薯一起烤，做成佳餚。番薯還很小顆，還沒成熟，有點奢侈了。

炙熱的陽光對灌木叢和墾地毫不留情。巴克斯特媽媽的胖身子在酷熱中很難受。潘尼和裘弟身材清瘦，高溫只讓他們愈來愈懶得勤快工作。他們早上一起做粗活，替牛擠奶、餵馬，砍下煮飯所需的柴，從陷穴扛水回來之後就閒暇無事到晚上。巴克斯特媽媽在中午煮完熱騰騰的午餐，然後用灰燼圍住爐裡的火；晚餐是中午的剩菜，吃冷的。

裘弟一直惦記著乾草翅不在了。乾草翅還活著的時候，即使現實中不能相見，在裘弟腦海裡，他一直都和他在一起，是一個值得投靠的友善存在。不過小旗一天天神奇地長大，就是很大的安慰了。裘弟覺得牠的斑點開始變淡，是逐漸成熟的跡象，但潘尼看不出有什麼變化。不過毋庸置疑的是，牠顯然聰明多了。潘尼說，灌木林裡的動物中，腦子最大的是熊，第二大的就是鹿。

巴克斯特媽媽說：「這隻鹿天殺的太聰明了。」潘尼說：「欸，孩子的媽，怎麼可以講髒話。」說著朝裘弟眨眨眼。

小旗學會抬起門上用鞋帶做成的門閂，無論晝夜，只要牠沒被關在小棚屋，就隨時會跑進屋裡。牠把裘弟床上的一顆羽毛枕頭撞下來，滿屋子拋，直到枕頭爆開，一連幾天家裡到處飄著羽毛，還會沒由來地出現在一盤餅乾布丁上。小旗也開始和狗嬉戲。老茱放不下身段，小旗用腳碰碰牠時，牠頂多緩緩搖動尾巴，但利普會低吠轉圈圈，假裝要撲向小旗，而小旗則會踢起蹄子，搖搖牠歡樂的尾巴，甩甩頭，最後就粗魯地躍過木板柵欄，獨自沿著路跑走。牠最喜歡和裘弟玩。他們打打鬧鬧，使勁對撞較量，並肩賽跑，巴克斯特媽媽忍不住抗議，裘弟都快瘦得像條黑蛇了。

八月底一天傍晚，裘弟和鹿寶寶去陷穴提清水做晚餐。路上花朵繽紛。漆樹繁花盛開，粉條兒菜拔起長長的莖，莖上冒出蘭花似的白、橙花朵。薰衣草色的美洲紫珠漿果在細瘦的莖上繁茂地生長，有如百合莖上的蝸牛卵，正開始成熟。蝴蝶停在芬芳的鹿舌草第一朵紫色花苞上，翅膀緩緩一開一合，似乎在等待花苞綻放，露出花蜜。豆田再度傳出鵪鶉甜美清晰的鳥群對話，一搭一唱。日落得早了點，柵欄一角，西班牙古道往北彎、經過陷穴的地方，番紅花色的陽光穿透低垂的南方綠櫟，垂落的灰色空氣草宛如燦爛的帷幕。

裘弟一手擱在鹿寶寶頭上，忽然停下腳步。有個戴頭盔的騎士正騎過空氣草。裘弟往前踏了一步，馬和騎士消失了，彷彿他們的實體不比空氣草更實在。他往後退，他們又出現了。裘弟深吸一大口氣。這顯然是乾草翅的西班牙人。他不確定自己怕不怕。他很想對自己說，這真的是幽靈，然後跑回家。但裘弟承襲了父親的性格，他逼自己慢慢走向幽靈出現的地方。不久就真相大白，是一團空氣草和樹枝給人的錯覺。裘弟認得出哪裡像馬匹、騎士和頭盔。他心砰砰跳，鬆了口氣，但也很失望。還是別知道比較好；要是全心相信著走開就好了。

裘弟繼續走向陷穴。月桂仍然盛開，陷穴裡香氣滿溢。他好想念乾草翅。這下子他永遠不會知道，究竟夕陽中的空氣草騎士是否就是乾草翅口中的那個西班牙人，還是乾草翅看過更神祕、更真實的西班牙人。他放下桶子，走下潘尼早在他出生前很久就在岸邊與陷穴底之間挖出的小徑。

裘弟忘了自己的任務，在坡底一棵山茱萸的斑駁樹影中躺了下來。鹿寶寶到處聞聞嗅嗅，然後躺到他身旁。從這位置看，整個深陷的凹碗盡收眼底。上方的陷穴邊緣映著落日餘輝，彷彿周圍有圈看不見的火在燃燒。他來的時候，松鼠安靜了一下，此時又開始咆哮起來，喋喋不休，盪過樹梢，牠們對白晝最後的時光，像對白晝最初的時光一樣瘋狂。牠們竄過棕櫚葉時發出吵鬧的窸窣聲，但穿過南方綠櫟樹時卻幾乎無聲無息。在濃密的楓香和山核桃中幾乎聽不見牠們的聲音，也完全見不到蹤影，直到牠們在樹幹跑上跑下，或溜到枝幹末端，盪向另一棵樹。鳥在枝條間發出甜美而尖細短促的鳴叫聲。遠方有隻紅雀歌聲婉轉，愈唱愈近，最後裘弟發現牠翩翩飛到巴克斯特家的飲水池。一群斑鳩呼呼飛來喝了點水，又飛去附近的松樹林棲息。牠們的翅膀咻咻作響，灰色與玫瑰色的尖翼好像能破風的薄刀刃。

裘弟的眼睛瞥見坡緣有動靜。一隻浣熊媽媽下到石灰池來，後面跟了兩隻小浣熊。牠從上半部的飲水池開始，謹慎地在一個又一個水池裡撈弄。裘弟得等水變得平靜清澈，這下子可以名正言順地拖延了。浣熊媽媽沒在水池裡找到什麼感興趣的東西。有隻小的爬到牲畜的飲水池邊，好奇地探頭看。浣熊媽媽怕危險，揮掌趕開牠。浣熊媽媽往下方的水池去，一下消失在高高的蕨類之間，下一秒，那張像戴著黑面具的臉又出現在珊瑚豆的草莖之間。兩隻小的在牠背後窺視，小臉和牠一模一樣，毛茸茸尾巴上的一圈圈紋路幾乎一樣黑白分明。

牠來到底部的滲流池，開始認真地撈魚，長長的黑手指摸索到落枝殘幹下。牠側身靠著，掏向一個縫隙，顯然在找螯蝦。一隻青蛙跳了起來，牠迅速轉身一撲，然後啣著青蛙涉水回到岸邊，一屁股坐下來，把掙扎不停的青蛙抓在胸前，接著才咬住青蛙甩動，像狗咬著老鼠甩那樣。牠把青蛙丟到孩子之間，牠們撲上去，咆哮怒吼，咬斷青蛙的骨頭，最後分食了牠。浣熊媽媽若無其事地旁觀一陣子，然後轉身回池裡，毛茸茸的尾巴剛好冒出水面。小傢伙跟著牠涉水出去，牠們的尖鼻子抬在水面上。牠轉頭看到牠們，於是把牠們拖回岸上。牠一一揪起牠們，揍牠們毛茸茸的小屁股，動作真是像極了人類，裘弟看得不禁捂嘴忍住大笑。他花了好長的時間看著牠捉魚餵牠們。接著牠悠閒地漫步走過陷穴底，爬上另一頭的坡岸，翻過陷穴邊緣，那些小傢伙跟在後面，一同溫和地啾啾咕噥。

陷穴整個籠罩在陰影中。裘弟突然有一種感覺，好像乾草翅是在此時才跟著浣熊一同離去的。有一部分的他一向存在於野生動物覓食、嬉戲的地方。有一部分的他會永遠存在他們左右。乾草翅就像樹一樣，他屬於大地，像樹木一樣樸實，扭曲脆弱的根深埋在沙裡。他就像變幻的雲朵、西沉的太陽和升起的明月。一部分的他向來超脫那畸形的身體，就像風一樣來去。裘弟突然覺得，自己不用再為了朋友而寂寞。他能承受乾草翅的離去了。

他去飲水池，在桶裡盡量裝滿自己扛得動的水，然後回家。他在晚餐時說起浣熊的事，小浣熊挨揍的事連母親都聽得津津有味，沒人質疑他為什麼回來晚了。晚餐後，他和父親坐在一起，聽著橫斑林鴞和蛙鳴、遠處山貓和更遠方的狐狸叫；北方有隻狼在號叫，同伴回應了牠。他嘗試跟父親說自己那天感覺到的事。潘尼嚴肅地傾聽，不時點點頭，但裘弟無法用言語貼切地表達自己的感受，也不大能讓父親了解。

# 第十九章

九月的第一個星期像枯骨一樣焦乾，只有雜草還在長。熱度中有種緊張感，狗兒們都急躁不安。盛夏已過，蛇蛻皮之後不再眼盲，開始到處爬行。潘尼在葡萄架下殺了隻長達七呎的響尾蛇。他看到決明草叢像是有隻鱷魚爬過那般晃動，於是跟了過去。潘尼說，那隻響尾蛇要捉鵪鶉，在牠去巢裡冬眠的路上填飽長長的肚子。潘尼在燻肉房牆上燻乾那一大張皮，把皮掛到客廳火爐旁的牆上。

潘尼說：「我喜歡看著這張皮。這樣就知道有隻壞傢伙再也不能傷害人了。」

整個夏天都沒這麼熱過，不過倒是隱約有變化，植物好像感覺到季節正在交替。一枝黃花、紫菀和鹿舌草在乾旱中欣欣向榮。美洲商陸成熟了，鳥沿著柵欄大快朵頤。潘尼說，所有動物都為食物煩惱。春夏的漿果，像楔葉懸鉤子、越橘、藍莓、野櫻莓和野醋栗早被吃完了。野李和山楂還要好幾個月才會結果實給鳥獸吃。浣熊和狐狸已經清光了野葡萄藤。

番木瓜、光滑冬青和柿子這些秋天的果實還沒成熟。松果、橡實和棕櫚的漿果要等早霜來臨才會成熟。鹿吃的是幼嫩的植物，像月桂和桃金孃的芽、帚狀裂稃草的細枝、池塘與大草原上葛鬱金的葉尖，還有多汁的荷葉和荷莖。牠們因為這類食物而在沼澤、大草原和灣頭這些低窪潮溼的地方逗留，很少經過巴克斯特家的樹島。在沼澤地獵鹿很辛苦。潘尼整個月只獵到一隻一歲大的公鹿。牠突出的鹿角仍是鹿茸，摸起來像粗糙的羊毛。小公鹿會在樹苗上磨角，藉此減輕長角時的搔癢，促進鹿角硬化，所以角上還黏著碎片。巴克斯特媽媽把鹿角煮來吃，說吃起來像骨髓。潘尼和裘弟都沒興趣，他們幾乎能看到新生鹿角下的大眼睛。

熊也待在低地。牠們大多是吃棕櫚的芽，無情地把芽從髓心扯下。甜水溪周圍的棕櫚丘像被颶風掃過一樣。低矮的棕櫚被撕碎成一片片，香甜的乳白髓心被吃到地面之下。甚至有些高大的棕櫚也像被閃電擊中似的，被比較勤快或比較餓的熊剝下外皮，扯出新芽。潘尼說，那些棕櫚會死掉。它們和一切有生命的東西一樣，少了心就活不了。一棵矮棕櫚外皮被剝了，髓心還完整。潘尼用獵刀挖出平滑的圓柱，帶回家煮。巴克斯特家和熊一樣喜歡沼澤甘藍。

潘尼說：「可是那些畜生的棕櫚不夠吃的時候，就會盯上小豬。現在幾乎每晚都能看到熊爬進畜欄裡。還有，你這朋友小旗啊，最好緊緊把牠帶在身邊，尤其是晚上。你媽要是有意見，我會站在你這邊。」

「小旗還沒大到熊不想惹牠嗎？」

「任何跑不過熊的動物都會被熊殺掉。話說有一年在大草原上，有隻熊殺了我的公牛，那頭牛幾乎跟牠一樣大隻。牠吃了一星期，一直回去吃，吃到公牛最後只剩下鈴鐺，最後連鈴鐺也沒了。」

巴克斯特媽媽不滿的是沒下雨。她的雨水桶空了，所以都得去陷穴洗衣服。衣服看起來都髒兮兮的。

她說：「陰天衣服總是比較好洗。我媽老是說：『天氣溫和，衣服就柔軟』。」

她做凝酸乳也要雨水。牛奶在高溫下變得酸臭，卻不凝固。天氣熱的時候，她都要靠幾滴雨水讓牛奶凝固起來，所以每次驟雨過後，就會叫裘弟去一棵山核桃樹取點雨水；山核桃樹滴下的雨水最好用。

巴克斯特家眼巴巴地看著九月的月亮圓了又缺。上弦月出現時，潘尼叫來妻兒。銀色的新月幾乎是垂直的。潘尼欣喜若狂。

他跟他們說：「很快就會下雨了。如果月亮打橫了，就會把水推出去，我們一點水也沒有。可是你們看。雨會下到你把衣服掛在曬衣繩上，上帝就替你洗衣服。」

潘尼預言得真準。三天後，到處都是下雨的跡象。潘尼和裘弟打完獵經過刺柏泉時，聽到鱷魚在吼叫。蝙蝠在大白天飛舞。夜裡青蛙呱呱叫個不停。多明尼克公雞在正中午啼叫。叢鴉成群飛來飛去，齊聲尖叫。侏儒響尾蛇在晴朗炎熱的午後爬過墾地。第四天，一群白色海鳥飛過頭頂。潘尼擋著眼前的陽光，不安地望著牠們飛走。

他對裘弟說：「那些海上的嬌客不該飛過佛羅里達才對。不大對勁。看來天氣會很糟，我說很糟，是真的很糟。」

裘弟的心情像海鳥一陣抖擻。他最愛暴風雨了。暴風雨會狂暴地襲來，將全家關在無比的安適之中，他們做不了正事，會一起坐著，任雨水隆隆打在手劈的木瓦上。他母親心情好，會幫他做糖漿糖果，而潘尼會說故事。

他說：「希望是厲害的颶風。」

潘尼猛然轉向他。

「不可以希望這種事。颶風會吹倒作物，淹死可憐的水手，吹掉樹上的柳橙。孩子啊，在更南方，颶風還會吹垮房子，無情地奪走人命。」

裘弟乖乖地說：「我不會再希望這種事了。可是刮風下雨不錯。」

「好吧。刮風下雨，那是另一回事。」

那晚的夕陽很特別。晚霞不紅，卻是綠色的。太陽落下後，西方的天空變灰了。東方映著光輝，是新生玉米的顏色。潘尼搖搖頭。

「不大妙。看起來好邪門。」

那晚強風大作，使勁摔打前後門。鹿寶寶跑到裘弟床邊，用鼻頭頂頂裘弟的臉，他把牠抱上床一起睡。早晨天氣晴朗，東方的天空卻是血紅色。潘尼早上在修燻肉房的屋頂。他還從陷穴扛了兩次飲水回來，裝滿所有桶子。快中午時，天色轉灰，之後都是一片灰。一絲微風也沒有。

袞弟問：「颶風要來了嗎？」

「大概不是。不過有不對勁東西的要來了。」

下午過了一半，天色黑到雞都回窩裡去了。袞弟把崔克西和小牛趕進來，潘尼提前擠了奶。他把老凱薩帶去畜欄，在馬槽裡添加一叉子最後剩下的草料。

潘尼說：「把雞窩裡的蛋拿出來。我先進屋。快點，免得吹到風雨。」

母雞沒在下蛋，畜欄的窩裡只有三顆蛋。袞弟爬進老蘆花雞待的玉米倉。吃剩的穀殼在他腳下窸窸窣窣。乾燥香甜的空氣悶滯，袞弟覺得快無法呼吸了。窩裡有兩顆蛋，他把收集到的五顆蛋包進襯衫裡，往屋子去。袞弟沒感受到父親那種急切。在薄暮不真實的死寂中，袞弟突然一驚，遠方傳來一陣隆隆巨響，彷彿灌木林裡所有的熊都聚在河邊發出咆哮。是風聲。袞弟聽到風聲從東北方愈來愈近，活像風踏著有蹼的腳掠過樹梢，然後似乎一口氣越過玉米田，咻咻地壓過院子裡的樹，桑樹的樹枝彎向地面，脆弱的苦楝嘎吱裂開。風像高飛的鵝群翅膀般掃過他。松樹沙沙作響。雨跟著落下。

風在上方的高空呼呼吹送。雨從天而降，宛如一道結實的牆。袞弟迎面撞上，感覺像從高處躍入水裡。雨牆把袞弟往後推，害得他失去平衡。又一陣風彷彿伸出強壯的手指穿過雨牆，鏟起路徑上的一切。風鑽進他襯衫，鑽進他的眼睛、耳朵和嘴巴，令他窒息。他不敢放開襯衫裡的蛋，一手摟在蛋下面，另一手擋在面前，快步走進院子裡。鹿寶寶渾身顫抖等在那裡，鹿尾巴溼溼扁扁地垂下，塌著耳朵。牠跑向裘弟，想躲在他背後。裘弟繞過屋子，跑向後門。鹿寶寶緊跟在他後方蹦蹦跳跳。廚房的門閂著，風雨狠狠吹打著門，他無法拉開門，只好捶打厚重的松木門。一時間，他覺得在這片騷動中沒人會聽見自己的聲音，他和鹿寶寶會被關在外面像小雞一樣淹死。潘尼從屋裡抬起門閂，把門朝暴風雨中推開。裘弟和鹿寶寶衝進屋裡。裘弟氣喘吁吁，一把擦去眼裡的雨水。鹿寶寶眨著眼睛。

潘尼說：「好啦，之前是誰希望有這種風雨的？」

裘弟說：「要是我的願望都這麼快實現，我許願的時候會非常小心。」

巴克斯特媽媽說：「快把溼衣服換掉。你進來之前就不能把那隻鹿寶寶關起來嗎？」

「媽，沒時間了。而且牠又溼又怕。」

「好吧——只要牠別搗蛋就好。別穿你的好褲子，你那邊有一件，像破網子一樣破破爛爛的褲子，在家裡穿還可以。」

潘尼在裘弟後面說：「他看起來真像隻溼答答的小鶴，就少了尾羽而已。天啊，春天之後他長了真多。」

巴克斯特媽媽說：「要是雀斑褪掉，頭髮平順點，骨頭上長點肉，他應該滿好看的。」

潘尼若無其事地附和：「感謝上帝，再變幾個地方，他就會和巴克斯特家的一樣帥了。」

她兇巴巴地瞪著他。

「或許也和艾佛斯家的一樣帥吧。」他補充道。

「這才對。知道要改口了吧。」

「親愛的，和妳一起被暴風雨困在一起，我可不想引起爭執。」

她和潘尼一同咯咯笑了。裘弟從臥室聽見他們的對話，分不出他們是在取笑他，還是他的外表真的還有希望。

裘弟對小旗說：「反正你覺得我長得不錯，對吧？」

小旗頂頂他，他就當小旗同意了。他們悠悠哉哉地回到廚房。

潘尼說：「好啦，這是會連吹三天的東北風。來得早了點，不過我也見過好幾年是這麼早入秋的。」

「爸，怎麼看出會刮三天？」

「我不敢保證，不過九月第一場暴風雨通常是一連三天的東北風。全國變天。我想全世界多少也一樣吧。我聽奧利佛．哈托說過，就連遙遠的中國在九月也有暴風雨。」

巴克斯特媽媽問：「他這次怎麼沒來看我們？我受不了奶奶不莊重，不過我喜歡奧利佛。」

「我想他受夠了佛瑞斯特家的，暫時不會往這邊走。」

「要是他不惹事，他們也不會打起來，對吧？一個巴掌拍不響。」

「他們把女孩子的事情擺平之前，我擔心佛瑞斯特兄弟每次遇到他都會打他一頓，至少蘭姆會吧。」

「真是的！我年輕的時候哪有人那樣子。」

「當然囉。」潘尼說：「因為只有我喜歡妳。」

她舉起掃帚，作勢威脅他。

他說：「不過啊，親愛的，別人都沒我聰明。」

肆虐的強風稍停。門邊傳來可憐的哀叫聲。潘尼走了過去。利普有找到可靠的藏身之處，但老茱卻渾身溼透，顫抖地站在那裡。也許牠有找到地方躲，只是渴望乾爽之外的慰藉。潘尼放牠進門。

巴克斯特媽媽說：「再放崔克西和老凱薩進來，你就什麼都不缺了。」

潘尼對茱莉亞說：「妳吃小旗的醋啦，啊？妳當巴克斯特家成員的時間，比小旗還長呢。來把身子弄乾吧。」

牠搖搖遲鈍的尾巴，舔舔他的手。父親把小旗當成家裡成員，讓裘弟心裡一暖。小旗．巴克斯特——

巴克斯特媽媽說：「真不懂你們男人怎麼會喜歡愚蠢的動物。居然讓狗跟自己的姓——還有那隻鹿寶寶，居然跟裘弟睡一張床。」

裘弟說：「媽，我不覺得牠是動物。牠就像普通的男孩子。」

「反正是你的床。只要牠不帶跳蚤、虱子或壁蝨什麼的上床就好。」

裘弟義憤填膺。

「媽，妳看看牠。妳看牠毛皮多光滑。聞聞看啊，媽。」

「我才不要聞。」

「可是牠聞起來好香。」

「大概像玫瑰吧。可是我覺得溼毛皮就是溼毛皮。」

潘尼說：「我倒喜歡溼毛皮的味道。記得有一次去長途打獵沒帶外套，天氣變冷了。是在鹽泉附近，溪水的源頭那裡。天啊，還真冷。我們殺了一頭熊，我把熊皮處理得乾乾淨淨，就睡在熊皮下，毛那面朝外。夜裡下了場冰冷的毛毛雨，我從下面探出鼻子，聞著溼毛皮的味道。其他傢伙，諾特、柏特·哈波還有米特·瑞弗斯都說我臭得要命，可是我把頭縮回熊皮下，卻暖得像樹洞裡的松鼠，我覺得溼熊皮比金鈎吻花還要香。」

雨水打在屋頂上像隆隆鼓聲，風在屋簷下呼嘯。老茱趴在鹿寶寶身旁的地板上。暴風雨和裘弟期望中的一樣舒適。他暗自決定他希望再過一、兩個星期再來一場暴風雨。潘尼不時瞥向窗外的黑暗。

「雨大得要淹死蟾蜍喔。」他說。

晚餐很豐盛。有豇豆、醺鹿肉派和餅乾布丁。只要有任何勉強稱得上特殊的場合，巴克斯特媽媽都會忍不住多弄點東西，她的想像力好像只能靠著麵粉和酥油來表現。她親手餵了小旗一點布丁。裘弟暗自感激，幫她把晚餐的盤子洗好擦乾淨。潘尼的精力用完了，早早躺到床上，不過還沒要睡。臥房裡點了根蠟燭，巴克斯特媽媽拿起她的針線活，裘弟橫躺在床尾。雨淅瀝瀝打著窗戶。

裘弟說：「爸，說個故事給我聽。」

潘尼說：「我知道的故事，都跟你說過了。」

「才沒有。你都有新的故事。」

「啊，我想到我沒說過的事，但這其實不算故事。我跟你說過剛來這片樹島時我的那隻狗嗎？會冷靜想事情的那隻？」

裘弟在床單上挪挪身體靠近他。

「我要聽。」

「話說啊，那隻狗有獵狐犬、尋血獵犬和一般狗的血統。牠有一對可憐的長耳朵，幾乎拖到地上，腿彎到在番薯田裡幾乎沒辦法走。牠有點遠視，眼神飄呀飄，那雙眼睛太不專心，我差點就把牠賣了。我帶牠打了一陣子獵，慢慢才發現牠跟我見過的狗都不一樣。牠追山貓或狐狸的蹤跡，會追到一半就放棄，趴到地上。頭一、兩次這樣子的時候，我只覺得我白養了一隻狗。

「不過啊，我慢慢才發現，牠很清楚自己在幹嘛。小裘弟啊，幫我拿菸斗來。」

故事中斷真難受。裘弟渾身不對勁，匆匆去拿來菸斗和菸草。

「好啦，兒子。你去坐地板或椅子，別靠著床。不然每次我說到『蹤跡』或是『追』，你都會把床晃到快解體。這樣好多了……

「話說啊，我只好和我那隻狗一起坐下來，看牠到底在做什麼。你知道山貓或狐狸是怎麼騙過大部分的狗嗎？牠們會沿著自己的足跡折回來。沒錯，牠們會沿著自己的足跡折回來。牠們會早早跑開，一溜煙跑掉，把獵狗遠遠甩在後面。然後呢？再沿著自己的足跡折回來。牠們會在覺得安全的範圍內盡可能折回來，同時聽獵狗的動靜。然後再往另一邊切出去，所以那路徑就像一個大勾勾，像雁鴨飛行的隊伍那樣。然後呢，因為一開始的蹤跡會走過兩次，所以氣味特別強，獵狗就跟著那條蹤跡，跟到某個地方，蹤跡就沒了。牠們嗅來嗅去，然後開始唉唉叫抱怨，想不通到底是怎麼回事，只好再折回去，沿著蹤跡往回找。當然，這下子獵狗就會找出狐狸或山貓岔出去的地方。可是時間都浪費掉了，而山貓和狐狸十之八九都能這樣溜掉、逃得無影無蹤。但是啊，你覺得我這隻垂耳狗是怎麼做的？」

「繼續說嘛。」

「牠想通了，牠算出獵物大概什麼時候會折回來，然後就沿著蹤跡溜回去，趴下來等。等狐狸先生或山貓小姐溜回來，老丹帝就等在那裡撲向牠們。

「有時候牠等著攔截的地方太後面了，猜錯的時候垂著那對大耳朵的模樣真經典！不過通常牠都判斷正確，幫我抓到的山貓和狐狸，比過去到現在我養過的任何一隻狗抓到的要多。」

他抽了口菸斗。巴克斯特媽媽把搖椅挪靠近蠟燭。故事這麼快就結束，真令人沮喪。

「爸，老丹帝還做過什麼事？」

「喔，有一天，牠遇到對手。」

「是山貓還是狐狸？」

「都不是。是大塊頭的老公鹿，老丹帝是最聰明的狗，那頭老公鹿是最聰明的鹿。那頭鹿有支犄角是彎的。每年都彎彎扭扭得更厲害。話說鹿啊，通常不會跑一半折回來。不過這隻老公鹿偶爾就這樣。正合了這隻狡猾老狗的意。可是牠不夠聰明。公鹿偏偏不照獵狗猜的做，所以這次折回來，下次又直接跑走，牠會不斷改變作法。就這樣，一年又一年，狗和公鹿互相鬥智。」

「誰比較聰明啊，爸？最後怎麼了？」

「你真的想知道答案？」

裘弟猶豫了。他希望垂耳狗比公鹿聰明，卻又希望公鹿逃脫。

「對。我想知道。我想知道答案。」

「這個嘛，雖然有答案，不過沒結局。老丹帝從來沒追到牠。」

裘弟鬆了口氣。這才叫故事。將來回想的時候，他還能想像獵狗永遠在追蹤公鹿的情景。

他說：「爸，再說一個這樣的故事，有答案但沒結局的故事。」

「孩子，聽著，世上那樣的故事不多。你聽了那個，該滿足了。」

巴克斯特媽媽說。「我不大愛狗，不過曾經有隻狗我很喜歡，是隻母狗，毛非常漂亮。我跟牠主人說：『牠生小狗的時候，我要一隻。』他說：『是可以送妳，不過不大適合，妳又不能帶牠打獵』——那時候我還沒嫁給你爸——他說：『獵狗不打獵，就活不了。』我說：『牠是獵狗嗎？』他說，『是的，小姐。』然後我說：『那我不要了。獵狗會偷吃蛋。』」

裘弟急著想聽下去，這才發現故事只有這樣。母親的故事都是這樣子，就像打獵時什麼也沒發生。

於是他繼續想著比山貓、狐狸聰明卻抓不到公鹿的那隻獵狗。

裘弟說：「我敢打賭小旗長大以後一定很聰明。」

潘尼說：「如果別人的獵狗追牠，你要怎麼辦？」

裘弟的喉嚨一緊。

「哪隻狗、哪個人敢來這裡獵牠，我就殺了他們。應該不會有人來獵牠，對吧？」

潘尼溫柔地說：「我們會放出消息，讓大家注意。而且牠不大可能遊蕩到太遠的地方。」

裘弟決定永遠讓自己的槍有子彈，以便阻止入侵者。那晚睡覺時，小旗就在床上陪在他身邊。窗板整夜都在風中搖晃，他睡得不安穩，一直夢見聰明的狗在雨中無情地追趕鹿寶寶。

隔天早上，裘弟發現潘尼穿得像冬天一樣，套上厚外套，頭上裹著披肩。潘尼準備冒著暴風雨去幫崔克西擠奶，這是目前唯一不能免的工作。傾盆大雨完全沒緩和。

巴克斯特媽媽說：「手腳快點，快回來，免得染上肺炎病死你。」

裘弟說：「讓我去吧。」但潘尼說：「兒子，你會被風吹走。」

他看著父親瘦小的身子頂著狂風，總覺得他和父親的體型、力氣沒什麼差別。潘尼回來了，他全身溼透，喘不過氣來，壺裡的牛奶摻了斑斑雨滴。

潘尼說：「幸好我昨天挑了水。」

那天和一開始一樣狂風暴雨。雨幕一波波襲來，被風從屋簷下刮了進來，巴克斯特媽媽只好擺出鍋子和桶子來接雨水。屋外的雨水桶子個個滿溢，屋頂流下來的雨水嘩啦啦沖進盛滿的桶子裡。老茱和鹿寶寶不肯出去，得用趕的逼牠們出去，牠們過一下又溼答答發著抖跑回廚房門邊。這次連利普也一起跟著哀哀叫。巴克斯特媽媽反對，但潘尼還是讓牠們三隻進來。裘弟用爐火前方黃麻袋做的毯子替牠們擦乾身體。

潘尼說：「差不多該有空檔了。」

但風雨沒有停歇。風勢和雨勢似乎偶爾會減弱一點，然後潘尼會滿懷希望地從椅子站起來，望向外面。但就在他決定要冒險衝出去砍柴和探視雞窩之前，又會有暴雨襲來，威力絲毫不減。傍晚時，他出去替崔克西擠奶，幫凱薩添草料、飲水和餵雞。雞隻害怕地依偎在一起，完全無法覓食。巴克斯特媽媽逼潘尼立刻換下溼衣服。衣物在爐邊冒著蒸氣被烤乾，飄出溼布陳舊的香氣。

晚餐沒那麼豐盛。潘尼沒心情說故事。狗獲准睡在屋裡，一家子早早上了床。天黑的時間反常，無法分辨時間。裘弟醒來的時間是平常黎明前一小時。世界一片漆黑，雨依然在下，風依然呼呼吹。

潘尼說：「我們今早可以喘口氣。這的確是刮三天的東北風，不過雨太大了。真期待看到太陽。」

但太陽沒露臉。早上風雨也沒停歇。下午過了一半，潘尼前一天就在等的空檔出現了。但這空檔來得陰鬱，屋頂滴著水，樹木溼答答的，大地浸飽了水。擠成一團的雞隻悲慘地出來片刻，心不在焉地覓食。

潘尼說：「這下子風向會變，之後就雨過天青了。」

風向的確變了。天空變成綠色。風和之前一樣從遠方刮來，不再是東北風，而是東南風，並且挾帶了更多雨水。

潘尼說：「我從沒見過這種事。」

雨勢比之前更大了。活像刺柏溪、銀谷溪、喬治湖和聖約翰河都一股腦地倒在灌木叢上。風勢不比之前強勁，但仍然狂風陣陣。而且永無止境。風吹了又吹，雨下了又下。

潘尼說：「上帝一定就是這樣做出該死的海洋的。」

巴克斯特媽媽說：「噓。你會遭天譴。」

「老婆，天譴也不會比這更糟。番薯要爛了，玉米倒了，草料壞掉，甘蔗也完了。」

院子淹了水。裘弟望出窗外，發現兩隻小雞淹死了，翻著肚子漂在院子裡。

潘尼說：「我這輩子見過不少事，但沒見過這樣的事。」

裘弟自告奮勇去陷穴挑水喝。

潘尼說：「陷穴裡只有雨水，而且還是濁的。」

他們喝西北角屋簷下用鍋子接的雨水，嚐起來有柏木瓦淡淡的木頭味。傍晚的粗活由裘弟負責。他帶著牛奶桶從廚房的門出去，走進一個陌生的世界。那是個失落而荒涼的世界，彷彿創世之初，或世界末日。植物都被吹倒了。路成了河流，平底船都能一路漂到銀谷去。熟悉的松樹像生在海底的樹木一樣，不但有風雨吹打，還受浪潮、水流沖襲。裘弟覺得自己可以在雨水游泳。畜欄的地勢比屋子底，水深及膝。崔克西拆了擋在牠和小牛之間的欄杆，帶著小牛到地勢較高的角落，站著互相依偎。小牛喝掉了大部分的奶，裘弟只能從乾扁的乳房裡擠出一夸脫左右的牛奶。馬廄和玉米倉之間的小徑成了洩洪道。裘弟想拿些乾穀殼給崔克西添點吃的，但湍急的水流令人氣餒，裘弟只好讓牠靠閣樓的草料撐到隔天早上。草料所剩無幾。他心想，幸好新的草料就快要收成了。他不知道該不該再隔開母牛和長得太大的小牛，沒有乾燥的地方可以關小牛，可是巴克斯特家實在太需要牛奶。他決定先等等，去問父親，要的話再來一趟。他掙扎著出去，辛苦地走回房子。雨水遮蔽了他的視線。墾地給人一種陌生而不友善的感覺。他很慶幸能推開門，再度回到屋裡。廚房令人感到安全而親密。他報告了狀況。

潘尼說：「這種時候，最好讓小牛和媽媽待在一起。我們不喝牛奶也能撐到明天早上，到時候一定會放晴。」

但隔天早上，風雨還是沒減弱。潘尼在廚房裡來回踱步。他說：「我爸說過，五〇年代有一場很糟的暴風雨，但我想佛羅里達有史以來沒下過這樣的雨。」日子毫無變化地過去。巴克斯特媽媽一向把天氣交給潘尼擔心，但她現在卻哭了，交疊雙手坐著搖搖椅。第五天，潘尼和裘弟衝去豆子田，拔起夠吃一、兩餐的豇豆。豆苗全倒。他們背對著風雨，拔出豆藤。他們在燻肉房短暫停留，拿了一塊醃熊肉，就是巴克．佛瑞斯特和他們在一起的最後一晚射殺的那頭熊做的。潘尼記起妻子做菜的油沒了。他們倒出罐子裡的金黃熊油，裝滿一只石甕，把熊肉放在上面保護，然後衝回屋子。

豇豆外殼已經開始發霉，不過裡面的豆子還結實完好。晚餐又是一場盛宴。他們還有野蜂蜜可用，巴克斯特媽媽做了布丁，用香氣濃郁的野蜂蜜調味，還微微帶著木頭和燻煙的味道。

潘尼說：「明早不大可能不停，不過如果還不停，裘弟，我跟你最好就冒著風雨出去，盡量多摘點豆子。」

巴克斯特媽媽說：「可是要怎麼保存？」

「老婆，煮熟啊。需要的話，就每天加熱。」

第六天早上的情況和前幾天一模一樣。反正衣服會溼，潘尼和裘弟乾脆脫到只剩下一件褲子，帶著粗布袋去田裡。他們從豆叢裡拔下滑不溜丟的豆莢，在傾盆大雨裡工作到中午，進屋裡匆匆吃過午餐又出去，連換衣服也省了。幾乎整片田的豆子都拔完了。潘尼說，乾草完全沒了，不過他們可以盡量搶救豆子。有些豆莢已經成熟了。從下午到深夜他們都在剝豆子，豆殼都已經腐壞發黏了。巴克斯特媽媽在爐裡生起文火，把豆子攤在火旁烤乾。夜裡裘弟被有人走去廚房添柴火的聲音吵醒了幾次。

第七天早上和第一天早上沒什麼差別。暴風吹襲屋子，彷彿一直在吹，而且會永遠這麼吹下去。打在屋頂和雨水桶的雨聲已經太耳熟，讓人不再注意。白天有一截苦楝樹的樹枝砸落地面。巴克斯特一家默默地坐著吃早餐。

潘尼說：「欸，約伯受過更糟的懲罰。至少我們都沒生毒瘡。」

巴克斯特媽媽氣沖沖回嘴：「找光明面，好啊。」

「也沒什麼光明面。除非是為了讓人謙卑，讓人知道世上一切都無法控制。」

早餐後，潘尼帶裘弟去玉米田。暴風雨前，玉米已經抽穗了。現在玉米莖被吹打到地上，不過玉米穗毫髮無傷。他們收集起玉米穗，也帶回廚房那溫暖乾燥的避難所。

巴克斯特媽媽說：「豆子還沒乾呢。我要怎麼把這些弄乾？」

潘尼沒回答，走向客廳，在爐裡生起火。裘弟出去拿更多柴進來。木柴溼透了，不過烤一下就能燃燒。潘尼把玉米穗排在地上。

他對裘弟說：「你負責更換，讓所有玉米穗都加熱一下。」

巴克斯特媽媽說：「甘蔗呢？」

「全倒了。」

「你覺得番薯怎樣了？」

他搖搖頭。下午過半，他到番薯田去挖出夠晚餐吃的份。番薯已經開始腐爛，有些削一削還能吃。有了番薯，晚餐又顯得很奢侈。

潘尼說：「如果早上天氣還不變，我們不如別掙扎，躺下來等死算了。」

裘弟沒聽過父親說這麼絕望的話，他心都寒了。小旗身上已經顯現出食物不足的影響，肋骨和脊椎若隱若現，時常呦呦叫。潘尼為了小牛，已經放棄擠奶了。

裘弟半夜醒來，似乎聽見父親的動靜。雨勢好像沒那麼強了。他還沒確定，又墜入夢鄉。第八天早上醒來，有什麼不一樣了。寂靜取代了混亂。雨停了。長風止息。昏暗潮溼的空氣透入石榴花色的光。潘尼把所有門窗都推開。

「外面的世界沒剩什麼了，不過我們都出去外面，慶幸這世界還在吧。」

兩隻獵狗鑽過潘尼，並肩跳出去。潘尼莞爾。

「真像下方舟的時候。」他說：「動物兩兩下船——歐莉，跟我一起出去吧。」

裘弟跳來跳去，和鹿寶寶一起躍下階梯。

他叫著：「我們是兩隻鹿。」

巴克斯特媽媽望向田裡，再次哭了起來。不過裘弟覺得空氣涼爽香甜又宜人。鹿寶寶跟他有同感，踩著敏捷靈巧的腳跟蹦蹦跳跳穿過院子大門。這世界經歷了洪水的蹂躪，不過就像潘尼一直提醒妻子的，畢竟這是他們僅有的世界。

# 第二十章

暴風雨結束的第二天，佛瑞斯特家的巴克和水車輪騎馬來樹島探望巴克斯特家。他們照料完受困的牲畜，就直接過來了。他們說，大路上沿途都是他們這輩子沒見過的景象。洪水重創了各種小型動物。大家同意巴克、水車輪、潘尼和裘弟他們四個應該去巡視一下附近幾哩內的災情，好確認接下來獵物和猛獸可能的動態。佛瑞斯特家的帶了兩條狗，多帶了匹馬，希望利普和茱莉亞加入。裘弟很高興他們會帶他去。

他問：「小旗也可以跟著去嗎？」

潘尼猛然轉向他。

「這是正經事。」潘尼說。「我帶你跟我們去，是為了教你。如果想玩，你可以待在家。」

裘弟垂下頭。他溜去把小旗關進小棚屋。沙地依然浸飽了水，小棚屋裡有黴味，但他用黃麻袋在鹿寶寶可以保持乾燥的地方做了一個窩。他替鹿寶寶擺好水和飼料，以免自己離開太久。

他對鹿寶寶說：「你乖乖待著，我回來就跟你說我看到了什麼。」

佛瑞斯特兄弟一如往常地彈藥充足。潘尼在暴風雨中花了兩晚做小型鉛彈、填裝他自己的子彈。他已經把一個月份的子彈填好、上雷帽，隨時可以用。他裝滿子彈袋，擦亮槍管，然後對佛瑞斯特兄弟說：

「我拿那隻沒用的狗跟你們交易，騙了你們。如果想用這把槍，儘管跟我說。」

巴克說：「潘尼，除了蘭姆，我們都沒吝嗇到想把槍要回來。我發誓，他被暴風雨關在屋子裡，凶得要命，我還必須親自訓他一頓。」

「他現在哪去了？」

巴克啐了一口。

「他擔心那個該死的女朋友婷可出事，所以去河邊了。想跟她合好，埋伏等奧利佛出現。這次就讓他去自己打架解決了。」

大家決定繞一大圈，途中會經過巴克斯特家和佛瑞斯特家的樹島、刺柏泉、霍普金斯草原，還有鹿隻獵場，那裡的南方綠櫟樹島在泥濘的克拉莎草間拔地而起，想必會成為動物的避難所。除了西方奧克拉瓦哈河方向有座起伏的山脊，灌木叢裡最高的就是巴克斯特家的樹島了。不過樹島四周都是下坡，通往低地，而他們繞的大圓可以看出狀況。他們會盡可能回佛瑞斯特家樹島睡覺，不過要是沒辦法，他們就在入夜時就地紮營。潘尼仔細裝滿背包，裝進一只煎鍋、鹽巴、玉米粉、一塊培根和一撮菸草。他在一只黃麻袋裡裝進一把可以用來點火的碎木片，一瓶稀豬油，還有他為了自己的風溼病而珍藏的山獅油。在暴風雨期間遭受風吹雨淋，讓他疼痛難忍。他沒有肉可以餵狗。

巴克說：「我們可以替牠們獵點東西。」

最後終於準備好了。他們翻上馬鞍，朝東南方，往銀谷和喬治湖的方向輕快騎去。

潘尼說：「我們既然已經來到這麼近的地方，最好去看看威爾森醫生怎麼了。他家可能一半都淹在水裡了。」

巴克說：「然後他可能醉到還沒發現。」

巴克斯特家樹島和銀谷之間的路是陡下坡。滾滾洪水沖下那條路，平坦的沙子路成了狹窄的溪谷。茂密的松樹灌木下層枝幹上卡著各式各樣的碎屑。繼續走下去，小型動物的傷亡映入眼中。臭鼬和負鼠似乎傷亡最嚴重。洪水退去，數十具牠們的遺骸擱淺在地上，或和碎屑一起掛在樹枝上。東方和南方一片死寂。灌木叢一向安靜，不過裘弟這時發現，以前總有低聲的鳴叫和些許動靜，那是動物鳴叫騷動的聲音，幾乎和風聲沒有差別。北邊灌木叢高地上長著茂密的細瘦松樹，有不尋常的窸窣聲和隱約的吱喳聲傳來。是松鼠，牠們顯然一群群從低處的樹木沼澤和常綠闊葉林搬來這裡，即使不是大水所迫，也是出於飢餓和恐懼。

潘尼說：「我敢說那邊的灌木叢裡，動物可熱鬧了。」

大家豫猶了，很想進入那片密林之中。他們最後同意，最好還是按照一開始的計畫，先繞過地勢低的地區估計一下損害的狀況，然後再去確認還存活的動物有多少。接近銀谷時，他們勒住馬匹。

「你們看到了嗎？」

「要不是你也看見了，我一定不相信這是真的。」

銀谷氾濫，河水倒灌，洪水湧入匯流處，造成了更大的災情。動物屍體在逆流中亂漂。

潘尼說：「我還不知道世上有那麼多蛇。」

高地的爬蟲類動物屍體像甘蔗桿一樣高高堆起。有死掉的響尾蛇、王蛇、游蛇、鞭蛇、鼠蛇、束帶蛇，還有珊瑚蛇。正在退去的洪水邊緣，淺水中滿是蝮蛇和其他水蛇游來游去。

巴克說：「真不懂。蛇都能游泳才對。我還在河中央遇過響尾蛇。」

潘尼說：「是啊，不過陸地上的蛇很可能是在牠們洞裡被淹死的。」

洪水就像浣熊四處摸索的手指，無孔不入，揪出了只能藏身在堅固大地的所有動物。一隻鹿寶寶腹部鼓脹地死了。裘弟的心砰砰跳。小旗要是沒即時成為巴克斯特家的一份子，也可能這樣死去。所有人目瞪口呆地看著，這時有兩隻響尾蛇爬過他們面前的土地。響尾蛇沒理會他們，彷彿面對更大的威脅，顧不了人類。

潘尼說：「最近要穿過高地，得賭上性命了。」

巴克說：「沒錯。」

他們不能繼續往東走，所以轉向北方，繞過低處的水邊。從前的沼澤都成了池塘，長著常綠闊葉樹的地方卻成了樹木沼澤。只有高處的貧瘠灌木叢沒受到摧殘。但即使這裡也有松樹被連根拔起，還站著的松樹都在一星期的風雨壓迫下彎了腰，斜向西方。

潘尼說：「那些樹要過好一陣子才能站直了。」

他們接近河邊地的時候，心裡七上八下。這裡的水位還很高，遠高於喬治湖的湖面。三、四天前一定淹得更高。他們停下馬，俯看著醫生斜向河邊的土地。那片濃密的常綠闊葉林活像一片柏樹沼澤。高大的南方綠櫟、山核桃、楓香、木蘭樹、柳橙樹都深深淹在高漲的水澤中。

潘尼說：「我們走走看這條路吧。」

這條路就像巴克斯特家樹島往東南方的路，一度成了洩洪道。它現在是一道乾巴巴的溪溝。他們騎馬沿著向下走。威爾森醫生的屋子出現在眼前，在大樹下顯得黑暗陰森。

巴克說：「我他媽真不懂為什麼有人選這麼暗的地方住，就算想一直醉茫茫的也不用住這裡。」

潘尼說：「要是所有人都喜歡同樣的地方，那就太擠了。」

屋子周圍水深及踝。從屋腳下的磚塊可以看得出，水位一度完全蓋過地板。寬敞門廊的木板翹了起來。他們涉水走到前門階梯，睜大眼睛提防蛇身盤起的蝮蛇。一張白色的枕頭套橫過前門釘著，上面用墨水寫了一段話。墨水暈開來了，不過字母夠清楚。

巴克說：「我們佛瑞斯特家的不大認識字。潘尼，你來唸。」

潘尼清楚讀出墨水字：

「我往大海去，這麼多的水在大海也不算什麼。我打算醉到暴風雨過去。我會在這裡和大海之間的某個地方。除非是脖子斷掉或要接生，否則別來找我。醫生筆。

附注：如果脖子斷掉，反正沒救了。」

巴克、水車輪和潘尼放聲大笑，裘弟不明所以地跟著笑。

巴克說：「那個醫生啊，上帝面前他也照樣開玩笑。」

潘尼說：「所以他才是好醫生。」

「怎麼說？」

「他偶爾可以騙過上帝啊。」

他們笑到無力。世界灰暗沉重了那麼久，心情能輕鬆點真好。他們進了屋子，看到桌上有一罐硬餅乾和一瓶威士忌，於是納入他們的存糧。他們調頭爬上小路，往北走了一哩左右，再彎向西。

潘尼說：「用不著去霍普金斯草原了。想也知道那裡變成湖了。」

巴克和水車輪同意他的話。霍普金斯草原南邊的情況很類似。比較弱小的動物和地下生物都被沖走滅頂。他們來到一個灣頭邊，有隻熊就在眼前笨拙地過河。

潘尼說：「殺牠沒用。牠的肉我們可能要再一個月才用得上。離家太遠不好帶回去，天黑前我們還會有不少機會。」

佛瑞斯特兄弟不情願地同意了。對他們而言，不論獵物用不用得著，機會就是機會。但是目前用不上的，潘尼就不射殺，他甚至比較喜歡在熊肉比較可口堪用的時候殺熊。他們繼續朝西去。這裡有一大片長滿光滑冬青的平原，好天氣時，是熊、狼和山獅最愛出沒的地方。地面總是泥濘，植被低矮，北邊和東邊的灣頭提供了食物和藏身處。這塊地方現在成了樹木沼澤。沙質土壤裡的水很快就流走了，但土質重的地方，水就像在黏土上一樣積著。幾座由矮櫟樹、南方綠櫟和少數高大棕櫚構成的樹島散佈在平原和那一大片灌木叢之間。他們繞過新生的沼澤，朝這些樹島前進。

起初裘弟什麼也沒看見。後來，潘尼指了指這棵樹，又指了指那棵樹，他這才辨識出動物的形體。他們騎馬接近。那些動物好像不怕人。一頭健壯的公鹿望著他們。這機會難以抗拒。巴克射倒了牠。他們又騎近了一點。可以看到山貓和猞猁躲在枝幹後窺視。佛瑞斯特兄弟主張開火。

潘尼說：「真不該讓牠們更困擾。總覺得世界上的空間應該夠讓人類和動物住。」

水車輪說：「潘尼啊，你的問題是，你是牧師養大的。你期待獅子和羔羊躺在一起。」

潘尼指向他們前面高起的土丘。

「喲，你們看——鹿和浣猸呢。」

不過潘尼不得不同意，每隻在外面橫行的山貓、熊、浣猸、狼或山獅都會獵捕豬、雞和牛隻，也會吃比較溫馴的獵物，像鹿、浣熊、松鼠和負鼠。似乎形成一個「不吃就被吃，不殺戮就挨餓」的無限循環。

射殺大貓時，潘尼也加入，有六隻倒下來，或死或傷。裘弟射下一隻浣猸。老前膛槍的後座力差點把他從凱薩的後臀震下來。他下馬填裝子彈。佛瑞斯特兄弟拍拍他的背。男人處理了公鹿，鹿肉相當乾瘦，顯示牠一個禮拜沒什麼吃。他們把鹿的屍體掛上巴克坐騎的後臀，接著徒步走向櫟樹樹島。另一頭有模糊的影子匆匆移動。聽到動物的騷動，看到鬼鬼祟祟的影子，令人發毛。

那些山貓毛皮狀況很差，不值得留。潘尼說：「是說那些殘骸可以讓狗吃頓豐盛的午餐，而且很好帶。」

狗已經在啃那些大貓的後腿了。大貓在暴風雨期間也營養不良。他們將貓肉處理好，掛到馬上。下午過了一半，探索隊朝佛瑞斯特家樹島北方偏西的地方去。他們決定最好繼續走，在外面紮營過夜。有一、兩個小時陽光很強，潮溼的土地和水裡都飄起一股腐敗味，讓裘弟有點反胃。

巴克說：「幸好乾草翅不在。不然看到那麼多動物死掉，他一定很難過。」

又開始看到熊了。沒有狼或山獅的蹤影。他們穿過幾哩的灌木叢。這裡的鹿和松鼠可多了。也許牠們在那裡覺得很安全，從來沒離開過。牠們膽子都很大，顯然飢腸轆轆。佛瑞斯特兄弟很貪心，也為了讓兩家都拿到肉而焦急，所以又射了一頭公鹿，掛到水車輪的馬上。

向晚時分，他們終於再度從灌木叢來到南方綠櫟樹島群。再往南就是刺柏草原，現在那裡應該氾濫成災了。往東去一點點有一片土地，不是灌木叢也不是草原，不是樹島、樹木沼澤也不是常綠闊葉林。那裡像墾地一樣開闊。雖然還有一、兩個小時才天黑，大家還是同意在那裡紮營過夜。誰也不想困在爬蟲類橫行的惡臭低地。他們在兩棵高大的長葉松下紮營。頭上的遮蔽不多，不過晚上天氣好，而且在這種特殊狀況下，最好待在空曠處。

水車輪說：「要和山獅一起睡覺時，那隻山獅最好是死的。」

他們鬆開馬匹，讓馬拖著韁繩找草吃，晚點再把牠們拴起來過夜。水車輪消失在營地南邊一片矮櫟樹林。其他人聽見他大喊。整天有無數蹤跡令獵狗著迷，牠們跟他去追其中一個。氣味和足跡多到令牠們疲乏，所以前進緩慢。老茱提高了音量。

潘尼說：「是隻大貓。」

山貓無精打采。四隻狗都在吠，吠叫聲中有高音的哭號和利普的隆隆低吼。水車輪再度大聲喊叫。

潘尼說：「你們佛瑞斯特家的沒吃過山貓肉嗎？」

巴克說：「他才不會為了山貓大吼大叫。」

狗吠聲變得瘋狂。吠叫聲感染了潘尼、裘弟和巴克，他們也跑進濃密的植物間。那是一棵高大無比的矮櫟樹。他們在扭曲的灰色樹幹中段發現了獵物，是隻母山獅帶了兩隻山獅寶寶。牠削瘦憔悴，但身長驚人。山獅寶寶毛皮上仍帶著幼山獅的藍白斑點。裘弟覺得牠們比他見過的任何貓咪都要漂亮。牠們的體型和成年的家貓一樣大，正在模仿母親的咆哮姿態，細柔的鬍鬚往後翹起。母山獅露出尖牙，長尾巴來回掃動，爪子刨著櫟樹樹幹，模樣令人生畏。牠作勢要撲向最先靠近的動物，不論那動物是人是狗。狗發了狂。

裘弟大叫：「我要山獅寶寶！我要山獅寶寶！」

水車輪說：「我們把牠打昏，讓狗樂一樂。」

潘尼說：「那樣的話，會有四隻被撕裂的狗。」

巴克說：「有可能。還是宰了牠，一了百了。」他開了槍。

母山獅才剛落地，狗就撲上前去。即使原本還有一點生命的火花，也瞬間就熄滅了。巴克爬上矮樹，搖晃枝幹。

裘弟又叫道：「我要山獅寶寶。」

他打算等牠們一掉下來，就立刻跑過去把牠們撿起來。他相信牠們一定很溫柔。巴克使勁搖著樹，牠們終於掉下來。裘弟衝過去，狗卻跑在前面。他還來不及靠近，山獅寶寶就死了，還被拋來甩去。但裘弟看到牠們在垂死之際還朝著狗群張牙舞爪。他這才明白，如果是自己抓到牠們，他會皮開肉綻。但他還是希望牠們沒死。

潘尼說：「兒子，真遺憾。不過你可不會想養牠們。那些畜生老早就學壞了。」

裘弟望著凶猛的小牙齒。

「我可以用這些皮再做一個背包嗎？」

「當然可以。來，巴克，幫我把牠們從狗身邊弄走，免得被撕爛了。」

裘弟接過癱軟的屍體，抱在懷裡。

「真討厭有東西死掉。」他說。

男人都沉默下來。

潘尼緩緩說：「兒子，什麼都難逃一死，這樣想也許比較安慰。」

「才沒有。」

「唉，那是一堵石頭牆，從來沒人能爬過去。你可以踢它，用頭撞它，大吼大叫，可是沒人在聽，也沒人會回答。」

巴克說：「我的時間到的時候，我一定叫個夠本。」

他們命令狗群離開山獅屍體。母山獅的身體從鼻尖到彎曲的長尾尖，足足有九呎長。但牠太瘦了，不值得剝皮取山獅油。

潘尼說：「我的風溼再不好，就得抓隻肥山獅了。」

山獅皮的狀況也不好。他們割下心臟和肝臟，打算烤給狗吃。

潘尼說：「裘弟，再抱著那兩隻山獅寶寶也沒用。拿過來，去撿柴。我幫你剝皮。」

裘弟走開了。玫瑰色的午後晴朗無雲。水面映著陽光。燦爛的天空向溼潤的大地伸出朦朧的指狀光芒。矮櫟樹溼答答的葉片、松樹的纖細松針都閃閃發光，裘弟看著這景象忘了難過。要紮營還有好多事要做。柴枝都是溼的，不過他找了一下，找到一棵松樹倒木，樹心充滿樹脂。裘弟喊來巴克和水車輪，把整棵松樹拖到營地。松樹可以做火堆的基礎，烤乾其他木頭。他們把樹砍成兩半，把長長的兩段木頭靠在一起。裘弟笨手笨腳弄著火絨筒裡的燧石和打火鐵，最後潘尼接手，用木屑在兩段木塊之間生起火。他先堆上易燃的小枝條，然後加進比較大的枝條和原木。木頭冒煙悶燒，最後完全起火燃燒。現在他們有了個火勢旺盛的爐床了，最溼的木塊都可以放上面烤乾，然後慢慢燒。裘弟把所有自己拖得動的木頭都拖來了，堆成高高的一堆，準備燒一整晚。巴克和水車輪拖來和他們一樣高大的原木。

潘尼從最肥的公鹿身下割下背脊肉，切成一片一片的，準備煎了當晚餐。水車輪蹓躂一圈回來，帶了棕櫚葉當盤子擺放食物，或做其他營地清潔用途。他還帶了兩塊棕櫚髓心。他剝下一層層白核，最後才露出又脆又甜的中心。

水車輪說：「潘尼先生，跟你借煎鍋煎我的沼澤甘藍。用完再給你煎背脊肉。」

他把棕櫚心切成薄片。

「潘尼，油放在哪？」

「黃麻袋底的一個瓶子。」

裘弟晃來晃去，看其他人做事。他負責用細枝添柴，不讓火焰變得太小。原木的火光燦燦，已經有適合烤肉的餘燼了。巴克削出叉狀的木籤來烤他的肉。水車輪從附近池塘舀了點水煮他那鍋沼澤甘藍，再蓋上一片棕櫚葉，然後放到炭火上煮。

潘尼說：「唉，我忘了咖啡。」

巴克說：「有威爾森醫生的威士忌，沒有咖啡也沒關係。」

巴克拿出瓶子遞出去。潘尼等著用煎鍋煎鹿肉，可是沼澤甘藍還沒好，於是他就地取材做了幾支烤山貓肉的叉子，把山貓和山獅的心臟、肝臟切片叉到叉子上，然後立在炭火上烤。烤肉的香氣誘人。裘弟一再嗅聞空氣，拍著自己餓扁的肚子。潘尼切好鹿肝，小心翼翼地放上巴克的叉狀木籤，然後把烤肉叉交給大家，讓大家烤到自己喜歡的程度。火舌舔舐著準備用來餵狗的肉，香氣引來獵狗。牠們靠過來趴在地上嗚嗚叫，來回搖動尾巴。牠們不大喜歡生山貓肉，之前啃了一下是為了宣示勝利。不過烤過的肉又是另一回事。牠們舔著肉塊。

裘弟說：「一定很好吃。」

「吃吃看啊。」潘尼從火裡挑出一塊遞給他。「小心點，比燉蘋果還燙。」

他看著沒吃過的肉，遲疑了一下，才用手指碰碰香噴噴、熱騰騰的烤肉，把手指放進嘴裡。

裘弟說：「味道不錯呢。」

男人哈哈笑，不過裘弟連吃了兩片。

潘尼說：「有人說吃過山貓肝就什麼都不怕了。我們等著看看。」

巴克說：「不過聞起來真香。給我一點吧。」

巴克嚐了點，也覺得山貓肝和其他肝臟一樣美味。水車輪也吃了一塊，不過潘尼拒絕了。

「我的膽子要是變得更大，」他說：「就會對你們佛瑞斯特兄弟動手，然後再被你們揍個七葷八素。」

酒瓶又傳了一輪。營火熊熊燃燒，肉汁滴進火焰裡，香氣隨著煙冉冉上升。太陽落到矮櫟樹後，水車輪的沼澤甘藍煮好了。潘尼把沼澤甘藍全倒在乾淨的棕櫚葉上，放上悶燒的木柴保溫，然後用一把空氣草抹抹煎鍋，放回炭火上加熱。潘尼切了培根進去，等培根煎到褐色、油脂燙得滋滋作響，就把背脊肉薄片放進去煎得又酥又嫩。巴克切下棕櫚莖當勺子，大家都舀了點沼澤甘藍，一起分享。潘尼用玉米粉、鹽和水做成炸玉米餅，放進煎過鹿肉的油裡炸。

巴克說：「要是在天堂也能吃這麼好，我死的時候就不會大吼大叫了。」

水車輪說：「東西在林子裡好吃多了。我寧願在林子裡吃冷麵包，也不要在屋裡吃炸玉米餅。」

潘尼說：「說得好。我有同感。」

山貓肉烤好了。他們讓肉冷卻一下，就丟向獵狗。獵狗貪心地狼吞虎嚥，然後跑去池塘喝水。池邊各式各樣的動物氣味令牠們興奮，牠們徘徊了一陣，才回去趴在熊熊營火旁。傍晚愈來愈涼。巴克、水車輪和裘弟吃撐了，他們躺平下來，望著天空。

潘尼說：「有沒有洪水不重要，現在這樣真好。你們答應我，等我老了，就讓我坐在樹樁上，讓我聽別人打獵。不要把我留在河灣。」

星光閃爍，這是九天以來的第一次。潘尼終於爬起來清理殘渣。他把吃剩的玉米餅丟給狗群，玉米軸塞子塞回油瓶，然後他拿起瓶子就著火光看了看，搖晃幾下。

「慘了。我們吃到我的按摩藥。」

他往黃麻袋裡掏，拿出另一個瓶子打開來，裡面確實是豬油。

「水車輪，你這個笨蛋。你開了山獅油煎沼澤甘藍。」

眾人一陣沉默。裘弟覺得自己的肚子在翻攪。

水車輪說：「我怎麼知道那是山獅油？」

巴克低聲咒罵，然後爆發出震耳欲聾的笑聲。

「我可不會讓我的想像力和肚子裡的東西過不去。」他說。「我沒吃過那麼好吃的沼澤甘藍。」

「我也是。」潘尼說。「不過等我的骨頭痛起來，就會寧願沒把油用掉。」

巴克說：「反正現在我們知道困在林子裡的時候，要用什麼油了。」

裘弟的肚子平息下來。吃了兩片山貓肝又吐的話，就太可惜了。不過他看過潘尼在冬夜裡拿山獅油抹在膝蓋上，山獅油確實好像很特別。

水車輪說：「既然是我的錯，那我去幫大家砍樹枝做床好了。」

潘尼說：「我跟你去。要是我睡著醒來，看到你站在灌木叢裡，我一定把你看成熊。說真的，真不知道你們有些人怎麼長那麼高大。」

水車輪說：「喔，我們是吃山獅油長大的啊。」

大家在幽默輕鬆的氣氛中地砍樹枝做自己的床。裘弟割下帶著針葉的小松枝，收集空氣草做床墊。他們把床墊鋪在火邊。佛瑞斯特兄弟嘎吱嘎吱地躺上他們的樹枝。

潘尼說：「我敢打賭，就算是老瘸子躺上去也不會發出這麼多噪音。」

巴克說：「那我敢說，一隻六月小鳥躺上床的聲音，都比你們巴克斯特家的還大聲。」

水車輪說：「真希望有一袋玉米殼可以當床墊。」

潘尼說：「我睡過最好的床是用香蒲的毛絮做的，好像躺在雲裡。可是要收集到夠多的香蒲很花時間。」

巴克說：「世上最好的床是羽毛床。」

潘尼說：「有人跟你說過，你們老爸曾經為了一張羽毛床氣炸了嗎？」

「說吧。」

「是你出生前的事。你可能已經有兩三個哥哥在搖籃裡了。我那時候自己也是小孩子，和我爸去你們的樹島，大概是想拯救你爸。你爸年輕的時候比你們兄弟還要瘋。他可以拿起玉米烈酒灌下去，像喝水一樣喝光光。那時候，他還滿常那樣喝的。話說我們騎馬到你家門前，破盤子和食物灑得小徑上到處都是，椅子扔到大門外。整個院子、整排柵欄全是羽毛。好像雞的天堂爆炸了。門階上，羽毛床的被套被刀劃開。

「你爸來到大門口。當時他可能沒醉，不過在這之前顯然是醉茫茫的，把眼前所有的東西都撕爛了。他最後注意到的是羽毛床。他沒在發脾氣，也沒吵鬧，只是痛痛快快把東西拆了。那時他已經鬧夠了，還滿平靜愉快的。他在拆的時候你媽做了什麼、說了什麼，你們應該比我清楚。不過那時她動也不動，冷冰冰的，兩手合著搖搖椅，嘴巴像鐵陷阱一樣緊緊抿著。我爸雖然是牧師，但還算識相，大概覺得不論他原本想來說什麼，最好改天再來。所以他那時寒暄幾句，就準備騎馬上路了。

「結果啊，你媽回過神來，想起禮貌，對他喊道：『巴克斯特先生，留下來跟我們吃點東西吧。我只有玉米餅和蜂蜜可以吃了。不過我得找個完整的盤子給你裝。』

「你爸轉過身，看著她，很驚訝的樣子。『我的甜心，』他說：『我的甜心啊，蜂蜜罐裡還有蜂蜜嗎？』」

佛瑞斯特兄弟放聲大笑，拍拍對方。

巴克說：「等我走進家裡，問媽說：『我的甜心啊，蜂蜜罐裡還有蜂蜜嗎？』哈，你等著看會怎樣！」

佛瑞斯特兄弟笑完了，裘弟還自顧自地笑了好久。他父親把故事講得好逼真，他好像還能看見吹到木條柵欄上的羽毛。笑聲驚動了牠們，牠們爬起來換個位置，挪近溫暖的人類和營火。老茱趴在父親腳邊。裘弟真希望小旗在身邊，披著一身光滑溫暖的皮毛挨近他。巴克爬起來，把另一塊原木拖進火裡。男人談起灌木林和沼澤動物的可能動向。狼隻跑的方向顯然和其他動物不同。牠們比大貓更不喜歡潮溼的地方，鐵定在灌木叢高地的中心。熊的數目沒預期的那麼多。

巴克說：「知道熊在哪嗎？牠們會在南邊的販子熊洞和女人池熊洞附近的灌木林裡。」

水車輪說：「我打賭是在河那邊的托利丘。」

潘尼說：「牠們不會到南邊去。前幾天的風雨都是東南方吹來的。牠們會往反方向走，不會走向風雨。」

裘弟把手臂枕到腦後，仰望天空。夜空佈滿星斗，好像一池銀白鰷魚。他上方兩棵高大的松樹之間，天空一片白茫茫，彷彿崔克西踢倒一大桶牛奶，奶沫漫過天際。松樹在涼爽的微風中來回搖曳，松針上灑著銀色星光。營火的煙捲起上升，飄向星辰之間。裘弟望著煙霧飄過松樹樹梢。他眨眨眼睛，卻沒有睡意，還想繼續聽。男人聊打獵，是世上最有趣的談話，聽得他背脊一陣陣顫慄。星光前的煙霧宛如面紗，在他眼前來回飄移。他合上雙眼。在溼木材劈哩啪啦的背景聲中，男人的談話有那麼一陣子化成低沉的嗡嗡聲，接著消失在松樹林間的微風聲裡，不再是聲響，卻像夢境的無聲呢喃。

夜裡，父親叫醒裘弟。父親直挺挺地坐著，巴克和水車輪鼾聲如雷。火變小了，溼木材緩緩發出嘶嘶聲。裘弟坐到父親身旁。

潘尼輕聲說：「你聽。」

遠方的黑夜中有隻貓頭鷹在呼呼叫和一頭山獅尖吼。還有個更接近的聲響，聽起來像風箱裡鼓出空氣的聲音。

「呼——嗚。呼——嗚。呼——嗚。」

那聲音好像幾乎就在腳邊。裘弟毛骨悚然。也許是乾草翅口中的西班牙人。他們也像活人一樣受到洪水和大雨侵襲嗎？他們渴望在獵人的營火邊溫暖自己稀薄透明的雙手嗎？潘尼慢慢爬起來，摸索到一截松樹結當火把，在火裡點燃，小心翼翼地前進。呼呼聲停止了。裘弟緊緊跟在潘尼後面。一陣窸窣響，潘尼揮動火把，一雙眼反射火光，紅如小美洲夜鷹的眼睛。潘尼移動火把，然後笑出聲。他們的訪客是隻池塘來的短吻鱷。

潘尼說：「牠聞到新鮮的肉味。真想把牠丟到佛瑞斯特兄弟身上。」

裘弟說：「是牠發出呼呼聲的嗎？」

「就是牠，牠吸氣、吐氣，讓身體上上下下的。」

「拿牠來逗巴克和水車輪吧。」

潘尼猶豫了。

「牠體型有點大到不能鬧著玩了。牠大概有六呎長。要是咬掉他們哪個的一塊肉，就不好笑了。」

「那要殺掉牠嗎？」

「用不上。肉也只是餵狗，連狗都吃不完。鱷魚沒什麼害處。」

「要讓牠整晚在這邊嗚嗚叫嗎？」

「不會，牠會停下，去獵牠聞到的肉。」

潘尼衝向鱷魚。鱷魚用短腿撐起身軀，調頭往池塘去。潘尼追在後面，停下來挖起沙子或隨手摸到的東西丟過去。鱷魚以驚人的速度跑開。潘尼追著鱷魚，裘弟尾隨在後，直到前面傳來嘩啦啦的水聲。

「好啦，牠回去家人身邊了。只要牠乖乖待在那裡，我們就不去打擾牠。」

他們轉身回到營火旁。黑暗中，營火發出撫慰人心的光芒。午夜是如此平靜安寧。星辰明亮，別過眼不看營火的話，他們甚至看得到附近那些池塘的水光粼粼。空氣涼爽。裘弟真希望他永遠都能和父親這樣露營。要是小旗也在身邊就完美了。潘尼拿火把揮過佛瑞斯特兄弟上方。巴克用手臂遮住臉，繼續睡。水車輪睡死了，黑鬍子隨著粗重的呼吸而上下起伏。

潘尼說：「他的呼吸聲幾乎和鱷魚的一樣沉。」

他們在火上添了一些木柴，才回到自己的床墊。床墊躺起來不像第一次躺時那麼舒服了。他們把空氣草弄鬆，壓平松枝。裘弟給自己在中央做出凹陷，像小貓一樣蜷曲著躺進去。他享受地躺了一下，看著新燃起的火焰，然後墜入跟先前一樣深沉的夢中。

黎明時分，獵狗最先醒來。一隻狐狸就在牠們鼻子前經過，在空氣中留下新鮮的騷味。潘尼一躍而起抓住獵狗，綁住牠們，跟牠們說：「我們今天有比狐狸更重要的事。」

裘弟躺的地方可以直接看到日出。看著太陽在面前升起，感覺真怪。在家裡，開墾的田地後方是濃密的灌木叢，總會擋住日出。現在他和日出之間只隔著晨霧。太陽不像升起，而是穿過灰色的布幕，向前襲捲而來。太陽穿過灰幕時，灰幕的皺褶漸漸舒展開來。陽光像母親的婚戒，是淺淺的淡金色。光線愈來愈亮，最後他發覺自己正對著太陽猛眨眼。九月的薄霧又固執地在樹梢留戀了一下，像在抵抗太陽的手指撕扯破壞。接著樹梢上的霧也消失了，整個東方變成番石榴熟透的顏色。

潘尼喊道：「誰來幫我找山獅油，我要煮早餐。」

巴克和水車輪坐了起來。他們睡得太沉，現在渾身僵硬。

潘尼說：「鱷魚和狐狸就在你們身邊跑來跑去呢。」

他把前一晚發生的事情告訴了他們。

巴克說：「確定你看到的不是要喝威爾森醫生的酒的那些沼澤鱷嗎？」

「要是短個一呎，是有可能。不過那個身長絕對不只六呎。」

「說得也是。我曾經在類似的營地睡覺，夢見我聽到鱷魚叫，醒來一看，我和我的床一起掛在柏木沼澤裡的一截枯木上。」

潘尼叫裘弟去池塘邊洗手洗臉。他們走向水邊，卻被臭氣熏得不得不回頭。

潘尼心安理得地說：「反正我們只是被煙燻髒的。連你媽也不會逼你拿那種水來洗。」

早餐和晚餐一模一樣，只是沒有山獅油煮的沼澤甘藍了。沒咖啡，佛瑞斯特兄弟照樣喝了點威士忌代替。潘尼婉拒沒喝。池水不能喝，裘弟渴了。這世界的水多到泛濫，沒人想過要帶水。

潘尼說：「你找找離地很高的空樹幹，裡頭積了雨水。雨水絕對可以喝。」

鹿肉和玉米餅沒有昨晚那麼好吃了。早餐後潘尼清理了一番。草都被雨打扁了，馬沒什麼草料能吃。裘弟替牠們收集了一堆空氣草，牠們吃得津津有味。拔營、上馬，讓馬調頭向南去，全新的旅程就此展開。裘弟回頭看。營地一片冷清，焦黑的原木和灰燼顯得荒涼。魔法隨著營火火焰一同消逝了。早晨很涼爽，但升起的太陽開始加溫。大地蒸騰。汙水的臭味常常強烈得令人難以忍受。

領頭的潘尼往後面喊：「不知道野獸的肚子受不受得了這種腐水？」

巴克和水車輪搖搖頭。這是灌木林前所未見的洪水。誰也說不準洪水之後會怎樣。一行人繼續往南去。

潘尼向裘弟喊：「記得我們看到美洲鶴跳著美麗的舞那裡嗎？」

裘弟認不出那片草原了。那裡淹成一大片，即使鶴都可能不敢在那裡涉水遊蕩。再往南去又是灌木林，然後是光滑冬青的平原和灣頭。但原來是沼澤的地方卻成了湖。他們勒住馬。簡直像是昨晚在陌生的邊境紮營過夜，而現在已經來到另一個國度。一星期前還是土地的地方，現在有魚跳出水面。他們走過那麼多哩路，終於在這裡看到了熊——牠們忘情地捉魚，沒注意（或是根本不在意）有人和馬匹接近。二、三十個黑色的身影在深及腹部的水中來去。一條條魚在牠們前面躍起。

潘尼喊道：「是烏魚！」

裘弟心想，但烏魚是海裡的魚啊。喬治湖含有些許鹽分和微弱的潮汐，牠們就住在喬治湖裡。牠們也住在潮汐河，以及泉水與湍急水流等像大海一樣適合牠們的少數幾條淡水河，牠們會跳出水面，劃出一道帶著張力的銀色圓弧。此時牠們正如此跳躍著。

潘尼說：「看也知道喬治湖倒灌進了刺柏溪，溪水倒灌，泉水滿到草原上了。草原上還有烏魚呢。」

巴克說：「那我們就有一片新草原了。烏魚草原。你們看那些熊——」

水車輪說：「這裡真是熊的天堂。好啦，各位，我們要幾頭？」

他實驗性地拿槍瞄準兩下。裘弟眨眨眼，除了作夢的時候，他這輩子從來沒有一次看到那麼多頭熊。

潘尼說：「即使是熊，我們也別貪心。」

巴克說：「四頭夠我們吃一陣子了。」

「巴克斯特家一頭就夠了。裘弟，你想殺熊嗎？」

「想。」

「好啦——各位，沒問題的話，我們就選好目標，散開一點。有人可能得開第二槍，裘弟失誤的話，還需要第三槍。」

他指派裘弟射最近的熊。那是隻龐大的傢伙，大概是公的。

潘尼說：「裘弟，聽著，你往左騎一點，騎到可以瞄準牠臉頰的地方。我下令的時候，大家就開火。到時候牠如果移動，就盡量瞄準頭部。如果牠低下頭瞄不中，就瞄準牠的腰，我們會有人再來解決牠。」

巴克和水車輪指出他們各自的目標，於是一群人謹慎地往兩旁散開。潘尼舉起手，他們停下腳步。裘弟抖得太厲害，舉起槍只看到眼前一片模糊的水面。他逼自己穩住手臂。他要打的那隻熊正在斜斜地走遠，但他設法從後方瞄準熊的左頰。潘尼手一揮，槍聲齊響。巴克和水車輪開了第二槍。馬稍稍揚起前蹄。裘弟不記得自己扣過扳機，但原先直立在他前方五十碼的黑色身軀已經半沉在水中。

潘尼喊道：「孩子，射得好！」然後騎上前去。

剩下的熊像明輪船一樣爭相越過樹木沼澤，留下混濁的池水。現在得長距離射擊才打得到熊了。裘弟再次因為牠們這麼龐大卻如此敏捷而感到不可思議。大家的第一槍都準確致命。巴克和水車輪的第二槍只射傷了熊。跟在腳邊的獵狗陷入混亂，瘋狂吠叫，衝進水裡。但水深得走不過去，植物叢又長得太密，不能游泳，獵狗不得不撤退，沮喪地嗚嗚叫。大家騎馬靠近那兩頭受傷的獵物，再次開火，獵物終於倒下不動。沒受傷的熊則在眾人眼前消失無蹤。熊畢竟是動作最快、最聰明的獵物。

巴克說：「這下不知道要怎麼把這幾頭畜生弄出來了。」

裘弟眼裡只有自己殺死的獵物。他不敢相信自己真的辦到了。眼前躺著巴克斯特家未來兩星期的食物，而且這是他的功勞。

水車輪說：「我們最好回去牽一對牛來拖。」

潘尼說：「不如這樣吧。你們有五頭熊要拖，我們只有一頭。我有這頭熊就夠了，何況大家都知道這陣子該去哪找獵物。可以的話，你們幫我和裘弟處理他這頭，這匹馬借我一、兩天，我們就暫時各走各的吧。」

「沒問題。」

潘尼說：「我們都這個年紀了，居然還沒想到要帶捆繩子。」

「誰猜得到整個該死的灌木叢都被淹在水裡。」

巴克說：「我們的腿比你們巴克斯特家的長，你們就留在馬鞍上吧。」

潘尼已經下馬了。水淹過他的膝蓋。裘弟覺得留在馬背上好丟臉，好像自己還是小孩子似的，所以也滑下馬，跳進水中。水底踩起來很結實。裘弟幫忙把自己的熊拖到地勢高的地方。那是他的第一個獵物，不過佛瑞斯特兄弟似乎不怎麼注意開槍的人是他有多重要。潘尼碰碰他肩膀，而這樣的讚美就夠了。那隻熊超過三百磅。他們同意最好把熊縱向對剖，方便丟上兩匹馬的屁股上。他們剝了熊皮，很驚訝鹿和山獅都那麼瘦，熊卻這麼多油脂。牠們一定是打從暴風雨的最後那幾天就在這裡覓食了。

半塊長長的熊屍丟到老凱薩背上時，牠嚇了一跳，驚懼地後退。老凱薩不喜歡熊皮的氣味；鋻地上警戒的夜裡，牠老是聞到那種惡臭。曾經有頭熊爬進畜欄，還跑進老凱薩的馬廄，潘尼被牠的嘶鳴聲吵醒，才趕去救牠。佛瑞斯特家的馬比較能載額外的重量，所以潘尼除了放熊肉，還加上熊皮。巴克和水車輪把馬頭調往他們家的方向去。

潘尼喊著：「把頸軛倒轉過來，一對牛就能一次拖走所有的熊。要來看我們啊。」

「你們也是。」

他們舉起手示意，然後走掉了。潘尼和裘弟騎在他們後面小跑步前進。雖然他們最初的幾哩路全都走同一條，但佛瑞斯特兄弟沒有負載重物，騎著快馬，已經跑得老遠。他們向東走上回家的路。潘尼和裘弟前進得很緩慢，阻礙重重。老凱薩不願意跟在熊皮後面，但如果潘尼和裘弟騎在前面，佛瑞斯特家的那匹馬又會堅持要帶頭。雙方僵持不下。經過刺柏草原時，潘尼的腳跟用力朝著馬腹一夾，遠遠跑到前面領路。老凱薩看不到也聞不到熊皮之後，終於還算安分地快步前進。裘弟獨自置身新生的水澤荒野中，起初感到有點不安，但想到擱在背後的熊肉，又有了勇氣，覺得自己長大了。

裘弟原本覺得自己想一直繼續打獵下去，但是當巴克斯特家樹島的高大樹木浮現眼前，當他路過通往陷穴的小徑，來到父親田地的木條柵欄旁，他卻很高興要回家了。田地在一片汪洋中顯得寂寥，院子被風雨摧殘成一片不毛之地。但他回來了，帶回為家人獵到的肉，而且小旗正在等他。

# 第二十一章

一連兩星期，潘尼都在煩惱怎麼搶救作物。番薯還沒成熟，要再兩個月才能挖，但是已經在腐爛，現在不挖就會完全浪費了。裘弟花了很久的時間處理。他得用番薯叉挖到夠深，又不能挖得太靠近苗床中央，這時候小心地往上拉，就能拔出一叉子完好無缺的番薯。番薯都挖出來之後，巴克斯特媽媽把番薯鋪在後門廊上乾燥，盡可能處理。番薯一一檢查過，結果超過一半都得丟棄。爛掉的末端切掉，和發育不良的一起丟給豬吃。

甘蔗倒成一片。甘蔗還沒熟，所以目前他們束手無策，只能放著。甘蔗已經開始沿著莖桿長出根，不過之後可以再修剪利用。

豇豆莖草料毀了。本來已經快成熟，泡了一星期之後，全攤在地上，整堆都發了黴。除了巴克斯特家先前剝了殼的豆子，其餘都沒救了。洪水後第四個星期，晴了幾天之後，潘尼帶著大鐮刀去烏魚草原（他現在都這麼稱呼那裡了），割下沼澤的雜草，把草留在原地曬乾。

「那是壞時節的好草料。」他說。

草原的水退了，除了魚臭味，沒留下任何魚的蹤影。裘弟平時幾乎什麼味道都不怕，現在連他也覺得噁心。處處都是死亡的氣息。

潘尼不安地說：「不對勁。臭味該散掉了。還有東西在死掉。」

洪水後一個月，正值十月，潘尼帶裘弟坐馬車到烏魚草原收集割下曬乾的乾草。利普和茱莉亞快步跟在馬車後面。現在只要把小旗留下來關在小棚屋裡，牠都會大吵大鬧，所以潘尼也讓小旗跟去。小旗有時會跑到老凱薩前面，路夠寬的時候，則和老凱薩並肩而行。或者，時不時跑到隊伍後面和狗嬉鬧。小旗已經學會吃植物了，偶爾會停下來嚼食嫩芽或嫩枝。

裘弟說：「爸，你看牠，牠像成鹿一樣把芽拔起來呢。」

潘尼微笑著說：「說真的，從來沒有鹿寶寶會這樣的。」

老茱突然探出舌頭，急轉向右邊的灌木林中。利普跟了過去，潘尼停下馬車。

「裘弟，去看看那兩隻蠢蛋在追什麼。」

裘弟跳下馬車跟過去。幾碼之後，他分辨出足跡了。

他往後面喊著：「只是隻大貓。」

潘尼拿起號角要叫獵狗回來，卻聽見茱莉亞的吠聲。他下馬鑽過濃密的植物。狗圍堵住山貓，但雙方卻沒打鬥。他走了過去。裘弟不解地站著。山貓側躺在地上，毫髮無傷。茱莉亞和利普在牠周圍打轉、咬牠，但牠沒反擊。山貓露出牙齒，揮動尾巴，卻還是躺在地上。牠既消瘦又虛弱。

潘尼說：「那隻野獸快死了。別管牠。」

他把狗叫走，回到馬車那裡。

裘弟問道：「爸，牠為什麼快死了？」

「野獸和我們一樣都會死。牠們應該不是天敵殺死的。牠大概老了，抓不到獵物吃。」

「牠的牙齒不像老的野獸那樣磨得鈍鈍的耶。」

潘尼注視著他。

「孩子，你觀察得真仔細。這下我也搞不懂了。」

他們還是想不出什麼理由來解釋山貓為什麼會這麼虛弱。他們到達草原，在馬車上載滿乾草。潘尼估計還需要來回三趟。沼澤雜草又粗又刺，不過等到降霜之後，帚狀裂稃草變得粗粗乾乾的時候，凱薩、崔克西和小母牛就會高高興興地吃沼澤雜草了。他們愜意地駕著馬車回去。老凱薩加快了步伐，就連茱莉亞也跑到前頭，像所有家畜一樣急著回家。當他們經過通往陷穴的小徑，來到第一道柵欄的轉角處時，茱莉亞昂起鼻子吠叫。

潘尼說：「可是大白天的，那邊什麼也沒有。」

茱莉亞很堅持，躍過柵欄之後停了下來，吠叫轉為咆哮。利普這隻牛頭犬比較笨拙，獵犬能輕鬆躍過的柵欄，牠卻要辛苦地爬過去。牠也在狂吼。

潘尼說：「好吧，該相信好狗的判斷。」

他停下馬車，拿起槍，和裘弟翻過柵欄去找狗。角落躺了一頭公鹿，牠甩甩頭，用鹿角作勢威脅。

潘尼抬起槍又把槍放下。

「這頭公鹿也病了。」

潘尼靠近公鹿，公鹿沒有移動。牠垂著舌頭。茱莉亞和利普發了狂。牠們不明白活生生的獵物為什麼不逃跑也不抵抗。

「沒必要浪費子彈。」

潘尼從刀鞘裡拔出刀子，走向公鹿，割開牠的喉嚨。牠就像陷入悲慘處境，離死亡只有一步之遙的動物一樣靜靜死去。潘尼趕開狗，仔細地檢查死鹿。鹿的舌頭發黑腫脹，眼睛發紅溼潤。牠和垂死的山貓一樣消瘦。

潘尼說：「比我想的還要糟。野生動物得了瘟疫。是黑舌病。」

裘弟聽過人類的瘟疫。他一向覺得野生動物有種魔力，而且不會受到人類疾病的侵擾。動物會在打獵中被殺，或被其他更強大的動物攻擊而死。灌木叢中的死亡一向是殘暴而俐落，但不是緩慢拖延的疾病。他低頭凝視著死鹿。

「我們不會吃這頭鹿，對吧？」他說。

潘尼搖搖頭。

「吃了不好。」

狗在柵欄更過去的地方聞聞嗅嗅，然後茱莉亞又吠叫起來。潘尼朝牠的方向望去，那裡有一堆屍體。兩頭老公鹿和一頭小鹿死在一起。裘弟很少看到父親的表情這麼凝重。潘尼檢查了死於瘟疫的鹿，然後默默轉身離開。死亡似乎憑空大肆蔓延。

「爸，怎麼回事啊？牠們為什麼死掉？」

潘尼再次搖搖頭。

「我不知道牠們為什麼會得黑舌病。可能是洪水裡都是死掉的東西，變得有毒了。」

恐懼像一把灼熱的刀刺向裘弟。

「爸——小旗呢？牠不會得瘟疫吧？」

「兒子，我知道的都跟你說了。」

他們調頭回到馬車旁，繼續駕車，然後駛進畜欄卸下乾草。裘弟感到無力又噁心。小旗呦呦叫，裘弟走到小旗身邊摟住牠的脖子，緊緊抱著牠，直到鹿寶寶掙脫喘氣。

裘弟低聲說：「別生病。拜託別生病。」

在屋裡，巴克斯特媽媽無動於衷地接受了這個消息。作物毀損時，她流過淚，哀號痛哭過了。她失去太多孩子，情感已經乾涸，獵物的死亡只是另一個她認命接受的事實。

她只說：「最好從高處的水池打水給牲畜喝，別讓牠們去滲穴。」

裘弟為小旗感到一股希望。他只會餵小旗吃他自己吃的東西，不讓小旗接近受汙染的草，也只給小旗喝巴克斯特家自己的飲用水。他悲哀而安慰地心想，如果小旗死了，他們也會一起死。

裘弟問：「人也會得黑舌病嗎？」

「只有動物會得。」

再次駕著馬車去搬草料時，裘弟把小旗緊緊拴在小棚屋裡。潘尼也拴起自己的狗。裘弟問了一個又一個問題。乾草會不會受汙染？瘟疫是否永遠不會結束？還會有獵物剩下來嗎？他從前覺得潘尼幾乎無所不知，但潘尼對他的問題卻一概搖頭說不知道。

「孩子，別吵了。現在發生的事以前從來沒發生過。怎麼會有人知道答案呢？」

父親讓裘弟獨自把乾草耙上馬車，自己則解下老凱薩，騎去佛瑞斯特家打聽消息。裘弟獨自待在沼澤邊，感到不安又悲慘。世界似乎一片空寂。只有禿鷹在灌木林上空盤旋，只有牠們得到好處。他加快動作，老早就將工作完成，但父親還沒回來。裘弟爬到草料堆上躺著，仰望天空。他覺得他所在的這世界真怪，事情無緣無故發生，完全沒道理。這些事情像熊和山獅一樣造成了傷害，但不像牠們是為了填飽肚子。他不喜歡這樣。

雖然發生了令人不安、憂心的事，但他還有小旗，當然也還有父親。不過小旗在他心裡有個私密的地位，那裡好長一段時間都空著，隱隱作痛。他心想，只要小旗不得瘟疫，洪水就很有趣。他知道即使自己活到潘尼，或是哈托奶奶、佛瑞斯特媽媽的年紀，他也不會忘記無止盡的暴風雨多麼恐怖有魅力。不知道鵪鶉會不會得黑舌病死掉。父親跟他說過，再過一個月，他或許能用交叉的枝條做個陷阱，抓幾隻鵪鶉吃。那麼點肉用子彈太浪費了。但潘尼不准裘弟在鵪鶉群完全長大之前抓牠們，而且堅持每年留兩、三對公、母鵪鶉繁殖。火雞會不會死？還有松鼠、狼、熊和山獅呢？他陷入思考。

遠方模糊的聲音化為老凱薩的熟悉蹄聲，裘弟這時已經忘卻了不安。潘尼和之前一樣嚴肅，不過和佛瑞斯特家的談過之後，他鬆了口氣，有了一些新想法。佛瑞斯特家的循著獵物的蹤跡，兩天前就發現這種狀況了。他們說，沒有一種動物逃過一劫。他們發現掠食性動物在牠們的獵物旁死去或苟延殘喘，雙方終於處在平等的地位——不論是弱者或強者，利齒或鈍齒的，有爪的或無爪的，全都倒下了。

裘弟問道：「所有動物都會死掉嗎？」

潘尼嚴厲地說：「跟你說最後一次，別再問我那些問題了。像我一樣等看看事情會怎樣吧。」

# 第二十二章

到了十一月，巴克斯特家和佛瑞斯特家已經知道瘟疫的規模，也能估計這個冬天會有多少獵物和掠食性動物了。鹿的數量只剩下往年的一小部分。從前會有一群大約十來隻鹿沿著墾地邊緣覓食，現在只有孤零零的一頭公鹿或母鹿會躍過柵欄，跑進豇豆田找不存在的食物。鹿變大膽了，還會在番薯田的舊苗床聞來聞去，尋找發育不良被遺漏的番薯。鵪鶉的數量幾乎和以往一樣多，但野火雞幾乎全滅。火雞在沼澤邊覓食，但鵪鶉覓食處不在那裡，潘尼因此判斷，受汙染的沼澤水確實和瘟疫有關。

鹿、火雞、松鼠還有負鼠等等，所有食用動物都太稀少，出外打獵一天可能一無斬獲。猛獸也傷亡慘重。潘尼起初以為這樣有好處。但他們立刻發現，剩下的掠食者因為食物稀少所以更飢餓、更拚命了。潘尼擔心巴克斯特家的豬，於是在畜欄裡替牠們建了豬圈。全家都進林子裡收集餵豬的橡實和伊頓櫚漿果。潘尼分出一部分新採的玉米來把牠們餵肥。幾天後的半夜，畜欄傳來一陣踩踏聲與尖叫聲，獵狗被驚動了，一路叫著跑過去，潘尼和裘弟套上褲子，拿火把跟上。最肥的閹豬不見了。殺戮的過程乾淨俐落，沒有掙扎的跡象。一小道血痕橫過畜欄，越過柵欄。大型動物才有辦法輕易把那麼重的豬殺掉帶走。潘尼匆匆看了一眼野獸的蹤跡。

「是熊。」他說。「很大一頭。」

老茱想循跡追上去，苦苦哀求；潘尼自己也很心動，因為凶手剛飽餐一頓，應該很快就能輕鬆追到。但夜晚黑森森的，他覺得遇上熊如果沒將牠一槍斃命，只是打傷而已，太危險了。蹤跡等到早上應該還夠新。他們回床上淺眠一下，黎明時，便喚來獵狗啟程。那是老瘸子的足跡。

潘尼說：「早該知道灌木叢的熊裡面，就牠一隻一定能活過瘟疫。」

老瘸子在不遠的地方吃了那頭豬。牠大快朵頤之後，挖了一堆碎屑蓋在豬的屍體上，就往南去，越過刺柏溪。

潘尼說：「牠還會再回來吃。熊會待在獵到的東西附近一個星期。我看過牠們自己雖然不吃，卻趕走禿鷹。如果要逮的不是這隻熊，就可以設陷阱。可是自從老瘸子在陷阱裡失去一根腳趾之後，就再也沒有陷阱騙得過牠了。」

「我們不能在這裡等牠，趁牠吃的時候逮住牠嗎？」

「試試看吧。」

「明天嗎？」

「明天。」

他們轉身回家。一陣輕巧的奔馳聲向他們接近，原來是小旗掙脫了束縛，加入狩獵的行列。他踢著蹄子，小尾巴豎直了。

「爸，牠真帥，對吧？」

「是啊，兒子，牠真帥。」

隔天潘尼病倒了，一下子冷一下子熱。他在床上躺了三天。這下子別想抓老瘸子了。裘弟求他們讓他自己去，埋伏起來監視老瘸子，但潘尼不准。他說那頭大熊狡猾又危險，而裘弟太糊塗。

巴克斯特媽媽說：「我可不想拿小豬餵熊，就算不是圓滾滾的小豬也不想。」

潘尼下得了床時，他們同意不要等到滿月或等到豬夠肥，最好現在就把牠們宰了。裘弟劈開木柴，在糖漿鍋下生了火，從陷穴取水裝進鍋裡加熱。裘弟把一只桶子斜著放，用沙子支撐。等水溫夠熱了，巴克斯特媽媽就把水舀進桶子裡。潘尼殺了豬，一隻隻在桶子裡燙過，然後俐落地抓著豬腿甩動。媽媽和裘弟一起幫忙他把這些肉掛到橫桿上，因為他突然沒了力氣。他們三人拚命刮豬毛，因為在存放之前，得把豬毛刮除掉。

從前令他好奇、同情的活生生動物，變成了能做美味食物的冰冷肉類，這樣的轉變再一次令裘弟驚奇。殺完豬，他鬆了口氣。他在滑順緊實的豬皮上刮著毛，滿足地看著豬皮變得白白淨淨。他開始期待煎香腸的香氣，和油脂中變褐色的豬脆皮。整隻豬絲毫不浪費，連內臟也不例外。豬肉剝皮做成火腿、肩肉、肋條肉和五花培根，用鹽、胡椒和他們自家甘蔗汁做的紅糖醃過，放在燻肉房裡的山核桃木炭上燻。剩下的豬腿節和豬腳浸到鹽水裡醃；豬肋和豬脊炸了蓋上豬油保護，壓在瓦片下；豬頭、豬肝、腰子和豬心做成肉凍，用同樣的辦法保存。瘦的邊角肉絞成香腸。肥豬肉在洗手盆裡煉出豬油，放進瓶罐裡，褐色豬脆皮存起來當作玉米麵包的酥油。豬胃和豬腸會刮乾淨、翻過來浸泡，當成塞香腸肉的膜衣，而香腸會像彩帶一樣掛起來，跟火腿、培根一起燻。豬雜和玉米粉一起煮了餵狗、餵雞。連豬尾巴也剝了皮。只有一個像氣管的東西似乎沒有用處，要丟掉。

裘弟問道：「媽，那是什麼？」

「喔，那是牠的喉頭。喉頭是什麼？這個麼，如果少了喉頭，牠就不能吱吱叫了。」

八隻豬都處理好了。他們只留下繁殖用的老公豬、兩隻年輕母豬和佛瑞斯特家為了示好而送來的豬母。這些豬得在林子裡設法求生了。他們會在下午時用一點餿水和玉米把牠們引進豬圈裡關起來，讓牠們在夜裡稍微有點保護。此外牠們就得自己掘根來吃，是死是活就看牠們的造化了。

那晚的晚餐非常豐盛，之後好一陣子的菜餚似乎都會很豐富。屋後的菜園裡不久就會有羽衣甘藍，而墾地會長滿野芥菜。這些菜會加進培根和去殼的乾豇豆一起煮。豬脆皮可以做幾個月的豬脆皮麵包。巴克斯特家的冬天會過得很不錯。冬季是一年中最富足的時節。只要燻肉房的食物滿溢，獵物稀少就不會是大問題。

倒伏的甘蔗莖上長出一排鬚根，緊抓著大地不放，得拔起來。甘蔗莖活像破爛的拖把，要切掉亂長的根，才能榨甘蔗汁。裘弟趕著老凱薩一圈圈轉動甘蔗的小壓榨機，潘尼把充滿纖維的細瘦甘蔗莖放進轉動的裝置裡。榨出的汁很少，糖漿又稀又酸，但屋裡終於又有甜味劑了。巴克斯特媽媽把柳橙丟進最後一批沸騰的糖漿裡，做成了濃郁的果醬。

玉米受損不嚴重，就連玉米穗也在豪雨的田裡屹立不搖。裘弟每天都花好幾個小時在石磨旁工作。石磨下半部的石塊有一道小溝，像蝸牛殼的螺旋一樣從石磨中心彎出來。上半部的石塊疊在上頭，然後這組石磨安放在一個有四隻腳的木架子上。去殼的玉米從石磨上部中央的磨孔放進去，磨到夠細的時候，就會通過廢料孔篩出去，集中到一個木桶裡。一個小時又一個小時轉動比他高的撬桿雖然單調，但不令人討厭。裘弟拖來一個高高的木樁，背累的時候，就坐上去休息、來點變化。

他對父親說：「我的算數幾乎都是在這裡做的。」

潘尼說：「最好多做點；洪水讓你沒老師了。我和佛瑞斯特家之前說好，這個冬天一起提供食宿給一位老師來教你和乾草翅。乾草翅死掉的時候，我還覺得我可以做陷阱來賺點現金。不過現在獵物太少，毛皮又差，做陷阱也沒用。」

裘弟安慰他：「沒關係。我已經會不少東西了。」

「小子，這話證明你有多無知。我不希望你長大還什麼都不知道。今年你得靠著我能教你的那點東西撐過去了。」

事情的發展令人開心。潘尼教閱讀課或算術課，教著教著，不知不覺就講起故事來。裘弟愜意地繼續磨玉米。小旗來了，他停下工作，讓鹿寶寶舔舔廢料孔開口的玉米粉。他自己也常常偷嚐一點。磨石磨擦發熱，讓玉米粉散發出爆米花或玉米麵包的味道。很餓的時候吃一口很美味，但嚐起來總不像聞起來那麼香。小旗沒事做很無聊，閒晃走開。牠膽子愈來愈大，有時候會跑去灌木林裡一個小時左右。小棚屋關不住小旗，牠已經學會踢倒鬆動的木板牆。巴克斯特媽媽覺得小鹿野了，最後會跑掉，不過那只是她一廂情願，這話不再讓裘弟煩惱。裘弟知道鹿寶寶和他感受到同樣的煩躁。小旗只是覺得需要伸展四肢，探索周遭的世界而已。他們完全了解彼此。裘弟也知道小旗出去遊蕩時，總是以屋子為中心移動，從來不會跑到聽不見裘弟呼喚的地方。

那天傍晚，小旗闖了大禍。處理好的番薯在後門廊堆成了一堆。大家在忙的時候，小旗遊蕩到那裡，發現只要撞撞那堆番薯，番薯就會滾動。聲音和滾動令牠著迷，牠不斷撞番薯堆，直到番薯在院子裡散落一地，然後牠又用尖蹄子踩番薯。禁不起香氣的誘惑，牠咬了一顆，發現很喜歡番薯的味道，於是一顆接著一顆小口小口地啃食。巴克斯特媽媽發現得太遲了。損失非常慘重。她怒不可抑地用棕櫚掃帚把趕牠。這遊戲和裘弟跟牠玩的追逐遊戲差不多。巴克斯特媽媽一轉身，牠就調頭跟過去，衝撞她碩大的屁股。裘弟磨完玉米回來，等著他的是一場混亂的大災難。就連潘尼也支持巴克斯特媽媽，覺得這事很嚴重。裘弟受不了父親臉上的表情，忍不住哭了。

裘弟說：「可是牠不知道自己在做什麼。」

「裘弟，我知道。可是造成的破壞和牠刻意搗亂一樣大。這下子，我們的食物只能勉強撐得過冬天了。」

「那我就不吃番薯，補牠吃掉的。」

「沒人要你不吃番薯。只是你得注意那隻畜生。要養牠，就得負責確保牠不會造成損害。」

「沒辦法顧著牠同時磨玉米啊。」

「那不能顧著牠的時候，就把牠牢牢綁在小棚屋裡。」

「可是牠討厭那個又舊又黑的小棚屋。」

「那就把牠圍起來。」

裘弟隔天早上天還沒亮就起床，開始在院子一角做圍欄。他研究圍欄的位置時，是打算用柵欄的兩側做圍欄的兩邊，而且石磨、柴堆，尤其是穀倉空地這些工作的地方幾乎都能看到小旗。他知道小旗只要看得到他就滿意了。傍晚做完雜活，他才把圍欄完工。隔天，他從小棚屋裡解開小旗，把踢動掙扎的小旗抱進圍欄。他還沒走到屋子那裡，小旗就躍過欄杆跳出圍欄，跟到他腳邊了。潘尼發現裘弟又是一臉淚水。

「孩子，別慌。我們會想辦法，總有辦法解決的。只要把他關在屋子外面就好，目前番薯算是他唯一會動腦筋的東西。反正番薯也該蓋起來。把那個搖搖晃晃的圍欄拆了，蓋個籠子把番薯蓋起來。像雞舍那樣，兩邊合成一個尖頂。我先帶你做。」

裘弟用袖子抹抹鼻子。

「爸，謝謝你。」

番薯種進苗床，覆了土之後，就不會再有什麼嚴重的麻煩了。小旗不准進屋，也不准進燻肉房，牠體型很大了，用後腿站起來就能搆到吊起的培根片，舔舐上面的鹽巴。

巴克斯特媽媽說：「我要吃的肉除了我自己之外，可不想要給別人舔，何況是噁心的動物。」而且小旗好奇得煩人，為了想聽壺蓋掉到地上的聲音、看壺裡有什麼，還撞倒燻肉房裡一壺豬油。那天氣溫不高，發現的時候稀薄的豬油還沒流光。不過只要關上門就能防止小旗闖入，反正本來也是關著門比較好。裘弟現在很會記住那類的細節了。

潘尼說：「學會小心點，沒害處。你得學到，最重要的是保存食物。保存食物幾乎和弄到食物一樣重要。」

# 第二十三章

第一場嚴霜在十一月底降臨。壑地北端那棵大山核桃樹的葉子變得黃如奶油。楓香樹上紅黃錯落，屋子對面的馬里蘭櫟樹叢像營火燃燒似的通紅。葡萄藤是金黃色的，漆樹的顏色宛如櫟木的餘燼。紫莖澤蘭和香根菊在十月時綻放的花朵，如今已經轉變成羽狀的毛絮。接下來的日子先是微涼清爽，回暖成一種宜人的慵懶步調，之後再度冷颼颼。巴克斯特一家傍晚坐在客廳裡初生的爐火前。

巴克斯特媽媽說：「真不敢相信又是升火的季節了。」

裘弟趴在地上望著火焰。他常在火堆中看到乾草翅口中的西班牙人。他只要瞇起眼睛，等火焰蔓延到一截叉狀的柴塊之上，就不難想像有一個騎士頭戴紅帽，身穿閃閃發亮的盔甲。不過景象從不曾維持太久，因為當木柴滑動，柴塊垮下，西班牙人便再度騎馬離開了。

裘弟說：「西班牙人的帽子是紅色的嗎？」

潘尼說：「不知道，兒子。這下你曉得有老師多好用了。」

巴克斯特媽媽納悶地說：「他怎麼會想到那種事啊？」

他翻身側躺，一隻手臂伸去擱在小旗身上。鹿寶寶趴著睡著了，像牛寶寶一樣把腿塞在肚子下方，白尾巴在睡夢中輕輕顫動。巴克斯特媽媽不介意晚餐過後讓牠待在屋子裡。甚至連小旗睡在裘弟房裡，她也睜一隻眼、閉一隻眼，至少那時候牠沒在搗蛋。她不理會牠，像她對待狗那樣漠不關心。獵狗待在屋外，睡在屋子下。在酷寒的夜晚，潘尼也會讓牠們進屋裡來，不是因為出於必要，只是因為他喜歡分享舒適。

巴克斯特媽媽說：「在火裡丟根木柴吧。我快看不見，找不到我的接縫了。」

她剪了條潘尼冬天的褲子，要改給裘弟穿。

她說：「要是你長得像今年春天一樣快，以後就要剪你的褲子改給你爸穿了。」

裘弟放聲大笑，潘尼假裝受到冒犯，但他的眼睛在火光裡閃爍，瘦巴巴的肩頭抖呀抖。巴克斯特媽媽得意地搖著搖椅。每次她開玩笑，他們都很高興。她和善的天性之於他們的屋子，就像爐火之於夜裡的寒意。

潘尼說：「孩子，我們該把那本拼字書拿出來了。」

「可能已經蟑螂吃。」

巴克斯特媽媽舉起縫針，指著裘弟。

「你最好也學學文法。」她說。「應該說，已經給蟑螂吃*。」

她又平靜地搖起搖椅。

潘尼說：「話說，我總覺得今年冬天不會太冷。」

裘弟說：「要不是得把木柴搬進來，我喜歡冬天冷冷的。」

「沒錯，這冬天看來不錯。農作物和肉類的狀況都比我預料的好多了。也許可以喘口氣了。」

巴克斯特媽媽說：「終於啊。」

「沒錯，飢荒要去別的地方狩獵嘍。」

那晚的時間在無語之中緩緩流逝，萬籟俱寂，只剩爐火嘶嘶作響、潘尼抽菸斗的吐氣聲，還有巴克斯特媽媽的搖椅在木地板上嘎吱嘎吱搖動的聲音。一聲響亮的鳴叫像松樹間猛然刮起的風，從屋子上掠過。野鴨南飛了。裘弟仰頭望著父親。潘尼豎起菸斗柄，點點頭。要不是現在這麼舒服，裘弟真想問那是哪種野鴨，牠們要飛去哪。裘弟心想，如果他懂得父親知道的那些事，自己就可以不用會算數和拼字了。他喜歡閱讀。讀的大多是故事，沒潘尼說的精采（全都比不上），不過終究還是故事。

潘尼說：「好啦，不上床睡，就要在這裡睡著了。」

潘尼起身，在爐床上敲敲菸斗。他彎下腰時，狗吠了起來，從屋子下面衝出去。感覺好像潘尼走動時吵醒了狗，牠們衝向想像中的仇敵。潘尼打開前門，手搭在耳邊傾聽。

「除了那些狗的聲音，我什麼也沒聽到。」

牛開始叫，叫聲驚恐又痛苦。另一聲化為尖叫，然後驟然停止。潘尼跑去廚房拿槍。

「拿火來！」

裘弟選擇認定父親叫的是母親。他拿著自己的槍跑在父親後面；自從上次老瘸子造訪，他的槍就獲准一直裝著子彈。巴克斯特媽媽不情願地拿了塊點燃的木片跟著，慢吞吞地摸索前進。裘弟爬過畜欄的柵欄。他現在後悔起沒自己帶火把來了。什麼也看不到。他只聽到打鬥、咆哮與動物咬牙切齒的混亂聲響，利普和老茱莉亞沒了聲音。在一切之上，傳來父親絕望的聲音。

「茱莉亞，逮住牠們！利普，擋住牠們！老天啊，火呢！」

裘弟回頭翻過柵欄，跑向母親，從她手中接過火把。目前只能交給潘尼處理了。裘弟跑回去，將火把高高舉在手裡。狼侵入了他們的畜欄，殺了小母牛。一群狼（至少有三打）沿著柵欄打轉，一對對眼睛映著光，有如一池池波光粼粼的腐水。狼隻身形憔悴，毛皮蓬亂，狼牙像頜針魚的骨頭一樣森白閃爍。裘弟聽見母親在柵欄後尖叫，這才發現自己也在尖叫。

潘尼吼道：「火把不要動！」

＊編按：上一句裘弟說的話，原文是：Mebbe the roaches has ate it. 這裡有文法錯誤，應該是 have eaten。母親糾正他，但她自己也是錯的，她說：The roaches has eat it。

裘弟努力穩住火把。他看到潘尼舉起槍射了一發，然後又一發。狼隻掉頭，像一波灰浪一樣湧出柵欄。利普咬向牠們的腳跟。潘尼跑在牠們後面大吼大叫。裘弟跟在他後面跑，努力把火光照向這群敏捷的身影。他想起自己另一手還拿著槍，於是把自己的槍塞給父親。潘尼接過槍，又射了一發。狼群像雷陣雨一樣跑得無影無蹤。利普的淺色毛皮在黑暗中清晰可見，牠遲疑了一下，然後掉頭，一跛一跛地回到主人身邊。潘尼彎下腰拍拍牠，然後也掉頭緩緩走回畜欄。母牛正在低聲吼叫。

潘尼低聲說：「我來拿火把。」

潘尼舉起火把，在圍欄周圍緩緩揮動。小牛殘破的身軀倒在中央。老茱趴在附近，牙齒咬在一匹狼的咽喉。狼很憔悴，快沒氣了，眼神渙散。牠身上長滿蜱，還生了疥癬。

潘尼說：「好啦，小姐。放開吧。」

茱莉亞鬆開口，站到一旁。牠的牙齒雖然在歲月中磨得像玉米粒一樣鈍，卻是唯一有殺死狼隻的功臣。潘尼望著殘缺的小牛和死掉的狼，然後望向一片黑暗，彷彿注視著不可見的敵人的綠色眼睛。他顯得渺小，好像縮了水。

潘尼說：「唉……」

他把槍還給裘弟，從柵欄邊拿回自己的槍，然後彎腰拉起小牛的一隻蹄子，拖著小牛屍體堅決地走向屋子。裘弟在顫抖，他明白父親希望屍體離他們近一點，如果這群掠食者回來的話，他們就可以出擊。他還在恐懼。被圍堵的山獅或熊總令他害怕。但那時人類總是舉槍站著，獵狗也總有空間衝上前去然後退下。畜欄裡的那群惡狼是他再也不想目睹的景象。他真希望父親把那屍體拖到林子裡去。巴克斯特媽媽來到門邊，聲音顫抖地喊：「剛剛我必須摸黑進屋子。我這輩子沒這麼怕過。又是熊嗎？」

他們走進屋裡。潘尼和她擦肩而過，走到爐子旁拿掛在上方的水壺，用熱水處理獵狗身上的傷。

「是狼。」

「老天爺啊！狼殺了小牛嗎？」

「殺了。」

「乖乖我的老天！牠還是母牛耶！」

潘尼把熱水倒進一只臉盆，清洗兩隻狗的傷口。傷口並不嚴重；巴克斯特媽媽跟著他走來走去。

潘尼沮喪地說：「真希望我能讓兩隻狗一次對付牠們一隻。」

在溫暖安全的屋子裡，因為母親害怕，裘弟反而大起膽子，終於說得出話了。

「爸，牠們今晚會回來嗎？我們要去獵牠們嗎？」

利普腹側有一道參差不齊的撕裂傷，傷口很深。潘尼把煮沸的松樹膠揉進傷口裡。他沒心情回答，也沒心情說任何話。他一直沒說話，直到他處理完獵狗、替牠們在屋簷下靠近他臥室窗子的地方弄好一個舒適的窩，他可不想再被出其不意地攻擊。他進到屋裡，洗過手，在火邊暖暖手。

「這種時候，男人就需要喝口烈酒。」他說：「我明天可得去跟佛瑞斯特家討一杯。」

「你明天要去他們家嗎？」

「我得找幫手。我的狗還行，不過大塊頭的女人、瘦小的男人和小男孩可打不過成群狩獵的餓狼。」

聽到父親承認自己不能獨立處理所有事，讓裘弟有種怪怪的感覺。但狼隻從來不曾成群攻擊這片墾地。從前鹿和小型動物的數量足以餵飽牠們。只有少數單獨行動或成對的狼隻來過，牠們戰戰兢兢地偷偷前進，一有風吹草動就立刻跑走。狼隻從來不是嚴重的威脅。潘尼脫下褲子，背對著爐火。

「這下子我怕了，」他說：「怕得屁股發涼。」

巴克斯特一家上床睡覺。裘弟確保自己的窗戶已經緊閉。他想要小旗和他一起躺在被單下，但他每次把百衲被拉到鹿寶寶身上，鹿寶寶就把被子踢掉。鹿寶寶滿足地睡在床腳，夜裡裘弟醒來兩次，伸手往下摸，確認鹿寶寶是不是還在那裡。小旗不像快成年的小牛那麼大——想到這，裘弟的心就在黑暗中砰砰狂跳。墾地的堡壘不再牢不可破了。他把百衲被拉到頭上，害怕再度睡著。然而，在秋季的第一個寒冷夜晚，床是個舒服且令人想睡的地方……

清晨，潘尼早早就動身去佛瑞斯特家。夜裡狼群沒再來。潘尼希望自己至少有射傷一兩匹狼。裘弟央求潘尼帶他去，但母親斷然拒絕獨自留在家中。

「你只覺得好玩。」她抱怨：「光會說『我可以去嗎？我可以去嗎？』就不會想到像個男人，照顧你媽。」

她激起了他的自尊。他拍拍她手臂。

「媽，別擔心。我會留下來，不讓狼群靠近。」

「早該這樣。一想到牠們，我就發抖。」

父親保證狼群不會在白天出現，這讓裘弟有了勇氣，但當父親騎著老凱薩離開時，裘弟卻忍不住不安起來。他把小旗綁在他房間的床柱上，去陷穴挑水。回程路上，他非常肯定自己聽見了過去沒聽過的聲音。他頻頻回頭看，過了柵欄轉角之後就小跑步起來。他告訴自己，他不怕，不過母親可能害怕。他匆忙劈好柴，把廚房柴箱裝到滿出來，還在爐邊堆了一堆，免得母親之後想到需要。他問她要不要從燻肉房拿肉。她說不用，不過要了一罐烤豬脆皮和一碗豬油。

巴克斯特媽媽說：「這下你爸不在，又沒說該怎麼處理可憐的小牛，是要埋了？煮了餵狗？還是留著當餌？唉，還是等他說了再處理吧。」

外面沒別的粗活要做了。裘弟門上廚房門。

「把那隻鹿寶寶趕出去。」她說。

「媽，別逼我趕牠出去。牠的味道只會把附近的狼都引來啊。」

「好吧，不過如果牠不守規矩，你可要替牠收拾善後。」

「沒問題。」

裘弟決定練習拼字。母親從裝著多餘的被子、冬衣，和巴克斯特家地契的大皮箱裡翻出拼字本。他整個早上都忙著讀拼字本。

「我從來沒看過你這麼認真看那本書呢。」她狐疑地說。

裘弟幾乎看不見書上的字。他又告訴自己一次，他不怕。但他豎著耳朵傾聽，整個早上都在聽有沒有踩著腳掌急促移動的聲響，有沒有老凱薩的蹄子踩在沙土上的甜美聲響，有沒有父親的聲音從大門邊傳來。

潘尼即時回來吃午餐。他早餐沒吃什麼，飢腸轆轆。吃飽之前，他什麼也不說。然後他點起菸斗，靠向椅背。巴克斯特媽媽洗了盤子，用棕櫚掃把掃掃地。

「好吧。」潘尼說：「我告訴你們現在的狀況。我推測，所有動物裡，狼被瘟疫害得最慘，只剩下昨天晚上來的這群狼了。巴克和蘭姆去過巴特勒堡和沃盧西亞，他們說，瘟疫之後，除了這群，沒人看過別的狼了。牠們都一起行動。是從蓋茲堡附近來的，一路上清光了大家的牲畜。可是吃到的不多，開動之前就被發現、趕走了。牠們餓得半死，前天晚上牠們殺了佛瑞斯特家的一頭母牛和一頭小公牛。今天早上快黎明的時候，他們聽見狼群在號叫。就是牠們來過我們這裡之後。」

裘弟心急死了。

「我們要和佛瑞斯特兄弟去打獵嗎？」

「是啊。我和那些弱雞好好去巡視了一下。對於殺狼的事，我們看法不一樣。我想好好打幾次獵，在我們畜欄、他們畜欄周圍設陷阱。可是佛瑞斯特家的一心想毒死牠們。我從來沒毒過動物，以後也不打算做。」

巴克斯特媽媽把她的抹布往牆上一丟。

「以斯拉．巴克斯特，把你的心挖出來看看，一定不是肉做的，是純奶油做的。你真是該死的傻子。你甘願讓那些野獸冷血殺掉我們的牲畜，把我們餓死，然後你說不行，你心軟捨不得讓牠們肚子痛。」

潘尼嘆了口氣。

「好像很蠢，對吧？可是我沒辦法。而且，很可能會有無辜的動物中毒，狗之類的。」

「至少比我們被狼殺光好吧。」

「歐莉啊，牠們不會殺光我們的啦。牠們看來不會打崔克西或凱薩的主意。牠們的牙齒能不能咬穿牠們的老皮，還很難說呢。牠們也絕對不會去惹像我們家這麼會打架的狗。牠們不會爬到樹上抓那些雞。現在小牛沒了，這裡沒東西讓牠們打主意了。」

「爸，還有小旗。」

裘弟覺得父親難得犯了錯。

「爸，毒藥不會比牠們撕碎小牛糟糕。」

「撕碎小牛是牠們的天性。牠們餓了。可是毒藥一點也不自然。這樣不公平。」

巴克斯特媽媽說：「除了你，還有誰想和狼講公平，你這——」

「說啊，歐莉。說出來比較痛快。」

「如果要我說，會用到的字我連想都想不出來，更何況是說出來。」

「那就別說了，老婆。下毒這種事，我就是不想摻一腳。」

他抽了口菸斗。

「佛瑞斯特家的說得比妳難聽，這樣妳會不會好過一點？」他說：「我知道我堅持立場的時候，他們會在心裡嘲笑我，結果給我料到了。他們還是打算就去放毒餌。」

「幸好這地方還有男子漢在。」

裘弟憤怒地瞪著他們倆。他心想，父親錯了，但母親並不公平。父親有種傲視佛瑞斯特一家子的特質。這次佛瑞斯特家沒聽他的，一定不是因為他不是男子漢，而是因為他錯了。甚至他還可能沒有錯。

「別再逼我爸了。我相信他比佛瑞斯特家的有見識。」

巴克斯特媽媽轉向他。

「沒禮貌的大嘴巴先生，小心我拿樹枝揍你。」

潘尼拿菸斗用力敲了敲桌子。

「別吵了！家畜的麻煩還不夠，家人還要吵架嗎？人非要死了才能得到安寧嗎？」

巴克斯特媽媽轉身去做她的事。裘弟溜進臥室，放開小旗，帶牠去戶外跑跑。裘弟在林子裡很不安，沒走遠。他把鹿寶寶叫回來，和他一起坐到山核桃樹下看松鼠。裘弟決定在松鼠摘完山核桃之前，先把山核桃收集起來。山核桃樹結實纍纍，松鼠因為瘟疫所以數量並不多，不過他暗自希望在自己的土地上，不用把山核桃分給別的動物。他爬上樹，搖晃樹枝。山核桃果實像大雨一般灑落地面，他爬下樹把它們堆成一堆，然後脫下襯衫做成袋子裝堅果，拿進屋裡。他把那堆堅果全倒在小屋地上，攤開來陰乾。穿上襯衫時，他發現自己讓衣服染上果殼汁液的顏色了，染色染得太嚴重，永遠洗不掉了。那件襯衫的狀況很好，只有一個小補丁，是他滑下玉米倉屋頂時鉤破袖子所以補上的。他在心裡咕噥，真難預料什麼事會讓自己惹上麻煩，什麼事不會。不過母親對潘尼發脾氣的時候，通常不會注意到他做了什麼。

下午，巴克斯特媽媽慢慢平靜下來。畢竟佛瑞斯特家的會把事情辦妥。快傍晚時，佛瑞斯特家三個兄弟騎馬來通知潘尼放置毒餌的位置，要他別讓自己的狗靠近那個路線。他們的毒餌設得很聰明，全是在馬背上準備的，以免狼聞到討厭的人味。他們用被殺的母牛和小公牛做生肉塊，用裹著公牛皮的手拿毒藥塞進去。三人分頭前進，沿著狼群應該會走的路徑騎去，從馬鞍上彎著腰用尖尖的棕櫚莖挖洞，丟進毒餌，再用棍子把葉子撥到餌上。狼可能去陷穴喝水或等待獵物，所以他們放餌的最後一條路徑就從陷穴通向潘尼的畜欄。潘尼冷靜豁達地接受現實。

「好吧。我這星期就把狗拴著。」

他們接受了一杯水和潘尼的一點菸草，不過婉拒了晚餐。他們想趕回家，因為狼群可能在夜裡再度造訪他們的畜欄。他們停留幾分鐘就騎馬離開了。那晚平安無事。潘尼將更多彈殼填滿，蓋上雷帽，在槍裡裝上子彈。他也替裘弟的前膛槍上好子彈。裘弟接過槍，小心翼翼地把槍立在床邊。他很感謝父親在這種準備工作中把他算進去。全家都上床之後，裘弟躺著思索。他聽見父親和母親說話。

裘弟聽見他說：「有個消息要告訴妳。巴克跟我說，奧利佛．哈托坐上傑克森維爾開往波士頓的船，打算下次上船前在那裡待一陣子。他給了婷可．威瑟比一點錢，讓她溜去傑克森維爾，坐船跟他走。蘭姆氣壞了。他說要是給他碰上婷可和奧利佛，他會把他們兩個都殺了。」

裘弟聽見他母親龐大的身軀翻身，床嘎嘎作響。

她說：「如果她是好女孩，奧利佛怎麼不娶了她，一了百了？如果她不過又是個賣笑的，他幹嘛和她糾纏不清？」

「我也不清楚。我離那個研究怎麼追女生的年輕小夥子的時候，已經太遠了，不記得奧利佛可能怎麼想。」

「反正他不該讓她那樣跟著他。」

裘弟和她有同感。他不滿地在被單下踢著腿。他和奧利佛已經完了。再看到奧利佛，他會把自己對他的看法告訴他。他最希望遇到婷可·威瑟比；遇到她，他要扯她的黃頭髮，或是拿什麼丟她。奧利佛沒來看他們就離開，都是她害的。他失去了奧利佛。他好氣他，氣到一點也不在乎了。裘弟墜入夢鄉時，還開心地想像婷可在灌木林裡徘徊，吃下毒狼藥，罪有應得地痛苦死去。

# 第二十四章

佛瑞斯特家下的毒一星期就殺了三十隻狼。剩下一、二十隻的狼群很謹慎，避開了毒藥。潘尼答應用陷阱和槍這些正統方式幫忙鏟除牠們。狼群活動的範圍很廣，在同一個地方從不獵殺兩次。一晚，狼群入侵佛瑞斯特家的畜欄。小牛們哞哞叫，佛瑞斯特兄弟蜂湧而出。他們發現母牛正在抵禦狼群。母牛圍成一圈，讓小牛待在中間，自己低頭用牛角防禦。一隻小牛喉嚨被撕裂而死，兩隻小牛的尾巴整條被咬掉。佛瑞斯特兄弟殺了六匹狼。隔天，他們又設下毒餌，但狼沒回來。結果毒餌被他們家兩隻狗找到，死狀淒慘。佛瑞斯特家終於願意用慢一點的方法追捕剩餘的狼。

一天下午的黃昏時分，巴克來邀請潘尼隔天黎明和他們一起去打獵。那天稍早，他們聽見狼在佛瑞斯特樹島的水坑以西號叫。洪水後是長期的乾旱，滿滿的水都退了。沼澤、溼地、池塘和小溪幾乎回到原來的水位。剩下的獵物應該都會造訪各個已知的水坑。狼也發現同樣的事。這次打獵有兩個目的。幸運的話，剩下的狼都能一舉殺掉。也能輕易捕獲獵物。瘟疫似乎已經平息了。鹿肉、熊肉再度令人垂涎。潘尼感激地接受邀請。裘弟很清楚，佛瑞斯特家人丁眾多，大可不用外人幫忙。他們是出於慷慨，才派巴克來到巴克斯特家樹島。裘弟也知道，他父親熟知獵物的習性，他們一向很歡迎他的知識。

潘尼說：「巴克，留下來過夜吧，我們黎明前就出發。」

「不行，要是上床時間我還沒回去，他們會以為不要打獵，到時候就不會準備好。」

雙方同意潘尼在黎明前大約一小時，在大路與他們小徑的岔路那裡和佛瑞斯特家的碰面。裘弟拉拉父親的袖子。

潘尼說：「我可以帶我的兒子和狗去嗎？」

「我們的尼爾和大個被毒死了，所以得靠你的狗。沒算到你兒子，不過只要你保證他不會捅簍子……」

「我保證。」

巴克騎馬離開。潘尼準備彈藥，給槍上油。巴克斯特一家人早早就上床睡覺了。

裘弟覺得自己幾乎還沒時間上床睡覺，潘尼就在他身旁彎下腰，搖醒了他。天還沒亮。他們一向起得很早，但東方通常至少有一絲微弱的曙光，現在世界一片黑漆漆，樹木仍在夜晚的風中沙沙作響，世上幾乎沒有像這樣的聲音。一時間，裘弟後悔前一晚那麼期待。然後他想到接下來要打獵，興奮的情緒溫暖了他，他跳下床，進入冰冷的空氣中。他套上襯衫和褲子，用腳底滑過他柔軟舒適的鹿皮毯，然後匆匆趕去廚房。

廚房爐裡的火焰劈哩啪啦作響。母親在荷蘭鍋裡放了一鍋餅乾。她的法蘭絨長睡衣外面披了件潘尼的舊獵裝外套。她的灰髮編成辮子，垂在肩上。裘弟走向她，聞著她的氣味，在她穿著法蘭絨睡衣的胸前蹭蹭鼻子。她顯得高大溫暖又柔軟，他把雙手塞進她背部的外套裡取暖。她容忍了他一下，才推開他。

「我還沒看過那麼幼稚的獵人。」她說：「如果早餐吃晚了，你們會遲到喔。」

但她的語氣很和善。

裘弟替她切培根。她用熱水燙過，沾沾麵粉，放進鐵煎鍋裡炸到褐黃焦脆。他不覺得餓，但培根的香甜堅果氣味太誘人。小旗從臥室裡走出來，也在聞聞嗅嗅。

巴克斯特媽媽說：「先去餵好那隻鹿寶寶，把牠拴在小棚屋裡，免得忘記了。你們不在的時候，我可不要牠來煩我。」

裘弟帶小旗出去。鹿寶寶很活潑，一溜煙跑走。裘弟在黑暗中幾乎追不上，好不容易才抓到牠。裘弟先把鹿寶寶拴起來，才給牠玉米粉加水做的玉米糊。

裘弟說：「要乖喔，等我回來，再跟你說狼的事。」

小旗在他後面呦呦叫。假如是平常的打獵，他幾乎比較想和小旗待在家。但潘尼說，他們打算殺掉灌木林中最後的狼，他這輩子可能再也見不到狼了。他進屋時，潘尼已經擠完奶回來。時候還早，所以牛奶很少。早餐準備好了。他們吃得很匆忙。巴克斯特媽媽沒一起吃，忙著替他們準備午餐，不過潘尼堅持他們會回家吃午餐。

巴克斯特媽媽說：「你以前也這樣說過，然後天黑後才回來，餓到肚子都痛了。」

裘弟說：「媽，妳真好。」

「哼，是啊。有東西吃的時候才好。」

「我寧願妳弄食物的時候好，其他時候壞。」

「喔，你說我壞呀？」

「很少很少啦。」他安撫她。

潘尼去穀倉時已經幫凱薩上了鞍。馬匹此時跺著腳，拉扯柵門。凱薩和獵狗一樣，很清楚要打獵了。獵狗搖著尾巴過來，囫圇吞下一鍋玉米粥和肉汁，然後跟在後面。潘尼把一捲繩子和鞍袋拋到凱薩背上，上馬之後，把裘弟拉上去坐到他後面。巴克斯特媽媽把他們的槍遞上去給他們。

潘尼對裘弟說：「你舉著那把槍轉身的時候小心點。要是殺了你爸，就得自己打獵過活了。」

感覺天確實要破曉了。馬蹄躂躂踩在沙子裡，道路傳回回音，然後沉默地被他們拋在背後，同時朝著他們前方延伸。裘弟心想，真奇妙，明明大部分的生物在夜裡都醒著、太陽起來時睡覺，但夜晚卻感覺比白天寧靜。只有橫斑林鴞呼呼叫著，當叫聲停息，他們便騎向黑暗的虛空。他們很自然就壓低聲音說話。空氣冷冽。裘弟興奮得忘記穿上自己的破夾克。他緊緊靠著父親的背。

「孩子，你沒穿上外套啊。要穿我的嗎？」

裘弟很心動，但是拒絕了。

「我不冷。」他說。

潘尼的背比他還瘦。沒外套穿是他自己的錯。

「爸，你覺得我們會遲到嗎？」

「應該不會。也許等我們到了才會天亮。」

他們比佛瑞斯特家的早到。等待太難熬，所以裘弟爬下馬，和利普打鬧，暖暖身子。裘弟開始擔心他們是不是錯過佛瑞斯特兄弟了。然後躂躂的馬蹄聲好像從一段距離之外傳來，佛瑞斯特兄弟出現在眼前。六兄弟全來了。他們簡短地和巴克斯特父子打了招呼。微風從西南方吹來，讓他們處於下風。只要沒撞上守衛的狼，他們就有機會出其不意地逮住狼群，最好可以遠程射擊。巴克和潘尼並肩領頭，其餘的人呈一列縱隊跟在後面。

一道幾乎不像光線的灰白緩慢移動，穿越了森林。日出和徹底天亮之間有一小段不真實的時光。裘弟感覺自己好像在白天與黑夜之間的夢境中移動；太陽升起，他就會醒來。這將是個多霧的早晨。灰白在霧中徘徊不去，好像不願升起。灰白與霧融成一氣，合力對抗要粉碎它們的太陽。一行人騎出灌木林，進入開闊的草地和綠櫟樹島。那之後是獵物愛去的一個水坑。水深而清澈，水不知怎麼很合動物的胃口。水坑兩側都有沼澤保衛，可以看見從沼澤接近的危險；另外兩側是森林，動物可以迅速躲進林子裡。

狼還沒出現，不知道會不會來。巴克、蘭姆和潘尼下了馬，把狗拴在樹上。東方低垂著細細一道黃絲帶般的顏色。上方籠罩著秋霧。只看得到離地面幾呎的東西。起初，水坑看似空蕩蕩的，接著四處開始浮現身影，好像霧氣本身有了形體，但仍然灰白單薄。遠方出現了公鹿的犄角。蘭姆直覺舉起槍又放下。目前狼比較重要。

水車輪喃喃說：「我不記得那座池塘邊有木樁。」

這時木樁動了。裘弟詫異地眨眼。木樁是年輕的熊。那裡有整整一打年輕的熊隻，兩頭比較大的熊緩緩漫步在牠們後面，這些熊不知是沒看見、沒聞到鹿，或是決定視而不見。霧幕升得更高了。東方那道顏色加寬。潘尼伸手一指。西北方有動靜，狼的身影依稀可見，像人一樣呈一列縱隊溜下來。老茱敏銳的鼻子嗅到微弱的氣味，昂起鼻頭嗚咽。潘尼摸摸牠，要牠安靜，於是牠趴平在地上。

潘尼壓低聲音說：「我們這樣開槍，一點機會也沒有。沒辦法靠得夠近。」

巴克低聲怒吼。

「那殺公鹿，還是，殺老熊呢？」

「聽我說，我們其中一個人可以悄悄繞到東南邊，很快衝過南方的沼澤。狼那時候已經走得太下去，不能回頭了。牠們不會進沼澤，所以一定會從我們這裡更過去一點的地方出來，跑進林子裡。」

他們立刻接受他的主意。

「就這麼辦。」

「這事裘弟可以做得跟男人一樣好。而且他一定打不到。我們一槍也不能少。」

「好。」

「裘弟，你騎馬從那邊的樹林邊緣裡過去，到最高的松樹對面的時候，就切過沼澤朝我們這裡衝過來。你一調頭，就朝狼群放槍。不用想打中牠們。去吧。動作快，可是別發出聲音。」

裘弟拍拍凱薩臀部，快步騎開。他的心臟好像跳離了原本的位置，跑到他的喉嚨裡跳呀跳的。他看得不太清楚，擔心自己永遠看不到那棵高大的松樹，太早或太晚才轉向，毀了他們的計畫。他盲目騎行。他挺直背脊，一手滑過槍管，然後感到一股美妙的堅定與清明。他在抵達之前就看到了目標的那棵松樹。他猛然把凱薩調頭向右，腳跟用力一夾，用韁繩拍打馬的脖子，衝進空曠處。沼澤水在他腳下飛濺。他看到年輕的熊散開了。裘弟擔心自己衝得不夠進來，不夠靠近狼群。他前方潛伏的狼群遲疑了，差點要調頭跑回牠們的來時路。裘弟舉起槍，在牠們後頭鳴槍。狼隻成群逃竄。裘弟屏住呼吸。他看到牠們湧向灌木林。他聽見轟然槍響，聲音悅耳。他完成了自己份內的工作，接下來的事就不在他的掌控中了。他快馬跑過水池南側，朝大家騎去。拴起的狗高聲吠叫。不時有零星的槍響。他頭腦清晰，真希望還有子彈。他相信自己一定能冷靜精準地擊中獵物。

潘尼的策略完全奏效了。地上躺了十來具灰色的屍體。大家正在爭執。蘭姆想放狗追剩下的狼隻，但巴克和潘尼反對。

潘尼說：「蘭姆。你也知道狼跟閃電一樣快，我們的狗都跑不過。牠們不會像貓一樣爬上樹，也不會像熊一樣轉身對抗。牠們會一直一直跑下去。」

巴克說：「蘭姆，他說得沒錯。」

潘尼興奮地轉身。

「你們看那些熊寶寶在做什麼。牠們爬到樹上去了。我們來活捉牠們好不好？活的動物在東岸的價格不是不錯嗎？」

「聽說是這樣。」

潘尼翻上馬背，裘弟往後挪了一點坐在他後面。

「大夥們，慢慢來，動作愈慢，愈容易成功。」

有三隻春天出生的小熊大概是沒媽媽太久，忘了規矩，甚至沒爬上樹，就這麼用後腿坐著，像嬰兒一樣哭泣。牠們沒試圖逃走。潘尼把那三隻熊寶寶綁在一起，繩子另一端套在粗大的松樹上。有些熊寶寶只爬上樹苗，很容易搖下來綁住。另外兩隻爬到了比較大棵的樹木高處。裘弟體重最輕，也最靈活，於是跟著爬上去。牠們在他上方爬得更高了，然後匆匆爬到一根側枝上。裘弟側身沿著側枝挪過去。要把牠們搖下去自己又不能跌下去，這可不容易。側枝微微裂開。潘尼放聲叫他等一等。他們砍下一根櫟樹枝修整一番，遞了上去。裘弟滑下樹，直到他搆到櫟樹枝，拿了樹枝爬回去。他用樹枝戳戳熊寶寶，但熊寶寶抓得好緊，活像長到側枝上了。最後熊寶寶終於掉下樹，裘弟這才爬下來。

老熊和公鹿聽到第一聲槍響就逃之夭夭了。有兩隻小熊反抗得太厲害，不值得活捉。牠們胖嘟嘟且毛皮光亮，既然兩家都需要鮮肉，就射殺了牠們當食物。他們總共捉了十隻熊寶寶。

巴克說：「乾草翅看了一定很開心吧？真希望他還活著，能看到牠們。」

裘弟說：「要不是我已經有小旗了，我一定會帶一隻回家。」

潘尼說：「那你跟熊寶寶都會被擋在屋子外。」

裘弟靠近熊寶寶，對牠們說話。牠們昂起尖鼻子，嗅嗅他的氣味，然後用後腿站起來。

裘弟說：「你們可以活下來，很好吧？」

他又靠近了點，試探性地伸手要碰其中一隻。那隻熊寶寶的尖爪揮過他袖子。他往後一跳。

「爸，牠們不知感恩耶，一點也不感謝我們從狼的嘴裡救了牠們。」

潘尼說：「你沒仔細看牠的眼神，選了隻凶的摸。我跟你說過，雙胞胎熊寶寶裡，有一隻會比較友善，另一隻比較凶。看你能不能找出眼神友善的。」

「我大概選不對。還是算了。」

佛瑞斯特兄弟哈哈大笑。蘭姆撿起一根樹枝，逗弄其中一隻熊寶寶。他戳戳牠肋骨，弄得牠張口咬樹枝，然後他又把小熊摔倒，讓熊寶寶痛得尖叫。

潘尼說：「蘭姆，你要虐待那小東西，不如殺了牠。」

蘭姆氣呼呼地轉過身。

「要管就去管你家小孩。我愛幹嘛就幹嘛。」

「只要我還有口氣在，就不能讓你虐待動物。」

「你想被揍得沒了那口氣，是嗎？」

巴克說：「蘭姆，就先別使壞吧。」

「你也想打架嗎？」

佛瑞斯特兄弟間發生爭執時，誰會跟誰站在同一邊不太一定，沒有規則或原因，不過這次他們全和巴克、潘尼站在一邊。經過一場獵殺和捉捕，他們脾氣都很好。蘭姆怒吼一聲，但放下了拳頭。大家同意讓蓋比和水車輪留下來顧著熊寶寶，免得熊寶寶咬斷綁繩。他們拿各種東西當綁繩，有的綁繩是潘尼的繩索，有的是巴克的鹿皮靴鞋帶。其他人則回佛瑞斯特家樹島，駕馬車來載熊寶寶。

「現在只要討論好帶牠們去哪，我和表弟就能回家了。」潘尼說：「我回去路上還要獵點東西。」

蘭姆懷疑地說：「你打算去追那頭公鹿嗎？」

「一定要知道我要獵什麼的話，就告訴你吧，我打算去刺柏泉獵隻鱷魚。我要鱷魚油擦靴子，還要把尾巴的肉醃了餵狗。這樣行了吧？」

蘭姆沒答腔。潘尼轉向巴克。

「那些小熊帶去聖奧古斯丁賣掉最好，對吧？」

「如果價錢不夠好，可以再去傑克森維爾試試。」

「去傑克森維爾。」蘭姆說：「我在那裡有點事要處理。」

水車輪說：「我在傑克森維爾有個女朋友，不過我在那裡可沒事要處理。」

巴克說：「如果要結婚的是她，你在那裡一定沒什麼鬼事要處理。」

潘尼耐著性子說：「所以就去傑克森維爾了。有誰要去？」

佛瑞斯特兄弟你看我，我看你。

潘尼說：「只有巴克跟人做買賣不會吵架。」

蘭姆說：「沒載上我，那輛馬車不准走。」

「那就是巴克和蘭姆了。你們要我一起去嗎？座位只能坐三個人。」

他們沉默了。

最後，水車輪開了口：「潘尼，賣小熊的錢你可以分一大份，不過我很想去。剛才想到，我還有桶東西要帶去賣。」

潘尼說：「我是一點也不想去啦。巴克，希望你可以替我顧著我那一份，替我做買賣。你們什麼時候出發？明天嗎？好吧，如果你們明天可以經過我們家，我和孩子的媽會想出一些東西請你們幫忙買。」

「你也知道，我不會讓你失望的。」

「我知道。」

他們分道揚鑣。佛瑞斯特兄弟往北，巴克斯特父子向南。

潘尼說：「我再愛他們、再缺錢，也不會和那群傻瓜一起去東岸。他們一路上會敲破酒瓶，打破頭。」

「巴克不會辜負我們吧？」

「他不會辜負我們的。巴克是那家唯一像樣的傢伙。就他和可憐的乾草翅。」

裘弟說：「爸，我覺得怪怪的。」

潘尼停下凱薩，轉身看他。裘弟臉色蒼白。

「唉，孩子，你太興奮，興奮完就虛脫了。」

潘尼下馬，把裘弟抱下來。裘弟軟趴趴的。潘尼讓他靠在一株小樹上。

「你今天做了大人的事。放輕鬆坐著，我幫你拿點吃的。」

他在鞍袋裡摸索，拿出一顆冷掉的烤番薯，剝好皮。

「吃了就會有精神。到刺柏泉那裡，你多喝點水。」

裘弟起初吞不下去。然後他的味蕾嚐到番薯的滋味。他坐直身子，小口小口吃，馬上就好多了。

「你跟我小時候一個樣。」潘尼說：「做什麼事都太認真了，整個人就沒力了。」

裘弟咧嘴一笑。說這話的如果不是父親，他一定很羞愧。他掙扎著爬起來。潘尼一手擱到他肩頭。

「我不想在他們面前稱讚你，不過你立了大功。」

潘尼的話和番薯一樣給了他力量。

「爸，我沒事了。」

他們上馬繼續前進。晨霧變稀薄，已經消失了。十一月的空氣清新。陽光像溫暖的手臂搭在他們肩上。馬里蘭櫟樹紅如火焰，矮櫟樹熠熠生輝。路上瀰漫著紫色鹿舌草的香氣。叢鴉飛過路上。裘弟心想，牠們純藍的羽毛衣比藍鶇的還要豐厚，所以更漂亮。他背後，老凱薩臀上的小熊肉和馬汗味、馬鞍濃郁的味道、鹿舌草和番薯殘存的氣味融合成不算難聞的味道。他心想，等他回家，有好多事要跟小旗講。和小旗講話最棒的是他幾乎都可以用想的，不用講出來。他比較喜歡跟父親說話，可是都不知道怎麼把事情講清楚。每次試著要說他想過的事，還在支支吾吾，念頭就消失了，好像開槍打樹上的鴿子一樣，他看到鴿子、舉起槍，悄悄靠近，但還沒扣下扳機，牠們就飛走了。

和小旗在一起，他可以說：「狼來了，牠們溜進池塘裡。」然後就能坐在那裡看著整個經過，重新經歷當時的那些恐懼和激烈的狂喜。小旗會蹭蹭他，用水汪汪的溫柔眼睛看著他，他可以感覺到自己的話小旗都聽懂了。

裘弟猛然回過神。他們已經走上西班牙古道，穿過常綠闊葉林，來到刺柏泉。泉水在正常的水位。洪水帶來的碎屑在泉水兩岸積了厚厚一層。清澈湛藍的泉水從一個深不見底的洞裡汩汩湧出。洞穴上橫了一根倒木。他們把老凱薩拴到一株木蘭樹上，繞過泉水找鱷魚的蹤跡，不過沒找到。泉水裡住了一隻幾乎被馴化的老母鱷。牠每隔一年會養大一批小鱷魚，如果有人叫牠，牠就會游到岸邊，接人家丟給牠的肉。牠現在大概和小鱷魚一起待在洞裡。因為牠非常溫馴，而且在這裡很久了，所以從來沒人騷擾牠。潘尼擔心哪天會有陌生人來，覺得牠容易獵到，就把牠給殺了。他們循著溪岸而下。一隻美洲麻鷺振翅飛起。

潘尼往後伸出手，攔住裘弟。對岸有個新鮮的鱷魚泥坑。鱷魚轉身翻滾堅硬的軀體時，把泥巴夯得平滑結實。潘尼在一株風箱樹後快速蹲下來，裘弟也在他後面蹲下。潘尼在槍裡裝上子彈。不久，湍急的溪水裡一陣騷動。一截像斷木的東西浮到接近水面的地方。斷木的一頭有兩個突起。那支斷木是隻身長八呎的鱷魚，突起則是牠厚眼皮的眼睛。牠又沉下去，然後浮出水面，抬起前半截身體來到岸上。鱷魚慢吞吞地爬到泥坑，短腿抬著沉重身軀一上一下，甩甩尾巴，然後靜靜趴在坑裡。潘尼瞄準鱷魚，比裘弟看他瞄準熊或鹿的時候更謹慎。他開火了。長尾巴瘋狂揮動，但身軀立刻沉進泥裡。潘尼跑向上游，繞過泉水源頭，然後向下游跑到泥坑的另一側，裘弟跟在腳邊。牠寬大扁平的兩顎不自主地一開一合。潘尼一手箍住鱷魚嘴，另一手抓住牠一隻前腿。獵狗興奮地吠叫。裘弟也抓住鱷魚，兩人一起把屍體拖到地面上。潘尼站直身子，用袖子擦擦額頭。

「有點收穫，出點力也值得。」

他們休息一下，然後動手切下尾巴肉，尾巴肉燻過之後，就是打獵時的方便狗糧。潘尼把鱷魚皮翻面，刮下一層層油脂。

「洪水倒是肥了鱷魚。」他說。

裘弟手拿小刀，跪坐在腳上。

「水蛇和烏龜應該也肥了。」裘弟說。

「還有鳥也要肥了。」潘尼說。「除了火雞之外，鳥類受害的情況不大嚴重。」

裘弟思索著事情有多奇怪。水裡和空中的動物活了下來。只有住在堅固陸地上的動物，困在風和水這兩個陌生元素之間死去。這想法令他不安，而且他不知怎麼說出口和父親分享，它像殘存的晨霧一樣飄過他腦海。他回頭繼續處理鱷魚脂。

狗對鱷魚肉沒興趣，鱷魚肉就像青蛙、白冠雞或鴨子那些吃魚動物的肉，不合牠們的胃口。不過鱷魚的尾巴肉和小牛肉一樣粉紅，燻過之後，奇怪的味道和氣味就會消失，只要沒更好吃的肉，牠們就肯吃。潘尼把午餐從鞍袋裡拿出來，清空袋子，然後裝進一條條肉和油脂。他望著那包食物。

「孩子，現在吃得下了嗎？」

「我幾乎任何時候都吃得下。」

「那我們就吃吧，把午餐解決掉。」

他們在潺潺溪水裡洗了手，再去泉水源頭喝水。父子倆趴在地上，豪飲泉水。他們打開午餐，把食物分成兩份。潘尼留下夾滿山楂果醬的餅乾和一塊樹薯布丁。裘弟感激地接受了。潘尼望著裘弟突起的小肚子。

「真看不出你都吃到哪去了。不過我很高興有把我的分給你。以前我還小的時候，弟弟妹妹太多，我自己的肚子總是扁扁的。」

他們舒服地仰躺著。裘弟凝視著上方的北美木蘭。厚葉子的葉背好像他曾外祖母銅水壺的壺底。木蘭樹的紅色椎狀果序開始散佈種子了。裘弟收集了一把，百無聊賴地撒在自己胸前。潘尼懶洋洋地爬起來，拿食物殘渣餵狗。他領凱薩去泉水那裡喝水。然後兩人上馬，朝北往巴克斯特家樹島去。

到了甜水溪以西的地方，茱莉亞追起一條蹤跡。潘尼彎腰去看。

「牠發現很新的一道公鹿蹤跡。」他說：「我想讓牠去追。」

茱莉亞的尾巴搖個不停，鼻子像要貼到地上。牠迅速前進，然後高高昂起鼻子，嗅到風中的氣味，開始快步前進。

「牠一定就在我們前面插進來的。」潘尼說。

鹿蹤沿著路延伸了幾百碼，然後右轉。茱莉亞發出又細又尖的叫聲。

潘尼說：「牠就在附近。我打賭牠就躺在灌木叢裡。」

潘尼跟著獵狗騎進灌木叢中。茱莉亞吠叫，一頭公鹿翻身跪起來，然後一躍起身。公鹿長著威風的鹿角。但牠沒迅速逃走，卻一頭撞向獵狗。他們立刻明白為什麼了。公鹿後面有頭母鹿抬起平滑沒有角的頭。因為洪水打斷，鹿的求偶期晚了。公鹿正在求偶，隨時處在備戰狀態。潘尼沒開火，事情不尋常的時候，他常常這樣。老茱與利普和他一樣大惑不解。對上熊、山獅和山貓，牠們無所畏懼，這次牠們原本預期獵物會逃跑的，但獵物卻沒有。牠們退開來。公鹿像公牛一樣刨著地面，甩動犄角。茱莉亞恢復鎮定，撲向牠咽喉。公鹿用鹿角抵住牠，把牠拋進樹叢裡。裘弟看到母鹿轉身，拔腿跑開。茱莉亞毫髮未傷，再次發動攻擊。利普逼近公鹿腳旁。公鹿又刨刨地面向前衝刺，然後低垂著鹿角對抗。

潘尼說：「老兄，抱歉了。」然後他開火了。

公鹿倒下，踢了一陣子腳，不久就不再動彈。茱莉亞發出獵犬勝利的高亢號叫。

潘尼說：「我真討厭這樣。」

公鹿體型不小，狀態很好，吃橡實和棕櫚漿果吃得肥肥的。不過牠夏季的紅棕毛皮襤褸不堪，毛皮已經轉變成冬季的灰色，像空氣草的顏色，或是長在松樹北側樹幹上地衣的顏色。

潘尼說：「在灌木林裡跑來跑去求偶，一個月後牠就會瘦巴巴的，肉都是筋。」

他容光煥發地站在那裡。

「我們今天運氣不錯吧，孩子？今天運氣不錯吧？」

他們處理了一下公鹿。

潘尼說：「老凱薩大概背不動所有的獵物。」

「爸，我可以用走的。公鹿比我還重嗎？」

「比你重好幾英石。我們兩個最好都用走的。」

凱薩耐心地接受了重擔。牠怕大熊，卻好像不怕小熊的氣味。潘尼走在前面領著牠。裘弟彷彿一天才剛開始一樣精神抖擻。他跑在前面。兩隻狗跟著他。他們到達墾地時，中午剛過不久。巴克斯特媽媽沒料到他們會這麼早回來。她聽見他們的聲音，來大門口迎接他們。她在太陽下伸手擋住陽光，看到獵物，沉重的表情開朗起來。
她喊道：「你們帶那一堆東西回來，我一個人待在家也沒關係。」
裘弟喋喋不休，說個不停。母親滿腦子關心公鹿肉和熊肉的肉質，聽得心不在焉。裘弟拋下她，溜進小屋裡找小旗。沒時間等坐下來再講話了。他讓小旗嗅自己的雙手、襯衫和褲子。
「那是熊的味道。」裘弟對牠說。「聞到附近有那種味道，就要像閃電一樣跑掉。那是狼的味道。洪水之後，牠們比熊還糟糕，不過我們今天早上把牠們都殺光光了。還剩三四隻，你一定要逃開牠們。另一個是你鹿同伴的味道。」他突然想到什麼，驚恐地說，「可能是你爸耶。不用逃開牠們。不對，牠們也一樣。爸說過好幾次，老公鹿在發情的季節會殺掉鹿寶寶或小鹿。碰到什麼都逃就對了。」
小旗甩動白尾巴，跺跺腳，甩甩頭。
「別跟我說『不要』。要聽話。」
他解開鹿寶寶，帶牠出去。潘尼正在叫他幫忙把獵物搬到屋子後面。小旗聞到熊味就飛奔而去，然後又折回來，在一段距離之外伸長纖細的頸子，小心翼翼地聞了聞。他們下午剩下的時間都在剝皮和分解肉塊。午餐沒煮，他們也不餓，巴克斯特媽媽等他們完成，在比平常晚餐早一個小時的時間，煮了一頓熱騰騰的豐盛餐點。一開始，潘尼和裘弟狼吞虎嚥，但吃到半飽的時候就突然覺得累得沒了胃口。裘弟離開餐桌去找小旗。太陽這時才要西沉。他背痛，眼皮沉重。他吹口哨叫小旗進屋子裡。雖然他很想聽爸媽討論買賣的事情，思考自己要用他特別的那份在傑克森維爾買什麼，但眼睛一直閉起來。他踉踉蹌蹌地爬上床，立刻就睡著了。

潘尼和巴克斯特媽媽整晚在討論冬天最迫切需要的東西。最後，巴克斯特媽媽列了張清單，用鉛筆小心地寫在橫線紙上。

一匹上好羊毛料，給巴先生和裘弟做打獵穿的褲子
半匹漂亮的藍白格紋布給巴克斯特太太，要很漂亮的藍
一匹平布
一袋咖啡豆
一桶麵粉
一個斧頭頭
一袋鹽
兩磅小蘇打
兩條鉛條做子彈
大型鉛彈四磅

一些彈殼給巴先生的槍用
一磅做子彈的火藥粉
手織布六碼
斜條紋襯衫布四碼
粗布六碼
給裘弟的短筒工作靴
半刀紙
一盒褲子鈕釦
一排襯衫鈕釦
一瓶五十分錢的蓖麻油
一盒驅蟲藥
一盒養肝丸
一盒止痛藥
一小瓶鴉片酊
一份指甲花

一份止瀉藥
一份檸檬
一份薄荷糖
錢還夠的話就買兩碼黑羊駝毛布

隔天早上，佛瑞斯特兄弟半途先彎來他們家。裘弟跑出去迎接，後面跟著潘尼和巴克斯特媽媽。巴克、水車輪和蘭姆一起擠在馬車座位上。他們背後的馬車載滿一大堆鬧哄哄、打來打去、嗚嗚直叫的閃亮黑色皮草，裡頭閃著小牙、小爪子和一對對明亮的黑眼珠。牠們各自的繩索和鍊子無可救藥地纏在一起。馬車中央放了一桶私釀的威士忌。有隻小熊的鍊子比較長，牠爬到酒桶頂，趾高氣昂地坐在一片騷動之上。裘弟跳到車輪上往裡瞧。伸著爪子的熊掌揮過他面前，他連忙跳回地上，整車的小熊鬧成一團。

潘尼喊著：「如果全傑克森維爾的人都跑出來跟著你們，也別驚訝啊。」

水車輪說：「那樣也許能提高點價碼。」

巴克對裘弟說：「想到乾草翅看到牠們會多開心，我就受不了。」

裘弟感傷地想著，要是乾草翅還活著，他們倆或許可以跟著一起被帶去傑克森維爾。他渴望地看著這些男人腳底板那裡的狹小空間。他和乾草翅可以舒舒服服地坐在那裡，跟著去見見世面。

巴克接過巴克斯特家的清單。

他說：「寫了不少東西呢。如果價錢不夠好，錢不夠用，有什麼可以不要的？」

「格紋布還有平布。」巴克斯特媽媽說。

潘尼說：「不行，巴克，不管怎樣，都要買媽媽的格紋布。要買格紋布、斧頭頭、彈殼和鉛。還有條紋的斜紋襯衫布，那是裘弟的份。」

「藍白色的。」裘弟喊道。「巴克，混在一起的那種，像蛇蜥那樣。」

巴克喊著：「如果錢不夠，我們就停下來再抓點熊。」

他揮動馬背上的韁繩。

巴克斯特媽媽在他們後方尖聲大喊：「最需要的是羊毛布。」

這時，蘭姆說：「停車。你們看到了嗎？」

他朝著攤在燻肉房牆上的鹿皮比比大拇指，然後跳下馬車座位，打開大門，邁開長腿走向燻肉房，轉向一旁搜找，發現掛在釘子上乾燥的鹿角。他直直走向潘尼，揍得潘尼撞上燻肉房的牆壁。潘尼臉上沒了血色。巴克和水車輪匆匆跑過來。巴克斯特媽媽轉身跑進屋裡拿潘尼的槍。

蘭姆說：「給你點教訓，誰叫你騙我，那樣子溜走。還說不是要獵公鹿，嗯？」

潘尼說：「蘭姆，被你這樣攻擊，我可以殺了你，可是你不值得殺。獵到這隻鹿純粹是巧合。」

「騙人。」

潘尼沒理會蘭姆，他轉身向巴克說：「巴克，大家都知道我不騙人。要是你們都記得我不騙人，上次我拿狗交易的時候就不會中招了。」

巴克說：「是啊。潘尼，別管他。」

蘭姆轉身大步走回馬車，爬進座位。

巴克壓低聲音說：「潘尼，真不好意思。他只是暴躁了點。奧利佛搶走他女朋友之後，他就變這樣了。像找不到母鹿的公鹿一樣糟糕。」

潘尼說：「我有打算你們回程的時候給你們四分之一的鹿肉。巴克，說真的，這種事很難原諒。」

「我不怪你。也別擔心你賣小熊的份，還有交易的事。需要的話，我和水車輪會把蘭姆捆起來。」

他們回到馬車那裡。巴克牽起轠繩，讓馬調頭。他會駕車走陷穴後面往北的路。那條路會帶著他們穿過霍普金斯草原，經過鹽泉，往北到帕拉特卡，他們會在那裡過河，也許待一晚再繼續前進。裘弟和潘尼看著馬車離開，從門縫盯著屋外看的巴克斯特媽媽放下槍。潘尼走進屋裡坐了下來。

巴克斯特媽媽說：「幹嘛任他那樣？」

「一個男人不講理的時候，另一方一定要保持冷靜。而且我不夠高大，沒辦法那樣跟他對打。我只能拿槍射死他。不過我不會因為無知的人做了不客氣的事去殺人，要殺也是為了什麼更嚴重的事情。」

他顯然心情很不好。

「真希望可以平平靜靜地過日子。」他說。

裘弟沒想到母親居然說：「我覺得你做得很對。別再想這件事情了。」

裘弟不大理解他們兩個。他心中充滿了對蘭姆的憎恨，父親沒懲罰蘭姆，就這麼讓他走了，裘弟好失望。他自己的感覺也令他迷惘。他才剛拋棄奧利佛，改成效忠佛瑞斯特兄弟，蘭姆就背叛了他父親。最後他終於想通了，他決定痛恨蘭姆，但繼續喜歡佛瑞斯特家的其他人，尤其是巴克。憎恨和友好一樣令人滿足。

沒什麼特別的工作要做了，所以整個早上他都在幫母親剝下石榴皮，然後把果皮串起來曬乾。她說，那是腹瀉的最佳解藥。他吃了太多石榴，母親擔心他在這藥準備好之前就用得到了。他好喜歡咬下石榴子周圍透明脆脆的那層。

# 第二十五章

十一月悄悄變成了十二月，唯一的跡象只有林鴛鴦飛翔時尖銳悲傷的鳴叫。牠們離開常綠闊葉林裡的巢，從湖泊飛到池塘，再從池塘飛回湖泊。裘弟不懂為什麼有些鳥在飛的時候會叫，有些卻不會。美洲鶴只在移動的時候發出粗啞的叫聲。老鷹會在天空高聲尖叫，在樹上卻僵住不動。啄木鳥在飛的時候很吵，面對樹皮卻只會發出啄木頭時的叩叩聲。鵪鶉只在地上交談，而紅翅黑鸝會在激流間刺耳地鳴叫。嘲鶇不分日夜，不論是在飛、停在柵欄上，還是待在美洲商陸叢裡，都會鳴唱或喋喋不休。

杓鷸南飛。牠們每年冬天都從喬治亞州飛來。成鳥一身雪白，喙又長又彎。小杓鷸春天孵化，羽色灰褐。年輕的杓鷸很好吃。新鮮的肉類不足，或巴克斯特家人吃膩松鼠時，潘尼和裘弟就騎著老凱薩去烏魚草原，獵個半打回來。巴克斯特媽媽像料理火雞一樣烤了牠們，潘尼信誓旦旦地說那滋味比火雞還香甜。

巴克·佛瑞斯特在傑克森維爾用小熊賣了好價錢。他為巴克斯特家的帶來媽媽清單上的所有東西，還加上一小袋銀幣和銅幣。自從蘭姆攻擊潘尼之後，佛瑞斯特家和巴克斯特家的關係就很緊張，事情談妥後，那幾個黝黑的大塊頭沒有逗留，就騎馬走了。

潘尼說：「看來蘭姆說服其他人，讓他們相信我真的打算偷獵鹿了。總有一天會真相大白。」

巴克斯特媽媽說：「跟他們沒瓜葛正好。」

「孩子的媽，別忘了我被蛇咬時，巴克是怎樣熱心幫忙的。」

「我沒忘記。可是那個蘭姆跟蛇沒兩樣。一有風吹草動，就轉身攻擊你。」

不過，巴克有一天順道來找他們，通知說他覺得他們解決了所有的狼。他們在畜欄旁射殺了一隻，又用陷阱抓了三隻，之後再也沒看過狼的蹤影。熊倒是一直騷擾他們。最麻煩的是老瘸子，巴克說，牠打劫的範圍遠從東邊的河，直到西邊的跳躍湖。最愛打劫佛瑞斯特家的畜欄。牠會注意風向，躲過狗和陷阱，溜進畜欄帶走一頭小牛，而且愛來就來。佛瑞斯特家人埋伏等他的那些夜裡，牠都沒出現。

巴克說：「要你們注意大概也沒什麼用，不過我還是跟你們說一聲。」

潘尼說：「我的畜欄離屋子很近，也許可以趁牠作亂的時候逮到牠。謝謝你。巴克，我有話跟你說。蘭姆很氣那頭公鹿的事，希望你沒有誤會。」

巴克避重就輕地說：「沒關係的。一隻鹿算什麼。好啦，再見了。」

潘尼搖搖頭，繼續幹活。和他灌木林小世界裡唯一的鄰居關係不好，讓他心裡很不安。

工作不多，裘弟有不少時間陪小旗。他的鹿寶寶長得很快，腿變得又細又長。有一天，裘弟發現鹿寶寶特有的淡淡白色斑點已經不見了。裘弟立刻在平滑堅硬的鹿頭上尋找有沒有長鹿角的跡象。潘尼看到他在找，忍不住笑他。

「孩子，你想看到奇蹟啊。角要等夏天才會冒出來，牠一歲之前都不會長角。到那時候也不過是小小的尖頭。」

一種滿足感讓裘弟充滿溫暖慵懶的驚嘆。就連奧利佛．哈托棄他們而去、佛瑞斯特家不跟他們往來的事，也成了遙遠的問題，不再讓他心煩。他幾乎每天都帶著槍和子彈袋，和小旗一起跑進林子裡。馬里蘭櫟樹的紅葉轉變成豐富的褐色。每天早上都結霜，覆蓋著霜的灌木叢閃閃發亮，彷彿一片長滿耶誕樹的森林。那景象讓裘弟想起耶誕節不遠了。

潘尼說：「我們可以遊手好閒到耶誕節，然後去沃盧西亞參加耶誕節慶典。之後就要繼續工作了。」

裘弟在陷穴後的松樹林裡找到一片珊瑚豆。他在口袋裡裝滿了鮮紅的種子。種子硬得像燧石一樣。他從母親的針線籃裡偷拿了一大根針和一段結實的棉線，遊蕩時帶在身上。他背靠著樹，坐在溫暖的陽光裡，費勁地串起種子，每天串幾粒，替母親做條項鍊。種子串得不太整齊，不過效果很好。他把完成的項鍊放在口袋裡，常常拿出來看，最後項鍊的表面因為餅乾屑、松鼠尾巴和這類的東西而變得黏黏的。他在陷穴把項鍊洗乾淨，藏到自己臥室的一根屋椽上。

前一年的耶誕節他們沒錢，所以除了午餐的那隻野火雞，沒什麼特別的。這一年有賣小熊剩下的錢。潘尼留了一部分買棉花種子，說其他的可以花了過耶誕節。

巴克斯特媽媽說：「如果要去耶誕慶典，就得先去沃盧西亞買點東西。我想買四碼羊駝毛布，耶誕節才能過得體面一點。」

潘尼說：「老婆，妳的身材不是什麼祕密。我的就是妳的，所以我不是要埋怨什麼。不過，我怎麼看，四碼布都只能做一件妳的內褲。」

「告訴你好了，我打算拿我的結婚禮服來改。我沒長高也沒變矮，禮服夠長了。我是橫著長的，在前面加一塊布就合身了。」

潘尼拍拍她寬大的背。

「別生氣。妳這樣的好老婆當然值得有塊好布料縫在結婚禮服前面。」

她軟化了，說道：「你只是在哄我而已。我從來沒要過什麼，你也知道，所以你不覺得我會要什麼。」

「我知道。想到妳過得那麼辛苦，我就難過。真想幫妳買捆絲綢，要是老天幫忙，哪天屋子旁有座井，妳就不用再去陷穴洗衣服了。」

她說：「我明天想去沃盧西亞。」

「給我和裘弟一、兩天去獵點什麼，我們或許可以帶點肉和毛皮去店裡，讓妳買個過癮。」

第一天的打獵行動毫無斬獲。

潘尼說：「沒要找鹿的時候，鹿到處都是。要獵鹿的時候，卻像在該死的城裡一樣，半隻鹿都沒有。」

那天發生了一件怪事。潘尼在樹島南邊想讓獵狗追一道足跡，看來是一歲的小鹿，或是長大的鹿寶寶。獵狗不願意去追。潘尼拔了根細枝鞭打頑固的老茱。他好多年沒打狗了。牠痛得嗚咽吠叫，卻還是不肯追。那天最後才解開謎團。小旗現身了；牠習慣打獵途中離開一陣子。潘尼驚呼一聲，然後跪到地上比對小旗的足跡和狗不願意追的足跡。結果一模一樣。原來老茱比潘尼聰明，認出了巴克斯特家新成員的足跡或味道。

潘尼：「真慚愧。連狗都知道什麼叫家人。」

裘弟好開心，對老獵狗感激不已。他可不想要他們追了小旗，嚇到牠。

隔天打獵的成果比較豐碩。他們發現有鹿在沼澤覓食。潘尼射殺了一頭大公鹿。他繼續追蹤另一隻比較小的，在灣頭逮到牠。他讓裘弟開槍，裘弟沒射中，他再開槍擊倒鹿。他們步行追蹤，那陣子除非碰巧遇見，否則只有慢慢追蹤足跡才獵得到獵物。裘弟想扛扛看小隻的鹿，但牠重得他幾乎站不起來。潘尼回去牽馬和馬車，他就和獵物待在原地。他們回來時，小旗也跟來了。

潘尼喊道：「你這隻寵物和狗一樣愛打獵啊。」

回家路上，潘尼指出熊覓食的地方。牠們正在吃鋸棕櫚的漿果。

「漿果可以讓牠們清腸胃，而且很滋補。他們去冬眠時會肥得像奶油一樣。我們今年的鮮肉大概得靠熊了。」

「爸，還有什麼動物吃漿果啊？」

「鹿也很愛。知道嗎，如果在細頸大酒瓶裡裝滿那些漿果，淋上古巴蘭姆酒，放五個月，做出的飲料啊，如果你媽肯喝，連她都會大喊哈雷路亞。」

在地勢比較高的地方，開始出現棕櫚，然後是更多的馬里蘭櫟樹，潘尼指出一道道通往陸龜洞的狹長蹤跡。響尾蛇已經藏進巢穴裡過冬，不過天氣晴朗溫暖的時候，牠們會出來幾個小時，在蛇洞附近曬曬太陽。裘弟總覺得灌木林裡看不見的動物，在潘尼眼裡都現了形。

回到家，裘弟幫潘尼剝鹿皮，處理毛皮和後腿肉，那是唯一能賣錢的部位。巴克斯特媽媽把前腿肉煎了，浸在鹿油裡保存起來。骨頭和肉渣放進臉盆裡煮了餵狗。一家人那晚大啖鹿心和鹿肝。在巴克斯特家的樹島上幾乎什麼都不浪費。

隔天早上，潘尼說：「現在我們要決定今晚在哈托奶奶那裡過，還是回家。要在那裡過夜的話，裘弟就得留下來擠奶、餵狗、餵雞。」

裘弟說：「爸，崔克西快沒奶了，可以不用擠。我們多留點飼料就好。讓我去嘛，不過拜託要住哈托奶奶家。」

潘尼對妻子說：「妳今晚想住那裡嗎？」

「不想。我和她一向沒什麼話好說。」

「那我們就不過夜。裘弟，你可以去，不過到了那裡可別吵著要留下來。」

「小旗怎麼辦？牠可以跟去讓奶奶看看嗎？」

巴克斯特媽媽破口大罵：「該死的小鹿！就算把你算進去，天下也沒那麼煩人的東西。」

他被她傷了自尊，說：「我還是和牠一起待在家好了。」

潘尼說：「兒子，聽好，把那隻動物綁起來，別再想牠了。牠不是狗，也不是小孩，不過你快把牠當小孩看了。你不能像女孩子玩布娃娃一樣把牠帶在身邊。」

裘弟不情願地把小旗綁在小棚屋裡，然後換上乾淨的衣服，準備去沃盧西亞。潘尼穿著袖子縮水的細平布西裝，頭戴黑毛氈帽。帽沿被蟑螂咬了一個洞，不過畢竟是頂帽子。除了他的羊毛獵人帽和棕櫚草帽之外，他沒別的帽子了。裘弟穿上最好的裝束，短筒工作靴、手織布做的褲子，大頂的帚狀裂稃草帽，黑色羊駝毛料外套繫著紅帶子。巴克斯特媽媽一襲嶄新硬挺的洋裝是傑克森維爾的藍白格紋布做的。藍色比她想要的深了點，不過格紋很漂亮。她戴了藍色遮陽帽，不過帶了黑飾邊的帽子，準備快到鎮上再換上。

坐在馬車裡顛簸跑過沙子路真愉快。裘弟坐在馬車車廂的地板上，背靠著座椅。看著灌木林落到他後面，十分有趣。前進的感覺比面對前方的時候更明確。馬車顛簸，他們抵達河邊時，裘弟覺得自己瘦巴巴的臀部已經瘀青了。他能想的事情不多，於是讓念頭飄向哈托奶奶。她要是知道他在生奧利佛的氣一定會很驚訝。他滿足地在腦海中想像她的表情，接著覺得有點不安：他對哈托奶奶的感覺一點也沒變，只不過自己這個夏天其實忘了她。或許他不會跟哈托奶奶說自己已經受夠奧利佛了。他想像自己溫柔地對待哈托奶奶，高尚地保持沉默。想像中的情境很愉快。他下定決心要禮貌地問問奧利佛的身體好不好。

潘尼把鹿肉裝成兩袋。鹿皮則裝在黃麻袋裡。巴克斯特媽媽帶了一籃雞蛋和一小塊奶油去店裡交易，另一個籃子裡則是給哈托奶奶的禮物：一夸脫新做的糖漿，一配克的番薯，一塊巴克斯特家的糖漬火腿肩肉。即使去造訪敵人，她也不會兩手空空。

潘尼在河的西岸呼喚東岸的渡船。叫喚聲沿著河流盪過去。對岸出現一個男孩，男孩慢條斯理地來了。男孩可以撐著渡船在河上來來去去，裘弟一時好嫉妒男孩的生活。接著他才想到，那樣的生活沒什麼自由。這樣的男孩子不能打獵，不能去灌木林裡遊玩，也沒有小旗。他很慶幸自己不是擺渡人的兒子。裘弟帶著一股優越感，對他說：「嘿。」男孩長得醜，很害羞，他低著頭幫忙牽巴克斯特家的馬上渡船。裘弟對他的生活滿心好奇。

裘弟問：「你有槍嗎？」

男孩甩甩頭表示沒有，然後盯向河的東岸。裘弟懷念起乾草翅。以前乾草翅一看到他，就會跟他說話。他放棄跟新認識的男孩來往了。巴克斯特媽媽急著在拜訪人家之前先做買賣。他們駕著馬車走了一小段路，來到商店，把要交易的貨品放到櫃檯上。博以爾斯老闆不急著做生意。他想聽灌木林的消息。佛瑞斯特家口中洪水後的情形讓人難以置信。沃盧西亞地區的幾個獵人去過那裡，說幾乎找不到獵物。熊沿著河岸騷擾牲畜，這是多年來的第一遭。博以爾斯要潘尼證實傳言。

「都是真的。」潘尼說。

他靠上櫃檯，開始講話。

巴克斯特媽媽說：「你也知道我的腳站不了多久。你們男人的買賣說定了，我就買我的東西，然後去哈托小姐那裡。那你們就能在這裡聊一整天了。」

博以爾斯迅速秤好肉。鹿肉稀少，他很快就能用好價錢賣了。內河汽船會買一兩塊腰腿肉給英國或北方旅客嚐鮮。博以爾斯仔細檢查鹿皮，最後才表示他對毛皮的狀況很滿意。有人跟他訂了皮，他願意每張皮出五塊錢購買。價錢比巴克斯特家預期的更好。媽媽滿意地去看布料櫃。她非常堅持，只肯要最好的貨。博以爾斯的褐色羊駝毛布料賣完了。他說下一艘船來時他可以派人去補，但她搖搖頭。從樹島去拿，太遠了。

博以爾斯說：「何不拿夠做一件洋裝的黑羊駝毛料，做件新的？」

她摸了摸。

「真的很漂亮。你說要多少錢？噢……」

巴克斯特媽媽轉過身，重拾她的傲氣。

「我說要褐色的，就要褐色的。」她冷冷地說。

結果她買了做耶誕蛋糕的香料和葡萄乾。

她說：「裘弟，去看看老凱薩有沒有掙脫繩子。」

這要求太突兀，裘弟目瞪口呆地看著她。潘尼朝他眨眨眼。他急忙轉身走掉，免得她看見他在笑。她是想買東西在耶誕節給他驚喜。換作潘尼，一定能想出更好的藉口支開他。他跑到外面，看著照料渡船的男孩。男孩坐在那裡盯著自己的膝蓋。裘弟撿起幾塊石灰石，丟向前頭路邊一棵南方綠櫟的樹幹。男孩偷看他，然後一言不發地來到他後面，也撿起石灰石塊丟向樹幹。他們在沉默中繼續比賽。過了一陣子，裘弟覺得母親應該選完了，於是跑回去店裡。

母親說：「你要和我去，還是跟你爸留下來？」

裘弟站在那裡猶豫。他一進哈托奶奶屋裡，她就會拿出蛋糕或餅乾。不過父親和別人的談話他永遠聽不膩。店老闆遞給他一根甘草糖，替他解決了兩難。這樣他就暫時不會想著另一個地方了。

他高傲地說：「我和爸晚一點去。」

巴克斯特媽媽出去了。潘尼望著她離開，然後皺起眉頭。博以爾斯讚賞地撫摸鹿皮。

潘尼說：「這些毛皮我想拿現金。不過如果你肯換黑羊駝毛布給我，那也行。要夠做一件洋裝的長度。」

博以爾斯不情願地說：「我平常不跟別人這樣做的。不過你來這裡做生意很久了。好吧。」

「最好在我改變主意之前裁好包起來。」

博以爾斯揶揄地說：「你是指在我改變主意之前吧。」

剪刀喀嚓喀嚓剪過羊駝毛布。

「再給我同色的絲線和一排玻璃鈕釦。」

「我們的交易不包括這些。」

「我有錢付。把羊駝毛料裝進盒子裡，不然晚上下雨就麻煩了。」

博以爾斯和善地說：「既然誆了我，就告訴我哪裡能獵到野火雞當耶誕午餐吧。」

「我只能告訴你，我自己打算去哪裡獵。野火雞很少，瘟疫死了大半。你就在七哩河匯流進來的地方過河。知道河的西南邊有兩三棵大雪松的柏樹沼澤嗎？穿過那裡——」

精采的男人談話於是展開。裘弟坐到餅乾桶上傾聽。現場沒別的顧客，博以爾斯從櫃檯後面出來，替自己和潘尼拉了張直背椅和舊的牛皮搖椅到爐邊。兩人拿出菸斗，潘尼在博以爾斯菸斗裡倒滿自己的菸草。

「自家種的菸草最享受了。」博以爾斯說。「下個春天幫我種一片。我出最高價跟你買。好了，繼續說吧——河的西南邊——？」

裘弟嚼著甘草糖棒。濃郁的黑色糖汁盈滿他的口腔，而他們的談話滿足了他味蕾深層很少被滿足的另一種渴望。潘尼說起灌木林裡的洪水。博以爾斯插嘴說，河岸邊的情況也很糟，不過河水漲得快、退得也快。兩岸都淹了水，易希．歐塞爾的簡陋小屋被風吹得搖來晃去，最後倒了。

「他現在住在奶奶的小屋裡。」博以爾斯說。「像住在新鮮斷木裡的松樹蠹蟲一樣開心。」

潘尼說起獵狼和獵熊的經過；還說起自己被響尾蛇咬，佛瑞斯特家的還沒想過跟人提起這件事。裘弟彷彿重新過了一次夏天，而且潘尼說得比當初還要精采。博以爾斯聽得出神，身子傾向前，連菸也忘了抽。一個客人上門，於是他不情願地離開爐邊。

潘尼說：「孩子，你媽去一兩個小時了。你還是跑去奶奶那裡吧。跟她們說我會直接過去。」

甘草糖早就吃下肚了。快到中午，裘弟餓慌了。

「我們午餐在奶奶家吃嗎？」

「當然了。如果不歡迎我們，你媽應該已經回來了。快去吧。自己把那塊前腿肉帶給她。」

裘弟離開時，還因為潘尼的故事有點恍惚出神。

奶奶整潔的院子逐漸從淹水的影響中恢復了。這裡的河漲出堤防，她種滿秋季花卉的園子都被沖走。處處可見少有的垃圾。重新種下的植物生氣蓬勃，但沒開花，只有屋旁的灌木叢有花朵。木藍花結成黑色小果莢，像鐮刀一樣彎彎的。奶奶和母親在屋裡。裘弟聽見她們的談話聲，他登上門廊，望進窗裡，看到爐裡的火焰跳躍。哈托奶奶發現了他，於是來到門邊。

她的擁抱雖然友善，卻少了一點熱情。媽媽不在時，巴克斯特家兩個男人受到的歡迎更為熱烈。裘弟沒看到盛著餅乾的盤子。不過幸好廚房裡傳來煮東西的香氣，不然他幾乎失望得受不了。哈托奶奶又坐下來，耐著性子和他母親交談。母親的表現也沒好多少。她挑剔地看著奶奶加了飾邊的白圍裙。

她說：「不管我在哪，我早上都喜歡打扮得樸素點。」

哈托奶奶酸溜溜地說：「我可不想死的時候身上沒有一點飾邊。男人就喜歡女人打扮得漂漂亮亮的。」

「我家裡教我，這樣打扮來取悅男人是不莊重。我們樸素的人啊，在世上得可憐一點，我們會在天堂得到我們的飾邊。」

哈托奶奶的搖椅搖個不停。

她宣佈說：「這樣我可不想上天堂。」

巴克斯特媽媽說：「沒什麼害處吧。」

奶奶生氣地眨著黑眼睛。

裘弟問：「奶奶，妳為什麼不想上天堂？」

「因為我受不了天堂裡的其他人。」

巴克斯特媽媽裝作沒聽到。

「還有就是音樂。他們說那裡只演奏豎琴。我只喜歡長笛、低音提琴和八度音豎琴。除非你們的哪位牧師能保證天堂有這些音樂，不然多謝了，我不到天堂一遊了。」

巴克斯特媽媽的臉上怒氣騰騰。

「還有就是食物。就連主也喜歡跟前有烤肉的燻煙。不過照牧師說的，天堂裡的人是靠牛奶和蜜維生。我不喜歡牛奶，蜂蜜讓我反胃。」她得意地順順圍裙。「我覺得啊，天堂只是人渴望他們在人間沒有的東西。一個女人會要的東西，我幾乎都不缺，所以我才沒興趣吧。」

巴克斯特媽媽說：「所以也包括奧利佛和一個金髮的交際花私奔囉。」

奶奶的搖椅在地板上搖得嘎嘎響。

「奧利佛正直又體面，女人總是會跟著他。拿婷可來說好了。不該怪她。她這輩子沒擁有過美好的東西，結果奧利佛注意到她了。叫她怎麼不跟著他呢？那可憐的孩子沒爸沒媽。」她抖開牠自己飾邊。

「留下她一個孤兒，任基督徒處置。」

裘弟在椅子上煩躁不安。奶奶家向來溫馨的氣氛此時冷若冰霜，好像門被人打開了。裘弟心想，這比較算女人家的事，女人煮好吃的東西是不錯，其他時候就只會惹麻煩。門廊傳來潘尼的腳步聲。裘弟鬆了口氣。或許父親可以調停她們。潘尼走進客廳，在火旁搓搓雙手。

潘尼說：「真不錯吧？世上我最愛的兩個女人在爐火旁等著我。」

奶奶說：「以斯拉，要是這兩個女人也那麼愛對方，那就太好了。」

「我知道妳們兩個處不來。」他說：「想知道為什麼嗎？奶奶，妳嫉妒我跟歐莉住在一起。歐莉，妳嫉妒的是妳沒奶奶那麼好看。女人啊，要一點歲月才會好看，我不是說漂亮。等歐莉多點歲數，也許她也會變好看了。」

潘尼脾氣好，有他在沒人吵得起來。兩個女人哈哈笑著收斂了。

潘尼說：「我想知道，妳歡迎巴克斯特一家人一起來享用這片土地的好東西，還是我們得調頭回家吃冷冰冰的玉米餅？」

「你明知道不管什麼時候我都歡迎你們，而且我很感謝你們送的鹿肉，只希望奧利佛也在這裡跟我們一起吃。」

「他有什麼新消息嗎？他回海上之前沒來找我們，我們很難過。」

「他被打那頓，很久才調適過來，後來他聽到消息，波士頓有艘船找他做大副。」

「佛羅里達不是有個女孩子要找他當老公嗎？」

他們一同大笑，裘弟跟著笑，鬆了口氣。奶奶的屋裡又溫暖起來。

哈托奶奶說：「午餐準備好了，要是你們這些灌木林裡的傢伙沒大吃一頓，會傷透我的心。」

午餐不像潘尼和裘弟來的時候那麼豐盛。不過倒有些讓巴克斯特媽媽驚豔的巧思十分美味。用餐的氣氛融洽。

巴克斯特媽媽說：「我們決定要來耶誕慶典了。去年不好兩手空空地來，所以沒有參加。妳覺得我帶水果蛋糕和一點糖漿糖果好嗎？」

「好極了。你們都留下來過夜，和我過耶誕節好嗎？」

潘尼說：「好啊。我負責準備肉類。要火雞的話，我就去抓一隻。」

巴克斯特媽媽說：「那乳牛、狗和雞怎麼辦？不管是不是耶誕節，我們都不能丟下牠們，全家來呀。」

「我們可以留夠多的食物給狗和雞，牠們一天之內不會餓到。崔克西應該快生了，讓小牛喝牠的奶就好。」

「然後讓小牛給該死的熊或山獅抓走。」

「我可以在穀倉裡做個畜欄，那就誰也不會來騷擾牠們了。如果妳想待在家裡趕野獸，請便，不過我想過耶誕節。」

「我也是。」裘弟說。

巴克斯特媽媽對奶奶說：「他們像一對山貓對上兔子一樣，把我吃得死死的。」

潘尼說：「我總覺得我和裘弟是兩隻兔子對上一隻山貓。」

「還要跟我爭啊。」她這麼說，卻忍不住笑了。

就這麼說定了，他們會來找奶奶一起去耶誕夜慶典，之後回她家過夜，待到隔天。裘弟雀躍不已。

接著他想到小旗，就像晴朗的天空出現烏雲。

他脫口而出：「可是我不能來。我得待在家。」

潘尼說：「咦，兒子，怎麼啦？」

巴克斯特媽媽轉向哈托奶奶。

「是他那隻討厭的鹿寶寶。他受不了看不到牠。我還沒看過哪個小孩對動物那麼瘋的。他寧願挨餓也要餵牠，和牠一起睡，把牠當真人一樣講話——喔，我在小屋外聽到你說話了——他腦子裡幾乎只有那隻麻煩的鹿寶寶。」

潘尼輕聲說：「歐莉，別讓孩子覺得自己像得了天花。」

奶奶說：「怎麼不帶鹿寶寶一起來？」

裘弟摟住她。

「奶奶，妳一定會喜歡小旗。牠好聰明，妳可以把牠當狗一樣教。」

「我當然會喜歡牠了。牠會跟毛毛處得好嗎？」

「牠喜歡狗。牠跟我們的狗玩。狗去打獵的時候，他會往另一條路溜走，再和牠們碰頭。牠和狗一樣喜歡獵熊。」

他滔滔不絕地讚美鹿寶寶。潘尼笑著要他別說了。

「全告訴她，不留些優點讓她去發現，那她就可能發現缺點了。」

「他又沒有缺點。」裘弟激動地說。

巴克斯特媽媽說：「只是會跳上桌，掀掉油罐的蓋子，撞倒番薯堆，什麼禍都闖，比十個小孩還麻煩。」

她走進花園看花去。潘尼把奶奶拉到一邊。

「我很擔心奧利佛。」他說：「他不是還沒要走，就被那些大惡棍趕走的吧？」

「趕他走的是我。我受不了他一直偷溜去看那個女生。我跟他說：『奧利佛啊，你對我沒有一點用處，看到你我一點也不覺得欣慰，你不如回海上去吧。』他說：『我也覺得自己沒用。我還是適合待在海上。』沒想到那個女生會跟著他。」

「妳知道蘭姆．佛瑞斯特氣壞了吧？要是他酒醉跑來這裡，別忘了他鬧脾氣的時候沒什麼人性。要盡量安撫他。」

「我才不要浪費時間跟他廢話。你應該很了解我，我是鯨骨和地獄做的。」

「鯨骨已經變柔軟了一點吧？」

「是啊，不過地獄還是一樣火辣。」

「我相信妳可以趕跑大部分男人，不過蘭姆不一樣。」

裘弟聽得聚精會神。他又來到奶奶家，奧利佛再度顯得真實了。不過發現奶奶也對奧利佛失去耐性，他感到很滿意。再見到奧利佛，他會讓奧利佛知道他很不滿，不過他會原諒他。但他永遠不會原諒婷可。

巴克斯特家的收拾了籃子、袋子和採買的東西。裘弟努力猜想哪一袋是他的耶誕驚喜，但那些袋子看起來都一樣。他開始擔心，也許母親是真的要他看看凱薩有沒有掙脫繩索，根本沒買東西給他。他一路上不斷試探她。

「問我，不如去問馬車輪。」她說。

他認為她避而不談，可見絕對有東西要給他。

# 第二十六章

母牛在耶誕節前一週產下小牛。小牛是母的，巴克斯特家樹島一片歡騰。初生的小牛可以取代被狼殺死的那隻小母牛。崔克西不年輕了，要快點養隻小母牛來代替牠。

家裡幾乎都在談論即將來臨的耶誕節。既然小牛出生會喝奶，不用另外擠奶，全家就能在耶誕夜出門過夜了。

巴克斯特媽媽用最大的荷蘭鍋烤了一個水果蛋糕。裘弟幫她挑出山核桃果肉當材料。花了一整天的功夫才烤好。整整三天的時間，他們的生活裡只有那個蛋糕：一天準備，一天烘烤，然後欣賞一天。裘弟從沒看過那麼大的蛋糕。母親得意洋洋。

她說：「我不常去慶典，去的時候，可要風風光光的。」

蛋糕烤好的那天，潘尼把黑羊駝毛布拿給她。她看著他和布料，哭了出來。她跌坐進椅子裡，把圍裙甩到頭上，身子來回搖晃，完全一副傷心的樣子。裘弟好驚慌，她一定是很失望。潘尼走向她，將手擱在她頭髮上。

他說：「一直以來我沒做這種事，不是我不想。」

裘弟這才知道她是在高興。她抹抹眼睛，把羊駝毛布擺在膝上，握著布坐了好一段時間，時不時就順著布料從這頭摸到另一頭。

媽媽說：「這下我的動作要快得像黑蛇，才能準時把衣服做好了。」

她雙眼亮晶晶，心滿意足，日以繼夜地縫製了三天。她不得不請潘尼幫忙試衣。潘尼嘴裡咬滿大頭針，謙卑地蹲跪在地上，依她的指示收短或放長布邊。裘弟和小旗看得出神。洋裝做好了，罩著被單掛起來保持乾淨。

耶誕節前四天，巴克．佛瑞斯特順道來看他們。巴克心情不錯，讓潘尼覺得不受信任是他自己的想像。老瘸子再度造訪佛瑞斯特家樹島，在附近的常綠闊葉林裡殺了一頭兩百五十磅的藍公豬。這場殺戮不是為了獵食，而是一場打鬥。巴克說公豬打了場硬仗。周圍幾碼的地都被翻了過來。公豬斷了一根獠牙，另一根裹滿了老瘸子的黑毛。

「牠應該受傷了。現在遇上牠正好。」巴克說。

他們直到事發隔天才發現公豬被殺。要追已經來不及了。潘尼感謝他通知。

「我應該會在畜欄裡設陷阱嚇阻牠。」潘尼說。「我們全家打算去河邊參加慶典。」他猶豫了一下：「你們大夥們要來嗎？」

巴克也猶豫了。

「大概不會。我們不大跟沃盧西亞那些弱雞攪和。不喝醉，去了沒意思，而且蘭姆大概會去挑釁奧利佛的一些朋友。還是不要吧，我們應該會在家醉醺醺地過耶誕。也可能去蓋茲堡。」

潘尼鬆了口氣。他能想像如果佛瑞斯特兄弟大搖大擺走進正經的基督教聚會，河邊居民會多麼驚恐。

潘尼幫最大的捕熊夾上油。捕熊夾六呎寬，他說，幾乎也是六英石重。鐵鍊本身就兩英石重了。他預計把母牛、小牛關在馬廄裡，拴上門，陷阱就設在門外。如果老瘸子趁他們全都不在的時候，想把小母牛當耶誕午餐，就得先過捕獸夾這一關。那天在忙碌中過去。裘弟又把珊瑚豆的項鍊擦亮一次。他希望母親穿黑羊駝毛料新衣時會搭配這條項鍊。裘弟沒有什麼能送潘尼的禮物。他擔心又煩惱，下午跑去一片長著接骨木的低地，切下一段蘆葦當菸斗桿，又用玉米芯切出一個凹斗，組合起來。潘尼跟他說過，從前在這裡的印地安人會用蘆葦做菸斗桿，他一直想自己做一個。裘弟想不出要送小旗什麼。他承認，多給鹿寶寶一塊玉米麵包，鹿寶寶就會滿足了。他會幫鹿寶寶用槲寄生和冬青做了條韁繩。

那晚，裘弟上床睡覺了，潘尼還不睡。他忙著神祕兮兮地又敲又拍又磨，顯然是什麼和耶誕節有關的東西。剩下的三天像一個月那麼漫長。

夜裡，誰也沒聽到任何聲音，連獵狗也沒有。潘尼早上去畜欄幫崔克西擠奶，然後去小牛的牛棚放牠去找牠媽媽喝奶時，發現小牛不見了。他以為牠踢壞了柵欄，但是木條毫髮無傷。他走進畜欄軟軟的沙地，研究沙裡的痕跡。母牛、馬和人類的交錯足跡之上，無情地橫過老瘸子的腳印。潘尼進屋告訴大家這個消息。他氣憤又沮喪，臉都白了。

「我受夠了。」他說：「即使要追到傑克森維爾，我也要逮到那隻畜生。這次一定要拚個你死我活。」

潘尼立刻著手給槍上油，準備子彈。他態度嚴肅，動作迅速。

「歐莉，幫我在袋子裡裝點麵包和番薯。」

裘弟怯怯地問：「爸，我能去嗎？」

「只要跟得上我，別說要放棄就好。沒力氣了，就待在分開的地方或是回家來。天黑前我不會停下來。」

「我得把小旗關起來嗎？還是可以讓他跟著？」

「我不管誰要跟。只要辛苦的時候別想要我同情就好。」

潘尼去燻肉房切了幾條鱷魚尾巴肉當狗糧。一切準備就緒。他步伐沉重地走過院子，到畜欄那邊找到足跡，然後吹口哨把狗叫來，讓茱莉亞去追蹤。茱莉亞吠叫著出發了。裘弟慌張地望著潘尼的背影。他的槍還沒上子彈，還沒穿鞋，而且不記得夾克丟到哪去了。他看著潘尼堅決的背影，知道求潘尼等他沒有用。裘弟七手八腳地收拾自己的東西，叫母親在他的子彈袋裡也放進麵包和番薯。

媽媽說：「恐怕有你受的了。我很了解你爸，他和那隻熊鬥上了。」

裘弟呼喊小旗，拚命追向父親和狗。他們走得很快。追上他們時，裘弟已經上氣不接下氣了。蹤跡很新讓老茱欣喜若狂。從牠的吠叫聲、開心搖尾巴和輕鬆地大步跑，這顯然正是牠最想做的事。小旗踢著蹄子跑在牠身邊。

「要是老瘸子在牠面前站起來，」潘尼掃興地說：「牠就不會那麼活潑了。」

他們在向西一哩處找到小牛的殘骸。老熊或許因為被佛瑞斯特家的公豬弄傷，最近不大能獵食，所以大吃了一頓。殘骸上蓋滿了碎屑。

潘尼說：「牠應該在不遠的地方休息，打算再回來。」

但那隻動物不按牌理出牌。足跡繼續延伸，幾乎抵達佛瑞斯特家的樹島，然後調頭向北、向西，繞過霍普金斯草原往北去。西南風強勁，潘尼說，他幾乎能肯定老瘸子就在前面不遠的地方，不過牠已經聞到他們的味道了。

他們飛快地走了很遠的路，快到中午，連潘尼也不得不停下來休息。狗很樂意繼續追，不過牠們吐著舌頭，腹側起起伏伏，看得出牠們也累了。潘尼在草原上一座清澈池塘邊的高大南方綠櫟樹島停了下來，讓狗喝水。他撲倒在陽光下的地面，仰躺著，不發一語。他閉著眼睛。裘弟躺到他身邊。獵狗趴倒在地上。小旗無憂無慮地在樹島跑跑跳跳。裘弟看著父親。他們從來不曾走得這麼拚命、這麼快。這次沒有追獵的喜悅，或人類腦袋和動物的速度與狡猾之間的輕鬆對戰。這次只有恨意與報復，毫無任何喜悅。

潘尼睜開眼，翻身側躺，打開彈藥袋拿出午餐。裘弟也拿出自己的午餐。他們一言不發地吃。餅乾和冷掉的烤番薯好像幾乎沒有味道。潘尼把幾條鱷魚肉丟給狗，牠們心滿意足地啃食。不論潘尼是輕鬆打獵或拚命追擊，對牠們來說都沒有差別，獵物是一樣的，氣味強烈甜美的蹤跡，和最後一場痛快的對決都是一樣的。潘尼坐起身，翻身站起來。

「好了。該走了。」

午休的時間短暫。裘弟腳上的鞋子沉甸甸的。蹤跡進了灌木叢又出來，回到霍普金斯草原。老瘸子想甩掉獵狗。牠還是聞得到他們的氣味。下午潘尼不得不停下來休息兩次。他氣壞了。

「真該死，以前我可以走個不停。」他說。

話是這麼說，但每次他再度出發時，前進的速度還是快到裘弟追得精疲力竭。裘弟不敢說出來。只有小旗還在蹦跳嬉戲，他們漫長的跋涉對牠的長腿來說，不過是稀鬆平常的遠足。蹤跡幾乎延伸到喬治湖，猛然向南又轉向東，然後消失在幽暗的沼澤裡。太陽即將落下，樹蔭下的能見度很差。

潘尼說：「麻煩了。牠打算回去吃那隻小牛。我們要耍牠，回家一趟吧。」

回巴克斯特家樹島的距離不遠，但裘弟總覺得自己永遠走不到。換作其他打獵途中，他大可以說出來，潘尼會耐心等他。可是這時父親就像出發時一樣固執無情地往家裡去。他們到家時已經天黑了，但潘尼立刻把大捕熊夾裝到木橇上，把木橇套上凱薩，拖到小牛的殘骸那裡。潘尼讓裘弟坐在木橇上，自己走在凱薩旁牽著牠。裘弟舒坦地伸展痠痛的雙腿。小旗沒了興趣，在廚房門口徘徊。

裘弟喊道：「爸，你不累嗎？」

「這麼氣的時候，根本不會累。」

潘尼用樹枝挑起殘破的牛屍，免得留下人類氣味，裘弟替他舉著火把。他把肉放進陷阱裡，設好陷阱，再用松樹粗枝把樹葉和碎屑撥上去。回家路上，潘尼蹲在木橇上，沒拉韁繩，就讓老凱薩自己找路回家。他安頓完馬匹，很高興巴克斯特媽媽已經擠過奶了。他們進屋裡去。桌上有溫熱的晚餐，他迅速吃了一點，就直接上床了。

「歐莉，可以幫我用山獅油揉揉背嗎？」

她走進房裡，用強壯的大手幫他按摩。他舒服地呻吟。裘弟站在旁邊看著。潘尼翻過身，頭倒在枕頭上，嘆了一口氣。

「兒子，還好嗎？受夠了嗎？」

「吃過東西就好多了。」

「喔。男生都是肚子飽才有力氣。歐莉啊。」

「怎麼了？」

「我天亮前就要吃早餐。」

潘尼閉上眼就睡著了。裘弟爬上床，全身痠痛地躺了一下，然後再也聽不見巴克斯特媽媽在廚房裡準備隔天早餐發出的鏗鏘聲。

清晨剛開始有聲響的時候，裘弟還在睡。醒來時，他還十分睏倦。他伸伸懶腰，渾身僵硬。他聽見父親的聲音從廚房傳來。潘尼顯然和前一天一樣嚴肅，甚至沒想到要叫他起來。他下了床，穿上襯衫和褲子，睡意朦朧地提著鞋子走進廚房，亂糟糟的頭髮蓋住眼睛。

潘尼說：「早啊，小子。準備繼續了嗎？」

他點點頭。

「這就對了。」

裘弟太睏，早餐沒吃多少。他揉著眼睛，對食物興致缺缺。

「現在去看不會太早嗎？」他說。

「到那邊的時候剛好。要是牠起了疑心，只是聞來聞去，我打算悄悄逮住牠。」

潘尼站起來，靠在桌旁一陣子，然後露出自嘲的表情。

「要是背沒有斷成兩截就好了。」

黑暗的早晨寒冷刺骨。巴克斯特媽媽已經用傑克森維爾的羊毛料替他們倆做了獵裝夾克和褲子。穿著那種衣服打獵太貴重了，不過他們緩緩穿過松樹林時，卻後悔沒穿上。狗還很睏倦疲累，所以願意默默跟在他們腳邊。潘尼在嘴裡沾溼手指，舉起來看看是否有更細微的氣流。好像一點風也沒有，於是潘尼直直朝著放了餌的陷阱走去。陷阱放在比較空曠的地方，潘尼在一百碼外停下來。在他們背後，東邊的天色漸漸亮了。潘尼輕輕拍了拍兩隻獵狗，獵狗趴到地上。裘弟在寒冷中麻木了。潘尼穿著單薄的衣物和破夾克發抖。裘弟眼中的每截殘幹都像老瘸子，每棵樹後面好像都有老瘸子的身影。太陽升起的速度緩慢至極。

潘尼輕聲細語地說：「我什麼聲音也沒聽到，如果牠被陷阱抓住，應該是死了。」

他們舉著槍悄悄靠近。陷阱就在前一晚他們安置的地方。天還不夠亮，看不清楚蹤跡，不知道那隻狡猾的畜生是不是來過之後起了疑心，又走掉了。他們把槍靠在樹上，揮動手臂跺跺腳取暖。

潘尼說：「牠來過的話，現在還沒走遠。老茱很快就能逮到牠。」

陽光不帶暖意，不過光線漸漸在林子裡蔓延。潘尼彎低身子往前走。茱莉亞靜靜地嗅著氣味。

潘尼說：「該死。真該死。」

即使裘弟也看得出只有一天前的舊足跡。

「牠根本沒靠近。」潘尼說：「就是不按牌理出牌，才活得下來。」

潘尼站直了身子，叫來獵狗，然後轉頭回家。

「反正我們知道牠昨天停在哪裡了。」他說。

到家之前，他沒再說話。他走進房裡，在單薄的舊衣物外面直接套上新的羊毛獵裝。

他往廚房喊道：「孩子的媽，幫我準備玉米粉、培根、鹽、咖啡和妳手上所有煮好的食物。都裝到背包裡。再幫我烤點碎布做火絨。」

裘弟緊緊跟著他。

「我也要穿上我的新衣服嗎？」

巴克斯特媽媽拿著背包來到房門邊。潘尼衣服穿到一半，停下動作。

「孩子，聽著，我很歡迎你去。不過把我說的話聽好記牢了。這場打獵不好玩。天氣很冷，路上可能很辛苦，露營受凍。我不逮到那隻熊，就不回家。這樣你還想去嗎？」

「想。」

「那就準備好。」

巴克斯特媽媽瞥了一眼黑羊駝毛裙上罩著的床單。

「你們今晚不會回來嗎？」

「應該是。牠超前我一晚了。也許明天晚上也不會回來。也許會花上一星期。」

她吞了吞口水，然後無力地說：「以斯拉——明天晚上是耶誕夜。」

「沒辦法。我有新鮮的蹤跡可以追，非追去不可。」

潘尼站起來，繫緊吊帶。他看到妻子臉上悲慘的表情，抿起嘴。

「明晚是耶誕夜，是吧？孩子的媽，妳不怕白天駕著馬車去河邊吧？」

「白天不怕。」

「那我們明天沒來得及回來的話，妳就套上馬出發。只要有一點點可能，我們就會盡量去參加慶典。妳去之前擠個奶，我們去不成的話，妳就要隔天早上回來擠奶。只能這樣了。」

她的眼眶溼了，但什麼話也沒說就去把背包裝滿。她去燻肉房替潘尼拿肉時，裘弟趁機從桶子裡偷了一夸脫的玉米粉，幫小旗藏在小山獅毛皮做的新背包裡。這是他第一次背這個背包。他輕撫著背包，它不像給威爾森醫生的白浣熊背包那麼柔軟，不過藍白色的斑紋幾乎一樣好看。巴克斯特媽媽帶著潘尼要的肉回來，完成了打包工作。裘弟站在那裡猶豫不決，他原本滿心期待河邊的耶誕慶典，這下可要錯過了。有他留下來作伴，母親一定會很高興，而且那樣的話，別人會覺得他很有義氣，甚至覺得他很無私。潘尼用肩膀背起背包，撿起槍。突然間，裘弟不想被留下來，就算是為了世界上最好的慶典也不要。他們要去追殺老瘸子。他把小背包甩上自己穿著溫暖羊毛衣的肩頭，撿起自己的槍，心情輕鬆地跟著父親。

他們直切向北，到前一晚追到的地方重新找到蹤跡。小旗跑進灌木林裡。裘弟吹響尖銳的口哨。

「爸，即使在耶誕節，打獵還是男人的事，對吧？」

「對，是男人的事。」

蹤跡還算新，老茱莉亞能毫不遲疑地輕鬆追去。熊蹤往東而去，但從他們之前停止的地方走沒多遠，就急切向北。

「我們昨晚沒跟著也好。」潘尼說：「牠往另一個郡去了。」

熊跡又彎向西方往霍普金斯草原而去，延伸到溼沼澤裡。追蹤不易。老茱嘩啦啦地涉水而過。牠不時舔舔水，似乎在嚐水的味道，又把長長的吻部貼在燈心草上，盯著猛看，思索臭熊皮是從哪一側拂過燈心草。接著牠又出發了。牠有幾次完全追丟了氣味。於是潘尼折回結實的地面，沿沼澤邊界找尋巨大殘缺的腳印從沼澤裡出來的地方。他在茱莉亞之前找到的話，就會用狩獵號角叫牠，讓牠來追。

「丫頭，在這邊！在這邊！去追牠！」

利普踩著短腿跟著潘尼。小旗跑東跑西。

裘弟焦慮地問：「爸，小旗不會礙事吧？」

「一點也不會。即使熊聞到牠的氣味，熊也不會在意，除非熊轉身來抓牠。」

潘尼雖然嚴肅，打獵的過程卻開始有了從前的喜悅。那天晴朗清新。潘尼拍拍裘弟的背。

「這比耶誕節的洋娃娃還要棒，對吧？」

「就是嘛。」

中午的冷食幾乎比熱騰騰的午餐更美味。他們在舒服的烈日下坐著吃午餐、休息。夾克解開了。動身出發時，背包一時顯得有點沉重，但他們不久就習慣了。老瘸子好像有一度想繞一大圈回去佛瑞斯特家或巴克斯特家的樹島，或繼續直直穿越灌木林，去奧克拉瓦哈的新地點覓食。

潘尼說：「即使佛瑞斯特家的豬傷了牠，牠也根本不在意。」

龐大的足跡下午毫無道理地彎回東邊的沼澤。他們前進得很辛苦。

潘尼說：「讓我想起去年春天，我和你追著牠穿過刺柏沼澤。」

下午過半的時候，潘尼說他們離鹽泉溪的下游不遠了。這時老茱突然吠叫起來。

「牠可能在那種地方睡覺！」

茱莉亞衝向前。潘尼拔腿就跑。

「老茱逮到牠了！」

前面一陣衝撞聲，好像有暴風穿過密林。

「丫頭，上啊！逮住牠！好呀！逮住牠！好呀！」

熊的速度快得不可思議，灌木叢拖慢了獵狗的速度，但牠卻能推擠而過。熊就像河上的汽船，緊密糾纏的荊棘、刺藤和原木不過是牠腳下的水流。潘尼和裘弟滿身大汗。茱莉亞的吠叫聲裡帶有一般新生的絕望，牠追不上了。沼澤變得太溼太密，他們陷入深及靴子頂的泥濘中，得一吋吋把腳拔出來，只有一條北美菝葜之類的藤蔓可以支撐。這裡長了柏樹，嶙峋的膝根滑溜不牢靠。裘弟陷得深及臀部。潘尼轉身拉他一把。小旗繞向左邊尋找地勢高一點的地方走。潘尼停下來喘口氣，沉重地呼吸。

潘尼喘著說：「牠可能要溜掉了。」

潘尼等呼吸變順之後，再度出發。裘弟落在後面，不過在穿越一片低矮的常綠闊葉林時，因為比較好走，終於追上了父親。那片林子裡長的是月桂、梣木和棕櫚。小圓丘可以當墊腳石。圓丘之間水流清澈，帶點褐色。茱莉亞跑在前面，發出尖銳拉長的吠叫聲。

「丫頭，逮住牠！逮住牠！」

前方的植被變成草地。空曠處，老瘸子的身影猛然出現眼前。牠的行動迅速，宛如一陣黑旋風。茱莉亞在牠背後一碼的地方閃現。再過去的地方則閃耀著鹽泉溪明亮湍急的水流。熊嘩啦啦跳入溪流中，奮力朝對岸衝去。潘尼舉槍射了兩發子彈。茱莉亞滑著腳步停下來，坐到地上，鼻子高高舉向空中。牠悲慘挫折，沮喪地號叫。老瘸子爬上了對岸。潘尼和裘弟跑進低溼的溪岸，只看得見那又黑又圓的臀部。潘尼拿起裘弟的前膛槍，在熊的背後發射。熊跳了一下。

潘尼喊道：「射中牠了！」

老瘸子繼續前進。隨著牠在灌木叢中開路前進，樹叢間響起一陣劈哩啪啦聲，接著連牠發出的聲響也聽不見了。潘尼拚命催促獵狗。但牠們斷然拒絕越過寬闊的溪水。潘尼絕望地放棄，在一片潮溼之中蹲下來搖搖頭。老茱爬起來，嗅嗅岸邊的腳印，然後坐下來繼續悲傷。裘弟渾身顫抖。他覺得打獵應該結束了。老瘸子又從他們手中溜走了。

潘尼站起來時，裘弟驚呆了。潘尼抹去臉上的汗水，給兩把槍上子彈，然後就沿著開闊的溪岸朝西北前進。裘弟猜想父親知道一條比較好走的路可以回家。但是當開闊的松樹林出現在他們左邊時，潘尼依然繼續沿著溪邊走。裘弟不敢問父親。小旗不見了，裘弟很慌張。不過他說好不能抱怨，不論是為自己或是為小鹿都不行。潘尼疲倦挫折，瘦小的背駝了，但仍然是石頭般的背。裘弟只能踩著發疼的腳和疼痛的腿緊跟在後。扛在肩上的老前膛槍沉重無比。潘尼說話了，但不像是跟兒子說，比較像是自言自語。

「記得她的屋子就在那邊……」

溪岸開始爬升，變成高地。櫟樹和松樹在夕陽中矗立。他們來到一座高高俯望溪水的陡岸。陡岸上有一間木屋，下面一點有片開墾出來的田地。潘尼爬上蜿蜒的小徑，走上門階。門關著，煙囪沒有冒煙。木屋沒窗戶，只有方型開口上蓋著木窗板充數。窗板都拉起來了。潘尼走到屋子後方。那裡有扇窗板卡住沒蓋滿。他看看屋裡。

「她不在，不過我們還是可以進去。」

裘弟期待地問：「我們今晚會從這裡回家嗎？」

潘尼轉身看著他。

「回家？今晚？跟你說過了，我要逮到那隻熊。要回家你自己去——」

裘弟從沒看過父親這麼冷酷無情。他乖乖地跟著父親。狗趴在屋子旁的沙地上喘氣。潘尼走到柴堆劈柴。他抱了一堆柴，從窗板的開口丟進去，接著自己也爬進去，從裡面打開廚房的門閂。裘弟回到柴堆，劈下一把引火柴木片，拿進屋子鋪到地上。開放式的火爐上擱著或用吊鉤掛著一只荷蘭鍋和幾只鐵鍋。

潘尼生好火，在上方掛上一只淺鍋，然後在地板上打開背包，拿出厚厚一塊培根，切了幾片到淺鍋裡。培根開始慢慢地滋滋作響。潘尼走到門外沒加蓋的水井，用絞盤汲起一桶水。又從廚房架上拿來一只髒兮兮的咖啡壺，放到靠近熊熊燃起的火焰邊煮咖啡。他在借來的平底鍋裡拌好玉米糊，然後把兩顆冰冷的烤番薯放在火旁邊加熱。培根煎好之後，他把玉米糊刮進肉汁裡，把麵糊烤成結實的餅，等餅變褐色，再把吊鉤轉開，結束烘烤。咖啡滾了。他把咖啡壺放到一旁，然後從搖搖欲墜的紗櫥拿出杯盤，擱到樸素的木板桌上。

「來吧，可以吃了。」

潘尼狼吞虎嚥迅速吃完，把可能會剩下的玉米餅拿給外面的狗吃，還給每隻狗兩條鱷魚肉。裘弟覺得冷，而酷寒的夜晚不是唯一的原因，他不喜歡父親那麼沉默，感覺像跟陌生人一起吃晚餐。潘尼用剛才煮東西的淺鍋把水煮熱，洗了杯子、盤子，放回紗櫥裡。咖啡還有剩，他把咖啡壺放到爐子上，掃掃地，然後去外面找南方綠櫟收集了一堆空氣草，在房子有遮蔽的一個角落幫狗做個窩。夜幕低垂，冷冽且一片死寂。他從林子裡搬來木材，把其中兩枝的一頭推進爐裡，每隔一陣子就往裡面推一點。他塞好菸斗，點燃之後躺到火旁的地板上，捲起背包當枕頭。

潘尼和藹地說：「孩子，你就跟著做吧。我們一早就出發。」

他感覺比較像他了，裘弟這才敢問問題。

「爸，你覺得老瘸子會從這裡回來嗎？」

「不會。至少我們等不到牠回來。牠鐵定受傷了。我要到鹽泉上游，從溪的源頭去對岸。然後從對面下到牠今天下午逃進灌木叢的地方。」

「那樣要走好遠的路耶？」

「是很遠沒錯。」

「爸……」

「怎麼了？」

「小旗不會有事吧？」

「我說過讓牠跟著要怎樣，你沒忘記吧？」

「我沒忘記。我……」

潘尼心軟了。

「你擔心牠會迷路嗎？牠不會迷路的。鹿在林子裡絕對不會迷路。只要牠沒想到變野，就遲早會出現。」

「牠才不會變野。爸，絕對不會的。」

「至少不會這麼小就變野。牠現在大概在惹你媽生氣吧。快睡了。」

「爸，這是誰的房子？」

「以前是一位寡婦的。我很久沒來了。」

「我們跑進屋子，她會不會介意？」

「如果是以前這裡的那個女人，就不會介意。我娶你媽以前，老遠跑來這裡追求她。快睡吧。」

「爸——」

「你只能再問一個問題，再問我就揍你囉。如果你問了蠢問題，我還是會揍你。」

裘弟遲疑了。他想問的是，潘尼覺得他們隔天晚上可不可能趕到耶誕慶典。他想那是個蠢問題。追老瘸子恐怕得花上一輩子了。他的念頭轉回小旗身上，想像著小旗迷路了，餓著肚子，還被山獅跟蹤。沒小旗在身邊，好寂寞。他納悶母親不知有沒有那麼擔心過他，他可是她唯一的兒子；他覺得恐怕沒有。他有點憂愁地睡著了。早晨，裘弟被院子裡馬車輪的聲音吵醒。他聽見他們的狗在叫，有一隻陌生的狗回應。裘弟坐起身來。潘尼已經站起來，搖搖頭讓腦袋清醒。他們睡過頭了。玫瑰色的晨曦籠罩著木屋。火已經燒成餘燼，兩根木材焦黑的末端還跨在火爐邊。空氣冰寒，呼吸凝結成了霧。他們冷到骨子裡了。潘尼走到廚房門邊，拉開門。腳步聲傳來，一位中年婦人走進屋裡，後面跟著一個年輕人。

她說：「老天爺啊。」

潘尼說：「嘿，奈莉。看來妳還沒擺脫我。」

「以斯拉・巴克斯特。你怎麼不請自來呢。」

他朝著她咧嘴而笑。

「這是我兒子，裘弟。」

她快速地瞥了裘弟一眼。她很漂亮，豐滿又紅潤。

「他有點像你。這是我外甥，阿薩・瑞弗斯。」

「不會是麥特・瑞弗斯的兒子吧？天啊。孩子，我從你還不比泥壺蜂大的時候，就認識你了。」

兩人握握手。年輕人看起來畏畏縮縮的。

婦人說：「巴克斯特先生，既然你這麼禮貌周到，不如說說你怎麼把我家當作自己家了。」

她的語氣很和善。裘弟喜歡她，他心想，女人就像狗一樣，也有不同的類型。她跟哈托奶奶是同一類的女人，能讓男人很自在。而兩個女人即使說的是同樣的話，也可能有不同的意思，就像兩隻狗的吠叫聲，一個可能帶著威脅，另一個卻很友善。

潘尼說：「我先生個火。空氣太冰，我說不出話來了。」

他跪在爐子前，阿薩出去拿木柴，裘弟跟去幫忙。茱莉亞和利普在陌生的狗身邊高高翹著尾巴打轉。

阿薩說：「你們的狗差點把奈莉阿姨和我嚇死了。」

裘弟想不出適合的話回應，匆匆拿著木柴回到屋裡。

潘尼說：「奈莉，妳不是天使下凡，但妳昨晚也像天使一樣了。我、裘弟和那兩隻狗在追一頭斷趾大熊，連追了兩天。牠跑來殺我的牲畜太多次了。」

她插嘴說：「前腳少了一根趾頭的熊嗎？唉，去年牠殺光了我的豬。」

「我們從家裡開始追起，在河下游南邊的沼澤逮到牠。我想我再靠近十碼，牠就逃不了。我從後面朝牠開了三槍，可是距離太遠了。最後一槍有打中牠。牠游過溪，可是狗不肯下水。唉，奈莉，上次我那麼精疲力竭，是妳告訴我佛瑞德想和妳穩定交往那次。」
她笑了：「再說啊。你從來不是真的想要我。」
「現在承諾太遲了──我知道妳如果沒再婚、沒搬走，妳家就還在這附近。我也知道妳一定不會小氣不讓我借用妳的地板和火爐。昨晚我躺下來睡覺時，我說啊：『願上帝保佑小奈莉．琴萊特』。」
她放聲大笑。
「欸，我非常歡迎你來。不過下次先通知我，我就不會嚇一大跳了。守寡的女人不習慣院子裡有陌生的狗、火爐旁有男人。你現在打算怎麼辦？」
「吃完一點早餐，就打算在水源上頭過河，從對岸上次看到牠那裡找到足跡開始追。」
她皺皺眉頭。
「以斯拉，不用那麼辛苦。我在上游一點的地方有艘舊獨木舟，很破舊了，不過還能載你們過溪。拿去用吧，可以少走點路。」
「太好了！裘弟，聽到了嗎？現在我要再說一次：『願上帝保佑小奈莉．琴萊特。』」
「我可不像你認識我的時候那麼小了。」
「沒錯，不過妳現在好看多了。妳一向很漂亮，可是以前太瘦了。兩條腿像被鹿角磨過的樹苗。」
他們一同大笑。她解下帽子，在廚房裡忙進忙出。現在潘尼好像不那麼匆忙了。用獨木舟過溪可以省下不少腳程，他們有時間悠閒地吃頓早餐。他捐出剩下的培根。她煮了玉米粥，弄了新鮮的咖啡和餅乾。餅乾有糖漿可加，不過沒有奶油或牛奶。

「我這裡養不了家畜。」她說：「即使沒給熊和山獅吃掉，也會被鱷魚吃了。」她嘆口氣。「有時候寡婦過得很辛苦。」

「那個阿薩，沒跟妳住在一起嗎？」

「沒有。他只是跟我從蓋茲堡回來，今晚要跟我去河邊的慶典。」

「我們原來也打算去，不過看來還是別奢望了。」他突然想到一件事：「不過我老婆會去。妳跟她說妳有碰到我們，免得她擔心。」

「以斯拉，你就是這種人，會怕老婆擔心。你沒向我求婚，不過我常後悔沒鼓勵你。」

「我老婆應該後悔她鼓勵了我吧。」

「知道自己要什麼的時候，總是太遲了。」

潘尼識相地沉默了。

早餐非常豐盛。奈莉・琴萊特餵狗餵得慷慨，還堅持幫忙巴克斯特父子準備午餐。他們身子暖和了，振奮起來，不情願地離開木屋。

她在他們後面喊道：「獨木舟在往上不到四分之一哩的地方。」

到處都結著冰。柳枝稷的葉面也結了薄薄的一層。舊獨木舟整個埋在冰裡。他們破冰鬆開獨木舟，把獨木舟放下水。獨木舟很久沒碰水了，漏水的速度快到幾乎來不及把水舀出去，他們最後放棄舀水，直接爬上獨木舟，打算衝過溪。狗不信任這艘船，潘尼才剛把牠們抱進去，牠們就跳出來，就這麼浪費了幾分鐘，結果獨木舟淹起幾吋冰冷的水。他們又把水舀出去。裘弟爬進船中央蹲著，潘尼抓著兩隻狗的項圈，把狗塞給他。他緊緊夾住狗的腹部，用盡全力不讓牠們掙脫。潘尼用一根櫟樹枝把獨木舟撐離岸邊。一離開河冰的邊緣，水流就變湍急了。水流擒住獨木舟，把獨木舟往下游盪去。水滲到裘弟的腳踝。潘尼拚命划。水是從船首一道裂縫湧進來的。狗這時安靜地站著，因為陌生的感覺而恐懼顫抖。裘弟蹲著，用兩手划水。

夏天的溪流看起來都很友善，當他穿著破舊的薄襯衫和同樣破的褲子時，跌落水中只需要在涼快的水裡朝岸邊游兩下就上岸了。但沉重的羊毛褲和羊毛夾克在冰冷的水裡可沒好處。加上水的重量之後，獨木舟移動遲緩，幾乎無法控制。潘尼讓大家到達對岸時，獨木舟剛好固執地沉入溪底。水淹過他們的靴子頂，凍得雙腳發麻。不過他們回到陸地，和老瘸子在溪水的同一邊了，而且省下好幾個小時的辛苦健行。獵狗冷得發抖，期待潘尼下命令。潘尼沒下命令，而是立刻沿著溪岸往西南出發。有些地方地勢太低，低溼泥濘，他們只好折回樹木沼澤，甚至爬到更高的林子裡。這區域位於喬治湖的一個湖灣和聖約翰河向北的河道之間，路上處處是泥沼，危險難行。

潘尼停下來確認方位。他們遇到蹤跡的時候，他可以靠老茱來追蹤，但他不敢一直催促牠。潘尼的距離感好得不可思議。他認出一棵橫過溪流的死亡柏木，就是他們在追丟熊之後不久經過的那一棵。於是他慢下腳步用走的，謹慎前進，邊走邊研究冰凍的地面。接著他假裝找到了蹤跡。

潘尼對茱莉亞說：「在這邊。去逮牠。在這邊——」

牠從寒冷昏倦中清醒，搖著長尾巴開始大聲聞嗅。走了幾碼之後，牠發出尖細的叫聲。

「在那邊。牠找到了。」

龐大的腳印結結實實印在泥巴裡，用肉眼就能輕鬆追隨。灌木叢中瘸子鑽過的地方，留下殘破的灌木。潘尼緊緊跟著狗。熊一確定沒人跟著自己，就築床休息了。離溪岸不過四百碼的地方，茱莉亞逮到了牠。牠隱沒在灌木叢中，但聽得見笨重的跳躍聲。潘尼沒有看清楚就不能開槍，因為獵狗緊追在牠粗韌的腳跟旁。裘弟以為父親會在濃密的沼澤植物之中盡可能拔腿快跑。

潘尼說：「我們自己趕不上牠，不可能的事。讓狗去對付牠。我覺得欲速則不達。」

他們穩定地推進。

潘尼說：「至少牠也累垮了。」

然而潘尼低估了對手。追逐繼續進行。

潘尼說：「看來牠打算去傑克森維爾呢。」

熊和狗都在視線之外，也聽不見牠們的聲音。熊蹤在潘尼眼裡依然清晰。一根斷裂的樹枝、一叢壓彎的草，在他眼裡展開成一張地圖，即使地面堅實，看不出足跡的地方也一樣。接近中午時，他們氣喘如牛，不得不停下來休息。冰冷的微風刮起，潘尼在風中用手圈起耳朵聽。

「我好像聽到老茱的聲音。」他說。「牠們包圍牠了。」

這股動力讓他們再度前進。日正當中的時候，他們趕上了獵物。老瘸子終於決定停下來一決勝負。狗把牠逼到走投無路。牠踩著粗短的熊腿左搖右晃，露齒咆哮，憤怒地壓平了耳朵。當牠轉身繼續撤退時，茱莉亞朝牠的腰側一咬，利普則繞過牠，一躍而上咬向牠長滿粗毛的喉嚨。牠的彎彎巨爪揮向牠們，然後退開。利普繞回牠後面，一口咬住牠的腿。老瘸子尖聲慘叫，如老鷹般敏捷地轉身，把牛頭犬掃向自己。瘸子用兩隻前掌把利普抓起來，利普痛得尖叫，頑強地掙扎不讓上方的兩顎咬到自己的脊椎。牠們兩顆頭顱來回甩動，咆哮猛咬，雙方都想攻擊對方的咽喉，同時護著自己喉嚨。潘尼起舉槍，穩穩瞄準，然後開火。老瘸子胸前抱著利普倒了下去。牠殺戮的日子結束了。

在事情結束之後，一切似乎顯得太過容易。他們追了牠好久，然後潘尼射中了牠。牠就躺在那裡——

他們難以置信地看著彼此，然後走向俯臥的大熊屍體。裘弟膝蓋發軟，潘尼的步伐踉蹌。裘弟感覺到一股清晰的輕鬆感充盈全身，彷彿自己是一顆氣球。

潘尼說：「老實說，我真不敢相信。」

他拍拍裘弟的背，跳了幾步踢踏舞，尖叫道：「好呀！」

聲音在沼澤裡迴盪。一隻灌叢鴉跟著刺耳尖叫，然後飛開。裘弟感染到父親的興奮，跟著尖叫：「好呀！」老茱莉亞趴臥下來，跟著一同吠叫。利普正在舔舐傷口，牠粗短的尾巴搖個不停。

潘尼不成調地唱起歌來：

「我叫山姆，
啥也不在乎，
寧願當個黑佬去，
窮白人太苦。」

他又拍拍裘弟。

「誰是窮白人啊？」

裘弟大喊：「我們不窮，我們獵到老瘸子了。」

他們一起蹦蹦跳跳，歡呼大叫，直到嗓子都啞了，四面八方的松鼠都聒噪起來。他們終於鬆了口氣。潘尼上氣不接下氣地笑了。

「不知道多久沒那樣歡呼、大吼大叫了。說真的，真爽快。」

裘弟還活力十足，又歡呼了一聲。潘尼冷靜下來，靠過去檢查那頭熊。牠可能重達五百磅，熊皮非常壯觀。潘尼抓起缺了腳趾的巨大前掌。

他說：「好呀，老傢伙，你是個狠毒的敵人，不過我很尊敬你。」

他得意地坐在肥壯的肋骨上。裘弟摸摸厚實的毛皮。

潘尼說：「這下子我們得研究研究該怎麼辦了。我們在荒郊野外，有個比我們兩個加你媽、再加上母牛更大的東西。」

他掏出菸斗，裝滿菸草，愜意地點燃。

「要想，不如舒舒服服地想。」

潘尼興高采烈，所以這個在裘弟眼裡顯得無解的問題，不過是一個令人開心的挑戰。他開始動腦，有點自言自語地說起話來。

「我們來想想看。我們現在應該在大熊泉和河之間。蓋茲堡的路在西邊，東邊是河。我們能不能把這位黑先生弄到赫斯埠呢？那裡隨時有船可以渡河。我們先來處理牠的內臟，再仔細想想吧。」

把熊翻身就像把一整車的袋裝玉米粉一口氣翻過來一樣困難。熊皮下有厚厚的油脂，所以圓胖又癱軟，即使扶住，也沒辦法讓牠固定不動。

「死了還是跟活的時候一樣難纏。」

潘尼俐落地為熊的屍體去除內臟。老瘸子像掛在屠夫店裡的全牛一樣乾淨溜溜，不具任何威脅性。表弟興奮極了，他抓住牠沉甸甸的雙腿，方便潘尼做事。他沒想過有朝一日自己居然能將老瘸子巨大的腳掌握在自己的小手裡。這趟打獵，他除了跟著父親瘦小而堅定的背影之外，什麼也沒參與到，但現在他覺得自己強壯充滿了力量。

潘尼說：「來看看我們搬不搬得動吧。」

兩人各拉一隻前掌，使勁向前拖。為了搬動這副死去的軀體，他們花了九牛二虎之力，又搬又扯，一次只能移動一呎。

「照這樣子，到春天也搬不到河邊。」潘尼說：「而且路上我們就餓死了。」

沒辦法牢牢抓住毛皮光滑的腳掌，是使他們沒有進展的最大阻礙。潘尼蹲下來沉思。

最後他說：「我們可以走去蓋茲堡找人幫忙。會讓我們少分不少肉，不過我們可以省點事。不然就做個拖具，拚命拖去河邊，可能會把我們的心臟給累壞吧。不然我們可以回家，把馬車弄來。」

「爸，可是馬車不在家。媽要駕車去參加慶典。」

「這下給你發現我忘記今晚是耶誕夜了。」

潘尼把帽子往後推，搔搔頭。

「兒子，走吧。」

「要去哪？」

「蓋茲堡。」

潘尼估計得沒錯，往河邊聚落只要向西走短短兩哩路。從沼澤和灌木林走上開闊的沙子路，真不錯。寒風吹過路上，不過陽光煦煦。潘尼在路邊找到一叢防癌草，折斷它的莖，把有療效的草汁滴在利普傷口上。他說了很多話，在路上講起很久以前、他幾乎已經忘記了的獵熊故事。

潘尼說：「我個子和你一樣大的時候，我叔叔邁爾斯從喬治亞州來找我們。有一天天氣很冷，差不多跟現在一樣，他帶我去我們今天經過的那座沼澤。我們在沼澤那邊到處閒晃，也沒特別要找什麼，結果看到前面有個像禿鷹的東西坐在一截樹樁上，好像在啄什麼。我們走過去，你猜那是什麼？」

「不是禿鷹嗎？」

「根本就不是禿鷹。是一隻熊寶寶在玩，拿東西揮打牠下面地上的雙胞胎。

「我叔叔邁爾斯說：『我們抓隻小熊吧。』牠們很溫馴，他走向樹樁上那隻，把牠抓起來。可是啊，抓牠的時候，他沒東西放。那些畜生不裝在袋子裡，就會咬人。話說那些內陸的傢伙在冬天都會穿衛生褲。他脫下長褲，又脫下衛生褲，然後把衛生褲的褲管打結做成袋子，把熊寶寶放進去。他準備拿褲子穿回去的時候，灌木叢裡傳來一陣砰砰聲、呼呼聲，樹木被壓到了，有一隻老母熊衝出灌木叢，朝著他衝。話說他拔腿跑過樹木沼澤，拋下熊寶寶，熊媽媽就把衛生褲和熊寶寶全撿走。但牠跟他跟得很近，踩到一條藤蔓，結果他就被那條藤蔓絆倒，栽進荊棘和懸鉤子裡去了。然後茉兒嬸嬸那種女人腦袋不清楚，怎樣也想不懂他為什麼冷天裡回家時連衛生褲也沒穿，屁股上還有刮傷。不過邁爾斯叔叔說，比起來，熊媽媽後來拿那條衛生褲給熊寶寶做什麼，更讓人想不透。」

裘弟笑到沒力。

他埋怨：「爸，你腦袋裡那麼多故事，平常都不講。」

「要進到當初事情發生的沼澤之類的地方，才能喚起我的記憶。那座沼澤啊，我記得有一個很冷的三月天，我在那裡遇到另一對熊寶寶。牠們冷得哀哀叫。剛出生的熊寶寶和老鼠一樣大，光溜溜的，而那些熊寶寶啊，還沒長出多少毛。牠們窩在一叢鱷梨裡，像人類娃娃一樣哭。你聽！」

他們後頭的路確實傳來馬蹄聲。

「不用老遠跑去蓋茲堡找幫手，不錯吧？」

馬蹄聲逐漸靠近。他們退到路邊。馬匹上的人是佛瑞斯特兄弟。

潘尼說：「不可能吧。」

領頭的是巴克。一行人湧上前來，全都喝得爛醉。他們勒住馬。

「你們瞧瞧！是老潘尼·巴克斯特和他的小崽子！嘿，潘尼！你在這裡搞什麼鬼？」

潘尼說：「我在打獵。這次可是刻意的。我和裘弟在追老瘸子。」

「哇喔！徒步追嗎？大夥們，你們聽聽！比一對小雞捉老鷹還誇張。」

潘尼說：「我們逮到牠了。」

巴克甩甩頭。一行人似乎都清醒過來。

「少扯了。牠在哪？」

「往東大概兩哩的地方，在大熊泉和河之間。」

「想也是。牠常常在那裡遊蕩。」

「牠已經死了。我怎麼知道？因為我把牠的內臟處理掉了。我和裘弟正要走去蓋茲堡找幫手把牠從沼澤裡弄出來。」

巴克挺直身體，帶著醉意莊重起來。

「你要去蓋茲堡找幫手把老瘸子弄出來？你眼前可是這個郡裡最擅長對付老瘸子的人呢！」

蘭姆叫道：「我們把牠弄出來的話，你要給我們什麼報酬？」

「一半的肉。反正牠讓你們損失慘重，巴克還來警告我，我本來就打算分給你們。」

巴克說：「潘尼·巴克斯特，我們是朋友。我會警告你，你也會警告我。上來坐在我後面，帶路吧。」

水車輪說：「我今天不太想進沼澤，然後老遠跑去巴克斯特家的樹島。我滿腦子都想玩樂。」

巴克對他說：「你還有腦子啊？」然後喚道：「潘尼・巴克斯特！」

「什麼事？」

「你還打算去沃盧西亞的慶典嗎？」

「要是我們來得及把熊弄出來，趕得上慶典，我們就要去。我們動作太慢了。」

「上來坐我後面帶路吧。大夥們，我們把熊弄出來，之後就去沃盧西亞的慶典。他們不歡迎我們的話，可以把我們扔出去——不過也要他們動得了我們。」

潘尼猶豫了。蓋茲堡要找什麼幫手都不好找，何況是耶誕節前夕。可是正經的集會不大可能歡迎佛瑞斯特兄弟。他決定讓他們幫忙處理龐大的熊屍體，然後他們要去哪裡就聽天由命了。他翻上巴克背後的位置。水車輪垂下手，幫裘弟爬到他背後。

潘尼說：「誰行好，帶上我的牛頭犬？牠傷得不重，不過跑了很遠，還大戰一場。」

蓋比抱起利普，讓牠趴在前面的馬鞍上。

潘尼說：「我們走出來的路很可能還很清楚。你們差不多看得出我們是從哪來的。」

徒步感覺很長的距離，在佛瑞斯特兄弟的馬上根本不算什麼。巴克斯特父子記起他們早餐後就沒吃東西了，於是在背包裡翻找，咀嚼起奈莉・琴萊特的麵包和肉。潘尼心情輕鬆，感染了佛瑞斯特兄弟醉醺醺的情緒。

他朝他們喊道：「我在我的老相好家過夜啦。」

他們吵鬧地歡呼喝采。

「只不過她不在家！」

又是一陣歡呼。

裘弟愜意地回想奈莉・琴萊特讓人愉快的友善態度。

他朝水車輪背後說：「水車輪，如果我媽是別人，我還會是我嗎？還是也會變成別人呢？」

水車輪朝前頭喊著：「嘿！裘弟想要新媽媽呀！」

他捶了水車輪背後一拳。

「我不是要新媽媽。我只是想知道而已。」

水車輪就算清醒也答不出這個問題。喝醉的時候，這問題只會引來下流的話語。

潘尼說：「騎過那片低矮的常綠闊葉林，我們的熊就在那裡。」

大家下馬。蘭姆厭惡地啐了一口。

「算你走運，你這牧師養的——」

「誰遇上牠，都可以跟牠耗。」潘尼說：「或是像我一樣夠瘋狂的話，就追在牠後面。」

熊肉要怎麼切，大家意見分歧。巴克為了效果，想要整隻熊完完整整。潘尼努力說服他那樣不可行。他們最後終於說服巴克，像平常處理那麼大頭的熊那樣，把牠分成四份。處理好的帶腿肉塊各重達上百磅。他們把熊剝皮肢解。熊皮完好無缺，連著巨大的熊頭和帶爪的腳掌。

巴克說：「就是要那樣子。我有個主意可以樂一樂。」

他們傳著酒瓶喝了一輪，然後出發上路，四匹馬各載一塊帶腿肉塊，第五匹載著毛皮。要像佛瑞斯特家這麼大的一家子，才載得動老瘸子加上巴克斯特父子。一行人鬧哄哄，你來我往地吼來吼去。

他們在天黑後到達巴克斯特家樹島。房子門上，窗板也關了。沒有燈光，煙囪裡也沒有冉冉的煙。巴克斯特媽媽駕著馬車去河邊了。小旗不在附近。佛瑞斯特兄弟下了馬又喝起酒來，然後討水喝。潘尼建議煮個晚餐，但他們一心想去沃盧西亞。他們把熊肉掛到燻肉房。巴克頑固地緊抓著熊皮不放。

在黑暗中繞過自家門戶緊閉的屋子，裘弟覺得很怪，好像屋裡住的是別人，不是巴克斯特家。他到屋子後面喊：「小旗！來啊，小子！」但沒聽到尖細小蹄子應聲踏地而來的聲音。他又擔心地叫了一次。就在他轉身回路上的時候，小旗從森林裡朝著他飛奔過來。裘弟一把抱住小旗，抱得太緊，小旗不耐煩地掙脫開來。佛瑞斯特兄弟吼著要他快一點。他好想讓小旗跟著他們，但如果小旗又跑掉，他會受不了。他帶小旗進入小棚屋，牢牢拴住牠，門起門以防野獸闖入。他又跑回來，打開門，把背包裡背的玉米粉撒出來給牠。佛瑞斯特兄弟朝裘弟怒吼。裘弟再度拴上門，滿足地跑去爬上水車輪背後。現在他可以保證回家時小旗一定在家了。

佛瑞斯特兄弟像一排站在柵欄上的烏鴉一樣粗聲粗氣地唱起歌來，裘弟也跟著唱了。

巴克唱道：

「我去見我的蘇珊，
我們在門邊碰頭。
她要我別再去看她，
她不想再見我。」

水車輪喊道：「哇哈哈！蘭姆，這首怎樣啊？」

巴克繼續唱：

「她愛的路佛斯支持
安德魯・傑克森。

我看著她的臉說，
再會了，蘇珊·珍。」

「哇哈哈！」
蓋比唱起一首哀傷的婚姻輓歌，每一節都以副歌收尾：

「我娶了別的女孩，
像惡魔他奶奶，
真想再一個人逍遙。」

他們的吼叫聲在灌木林裡迴響。
他們在晚上九點抵達河邊，大聲吼來渡船。過河之後，他們繼續騎向教堂。教堂裡燈火通明。院子裡的樹上繫著馬匹、馬車、牛隻和貨車。
潘尼說：「我們都髒得不得了，不適合去教堂慶典。讓裘弟進去幫我們拿吃的出來吧？」
但是已經沒人能說服或阻止佛瑞斯特兄弟了。

巴克說：「大家幫我把這穿上去。我要把大家嚇得滾出教堂。」

蘭姆和水車輪把熊皮披到他身上。他趴下呈四足跪姿試試，對效果不夠真不太滿意，因為熊皮從腹部剖開，所以沉重的巨大熊頭會往前滑。潘尼急著進去讓巴克斯特媽媽放心，但佛瑞斯特兄弟一點也不急。他們捐出兩、三對鞋帶，把熊皮在巴克胸前拉攏綁個結。成果正是他想要的。他魁梧的肩背幾乎和毛皮原先的主人一樣撐滿整副毛皮。他試吼了一聲，然後他們悄悄爬上教堂的階梯。蘭姆推開門讓巴克進去，然後把門拉上，只留縫隙讓其他人看得到裡面。過了一會兒，教堂裡的人才注意到他。巴克搖擺走上前，維妙維肖地模仿熊的行進步伐，像得讓裘弟頸背寒毛直豎。巴克大聲咆哮。集會的群眾轉過身來。巴克止住不動。有那麼一瞬間眾人呆若木雞，隨後，全教堂裡的人像強風吹過的櫟樹葉堆，全從窗戶衝出去，留下空蕩蕩的教堂。

佛瑞斯特兄弟走進門，一邊放肆狂笑。潘尼和裘弟跟著進去。突然間，潘尼撲向巴克，扯掉熊頭，露出他的人臉。

「巴克，脫掉那東西。你找死啊？」

潘尼方才瞥見了一扇窗邊有槍管的反光。巴克站起來，熊皮滑落到地上。慶祝群眾再度湧入。外頭，有個女人在尖叫，無法安撫，兩、三個孩子怕得嚎啕大哭。眾人的第一反應是憤怒。有個男人大喊：「把小孩嚇傻了，這樣慶祝耶誕節，真有你的。」

不過節慶的氣氛濃厚，佛瑞斯特兄弟醉醺醺的快活心情又深具感染力。大家的興趣都在巨大的熊皮上。這裡那裡，不時有人在狂笑，最後全部的人都笑了，一致贊同巴克比老瘸子看起來更像熊。這隻大熊為非作歹好幾年了，惡名人盡皆知。

大部分的男人和男孩都圍著潘尼。妻子和他打了招呼，忙著去幫他拿一盤食物。教堂長凳都推去靠著裸露樸素的牆面，他坐到一張長凳邊，想吃點東西，才吞下幾口就被大家的急切問題纏住，於是他滔滔不絕地說起打獵的故事。食物擱在他腿上，動也沒動。

裘弟怯生生地張望著陌生的繽紛色彩。小教堂裝飾著冬青和槲寄生，還有捐贈的盆栽：有非洲鳳仙花、天竺葵、蜘蛛抱蛋和彩葉草。煤油燈在四周牆上的托架上閃爍。天花板由垂掛著的一串串紙帶遮去大半，有綠的、紅的和黃的。前面佈道用的講壇那裡，有一棵耶誕樹掛著亮閃閃的金屬片和爆米花串成的鍊子、紙剪出的圖樣，和瑪麗布商總管送的幾顆亮晶晶的小球。大家交換禮物，樹下散落著包裝紙。小女孩格紋布的平坦胸前摟著新的布娃娃，出神地走來走去。小到還沒辦法注意聽潘尼說話的男孩，就在地板上玩。

食物在耶誕樹附近的長板桌上。哈托奶奶和裘弟的母親衝向他，帶他過去。他發現自己也與有榮焉，籠罩在美妙的光輝之中。女人們圍住他，把食物塞給他。她們也問著與獵熊有關的問題。起初他驚慌失措，無法回答，感到一陣冷一陣熱，一隻手盤子上的沙拉還灑了出來。他另一隻手則端了三塊不同口味的蛋糕。

哈托奶奶說：「大家放過他吧。」

裘弟突然擔心自己沒機會回答問題，錯失了當下耀眼的勝利。

他連忙說：「我們追牠追了快三天。有兩次逮到牠。我們跑進泥巴裡，然後掙脫出來，爸說那裡連禿鷹的影子都會陷進去……」

她們聽得聚精會神，令他受寵若驚。他滿腔熱血，從頭開始說起，試著照他想像中潘尼會說的方式來說。說到一半，他低頭看著蛋糕，沒興趣說故事了。

「然後爸就射中牠了。」他突然結束了故事。

裘弟把一塊磅蛋糕塞進嘴裡。那群女人轉身替他拿來更多甜點。

巴克斯特媽媽說：「你一開始就吃蛋糕，別的東西怎麼吃得下。」

「我沒要吃別的。」

哈托奶奶說：「歐莉，就讓他這樣吧。一年其他時候，他有的是時間吃玉米餅。」

「我明天就吃。」他向媽媽保證：「我知道吃玉米餅才會長大。」

裘弟吃了一種又一種蛋糕，然後回頭吃原來的口味。

他問：「媽，妳離開之前，小旗就回來了嗎？」

「牠昨天天黑的時候就回來了。說實在的，你們沒回來，牠自己回來，我很擔心。幸好今晚奈莉・琴萊特來了一下，跟我說你們的事。」

他很滿意地看著她。他心想，她穿黑羊駝毛做的衣服真好看。她的灰髮梳得平平順順，雙頰飛紅，滿足又自豪。其他婦女都尊敬地對她說話。他心想，身為潘尼・巴克斯特的家人真棒。

裘弟說：「我在家裡有漂亮的東西要送妳。」

「是嗎？紅紅亮亮的東西，是不是？」

「妳找到了！」

「我偶爾總得打掃房子。」

「妳喜歡嗎？」

「真漂亮。我很想戴，不過我想，你會想要親自送給我。你想知道我藏著什麼東西要送你嗎？」

「說嘛！」

「我有一袋胡椒薄荷糖。你爸幫你做了一個鹿腳刀鞘，配奧利佛給你的小刀。他還幫你的小鹿做了公鹿皮項圈。」

「他怎麼有辦法瞞著我做？」

「你睡著以後，就算他在幫你蓋新屋頂，你也不會發現。」

裘弟吐了口氣，身心無比滿足。他看看手裡吃剩的蛋糕，把蛋糕推給母親。
「我不吃了。」他說。
「也差不多了。」
他左右張望，看看周圍的人，再度感到一陣羞怯。尤拉麗．博以爾斯正在角落，和有時划渡船的那個沉默男孩玩三級跳。裘弟遠遠看著。他幾乎認不出她來了。她穿著白洋裝，藍色花邊，兩條辮子尾巴繫著藍緞帶蝴蝶結。他滿腔怒火，氣的不是尤拉麗，而是那個渡船男孩。裘弟隱約覺得尤拉麗屬於自己，而他想對她做什麼就做什麼，即使是朝她丟馬鈴薯。
佛瑞斯特兄弟在教堂後方靠近門口的地方自成一群。比較大膽的女人用盤子盛了食物端給他們。只要多看哪個佛瑞斯特兄弟兩眼，就能引起流言。他們身邊待著比較愛喧鬧的男人，酒瓶又傳來傳去。佛瑞斯特兄弟的喧嘩聲壓過了慶典的嗡嗡聲。小提琴手出去拿來樂器，開始調音拉弦了。方塊舞的隊形成形，指揮者喊出口令，巴克、水車輪和蓋比邀請咯咯笑的女孩當舞伴。蘭姆在外圍皺著眉頭。佛瑞斯特兄弟跳起舞來粗暴又吵鬧。哈托奶奶到遠處一張長凳休息去了。她生氣地眨著黑眼睛。
「要是我知道那些黑魔鬼要來，我絕對不來。」
「我也是。」巴克斯特媽媽說。
她們並肩而坐，第一次有了共識，難得和諧共處。嘈雜聲、音樂、蛋糕和興奮的氣氛讓裘弟半醉半醒。外面的世界寒冷，但教堂好熱好悶，有隆隆燃燒的燒柴火爐和擁擠流汗的身軀。

有個新來的男人走進門。一陣寒風跟著進來，所以所有人都抬起頭看風的來向。有幾個人發現蘭姆．佛瑞斯特和那人說話，男人回答了，蘭姆對他兄弟說了幾句。不一會兒，佛瑞斯特兄弟全都出去了。潘尼周圍那群人聽飽獵熊的故事，心滿意足，現在正在補充自己的故事。方塊舞持續跳著，只是人少了點。一些女人走去獵人的圈子，抗議他們太著迷。新來的男人被帶到依然滿是食物的桌旁吃東西。他是一個旅人，剛從一艘汽船下來，那艘汽船停到河邊碼頭添柴。

他說：「各位女士，我剛剛跟那些先生說，還有別的乘客在這裡下船。妳們應該認識他們吧，是奧利佛．哈托先生和一位年輕小姐。」

哈托奶奶站了起來。

「你確定他叫那個名字？」

「是啊，女士。他說他就住這裡。」

潘尼推開人群走向她，把她帶到一旁。

他說：「看來妳聽到消息了。我擔心佛瑞斯特兄弟會去妳家。我打算過去阻止麻煩發生。妳要去嗎？有妳在那裡給他們沒臉，他們可能會乖一點。」

她急忙去拿披肩和帽子。

巴克斯特媽媽說：「我跟你們去。我也要把那些畜生罵一頓。」

裘弟跟在他們後頭。他們擠進巴克斯特家的馬車，調頭往河邊去。天空明亮異常。

潘尼說：「哪裡的樹林起火了。噢，天啊。」

起火的地點肯定是那裡。在道路的轉彎處，夾竹桃小徑走下去，火舌高高竄向天際。哈托奶奶的房子著火了。他們轉進院子裡。房子成了一座營火。火焰映出房內的所有細節。毛毛夾著尾巴跑向他們。

他們跳下馬車。

哈托奶奶喊著：「奧利佛！奧利佛！」

人無法靠近，站在幾碼之外都不行。奶奶跑向烈火，潘尼把她拉回來。

隆隆烈火劈啪作響，他高喊：「妳想給燒死嗎？」

「奧利佛在裡面啊！奧利佛！奧利佛！」

「他不在裡面。他一定逃出來了。」

「他們射死他了！他在裡面！奧利佛！」

潘尼和她拉拉扯扯。明亮的火光照得地面一目了然。地上是馬蹄踐踏過的痕跡。但佛瑞斯特兄弟和他們的坐騎已經離開了。

巴克斯特媽媽說：「那些黑禿鷹什麼事都做得出來。」

哈托奶奶拚命想掙脫。

潘尼說：「裘弟，看在老天的份上，駕車去博以爾斯店裡，看能不能找到誰看到奧利佛下船之後是往哪去。那裡沒人的話，再去慶典問那個陌生人。」

裘弟爬上馬車座位，讓凱薩調頭沿小徑回去。他兩手僵硬，笨拙地拉動韁繩。他陷入恐慌之中，記不得父親是要他先去慶典，還是先去店裡。如果奧利佛還活著，他再也不會背叛奧利佛了，即使在心裡也不會。裘弟轉向大路上。冬日的夜空因繁星而明亮，凱薩噴著鼻息。一對男女迎面而來，正要走向河邊。裘弟聽見男人的笑聲。

他大喊：「奧利佛！」然後跳下行駛中的馬車。

奧利佛喊道：「看看是誰自己駕著車到處跑啊！嗨，裘弟。」

那個女人是婷可．威瑟比。

裘弟說：「快上馬車，奧利佛，快呀。」

「急什麼？你的禮貌哪去了？快跟女士打聲招呼。」

「奧利佛，奶奶的房子著火了。是佛瑞斯特兄弟幹的。」

奧利佛把行李丟進馬車，抱起婷可放到座位上，然後翻身躍過車輪，接過韁繩。裘弟急促地爬上去他身邊。奧利佛一手往襯衫裡掏出左輪手槍，放在座位上。

「佛瑞斯特兄弟已經走了。」裘弟說。

奧利佛揮鞭讓馬快步前進，轉進小徑。屋子的結構在火焰周圍裸露出來，好像裝著火焰的箱子。奧利佛屏住呼吸。

「媽不在裡面吧？」

「她在那邊。」

奧利佛停住馬車，他們爬下車子。

他喊道：「媽！」

奶奶高舉雙臂，跑向兒子。

奧利佛說：「沒事了，老太太。別發抖了。沒事了。」

潘尼走向他們。

他說：「奧利佛，我從來沒這麼高興能聽見你的聲音。」

奧利佛把奶奶推向一旁，注視著房子。屋頂塌下來，新的火焰躍上綠櫟樹上的空氣草。

他問道：「佛瑞斯特兄弟是往哪個方向走的？」

裘弟聽到奶奶喃喃說：「老天啊。」

她打起精神，大聲說：「你想找佛瑞斯特兄弟幹嘛？」

奧利佛轉過身。

「裘弟說是他們幹的。」

「裘弟，你這個傻孩子。小男孩喔，都不知道在想什麼。我留了盞燈在敞開的窗邊，一定是窗簾吹起來燒到了。我整晚在慶典都在擔心呢。裘弟，你那麼想要大騷動啊。」

裘弟目瞪口呆地看著她。他母親也吃驚地張著嘴。

巴克斯特媽媽說：「可是，妳明明知道……」

裘弟看到父親抓住她手臂。

潘尼說：「是啊，兒子，怎麼可以這樣想幾哩外那些無辜的人。」

奧利佛緩緩呼一口氣。

他說：「幸好不是他們的傑作，否則我會殺得他們一個不留。」他轉身把婷可拉到身邊。「各位，見見我妻子。」

哈托奶奶猶豫了一下，然後走向女孩，親吻她的臉頰。

「真高興你們定下來了。」她說：「或許奧利佛偶爾可以找時間來看我。」

奧利佛牽起婷可的手，帶她繞著屋子走一圈。奶奶轉身嚴厲地對著巴克斯特一家，說道：「不准你們說出來——你們以為我會為了一間燒掉的房子，讓兩個郡灑滿佛瑞斯特兄弟的血和我兒子的屍骨嗎？」

潘尼雙手搭在她肩上。

「夫人吶。」他說：「夫人吶——要是我像妳一樣靈光……」

她在顫抖。潘尼抱著她，她平靜下來。奧利佛和婷可回來了。

奧利佛說：「媽，別太自責。我們會替妳蓋一間河邊最好的房子。」

哈托奶奶振作起來。

「不要。我太老了。我想搬去波士頓住。」

裘弟望著父親。潘尼一臉憂容。

哈托奶奶強硬地說：「我想早上就走。」

奧利佛說：「媽，什麼——離開這裡嗎？」

他的表情開朗起來。

他慢慢地說：「我的船一向都是從波士頓出航的。媽，這樣很好。可是把妳放到那些北方佬之間，我怕妳會引發另一場州際戰爭。」

# 第二十七章

冷颼颼的清晨，巴克斯特一家人站在河邊碼頭和哈托奶奶、奧利佛、婷可和毛毛道別。北上的汽船繞過南邊的河灣，嗚響汽笛準備靠岸。奶奶和巴克斯特媽媽相擁。奶奶把裘弟拉向自己，緊緊摟住。

「你可要學會寫字，這樣就可以寫信到波士頓給奶奶。」

奧利佛和潘尼握手。

潘尼說：「我和裘弟會非常想念你。」

奧利佛向裘弟伸出手來。

「謝謝你一直支持我。」他說：「我不會忘了你。即使到中國海也不會忘記。」

奶奶的下巴繃得像燧石箭頭，嘴抿得緊緊的。

潘尼說：「如果你們大家改變主意想回來，不論什麼時候，我們的樹島都歡迎你們。」

汽船駛過河灣，繞進了碼頭。船上掛著幾盞燈，因為兩岸之間的河流仍然幽暗。

婷可說：「差點忘了，我們有東西要給裘弟。」

奧利佛掏了掏口袋，然後遞給她一包圓圓的東西。

她說：「裘弟，你替奧利佛而戰，這是給你的。」

那天發生的事讓裘弟恍恍惚惚。他接過東西，呆呆地看著。婷可彎向他，親吻他的額頭。她的觸摸意外舒服。她的嘴脣柔軟，金髮帶著香氣。

船上丟下跳板。有一捆貨物拋上甲板。奶奶彎腰抱起毛毛。潘尼兩手捧著她皺紋滿佈的柔軟臉龐，和她碰碰臉頰。

他說：「我真的好愛妳。我……」

他啞了嗓子。哈托一家人魚貫走過跳板。舷明輪拍打河水，水流拉扯汽船，船就這麼飄向溪流中央。奶奶和奧利佛站在欄杆旁朝他們揮手。汽船的鳴笛再度吹響，然後往下游航行而去。裘弟回過神來拚命地揮手。

「奶奶，再見！奧利佛，再見！婷可，再見！」

「裘弟，再見了——」

他們的聲音逐漸遠去。裘弟總覺得他們離開他，往另一個世界去了，彷彿看著他們死去。東方的天空有玫瑰色的晨曦，但天亮似乎顯得比夜晚還冷。哈托家的餘燼閃爍著微光。

巴克斯特一家人駕車往灌木林回家去。潘尼為了他的朋友而心痛，繃著臉。裘弟滿腦子矛盾混亂的念頭，他不再試著理出頭緒，轉而在父母之間的馬車座位找到一個位子舒舒服服地安頓下來。他打開婷可給的小包裹，是個裝火藥的錫鉛小罐子。他摟緊了罐子。裘弟記起易希．歐塞爾住在東岸，不知道他發現哈托奶奶不在了的時候，會不會跟著去波士頓。馬車繼續顛簸地駛向墾地。這將是寒冷而晴朗的一天。

巴克斯特媽媽說：「事情如果發生在我身上，在那些狒狒受到法律制裁之前，我可不會離開。」

潘尼說：「誰也沒辦法證明任何事。那些馬蹄印嗎？佛瑞斯特兄弟會說，他們看到起火就跑來看。他們會說郡裡到處都是馬，在現場的人根本不是他們。」

「那我至少會讓奧利佛知道真相。」

「是啊，然後他會怎麼做？撲上去，殺掉他們兩、三個人。奧利佛很衝動，不過也很正常，幾乎所有人都會去找對自己做那種事的人算帳。照妳說的好了。殺他幾個佛瑞斯特兄弟，結果可能被吊死。不然就是其他兄弟出手殺了他們，他、他媽媽和他年輕漂亮的妻子都一起死。」

「年輕漂亮的妻子！」她不屑地說。「賣笑的！」

裘弟心中湧起一股新升起的義氣。

「媽，她真的很漂亮。」

「男人都這副德性。」這是她的結論。

巴克斯特家的樹島就在眼前。裘弟感到一陣安心幸福。別人遭遇了災禍，但這片林間墾地沒有受到波及。木屋等待著他，燻肉房裡滿是上好的肉，又加上老瘸子的熊肉，還有小旗在。最重要的是小旗。還沒到小棚屋，他幾乎快忍不住了。他有故事要跟小旗說。

# 第二十八章

一月的天氣溫和。偶爾，落日會是一團冰冷寧靜的紅，夜裡的百衲被不夠暖，早晨的水桶結上一層薄薄的冰。一、兩天後，又會溫暖到巴克斯特媽媽下午可以坐在門廊的陽光下縫縫補補，而裘弟在林子裡奔跑時可以不穿羊毛夾克。

巴克斯特家的生活和天氣一樣平靜下來。潘尼說，哈托家房子燒掉，還有這家人（那個伶牙俐齒、謎樣的母親，那個幾乎像個外國人的兒子，還有他們的金髮婷可）搬走的事，無疑在河邊居民之間掀起軒然大波。大家應該都認為，是佛瑞斯特兄弟喝醉酒，聽到奧利佛帶那個女孩子回來，就放火燒了那地方。但大河離他們很遠，消息輾轉傳到巴克斯特家土地的速度緩慢。潘尼、媽媽和裘弟每天下午坐在爐火旁，回憶他們站在哈托一家子身邊，眼見房子燒成餘燼的那一晚；回憶自己陪著他們靠著火燙的烈焰取暖，一同等待早上的船隻，誰也沒辦法勸阻奶奶不要上船。

「我覺得啊，」潘尼說：「如果來慶典的陌生人知道那是奧利佛的妻子，不是只說有個女孩子和他在一起，那就算是蘭姆也不會去煩他們了。她要是已經結婚，佛瑞斯特兄弟就會覺得該放棄了。」

「不管是不是妻子，覺得房子裡有人還把房子燒了，根本就是卑鄙的畜生。」

潘尼嘆口氣，不得不同意她的話。佛瑞斯特兄弟應該都去蓋茲堡做生意了。後來他們沒再經過巴克斯特家。他們回程沒來拿自己的那份熊肉，避著潘尼，更顯得罪行不容質疑。潘尼很難過。得來不易的和平在他周圍四分五裂了。遠方丟來的一顆石頭本來是要打別人的，卻打中了他。他受傷且懊惱。

裘弟也很擔心，但那像是為故事裡的角色而焦慮。奶奶、奧利佛、毛毛和婷可就像書裡的人物一樣，坐著汽船順流而去。奧利佛成了他自己口中的那些遠方故事。現在，那些故事裡有奶奶、婷可和毛毛。奧利佛說過：「我不會忘了你。即使到中國海也不會忘記。」而大部分時候，裘弟會想像奧利佛在中國海，遠在天邊，受到和他一樣虛幻的人的粗暴對待。

一月底開始，天氣一直在變暖。春天真正來臨之前還會有霜，甚至再來一場嚴寒。但溫和的日子已經預告了春天將至。潘尼犁了田，準備種早作，那片在他遭蛇咬恢復期間巴克開墾的新土地，他也翻了土。他決定試著種些棉花來賣錢。北邊常綠闊葉林旁的低地可以種菸草。他把苗床設在木屋和葡萄架之間。他們的牲畜只剩老凱薩和崔克西，所以決定少種點豇豆，剩的土地拿去種玉米。玉米好像永遠不夠，雞的飼料短缺，豬不夠肥，巴克斯特家人夏末開始不再吃玉米粉了，這些全都是玉米不足的關係。墾地裡沒別的比這更重要的事了。裘弟幫潘尼從畜欄搬出冬季的堆肥，灑到沙質的田地上。潘尼計畫讓田地保持良好狀況，造好苗床，等著三月初三聲夜鷹第一次啼叫的時候動手栽種。

巴克斯特媽媽強烈抱怨她想要種薑苗床想好久了。人人都有薑苗床。河邊的商店老闆娘答應她，她要種的時候就拿薑給她。潘尼和裘弟著手準備苗床。他們在屋旁往下挖了四呎深，放進柏木板，從西南邊拖來黏土填進去。潘尼保證他下次去河邊做生意的時候帶薑回來；薑像鹿角一樣，尖突而帶節瘤。

打獵的收穫很差。熊為了準備二月開始冬眠，覓食的範圍很廣。熊窩就在暴風雨翻倒的樹幹下，或有兩株傾倒的原木交疊、能提供保護的地方。有時牠們會拖來櫟樹和棕櫚的枝條，堆在空心的樹幹裡，做個粗糙的窩。不論窩選在哪裡，牠們都會挖出一個溝，熊的前腿就擱在溝邊。裘弟覺得很奇怪，牠們沒在十二月開始第一波真正寒冷的天氣時冬眠，又早早在三月而不是四月結束冬眠。

「牠們應該知道自己在做什麼吧。」潘尼說。

瘟疫加上殘存的掠食者更加貪婪，鹿少得令人憂慮。公鹿的狀況很差，肉太瘦，鹿皮是苔蘚的灰色，而且破破舊舊。公鹿通常獨自遊蕩。母鹿則單獨或成雙成對地移動，年長的母鹿可能和年輕的母鹿，或牠生的一歲小公鹿在一起。許多母鹿已經大腹便便了。

翻完土，接下來主要的工作是拖來木頭，砍斷劈開，供給兩個火爐使用。至少木柴比以前容易取得，因為暴風雨吹倒了大量的樹木，而且連日的大雨和持續的風削弱了樹的根基，又讓更多樹倒下。低地的樹木大片大片地死去，結果造成灰白光禿的枯木矗立，好像襲捲那些地區的不是洪水，而是大火。

潘尼說：「真慶幸我住在地勢高的地方。那一片荒涼，看了就煩。」

裘弟愛打獵，也愛早晨遠足找木材。過程十分愜意。寒涼燦爛的早晨，吃完早餐，潘尼會把老凱薩套上馬車，放牠們隨興地朝路的任一方跑去。狗會快步走在馬車下，小旗會飛馳在前頭或車子旁。牠戴著公鹿皮項圈，看起來特別聰慧。他們會切進林子裡一片空曠的地方，徒步尋找適合的倒木，最好是水櫟樹或黃松。長葉松很多，雖然長葉松燒的爐火最熱、最明亮，很適合引火，但是會冒煙，燻黑鍋壺。他們輪流劈砍，或是一起使用橫鋸。裘弟喜歡鋸子規律拉動，喜歡鋸子吃進木材發出的悅耳嗡嗡聲，還有鋸下的木屑灑落地面時的香甜氣味。

獵狗在附近的灌木叢裡聞聞嗅嗅或追兔子。小旗小口小口地吃著葉芽，或是找到逃過霜害的多汁草莖。潘尼身上隨時帶著獵槍。有時茱莉亞把兔子追到射程內，或附近松樹上有糊塗的狐松鼠溜過，晚餐就會有燉飯吃。一天，有隻純白的狐松鼠大膽地窺視他們，潘尼不肯開槍。他說那隻狐松鼠像白化症的浣熊一樣，是珍禽異獸。老瘸子不年輕了，肉又老又韌，煮很久才煮得爛。熊肉終於吃完的時候，巴克斯特家鬆了一口氣。牠大部分的肉做成燻肉餵狗，雖然必要的時候還是可以吃，卻從來沒人想要吃。不過老瘸子煉出來的脂肪倒是盛滿了一個大木桶，像早收的蜂蜜一樣清澈金黃，拿來煮什麼都好。油渣和上好豬肉的脆皮渣一樣美味。巴克斯特家人嘴裡咬著熊油渣，總感到雙倍的滿足。

巴克斯特媽媽花很多時間做百衲被。潘尼盯著裘弟用功。傍晚都在爐邊度過，爐火熊熊燃燒，提供了光線與溫暖。風愜意地在屋外呼嘯。在月光皎潔的平靜夜裡，可以聽見狐狸在常綠闊葉林裡叫。這時課堂會暫停，潘尼朝裘弟點點頭，兩人一起傾聽。狐狸很少來搶巴克斯特家的雞窩。

「牠們很清楚有茱莉亞在。」潘尼輕聲笑著：「牠們不敢冒險。」

一月底某個寒冷明亮的夜裡，潘尼和巴克斯特媽媽都上床睡覺了，裘弟和小鹿還賴在火邊。他聽見院子裡有聲響，很像狗在打鬧。那兩隻狗通常不會掀起那麼激烈的騷動。裘弟走到前面的窗子，臉頰貼上冰冷的窗戶玻璃。有隻陌生的狗在和利普嬉戲。茱莉亞寬容地看著牠們。裘弟屏住呼吸。那隻不是狗，而是隻又瘦又跛的灰狼。他轉身要跑去叫父親，卻忍不住回頭繼續看。一狼一狗顯然以前一起玩過，並不陌生。牠們默默玩耍，像是狗兒之間的祕密。裘弟走到臥室門邊輕聲叫喚。潘尼來了。

「兒子，什麼事？」

裘弟躡手躡腳來到窗邊，示意他過去。潘尼光著腳跟過去，望向窗外裘弟手指的地方，發出一聲輕輕的哨音。他沒去拿槍。父子倆靜靜看著。動物的動作在明亮的月光下一目了然。訪客的一側臀部瘸了，動作笨拙。

潘尼輕聲說：「有點可憐，不是嗎？」

「大概是我們那天在池塘包圍的狼吧？」

潘尼點點頭。

「應該是最後一隻了。可憐的傢伙，受了傷又寂寞，所以來找牠的近親玩耍。」

也許他們低語聲傳過緊閉的窗戶，或是他們的氣味飄進了狼的鼻子。狼無聲地轉身離開那兩隻狗，辛苦地爬過柵欄，消失在夜裡。

裘弟問道：「牠會造成什麼傷害嗎？」

潘尼把腳伸向爐裡的餘燼。

「牠現在這樣，我懷疑牠可能連抓松鼠來吃都沒辦法。我可不想去騷擾牠。熊或山獅會解決牠。就讓牠過完最後的日子吧。」

他們一同蹲在爐邊，沉浸在那股奇異與淒涼之中。即使是狼，那麼孤獨也很辛酸，所以牠才必須到敵人的院子裡尋求陪伴。裘弟伸出一隻手臂摟在小旗身上。他希望小旗能了解，牠逃過了孤零零在森林裡的命運。至於他自己呢，小旗紓解了這個家中心那股侵擾他的孤獨。

他在月缺的時候又看過一次那隻孤狼。之後牠就再也沒出現了。他們心照不宣，沒讓巴克斯特媽媽知道狼來過的事。不論如何，她一定會要求殺了牠。潘尼認為狗是在他們某次打獵的時候遇到那隻狼，或是他們在砍樹、狗遊蕩去做自己的事的時候。

# 第二十九章

二月時，潘尼因為風溼而行動困難了一段時間。他在溼冷的天裡飽受風溼之苦已經好幾年了。但他老是不注意保暖，要做什麼全隨自己高興或是依據情況需要，毫不顧慮天氣，也不愛惜身體。巴克斯特媽媽說他趁這時候休養剛好，但潘尼擔心來不及準備春耕。

她不耐煩地說：「那就讓裘弟準備。」

「他以前都跟著我做，沒自己做過。那樣的事讓男孩子做起來，可能出一堆錯。」

「是啊，他還知道那麼少，又是誰的錯？你讓他輕鬆太久了。你快十三歲的時候，不就已經像男人一樣在犁田了嗎？」

「沒錯，所以我才想讓他大一點、有力氣以後再做。」

「真是心軟的老頭子。」她喃喃說：「犁個田才不會怎樣。」

她搗碎美洲商陸，煮過之後給他做成膏藥，還幫他做了含有刺楤、美洲商陸和鉀的補藥。他感激地接受她的照顧，但狀況毫無起色。他回頭用起山獅油，耐心地拿山獅油按摩膝蓋，一次一小時，說那比其他藥方有用。

父親停工的時候，裘弟就做些輕鬆的工作，繼續處理木材。事情做完就能和小旗去遊蕩，所以他有動力加緊工作。潘尼甚至允許他帶著獵槍。他懷念有父親陪在身邊，不過也喜歡獨自打獵。他和小旗在一起很自在。他們最喜歡去陷穴。有一次，他去挑飲用水時小旗也跟著，他們偶然發現了一個遊戲。這遊戲很瘋狂，要在大綠碗的陡坡跑上跑下。小旗所向無敵，牠在一側上上下下跑五六次時，裘弟才爬上陡坡第一趟。牠發現別人抓不到自己，一下子捉弄裘弟，把他累個半死，一下子則刻意讓他抓到來討他歡心。

二月中一個晴朗溫暖的午後，裘弟從陷穴底部抬起頭，看到小旗站在陷穴頂部的剪影。他一時吃驚地以為那是另一頭鹿。小旗長得好大，裘弟不曾注意到牠長得有多快。連許多被射殺來吃的年輕一歲小鹿都不比牠大隻。他興奮地回家找潘尼。潘尼坐在廚房爐火旁，雖然那天天氣相當溫和，他卻裹著百衲被。

裘弟劈頭就說：「爸，你覺得小旗快變一歲小鹿了嗎？」

潘尼詫異地看著他。

「我最近也一直在想這件事。再一個月，牠應該就一歲了。」

「會有什麼不一樣啊？」

「喔，牠待在林子裡的時間會久一點。會長大不少。牠會處於一個過渡階段。像站在州界上的人。會離開一個階段，進入另一個階段。之前是鹿寶寶，之後是公鹿。」

裘弟凝望著前方。

「牠會長出角嗎？」

「七月之前，牠大概不會長角。公鹿的鹿角正在脫落。整個春天，公鹿頭上都是光禿禿的。夏天犄角會慢慢長出來，到了繁殖季節，就又會有完整的鹿角了。」

裘弟仔細地檢查小旗的頭。他摸摸小鹿堅硬的額頭邊。巴克斯特媽媽拿著一只平底鍋經過。

「嘿，媽，小旗快變成一歲小鹿了。牠如果有一小對角，一定會很漂亮，對不對？牠的角一定很漂亮吧？」

「就算牠頭上有王冠，我也不會覺得牠漂亮。加上天使的翅膀也一樣。」

他跟著過去哄她。她坐下來看著鍋裡的乾豇豆。他在她臉頰的汗毛上蹭蹭鼻子。他好喜歡那裡毛茸茸的感覺。

「媽，妳聞起來好像烤耳朵。太陽下的烤耳朵。」

「別煩我。我要揉玉米麵包。」

「不是啦。媽，聽我說，妳不在乎小旗有沒有角，對吧？」

「不過是多了角來撞東西、惹麻煩。」

他沒堅持自己的想法。小旗愈來愈讓他沒面子了。牠已經學會如何掙脫脖子上的韁繩。要是綁緊一點讓牠掙脫不了，牠就會使用小牛想掙脫束縛時採用的伎倆——拉緊韁繩，緊到眼睛突起，無法呼吸，所以為了拯救牠頑固的性命，只好放了牠。牠重獲自由以後，又會開始興風作浪。沒辦法把牠關在小棚屋裡，因為牠會把小棚屋給拆了。牠又野又桀驁不馴。只有裘弟在場，能顧著牠的時候，牠才可以進屋去。但門關起來，牠好像更執意想進去。門一旦沒閂住，就會被牠撞開。牠很會把握時機，每次巴克斯特媽媽一轉身，牠就溜進來闖點小禍。

她把那盤去殼的乾豆子放在桌上，走到爐邊。裘弟到自己房裡找一片生皮。匡噹一聲，騷動傳來，然後是巴克斯特媽媽大發雷霆。小旗剛才跳上桌，咬了滿嘴的豆子，還打翻盤子，讓豆子滾得滿廚房都是。裘弟連忙跑過來。母親一把推開門，拿掃帚把小旗趕了出去。小旗似乎很享受那場騷動。牠踢踢蹄子，搖搖白旗尾巴，搖頭晃腦，彷彿在作勢要用想像中的鹿角發動攻擊，然後牠躍過柵欄，飛快地跑進林子。

裘弟說：「媽，是我的錯。我不該離開牠。媽，牠餓了。可憐的傢伙早餐沒吃夠。媽，別打牠，妳打我好了。」

「我要剝了你們兩個的皮。給我過來，把所有豆子撿起來，洗乾淨。」

裘弟欣然接受，他爬到桌子下，伸手到廚房的紗櫥後、洗手檯下面和所有角落撿回豆子。他仔細地洗好豆子，然後到陷穴多提些水來補足自己用掉的。他覺得自己非常正直。

「媽，妳看，」他說：「沒怎樣。小旗闖什麼小禍，我一定擺平。」

小旗直到天黑才回來。裘弟在屋外餵牠，等潘尼和媽上床睡覺，才偷偷把牠帶進臥房。小旗小時候願意睡很久，如今牠在夜裡愈來愈不安分了。巴克斯特媽媽曾抱怨聽見小旗好幾次在裘弟房裡或客廳裡磕磕碰碰。裘弟那時捏造了一個合理的故事，說是屋頂上有老鼠，但母親不太相信。小旗這天下午可能在林子裡睡過了，所以夜裡，牠離開自己的空氣草窩，推開裘弟臥室搖搖欲墜的門，在屋裡遊蕩。裘弟被母親刺耳的尖叫聲吵醒。小旗用溼潤的鼻頭觸碰她的臉，把她從熟睡中弄醒了。裘弟搶在她起床好好對付牠之前，趕快讓小鹿從前門溜走。

「夠了。」她怒氣沖沖地說：「那畜生白天晚上都讓我不得安寧。牠不准進這間屋子，不管是什麼時候，再也不准進來。」

潘尼之前一直沒加入他們的爭執。這時他在床上說話了。

「兒子，你媽說得對。牠長太大了，靜不下來，不能進屋裡了。」

裘弟回到床上清醒地躺著，擔心小旗會冷。他覺得母親不想要乾淨柔軟的鼻頭貼著她鼻子，真沒道理。那細柔的鼻頭，他自己怎麼也摸不夠。她這個女人刻薄又嚴厲，一點都不在乎他孤不孤單。怨恨讓他舒坦了些，於是抱著枕頭充當小旗睡著了。鹿寶寶幾乎整晚都在屋子周圍跺腳、噴鼻息。

早上，潘尼覺得好了些，於是穿上衣服，拄著拐杖一跛一跛地巡視墾地。他回到屋子後面時，臉色凝重，把裘弟叫了過去。小旗在菸草苗床上來回亂踩。幼嫩的植物本來差不多可以移植了，卻被牠毀掉將近一半。雖然還是足夠種滿原本潘尼自己用的田地，但潘尼原來打算多種點賣給沃盧西亞的店老闆博以爾斯。

「我想小旗沒有惡意。」他說：「牠只是衝來衝去，只是想在那上面跳而已。你去把木樁立在苗床裡的菸草苗之間，還有苗床周圍，別讓牠靠近剩下的。我早該做了，只是之前都沒想過牠會在那邊玩。」

潘尼講理又親切，卻比母親的怒火讓裘弟沮喪。他絕望地轉頭去做事。

潘尼說：「看來是意外，就別告訴你媽吧。這不是跟她說的好時機。」

裘弟一邊工作，一邊思考怎麼不讓小旗搗蛋。裘弟通常覺得小旗做的調皮事是鬼靈精怪，但是毀掉苗床很嚴重。他非常確定這種事情不會再次發生。

# 第三十章

三月在涼爽晴朗的美景中降臨。遲開的金鈎吻花覆滿了柵欄，甜美香氣瀰漫整片墾地。桃樹開了花，野李也是。紅雀鎮日歌唱，下午牠們唱完，嘲鶇就接著唱。地鳩築巢，咕咕地互相應和，在墾地的沙土上走來走去，像起起伏伏的影子。

潘尼說：「這麼美好的日子，我就算死了，也要從墳裡爬起來欣賞。」

夜裡下了場小雨，朦朧的曙光宣告著入夜前還有一場雨要下。但早晨倒是明亮燦爛。

「種玉米正好。」潘尼說：「種棉花正好，種菸草正好。」

巴克斯特媽媽說：「看來今天你很高興。」

他咧嘴而笑，吃完早餐。

「別因為覺得好一點了，就下田害死自己。」她警告道。

「我好得不得了，」他說：「什麼阻止我種田，我就把它幹掉。一整天。我要種個一整天。今天，明天，後天都要下田去。種玉米、棉花還有菸草。」

「好啦，我知道了。」她說。

他站起來，拍拍她的背。

「還有豇豆！番薯！蔬菜！」

她不禁被他逗笑，裘弟也笑了。

「聽你講得好像要把整個世界都種起來一樣。」

「有何不可。」他高舉手臂：「像這樣的日子，我真想種苗床種到波士頓再回頭種到德州。到德州的時候，再調頭回波士頓，看種子發芽了沒。」

「這下我知道裘弟的童話故事是哪來的了。」她說。

潘尼在裘弟背上拍了一下。

「兒子，你有個好工作。你來種菸草吧。我很愛種，要不是我的背一彎就會痛得要死，我就自己來了。可愛的綠色小東西啊——讓它們有機會長大吧。」

他吹著口哨上工去。裘弟囫圇吞下早餐，跟了過去。潘尼在菸草苗床旁捧起柔弱的植物。

「要把它們當剛出生的嬰兒一樣照顧。」他說。

他種了一打小苗當示範，然後一邊繼續種，一邊監督裘弟、糾正他。田地先前在休耕，做好土床要種玉米，潘尼帶著老凱薩和鏟犁來翻土，準備栽種植物。裘弟彎腰蹲著工作，腿痠的時候就跪下來做。

潘尼說不必趕，要做得確實，所以裘弟悠閒地工作。三月的太陽早晨過半就變強了，不過吹起一陣清涼的微風。他種完的菸草萎靡下去，但夜裡幽暗涼爽，它們會再度挺直。裘弟一邊移植，一邊澆水，又跑去陷穴挑了兩趟水。小旗早餐後就跑走了，不見蹤影。裘弟很想念牠，卻也慶幸鹿寶寶選在這個早晨去遊蕩。要是鹿寶寶待在身邊，像往常一樣嬉鬧，裘弟還來不及移植，植物就會給牠毀掉了。裘弟在午餐時間完成了工作。種好的菸草只填滿了潘尼原本依據苗床大小所預備的田地。午餐後，潘尼跟裘弟去巡視時，原本的活力消退了。

「兒子，苗床裡沒剩植物了嗎？都種完了嗎？」

「全部用完了。連細細的小苗都種下去了。」

「好吧——我再種點別的填滿。」

裘弟急著自告奮勇：「我可以幫你種其他東西。或是幫你拿水。」

「不用澆水。看起來愈來愈可能下雨。幫我種吧。」

潘尼挖開畦溝種玉米。這次他走在前面，沿著長排用尖尖的樹枝戳洞。裘弟尾隨在後，在每個洞裡丟進兩顆玉米粒。他急著討好父親，希望父親忘記縮水的菸草田。

他喊道：「兩個人一起工作很快，對吧，爸。」

潘尼沒回答。不過早春的天空烏雲密佈，微風轉成東南風，顯然會有一場驟雨淋向植株，讓玉米快快抽芽，於是他又振奮起來。快傍晚時，那場雨把他們淋個正著，但他們繼續工作，種完那片田。幼苗微微波動起伏，黃褐色的田地耕得整整齊齊，鬆軟的土壤能好好吸納雨水。潘尼從田裡走出來，靠在木條柵欄上，滿意地回頭看著那片田。他眼中也帶著憂愁，好像他不得不把自己的努力成果交託給自己以外的力量。他只能盲目相信那些力量不會背叛他。

小旗從南邊的雨中蹦蹦跳跳而來，牠走向裘弟讓他搔搔耳後，又呈之字形在柵欄兩邊來來回回跳躍，然後停在桑樹下，向上搆到一根樹枝的末端。裘弟坐在父親身旁的柵欄上，轉頭想叫潘尼看鹿寶寶伸長細頸子吃嫩綠桑葉的樣子。父親端詳著這頭年輕的鹿，露出深不可測的表情。他瞇著眼，若有所思，好像一個陌生人，就像當初動身追老瘸子時一樣。男孩感到一陣寒意，卻不是因為溼冷的雨。

裘弟說：「爸——」

潘尼從沉思中猛然回過神，轉向裘弟。他看向地面，似乎想隱藏眼中的什麼。

潘尼漫不經心地說：「你那隻鹿寶寶長得很快，已經不是那個黑漆漆晚上你老遠去抱回家的寶寶了——牠真的已經是隻一歲小鹿了。」

這些話沒有帶給裘弟多少喜悅。不知怎麼，裘弟感覺父親想的不是這個。潘尼把手擱在兒子膝頭，停了一下。

「你們真像一對一歲小鹿。」他說。「我想到就難過。」

他們從柵欄上滑下來，進畜欄做雜活，然後回屋裡在火邊烤乾身子。雨滴輕輕打在木瓦屋頂上。小旗在屋外呦呦叫想進來。裘弟懇求地看著母親，但她視而不見，聽而不聞。潘尼覺得身體僵硬，所以背對爐火坐著，正在按摩膝蓋。裘弟討了點剩下的玉米麵包，然後走出屋外。他在小棚屋裡造了一個新窩，用麵包把小旗引進去。裘弟坐了下來，鹿終於把腳曲在身體下，趴到他身邊。裘弟抓住那對尖耳朵，用自己的鼻子蹭了蹭牠溼潤的鼻頭。

「你現在一歲了。」他說：「聽到了嗎？你已經長大了，好好聽著，長大了，就要乖乖的，不能再去菸草田上玩了。別讓爸討厭你。有在聽嗎？」

小旗若有所思地咀嚼著。

「好吧。等我們種完東西，我就能再跟你出去玩了。要等我喔。你今天跑出去太久了，別因為我說你一歲，你就變野了。」

他離開小旗。小旗安分地待在小棚屋裡，他很滿意。他進廚房時，巴克斯特媽媽和潘尼已經開動了。他來得晚，他們沒說什麼。大家默默地吃晚餐。潘尼一吃完就上床去了。裘弟突然覺得累得要命，髒兮兮的腳都沒洗就倒上床。母親來他門邊提醒他時，他已經一隻手臂伸在枕頭上睡著了。她站在那裡看著他，沒叫醒他就轉身離開了。

早上，潘尼又顯得無憂無慮。

「今天要種棉花。」他說。

夜裡細雨停了。早晨佈滿露珠。田野一片玫瑰色，霧茫茫的遠端化為薰衣草色。嘲鶇沿著柵欄發出悅耳的喧鬧。

潘尼說：「牠們想叫桑椹快點成熟。」

棉花灑進播種機裡，之後田裡會用鋤頭鋤出相隔一呎的洞。裘弟像先前一樣跟著父親，投下晶亮的小種子。他對巴克斯特家的新作物很好奇，問個沒完。早餐後不久小旗就不見了，但早晨過了一半，牠快步走回這兩個農人身邊。潘尼再度看著牠。小旗的尖蹄子深深戳進溼潤柔軟的土地裡，但種子種得夠深，不會傷到。

「牠想念你的時候，果然會追著你。」潘尼說。

「爸，牠那樣很像狗吧？牠想要像茱莉亞跟著你一樣跟著我。」

「兒子，你想不少牠的事，是吧？」

「當然了。」

他注視著父親。

潘尼說：「我們就等著看看吧。」

這話聽起來沒什麼特別的意思，裘弟沒放在心上。

種植的工作持續了整個星期。種完玉米和棉花，接著種豇豆。豇豆之後是番薯。屋子後的菜園種了洋蔥和蕪菁，正是沒有月光的時候，而根莖類植物得在那時種下。潘尼風溼發作，二月十四那天不得不休息，但那天本來應該種羽衣甘藍，以免開花結子。他很想立刻就種下羽衣甘藍，但這種葉菜在月亮漸圓的時候種植長得最好，他只好再等一個星期左右。

每天他都早早起床，很晚才下工。他毫不留情地驅策自己。種完了東西，他還不滿意。現在天氣狀況不錯，而一整年的生計就靠眼前的成果，他瘋狂做春天的工作。他一次又一次去陷穴挑水，用滿滿的沉重木桶灌溉菸草和菜園。

新開闢出的田地裡種了棉花，但巴克．佛瑞斯特留了一截樹樁在那裡腐朽，潘尼看不順眼。他在樹樁周圍又挖又砍，然後鉤上拖鏈，讓老凱薩去拖。老馬使勁拉扯，側腹不停上下起伏。潘尼把一條繩索綁到樹樁上，對老凱薩說：「拉呀！」然後跟著牠一起使勁。裘弟看見父親的臉刷白了。潘尼捂著鼠蹊部，跪倒在地上。裘弟跑向他。

「沒事。一下就好了——應該是拉到了——」

他趴到地上，痛苦地扭動身子。

他喃喃說：「沒關係——去把凱薩準備好——等等——拉我一把——我騎牠回去。」

他痛彎了腰，直不起身。裘弟扶著他站到樹樁上。他設法從樹樁爬到凱薩背上，向前彎著身子，頭靠在凱薩頸子上，抓住馬鬃。裘弟解開拖鏈，領著馬走出田地，穿過大門進入院子。潘尼完全沒試圖下馬。裘弟拿了張椅子給他踩，讓他可以慢慢下馬。潘尼滑到椅子上，再滑到地上，然後緩緩爬進屋裡。巴克斯特媽媽在餐桌旁做事，她轉身一看，手中的鍋子匡啷一聲掉落地面。

「就知道！你把自己弄傷了。就是不曉得要休息。」

他挪到床邊，臉部朝下撲倒在床上。巴克斯特媽媽跟過來幫他翻身，在頭下面墊了個枕頭。她脫掉他的鞋，蓋上薄被。他如釋重負地伸伸雙腳，閉上眼睛。

「真舒服——噢，歐莉，真舒服——我一下就好了。一定是拉到了……」

# 第三十一章

潘尼一直沒恢復。他痛苦地躺著，沒有抱怨。巴克斯特媽媽要裘弟騎馬去找威爾森醫生，但潘尼不讓他去。

「我已經欠了人家。」他說：「過一陣子就會好一點了。」

「你可能得疝氣了。」

「就算是——還是會好。」

巴克斯特媽媽哀怨地說：「要是你有點自覺就好了……結果你工作起來，偏要當自己像佛瑞斯特家的一樣高大。」

「我叔叔邁爾斯人高馬大的，照樣得疝氣。還不活得好好的。歐莉，拜託別吵了。」

「我就是要吵。我要你好好學點教訓。」

「我已經學乖了。別再說了。」

裘弟感到不安。不過潘尼用他矮小結實的體格做十人份的工作，一向小意外不斷。裘弟還隱約記得潘尼砍的一棵樹倒下來壓在他身上，壓碎了一邊肩膀，他的手臂用吊帶吊了好幾個月，但他復原了，和以前一樣健壯。什麼都傷不了潘尼太久。裘弟安慰自己，即使響尾蛇也殺不死他。潘尼是不可侵犯的，和大地一樣不可侵犯。只有巴克斯特媽媽擔心又發火，但就算只是扭到小指頭，她照樣那麼生氣。

潘尼臥床後不久，裘弟就進房裡報告玉米發芽了。那塊田非常完美。

「太好了！」

枕頭上蒼白的臉明亮起來。

「如果到時候我還不能下床，就由你把玉米苗犁出來。」潘尼皺著眉說：「孩子，你也很清楚，你得防著小鹿，別讓牠進田裡。」

「我不會讓牠進去。牠不會找任何麻煩。」

「很好，太好了，你可要好好把牠擋在外面。」

隔天，裘弟幾乎都在和小旗一起打獵。他們走到靠近刺柏泉的地方，帶了四隻松鼠回家。

潘尼說：「替老爸帶食物回家，這才是我的好兒子。」

巴克斯特媽媽做了松鼠肉燉飯當晚餐。

「松鼠真的好吃。」她說。

「噢，肉還真嫩。」潘尼說：「骨頭上的肉一吸就下來了。」

裘弟和小旗都與有榮焉。

夜裡下了一陣小雨。早晨，潘尼要裘弟去玉米田，看雨有沒有讓玉米苗拔高，有沒有夜盜蛾的痕跡。裘弟翻過木條柵欄，開始橫越玉米田。他走了幾碼，才想到自己應該要看到淡綠色的玉米苗才對。什麼也沒有。他不知所措，繼續走下去。還是看不到玉米。一直到田的另一端，才看到纖細的小芽。他沿著苗床走回去。小旗尖尖的足跡一清二楚。清晨時分，小旗像用手一樣俐落地拔起了玉米苗。

裘弟嚇壞了。他在田裡到處打轉，巴望有奇蹟發生，巴望玉米會在他轉身的時候突然出現。也許他正在做噩夢，夢見小旗吃了玉米株，等他醒來走出屋外，就會發現玉米還長得好好的，鮮嫩翠綠。他拿樹枝戳戳手臂，看自己是不是在做夢。那股麻木的悲慘感覺很像噩夢，但手臂上的痛和毀掉的玉米一樣真實。他拖著沉重緩慢的腳步回到屋子，在廚房坐下來，沒去找父親。潘尼叫喚他。他走到臥房去。

「兒子，怎麼？作物長得怎樣啦？」

「棉花發芽了。和秋葵很像，對不對？」他勉強擺出興奮的樣子。「豇豆冒出頭來了。」

裘弟的光腳伸展腳趾，又扭動扭動腳趾，他完全沉浸其中，好像它們有了有趣的新功用。

「裘弟，那玉米呢？」

他的心跳得像蜂鳥翅膀一樣快。他吞吞口水，心一橫，開口回答。

「幾乎都被什麼東西吃掉了。」

潘尼沉默地躺著。他的沉默也宛如噩夢。最後他終於開口。

「你分不出是什麼幹的嗎？」

裘弟注視著父親。他眼中流露絕望懇求的眼神。

潘尼說：「沒關係。我讓你媽去看看。她一定分得出來。」

「別叫媽去！」

「必須讓她知道。」

「別叫她去！」

「是小旗吃的，對不對？」

裘弟的雙脣顫抖。

「我想……沒錯，爸。」

潘尼同情地望著他。

「兒子，很遺憾。我差不多料到牠會吃小苗了。你出去玩玩。叫你媽進來。」

「爸，別跟她說。拜託別告訴她。」

「裘弟，她一定得知道。去吧。我會盡量替你說話。」

他踉蹌地走去廚房。

「媽，爸找妳。」

裘弟離開了屋子。他顫抖地叫喚小旗。鹿從馬里蘭櫟樹叢跑來他身邊。裘弟的手搭在鹿背上，沿著路走。小旗犯了錯，但裘弟比以前更愛牠。小旗踢著蹄子，邀裘弟嬉戲，但裘弟沒心情玩耍。他慢慢走到遙遠的陷穴那裡。陷穴漂亮得像春日花園。山茱萸的花還在綻放。最後一批花朵襯著淡綠的楓香和山核桃，更顯得潔白。裘弟甚至沒心情繞陷穴一圈。他調頭回屋子，走進屋裡。母親和父親還在講話。潘尼喊他進去站到床邊。巴克斯特媽媽一臉通紅，挫敗得面紅耳赤，緊緊抿著嘴。

潘尼輕聲說：「裘弟，我們講好了。事情非常糟，不過我們來試著彌補。你應該願意加倍努力補救吧。」

「爸，要我做什麼都行。我會把小旗關到農作物成熟──」

「我們沒地方關牠那樣的野東西。給我聽好了。你去穀倉拿玉米，挑最好的玉米穗。你媽會幫你剝殼。然後去照我們之前的方法種下去，就種到第一次種的位置。像我那樣挖一排洞，然後回頭播種、覆土。」

「我知道怎麼種。」

「可能要明天早上才種得完，種完之後把凱薩套到馬車上，去佛瑞斯特家路上彎道彎出去那裡的舊墾地，拆掉那邊的舊木條柵欄，把木條裝上馬車。凱薩沒辦法一次拉那麼多材料，所以每次別載太重。

該跑幾趟就跑幾趟。把木條沿柵欄堆高。一開始的幾趟放在玉米田南側和東側，沿著院子邊緣。然後把柵欄加高，先從那兩側開始做，能加多高就加多高。我發現你的小鹿都從這一頭跳過柵欄。如果能把他擋在這裡，也許其他邊的柵欄加高之前，牠就會乖乖待在外面。」

裘弟覺得自己原本被關在一個黑暗的小箱子裡，現在蓋子掀開，陽光、光線和空氣湧入，流過他，他自由了。

潘尼說：「柵欄疊到你搆不著的時候，如果我還起不來，就由你媽幫你弄木條。」

裘弟開心地轉身要擁抱母親。她一腳不祥地在地板上打拍子，直直望著前方，不發一語。裘弟決定最好還是別碰她。他覺得如釋重負，什麼也不能動搖這種感覺。他跑出屋外。小旗沿著大門附近的路在覓食。裘弟一把摟住小旗。

「爸解決了。」他對小旗說：「媽的腳在拍地板，可是爸解決了。」

小旗心裡只有柔嫩的草莖，於是掙扎要脫身。裘弟吹著口哨去玉米倉，挑撿玉米，找出玉米粒最大顆的玉米穗。再種一次要花掉不少剩下的玉米穗當種子。他把玉米穗用袋子裝到後門，坐在門階前開始剝殼。母親走過來坐在他身邊。她一臉冷漠，撿起一根玉米穗，開始工作。

「哼。」她怒氣沖沖。

潘尼完全禁止她責罵裘弟，不過可沒禁止她自言自語。

「要顧他的心情！哼！今年冬天，誰要來顧我們的肚子？哼！」

裘弟轉過身，稍微背對著巴克斯特媽媽。他低聲哼著調子，不理她。

「別吵了。」

他停下哼唱。這時候不該無禮或爭辯。他手指動得飛快。玉米從玉米穗上崩落。他很想盡快逃離她，開始種玉米。他收起那袋種子，背上肩頭，到田裡去。午餐時間快到了，但他還可以再做一個小時。在開闊的田野裡，他可以盡情唱歌、吹口哨。常綠闊葉林裡有隻嘲鶇在歌唱，是在較勁還是唱和，裘弟聽不出來。三月天一片湛藍金黃。他手指感覺著玉米粒，感覺包覆玉米的土壤，很舒服。小旗發現了他，來到他身邊。

「老兄，快去玩。你就要被擋在外面了。」

中午，他把午餐扒下肚，趕回去繼續播種。他動作很快，明天早上再花幾個小時就能完成了。晚餐後，他坐在潘尼床邊，像松鼠一樣喋喋不休。潘尼像平日一樣嚴肅地傾聽，但他的思緒在別的地方，有時回應得有點空洞漠然。巴克斯特媽媽還是一樣冷酷得像顆石頭。午餐和晚餐份量都很少，煮得漫不經心，她似乎是在她自己的地盤——鍋子裡——報復了。裘弟停下來喘口氣。常綠闊葉林裡，一隻三聲夜鷹叫了。潘尼的神情開朗起來。

「『第一隻三聲夜鷹開始叫的時候，玉米就該種下去』。孩子，我們不算太遲。」

「明天早上就會全部種完了。」

「很好。」

潘尼閉上眼睛。只要他靜靜躺著，尖銳的痛楚就能緩解。他一動就劇痛難耐。他一直深受風溼所苦。

潘尼說：「你最好現在就上床，好好休息。」

裘弟離開潘尼，自動自發地去洗腳。他躺上床時，內心平靜、身體疲憊，沒一下子就睡著了。太陽還沒出來，他就帶著一股責任感醒過來，立刻下床換衣服。

巴克斯特媽媽說：「可惜要發生這樣的事，你才知道要努力。」

過去幾個月來，裘弟夾在她和小旗之間，已經學到父親安靜不爭論的習慣有什麼好處。這會讓母親當下更生氣，但她不會罵那麼久。他匆匆大吃一頓，在襯衫裡偷藏了一把餅乾給小旗，然後立刻去工作。一開始，天色暗得幾乎沒辦法播種。他看著太陽在葡萄藤後面升起。微弱的金光下，斯卡珀農綠葡萄的嫩葉和捲鬚宛如婷可．威瑟比的金髮。裘弟覺得日出和日落都讓他有種愉快的哀愁。日出帶來狂野暢快的悲傷；日落則帶來落寞卻令人安慰的憂愁。他沉醉在宜人的憂鬱中，直到腳下的泥土從灰色變成薰衣草色，然後是乾玉米殼的顏色。裘弟精力充沛地工作。小旗走出林子來到裘弟身邊，牠顯然在林子裡過夜了。裘弟拿餅乾餵牠，讓牠在襯衫聞聞嗅嗅，找餅乾屑。溼軟鼻子摩擦肌膚的感覺讓裘弟微微一顫。

清晨種完玉米，裘弟跑跑跳跳地回到畜欄。老凱薩正在畜欄南邊吃草，有點吃驚地從草地上抬起花白的頭。裘弟很少騎老凱薩，牠溫順地給裘弟套上繩索，禮貌地往後退到馬車的車轅之間。裘弟感到一股愉快的權威感。他讓自己的聲音盡可能低沉，下了些沒必要的指令。凱薩謙卑地聽從。裘弟獨自坐上座位，揮動韁繩，朝西邊的廢棄墾地出發。小旗很高興要出門，快步走在前頭。牠不時淘氣地在路中央站住不動，裘弟不得不停下馬，哄著要牠挪開。

裘弟朝牠喊：「你已經是一歲小鹿，好得意啊。」

他揮動韁繩，要凱薩小步跑，然後想起自己得來回好幾趟，所以又讓老牲畜慢下來，用牠平常步行的速度前進。到了廢棄墾地，把老舊的木條柵欄拉散，根本輕而易舉。木樁和木條一拉就散落一地。裝載的過程起初看似簡單，後來背和雙臂開始發疼，讓他不得不停下來休息。木條很難堆到超過某個高度，所以根本不怕超載。他想哄小旗跳上他身邊的座位，但小鹿瞥了一眼那狹窄的空間就轉過頭，毫不領情。裘弟想把牠抱進去，但牠重得驚人，頂多只能把前腳抬過馬車輪。裘弟放棄了，調頭駕車回家。小旗拔腿飛奔，在他到家時站在前頭等他。裘弟決定先把木條堆在靠近房子的柵欄角落，之後輪流往兩個方向進行。這麼一來，木條用完的時候，柵欄最高的地方，正是小旗最喜歡跨越的地方。

拖木條、卸下木條所花的時間遠比他想像得漫長。做到一半時，他覺得這任務似乎永無止境，希望渺茫，似乎玉米就要在他開始蓋柵欄之前破土而出了。不過天氣乾燥，玉米發芽得慢。每天早上，他都憂心忡忡地尋找蒼白的幼苗。每天早上，他都慶幸幼苗還沒出現。每天他都在黎明前的黑暗中起床，有時不吵醒母親，就吃涼掉的早餐，有時先拖一趟木條，再回到桌旁。他晚上繼續做到太陽在西邊落下，紅橙光線消失在松樹後方，而劈開的木條和土地的顏色交融在一起為止。他睡眠不足，長了黑眼圈。潘尼沒時間剪他的頭髮，頭髮參差不齊地蓋在眼睛上。晚餐後，他的眼皮快合上了，母親卻還要他去拿木柴，明明她白天自己就能輕鬆拿進屋的，但他毫無怨言。潘尼看著他，心痛得比鼠蹊部的疝氣還難過。一晚，他把裘弟叫到床邊。

「兒子，看你這麼努力，我以你為榮，可是雖然你很重視那隻小鹿，牠也不值得賠上你的性命。」

裘弟頑固地說：「我又沒要賠上性命。摸摸看我的肌肉。我愈來愈強壯了。」

潘尼摸摸他細瘦結實的手臂。他說得對。不斷搬動、抬起沉重的木條，他手臂、背部和肩膀都變發達了。

潘尼說：「要是能幫你的幫，我寧可少活一年。」

「我會完成的。」

第四天早上，他決定開始蓋小旗常躍過的那一側柵欄。這麼一來，如果他蓋完之前玉米就探出頭來，小旗就不會趁他不注意的時候闖禍了。必要的話，在柵欄做好之前，他甚至會不顧小旗怎麼踢鬧掙扎，全天候把牠的腿綁在樹上。他發現自己的進度很快，鬆了口氣。不過才兩天的時間，他已經把南側和東側的柵欄加到五呎高了。巴克斯特媽媽看到他實現了不可能的事，終於軟化了。第六天早上，她說：「我今天沒事做。我幫你把那個柵欄再加高一呎好了。」

「噢，媽。媽，妳真好——」

「別抱到把我擠扁了。我沒想到你有辦法這樣子工作。」

她很容易喘不過氣，不過工作本身雖然辛苦，輕木條兩端都有一雙手之後，就不那麼吃力了。盪木條就像拉動橫鋸一樣有種韻律感。她臉頰飛紅，喘氣流汗，但她哈哈大笑，和他共度了幾乎一整天，還有第二天的一些時光。角落的柵欄夠多，可以蓋得更高，潘尼說六呎就夠擋住一歲小鹿，結果他們蓋到遠遠超過六呎。

「如果他是成年的公鹿，就能輕鬆跳過八呎。」他說。

那晚，裘弟發現玉米破土而出了。早上，他試著綑住小旗的腿。他拿一條繩索綁住小旗的兩隻後腳脛，之間留了一呎的空間。小旗反抗踢腳，激動地撲到地上，絆倒跪下，發狂地掙扎，如果不放開牠，牠顯然遲早會跌斷腿。裘弟剪斷繩索放牠走。牠衝進林子裡，整天都沒回來。裘弟拚命蓋西側的柵欄，如果南側、東側過不去，牠最可能從西側闖進田裡。巴克斯特媽媽下午幫了他兩、三個小時。他用完所有木條了，全堆到西側和北側。

兩場陣雨抽高了玉米。玉米已經長到不只一吋了。一天早上，裘弟準備要回舊墾地拿更多木條時，先跑去新的高柵欄旁，爬到上面俯看玉米田。他發現小旗正在吃北側常綠闊葉樹旁的玉米。裘弟跳回地面，呼喚母親。

「媽，妳可以去幫我拖木條嗎？我得快點。小旗已經從北邊進來了。」

她跟他匆匆跑出屋外，爬到柵欄一半的高度，才看得到田裡。

「不是北邊。牠是從這個最高的角落跳過柵欄的。」

他低頭看她指的地方。尖尖的蹄印延伸到柵欄邊，然後出現在柵欄另一側的玉米田裡。

「牠還吃了這邊的玉米苗。」

裘弟瞪著眼看。幼苗又被連根拔起。幾排玉米都空了。小鹿的足跡規律地在兩排幼苗之間來回。

「媽，牠沒走多遠。妳看，那裡的玉米還在。牠只吃了一小段路。」

「是啊，可是要怎麼阻止牠繼續吃？」她踏回地面，冷冷地走回屋子。

「到此為止了。」她說：「我之前讓步，實在太傻。」

裘弟緊抓著柵欄。他感到麻木，無法感覺也無法思考。小旗聞到他的氣味，昂著頭跑跑跳跳來找他。裘弟爬下柵欄，走進院子裡。他不想看到小旗。他站在那裡，看到小旗躍過他辛苦建起的高大柵欄，就像嘲鶇飛翔一樣輕輕鬆鬆。裘弟轉身背對著小旗，走進屋裡。他回自己房裡，撲倒在床上，把臉埋進枕頭。

裘弟準備給父親叫過去了。潘尼和巴克斯特媽媽這次沒談很久。裘弟已經準備好面對麻煩，準備面對糾纏他好幾天的噩兆。但他沒準備好接受不可能的結果，對父親說的這番話完全沒有心理準備。

潘尼說：「裘弟，能試的都試了。很抱歉。你不知道我有多難過。可是不能讓牠毀了我們一年的農作。我們不能全家餓肚子。把小鹿帶去林子綁起來，拿槍殺了牠。」

# 第三十二章

裘弟漫步走向西邊，小旗走在他身邊。他肩頭扛著潘尼的獵槍，一顆心時跳時停。

他壓低聲音說：「我不會下手。就是不會。」

他走到一半，停下腳步。

他大聲地說：「他們不能逼我。」

小旗睜著大眼睛望著他，然後垂下頭吃路邊一小叢草。裘弟又慢慢繼續走。

「我不要。我不要。就是不要。他們可以打我，可以殺了我。可是我不要。」

他想像他和母親、父親說話，告訴他們，他恨他們。母親大發雷霆，潘尼默不作聲。母親用山核桃鞭子抽他，直到他感覺鮮血流下兩腿。他咬她的手，她又鞭打他。他踢她的腳踝，她又打他，把他丟到一個角落。

他抬起頭，不再看向地面，說道：「妳不能逼我。我絕對不做。」

他在腦海中對抗他們，直到精疲力竭。他在廢棄的墾地停了下來。還有一段柵欄沒被他拆掉。他撲倒在一棵老苦楝樹下的草地啜泣，直到再也哭不出來。小旗蹭蹭他，他抱住小旗，躺在那裡喘氣。

他說：「我不要。我就是不要。」

他站起來，感到一陣暈眩。他靠在苦楝樹粗糙的樹幹上。苦楝開了花。蜜蜂在花叢間嗡嗡叫，春天的空氣瀰漫著甜美芬芳的花香。他浪費時間哭泣，覺得很羞恥。沒時間哭了。他得思考，得想個解決辦法，就像潘尼設法解決威脅他的各種事物。一開始，他的想法天馬行空。他打算幫小旗造個畜欄，一座十呎高的畜欄。他會收集橡實、草葉和漿果，在那裡餵小旗。但是替豢養的動物收集食物會花去他所有的時間，而潘尼還臥病在床，他得照料作物，而且沒別人幫忙。

他想起奧利佛・哈托。奧利佛會來幫他照料作物，直到潘尼好一點。可是奧利佛為了逃離突如其來的背叛，去了波士頓和中國海。他想起佛瑞斯特家的人。他們現在是巴克斯特家的敵人，他遺憾極了。巴克應該會幫他，即使現在也一樣——可是巴克能怎麼做呢？他猛然想到一個念頭。他總覺得，如果他知道小旗活在世上某個地方，他就能忍受和小旗分離。他能想像著小旗活潑頑皮，開心地把白旗尾巴高高翹起。他可以去找巴克，求他憐憫。他會讓巴克想起乾草翅，講乾草翅的事講到巴克哽咽。然後他會請巴克把小旗裝上馬車，像他載小熊一樣，載到傑克森維爾。小旗會被帶到人們看動物的寬敞公園。牠會到處蹦蹦跳跳，有充足的食物吃，還有母鹿，大家都會欣賞牠。而他，裘弟，要自己種經濟作物，每年去探望小旗一次。他可以存下錢，買個自己的地方，然後買回小旗，和牠住在一起。

裘弟滿心興奮，他快步從舊墾地調頭走向佛瑞斯特家的路。他喉嚨乾燥，眼睛腫痛。新希望讓他煥然一新，過了不久，他轉上南方綠櫟下佛瑞斯特家小徑的時候，已經不再難過了。他跑向房子，爬上階梯，拍拍敞開的門走進去。屋裡只有佛瑞斯特爸爸和媽媽。他們動也不動地坐在椅子上。

他上氣不接下地說：「你們好。巴克呢？」

佛瑞斯特爸爸像烏龜一樣，緩緩轉過乾癟脖子上的頭。

「你好久沒來了。」他說。

「先生，拜託，巴克在哪？」

「巴克？喔，巴克和大夥兒都騎去肯塔基州買賣馬匹了。」

「在耕作的時候去？」

「耕作的時候就是買賣的時候。他們寧可做買賣，不想耕地。他們覺得做買賣的收入就夠買我們的食物了。」老人啐了一口。「很可能可以呢。」

「他們都走了嗎？」

「全都走了。派克和蓋比四月會回來。」

佛瑞斯特媽媽說：「女人生一堆小孩，養大他們，然後一口氣走光，對女人還真不錯。說實在，他們留了食物和堆好的柴。四月有人回來之前，我們什麼也不缺。」

「四月……」

他愣愣地從門口轉身。

「孩子，來坐坐吧。我喜歡幫你做午餐。葡萄乾布丁好嗎？你和乾草翅一直很愛我的葡萄乾布丁。」

「我得走了。」他說：「謝謝你們。」

他轉身，絕望地哭了出來：「如果你們有隻小鹿把玉米都吃掉了，沒辦法擋著牠，你爸叫你殺了牠，你們會怎麼辦？」

他們詫異地望著他。佛瑞斯特媽媽咯咯笑出聲。

佛瑞斯特爸爸說：「喔，我會射死牠。」

裘弟發現自己沒把事情說清楚。

他說：「如果你們像愛乾草翅一樣愛那隻小鹿呢？」

佛瑞斯特爸爸說：「可是愛和玉米沒關係，不能讓任何東西吃掉作物，除非你和我一樣有一堆兒子，有別的方法可以討生活。」

佛瑞斯特媽媽說：「是你去年夏天帶來給乾草翅取名字的那隻鹿寶寶嗎？」

「就是牠。牠叫小旗。」他說：「你們可以照顧牠嗎？乾草翅一定會養牠的。」

「我們不比你有辦法養牠。牠不會待在這裡，絕對不會。四哩路對一隻小鹿算得了什麼？」

他們也像石牆一樣堅定。

他說：「好吧，再見。」然後離開了。

佛瑞斯特家的墾地少了大塊頭的男人和他們的馬，顯得荒涼。他們帶走了大部分的狗。只剩下一對長了疥癬的拴在屋子旁，哀傷地不停搔癢。他很慶幸自己要離開這裡了。

他要自己帶小旗走去傑克森維爾。他找東西做韁繩牽小旗，以免小旗像耶誕節打獵那次，調頭跑回家。他辛苦地用小刀砍葡萄藤，用一段葡萄藤纏到小旗頸子上，然後開始往東北方走。他知道小徑會在霍普金斯草原附近接到蓋茲堡路，也就是之前他和潘尼跟佛瑞斯特兄弟碰頭的地方。小旗在牽繩下聽話了一陣子，然後對束縛失去耐性，開始拉扯。

裘弟說：「你長大怎麼變得這麼不乖？」

努力哄騙小鹿跟他走，把他累垮了。最後他終於放棄，解開葡萄藤韁繩。現在小旗反而乖乖待在他視線裡。下午，裘弟發覺自己餓到疲累乏力。他沒吃早餐就出門了，那時一心只想跑走。他沿路找漿果吃，但時候太早，還找不到，黑莓的花還沒謝。他學小旗嚼點葉子，結果更空虛。他拖著腳步，最後躺在陽光下的路邊休息，哄小旗來躺到身邊。飢餓、悲哀和頭上的三月烈陽讓他昏昏沉沉。他就這麼睡著了。醒來的時候，小旗已經不見了。他跟著小旗的足跡。足跡在灌木林裡穿進穿出，然後轉回路上，整齊地往家的方向去。

裘弟沒別的辦法，只好跟著。他累到無法思考更遠的事。天黑之後，他才回到巴克斯特家樹島。廚房裡點了一根蠟燭。狗兒跑上前來，他拍拍牠們，安撫牠們，然後躡手躡腳接近，往屋裡窺視。晚餐吃完了。母親坐在燭光中縫著永遠補不完的衣物。他猶豫不決，不知道要不要進去，這時小旗飛奔過院子。他看見母親抬頭傾聽。

他急忙溜到燻肉房後面，低聲叫小旗。小鹿來到他身邊。他躲在角落。母親走到廚房門邊，一把推開門，一道光線照在沙地上。門又關起來。他等了很久，等到廚房裡的光熄滅。他又等了一陣子，等她躺上床睡著。他在燻肉房裡徘徊，找到了剩下的燻熊肉，割下一條。肉又硬又乾，他還是嚼了吃。他想小旗應該在林子裡吃過嫩芽了，但小旗可能挨餓的念頭讓他無法忍受，所以他去玉米倉拿了兩根玉米，去殼之後餵牠玉米粒，裘弟自己也嚼了一點玉米。他渴望地想著廚房紗櫥裡應該有涼掉的熟食，但不敢進去拿。他覺得自己既像陌生人，又像小偷。他心想，狼、山貓、山獅和所有害獸睜大眼睛、空著肚子望進墾地裡，就是這種感覺。沼澤草料所剩無幾，他抱了一堆草料在畜欄的一個馬欄裡做個床，就帶小旗睡在那裡；三月的夜晚寒涼，睡那裡有點不夠溫暖。

日出後他才醒來，渾身僵硬且悲慘兮兮。小旗不見了。他逼不得以不情願地走向屋子。來到大門邊，他聽見母親高聲大發雷霆。她發現了他靠在燻肉房牆邊的獵槍，也發現了小旗。她還發現小旗充分利用清晨的時間吃了一頓，不只吃遍了正在抽芽的玉米，還吃了一大片豇豆。他無助地走向她，準備面對她的怒火。他垂著頭，忍受她的毒舌鞭笞。

最後她說：「去找你爸。他難得站在我這邊。」

他走進臥房。父親面容憔悴。

潘尼溫柔地說：「你怎麼沒照我的話做？」

「爸，我沒辦法。我下不了手。」

潘尼的頭靠回枕頭上。

「兒子，過來我身邊。裘弟，你知道我已經盡可能替你留著那隻小鹿了吧。」

「知道，父親。」

「你知道我們要靠作物生活吧。」

「知道，父親。」

「你知道怎麼也沒辦法阻止那隻小野鹿破壞作物吧。」

「知道，父親。」

「那麼，非做不可的事，為什麼不做？」

「我辦不到。」

潘尼沉默地躺著。

「叫你媽過來。去你房間把門關上。」

「好的，父親。」

聽從簡單的命令，讓人安心。

「爸叫妳過去。」

他回房間關上門，坐在床沿擰著手。他聽見低聲對話，聽見腳步聲，接著是一聲槍響。他從房間跑到敞開的廚房門邊。母親站在門階上，手裡的獵槍冒著煙。小旗倒在柵欄旁掙扎。

她說：「我不想讓那隻畜生受苦，可是我打不準。你也知道我沒辦法。」

裘弟跑向小旗。小鹿撐起三條完好的腿，跌跌撞撞地走開，彷彿男孩是敵人。牠的左前身爛了，鮮血直流。潘尼拖著身子下床，在門口一隻膝蓋跪倒在地，抓著門支撐。

潘尼喊著：「如果我還可以，我就自己動手了。可是我連站都站不起來——裘弟，去解決牠。給牠一個痛快。」

裘弟跑回來從母親手裡奪過槍。

他尖叫說：「妳故意的。妳一直很討厭牠。」

他轉向父親。

「你背叛我。是你叫她幹的。」

他放聲尖叫，叫得喉嚨都痛了。

「我恨你們。我希望你們死掉。我再也不要看到你們。」

他追向小旗，邊跑邊嗚咽。

潘尼叫著：「歐莉，幫幫我。我站不起來——」

小旗又痛又驚恐地用三條腿跑開，跌倒了兩次。裘弟趕上牠。

他尖聲說：「是我啊！是我啊！小旗！」

小旗踢著腿爬起來，又跑走了。牠血流不止。小鹿撐到陷穴邊緣，身子一晃倒了下去，滾下陷穴邊。裘弟跟在後面跑。小旗躺在池邊，睜著水汪汪的大眼睛，望向男孩的迷濛眼神中帶著詫異。裘弟把槍管口抵著柔順的鹿頸後，扣下扳機。小旗顫抖了一下，然後倒地不動。

裘弟把槍丟到一邊，趴倒在地上。他乾嘔然後嘔吐，吐完又乾嘔。他把指甲掐進土裡，又用拳頭捶打地面。陷穴在他四周搖晃。遠方的隆隆聲化為微弱的嗡嗡聲。他陷入一片漆黑，陷入黑暗的池裡。

# 第三十三章

裘弟沿蓋茲堡路向北走。他的步伐僵硬，好像全身只有腿還活著。他不敢再看死去的小鹿，直接走開。除了離開，什麼都不重要了。他沒地方可去，不過這也不重要。到蓋茲堡上游，他可以坐渡船過河。計畫漸漸明朗起來。他要往傑克森維爾去。他要到波士頓。他會在波士頓找到奧利佛·哈托，跟他一起出海，像奧利佛一樣把背叛他的人拋在背後。

去傑克森維爾和波士頓最好的方式是坐船。他最好立刻就到河上。他需要一艘船，於是想起奈莉·琴萊特廢棄的獨木舟，就是他和潘尼獵老瘸子時用來渡過鹽泉溪的那艘。想起父親，感覺像一把尖刀刺進他冰冷的麻木中，然後傷口又凍結起來。他會把襯衫撕成布條，塞進獨木舟的裂縫，撐船沿溪而下到喬治湖，然後向北沿大河而下。在大河上可以招到經過的汽船，往波士頓去。到了波士頓，奧利佛會幫他付船錢。如果找不到奧利佛，他們會把他關進牢裡。那也沒關係。

裘弟切向鹽泉。他口很渴，於是涉水到淺水裡，彎下腰從汩汩流出的泉水喝水。附近鱒魚跳躍，藍蟹側著身子匆匆跑開。泉水下游，有個漁人正要出發。裘弟沿著溪岸走去，朝著他呼喊。

「我可以跟你往下游去一點，去找我的船嗎？」

「好啊。」

漁夫把船盪回岸邊，裘弟踏進船裡。

男人問：「你住附近嗎？」

他搖搖頭。

「你的船在哪？」

「奈莉・琴萊特小姐家再下去。」

「你是她親戚嗎？」

他又搖搖頭。陌生人的問題戳痛了他的傷口。男人好奇地看著他，然後專心划槳。粗製的小船乘著湍急的水流，平順地往下游去。上游的溪面很寬。溪水湛藍，頭上的三月天空也是藍色的，一陣輕柔的風擾動了白色的雲朵。他一向特別喜歡這種日子。紅糖槭和紫荊滿是春色，兩岸一片玫瑰紅。沼澤山月桂開花了，香甜飄滿小溪。一陣痛楚令他喘不過氣來，他好想把手伸進喉嚨扯出那痛楚。三月底這個日子雖美，卻只讓他傷痛。他不想看著冒出新葉的柏樹，於是看著溪水、鶴鱵魚和烏龜，沒再抬起目光。

漁夫說：「琴萊特小姐家到了。你要下船嗎？」

他搖搖頭。

「我的船還要更過去。」

他們經過陡坡時，他看見奈莉小姐站在她屋子前。漁夫向她舉起手，她揮揮手回應。但裘弟動也沒動。他憶起在她家裡過夜的那晚，早上她做早餐，和潘尼談笑，送他們上路，讓他們感到溫暖、親切，充滿活力。他拋開回憶。河道變窄了，兩岸向內靠攏，出現沼澤和香蒲。

裘弟說：「我的船在那裡。」

「孩子，船快沉了耶。」

「我會修好。」

「有人會來幫忙嗎？你有槳嗎？」

他搖搖頭。

「給你一根短槳。你那不大像船就是了。好啦，再會了。」

男人把船推進水流之中，向男孩揮手道別。船開走時，男人從木板座位下的盒子裡拿出一塊餅乾和一片肉，塞進嘴裡。食物的氣味飄向裘弟。他想起來，兩天裡他只吃了幾口燻熊肉和幾粒乾玉米。不過沒關係。他不餓。

他把獨木舟拖到岸上，舀出小舟裡的水。獨木舟一直泡在水裡，木材已經膨脹，船底密合了。水是從船首的幾道裂縫滲進來的。他扯下襯衫的袖子，撕成一條條填進縫隙，然後找了一棵松樹，用小刀刮下樹脂，塗在船殼的外側。

他把獨木舟推進溪流，撿起破短槳，划向下游。他笨手笨腳的，水流把他從這岸沖到另一岸。獨木舟擱淺在克拉莎草中，他推離莎草叢時，雙手都割傷了。獨木舟往旁邊一晃，卡在南岸邊的軟泥裡。他又把小舟推離岸邊。他慢慢抓到訣竅了，但覺得虛弱又暈眩。他真希望剛剛有請漁夫等他。放眼看去，除了藍天上盤旋的禿鷹，沒有別的生物。禿鷹會在陷穴的池子旁找到小旗。他又感到一陣噁心，所以放任船漂流在香蒲叢間，他把頭靠在膝蓋上，直到反胃的感覺消失。

他振作起來，開始划槳。他正在去波士頓的路上。他嘴唇緊抿，眼睛瞇成了一條線。來到溪流盡頭時，太陽已經落得很低了。溪水灌入遼闊的喬治湖裡的一個寬廣河灣。南邊一點的地方有一小片乾燥的岬地，對岸只有沼澤。他把獨木舟調頭，划向那片岬地，然後跨出船，把船拖到高處。他坐到一棵南方綠櫟樹下，靠著樹幹，望向開闊的水域。他本來期待可以在溪流的盡頭遇到汽船的。他看到南邊有一艘船開過，但它在遠處的湖面。他明白了原來溪流盡頭一定只接到支流或河灣。

再一、兩個小時就要日落了。他擔心天黑時，自己還在開闊的湖上划著不牢靠的獨木舟。他決定在陸岬等待船隻經過。如果沒船來，他就睡在樹下，早上再繼續划。他一整天都麻木得無法思考，這時思緒卻像狼隻湧進小牛欄一樣湧進腦裡。念頭撕扯著他，他覺得自己一定像小旗一樣流著血，只是外表看不出來。小旗死了。小旗死掉了。小旗再也不會朝他跑過來。他唸著那些話來折磨自己。

「小旗死了。」

這些話像䓁根茶一樣苦澀。

但他還沒觸及最深沉的痛。

他大喊出聲：「爸背叛了我。」

這恐懼比他恐懼潘尼死於蛇咬更為強烈。他用指節揉揉額頭。人承受得了死亡；乾草翅死去，他承受住了，但背叛卻難以忍受。如果小旗是因為熊、狼或山獅溜進來攻擊牠而死，裘弟會心痛無比，但還能忍受。他會去找父親，而父親會安慰他。少了潘尼，怎麼都不得慰藉。結實的大地在他腳下崩解。他的悲傷融入心中的憤恨，兩者合而為一。

太陽落到樹梢後。裘弟放棄在入夜前攔到船隻的念頭了。他收集空氣草，在那棵櫟樹下為自己做了一張床。一隻大麻鷺在溪流對岸的沼澤裡啞著嗓子叫，夕陽西下時，青蛙開始嘓嘓歌唱。他在家向來很喜歡陷穴傳來的蛙鳴，但這時牠們的叫聲悲淒，他恨透了這叫聲，好像在哀悼似的，數千隻青蛙唱著無法平息的無盡哀慟。一隻林鴛鴦叫了，叫聲也顯得悲傷。

湖面一片玫瑰色，但陰影籠罩著陸地。家裡是晚餐時間了。他雖然反胃，現在卻想著食物。他的肚子開始痛，不像是因為肚子裡沒東西而疼痛，反倒像是吃了太多。他記起漁夫的肉和餅乾的氣味，口水直流。他吃了點草莖，像動物撕扯肉類一樣用牙齒扯開莖節。這瞬間，他彷彿看見野獸悄悄接近小旗的屍體。他把草嘔了出來。

陸地和水面一片黑暗。一隻橫斑林鴞在他附近的灌木叢裡叫。他打個哆嗦。刺骨的晚風襲來，他聽到窸窣聲，不知是風吹得葉子搖曳，還是小動物經過的聲響。袞弟不怕。他覺得如果來的是熊或山獅，自己也許能摸摸牠，然後牠會了解他的悲傷。然而，夜晚四周的聲響卻讓他毛骨悚然。要是有營火就好了。即使沒有火絨筒，潘尼也知道怎麼像印地安人那樣生火，但他從來沒成功過。如果有潘尼在，就會有熊熊的烈火，有溫暖、食物和安適。他不是害怕，只是孤獨。他把空氣草拉到身上，哭著睡著了。

陽光和蘆葦叢中喋喋不休的紅翅黑鸝喚醒了他。他站起來，挑掉頭髮裡和衣服上的一條條空氣草。他虛弱又頭昏。他休息過，所以知道自己是餓了。想到食物真折磨人。絞痛像把炙熱的小刀，劃過他的肚子。他考慮逆流划去找奈莉·琴萊特小姐，請她給他東西吃。但她會問問題。她會問他為什麼一個人來這裡；不為什麼，只是父親背叛了他，而小旗因此死了。最好還是按先前的計畫，繼續前進。

又一波寂寞襲來。他失去了小旗，也失去了父親。他最後看見的那個憔悴男人痛得蹲在廚房門口，喊人幫忙他站起來；那人成了陌生人。袞弟把獨木舟推出來，拿起短槳，朝開闊的水域划去。他隻身在這世界中，覺得自己格格不入，孤獨無依，被捲入虛空之中。他朝著自己先前看到汽船經過的地方划去。他已經把悲傷拋在腦後，現在只剩下對未來的焦慮。他離開溪口，感覺風振奮了他的精神。一陣清新的微風從陸地上的蔭蔽處吹來。他不顧肚子裡難受的感覺，拚命划槳。風逮住獨木舟，獨木舟於是急促地旋轉起來。他沒辦法讓船直直前進。水波愈來愈高了，輕柔的拍打變成咻咻咆哮，水波開始打過獨木舟船首，當船晃向一旁時，水灌了進來，讓船身傾斜搖晃。船底已經積了一吋高的水。舉目所見，沒有別的船隻。

他回頭眺望。湖岸遠得令人不安。他面前的開闊湖面似乎看不到盡頭。他慌張地調頭，瘋狂地划向岸邊。畢竟最好還是逆流而上，跟奈莉．琴萊特小姐求助。甚至走去蓋茲堡，從那裡開始旅程也比較好。他背後的風助了他一臂之力，他好像能感覺到大河向北的水流。他朝應該是鹽泉溪注入湖裡的溪口划去。到了那裡，才發現那是岸邊的一個死水灣，連向一片沼澤。他找不到溪口了。

他疲勞恐懼地顫抖。他告訴自己，他沒迷路，因為河是向北流出喬治湖，最後流到傑克森維爾，他只要跟著水流前進就好。但湖太寬了，湖岸線令人混淆，他休息了好久，才開始靠著柏樹叢生的陸地，沿著無數的彎岸、湖灣和凹岸，緩緩向北划。胃裡的不適變成了尖銳的痛楚，他開始出現發燒的幻覺，看到巴克斯特家平日的餐桌，看到褐色的火腿片滴著肉汁，熱氣蒸騰，聞到香甜的滋味。也看到黃褐色的餅乾、深色外皮的玉米麵包，和一碗碗有豇豆在裡頭載浮載沉的湯，肥培根塊漂在豇豆之間。他清楚聞到煎松鼠肉的香氣，嘴裡口水直流。他嚐到崔克西牛奶的溫奶泡。他會跟狗搶牠們盤裡的冷玉米粥和肉汁。

所以這就是飢餓了。母親的那句我們都得餓肚子，就是這個意思，以前聽到的時候，他哈哈大笑，他以為自己知道什麼叫做餓，覺得那種感覺有點有趣，現在他知道那只是食慾。真正的飢餓是另一回事，很嚇人。真正飢餓時，有個龐然大口籠罩他，爪子掃過他的五臟六腑。他努力擊退一股新生的恐慌，告訴自己，很快就會經過小屋或漁人的營地。他會不顧尊嚴地乞討食物，然後繼續前進。沒人會拒絕和人分享食物。

他整天都沿著湖岸線往北去。快要傍晚時，他被太陽曬得反胃，但除了喝下的河水，已經沒東西可吐。前面的樹木之間出現一間木屋，他滿懷希望地停下船。但木屋已經荒廢了。他像餓肚子的浣熊或負鼠悄悄溜進屋子裡。灰塵滿佈的架子上有罐頭，可惜都空了。他在一個罐子裡找到一杯有黴味的麵粉，用水和成麵糊吃，即使在飢餓中嚐起來也索然無味，但至少止住了肚子的疼痛。樹木間有鳥和松鼠，他試著用石頭打牠們，卻只把牠們趕跑。他渾身發燙，精疲力竭，肚子裡的麵粉又令他昏昏欲睡。小屋提供了棲身之處，他用一些破布做了床墊，破布上的蟑螂匆匆爬開。他昏昏沉沉地睡了一覺，噩夢纏身。

早晨他又感到強烈的飢餓，絞痛像尖指甲的手指絞著他的內臟。他找到一些松鼠去年埋的橡實，飢不擇食地吃下，沒咬碎的堅硬橡實在他痙攣的胃裡有如磨利的刀。他昏昏沉沉，差點無法逼自己拿起槳。要不是順著水流，他覺得自己應該沒辦法繼續前進。早上他只前進了很短的距離。下午有三艘船經過湖中央。他站起來揮舞手臂大喊，但他們完全沒注意到他在喊叫。船離開視線的時候，他不由自主地啜泣。他決定從岸邊划出去，攔截下一艘船。風停息了，水面平靜。水反射的強光曬傷了他的臉、脖子和光溜溜的手臂。烈日灼身。他的頭陣陣抽痛，眼前黑點和躍動的金黃圓點交互出現。一陣細小的嗡嗡聲在他耳中響起，然後倏然停止。

他睜開眼睛時，只知道天色暗了，他被人抱了起來。

一個男人的聲音說：「他沒喝醉了。是個男孩子。」

另一個男聲說：「把他放在那邊的床鋪。他病了。獨木舟綁到後面去。」

袞弟抬起頭，發現自己躺在一張床上，這艘船想必是郵務船。牆上有盞燈在閃爍。一個男人在他上方彎下腰。

「小子，怎麼啦？我們差點在黑暗裡把你撞過去了。」

他想回答，但嘴唇腫脹。

上方有個聲音喊著：「給他吃點東西看看。」

「孩子，你餓嗎？」

他點點頭。船開動了。船艙裡的男人在廚房爐子旁發出匡啷聲響。袞弟看著一只厚厚的杯子塞到他面前。他抬起頭，抓住杯子。杯裡是濃厚油膩的冷湯。起初的一、兩口完全沒味道，然後他嘴裡湧出唾液，整個人撲向那只杯子，狼吞虎嚥，還被肉塊和馬鈴薯嗆到。

男人好奇地說：「你多久沒吃啦？」

「不知道。」

「嘿，船長，這個小子連他多久沒吃東西都不知道了。」

「給他多點吃的，餵慢一點。別一下給太多，免得他吐在我床上。」

杯子又拿回來，這次還加了餅乾。他努力克制自己，但只要男人隔太久才餵他，他就開始發抖。第三杯比第一杯美味了不知多少倍，但之後就不讓他吃了。

男人說：「你從哪裡來的？」

一陣睏倦襲來。他沉沉呼吸，晃動的吊燈吸引著他的視線左右來回。他閉上雙眼，陷入像大河一樣深沉的睡夢中。

小汽船停下時，他醒了過來，一時間還以為自己仍在獨木舟上隨波逐流。他爬起來，揉揉眼睛，看著廚房爐子，想起湯和餅乾。胃裡的疼痛不再。他爬了幾階，來到露天的甲板。天將破曉。有人正在把郵件袋垂放到一座碼頭上。他認出這裡是沃盧西亞。船長轉身對著他。

「小夥子，你差點就沒命了。所以你叫什麼名字，要去哪啊？」

「我要去波士頓。」他說。

「你知道波士頓在哪嗎？在遙遠的北方，照你那樣子走，得花上一輩子才到得了。」

裘弟楞住了。

「快點。這是政府船隻，我不能整天伺候你。你住哪？」

「巴克斯特家樹島。」

「沒聽過這條河上有什麼巴克斯特家樹島。」

大副說話了。

「船長，不是真的島。是灌木叢那邊的地方。從這裡的路過去大概十五哩。」

「原來你想離開這裡啊，孩子。去波士頓？乖乖。你有家人嗎？」

裘弟點點頭。

「他們知道你要去哪嗎？」

他搖搖頭。

「你要逃家，是吧？欸，如果我和你一樣，是個瘦巴巴大眼睛的小醜巴怪，我會待在家裡。除了你家人，誰也不會搭理你這樣的毛頭小子。喬，把他抱到碼頭上。」

棕色的手臂把他抱下船。

「鬆開他的獨木舟。孩子，接好獨木舟。我們走吧。」

汽笛響起。舷明輪開始轉動。郵務船嘩啦啦地往上游開去，船跡在船後翻騰。一個陌生人撿起郵務袋，甩上肩。裘弟拉著獨木舟船頭，蹲在那裡。陌生人瞥了他一眼之後，帶著郵件朝沃盧西亞走去。第一道曙光灑在河面上。對岸的鱷魚百合像白色杯子一樣盛住曙光。水流拉扯著獨木舟。他抓著獨木舟，手臂開始累了。陌生人的腳步聲沿著道路遠去消失。他沒地方可去，只能回巴克斯特家樹島。

他爬進獨木舟，拿起槳，划到西岸，然後把獨木舟拴到一根木樁上。他回頭望著河對岸。初升的朝陽照著哈托家焦黑的廢墟。他的喉嚨一緊。這世界拋棄了他。他轉身慢慢沿著路走。他很虛弱，又意識到自己餓了，不過前一晚的食物讓他煥然一新。噁心和腹痛都消失了。

他漫無目地地往西去。沒別的方向可去了，巴克斯特家樹島像磁鐵一樣吸引著他。除了那片林間墾地，其他一切都是假的。他拖著沉重的步伐前進，懷疑自己敢不敢回家。他們很可能不要他了。他給他們惹了好多麻煩，也許他走進廚房的時候，母親會像趕走小旗一樣趕他出去。他對任何人都沒用處。他一直都在遊蕩、玩耍，毫無顧忌地大吃，他們一直在忍受他放肆的態度和他的大胃口，小旗毀了他們那年賴以維生的大半食糧，他們恐怕覺得沒有他比較好，不歡迎他回家。

他沿路閒晃。陽光很強。冬天結束了。他隱約覺得現在應該四月了。春天接管了灌木林，鳥類在灌木叢間求偶歌唱。全世界只有他無家可歸。他去看了世界，但世界只是一場紛擾的夢，善變而寂寥，被沼澤與柏樹包圍。早上過了一半，他在大路和往北那條路的交叉口停下來休息。這裡植物低矮，曝曬在太陽的高溫下。他的頭開始發疼，於是起身往北，朝銀谷去。他告訴自己，他沒打算回家。他只是要去泉水那裡，爬下陰涼的泉岸，在水流裡躺一下。往北的路起伏不斷。沙子燙著他的赤腳，汗水沖掉了他臉上的髒汙。他爬上一道坡頂，俯望東方的喬治湖。湖水藍透了，細細的白線是之前把他推向冷酷湖岸的無情水波。他拖著沉重的步伐繼續前進。

東邊的植物變得茂密。附近有水源。他彎下通往銀谷的小徑。陡峭的谷岸直直向下接向溪流，溪流宛如奔流在銀谷泉南邊的緞帶，和銀谷泉共享了相同的起源。他渾身骨頭發疼，渴到舌頭好像黏住了上顎。他跌跌撞撞跑下岸邊，撲倒在清涼的淺水旁喝起水來。水汩汩流過他的嘴唇、鼻子。他開懷暢飲到肚子漲起，感到一陣噁心，於是翻身仰躺，閉上眼睛。反胃的感覺消失之後，他感覺到一陣睡意。他疲倦恍惚地躺著，彷彿被凍結在脫離時間的空間裡，不能前進，也不能退後。某件事結束了，但什麼也沒有再度開始。

傍晚將近時，他甦醒過來，坐起身子，頭上有一朵早開的蠟白色木蘭花。

他心想：「四月到了。」

一段記憶觸動了他。一年前的某個平凡青澀的日子，他來過這裡。他踩著溪水，然後像現在一樣躺在蕨類和野草之間。那是一段美好可愛的記憶。他給自己蓋了一座水車。他站起身來走向那地方，脈搏砰砰地加速了。對他來說，似乎只要找到水車，他也會同時找到所有已經消失的事物。但水車不在了。洪水沖走了水車，再也沒有水車快樂地轉動。

他固執地想：「我要再為自己蓋一個。」

他從野櫻桃樹上切下細枝，做支架和架著轉動的輪軸。他發狂地削著樹枝，然後從棕櫚葉上割下長條做水車葉。他把支架插在溪床上，讓水車葉開始轉動。揚起，翻過，落下。揚起，翻過，落下。水車在轉動，灑落銀亮的溪水。但這只是棕櫚槳葉掃過水面，動作中毫無迷人之處。水車再也不能撫慰他的心了。

他說：「小孩玩意兒——」

裘弟一腳踢散了水車。破碎的殘骸漂下溪流。他撲倒在地上，悲憤地啜泣。沒有任何事情能夠帶來撫慰。

還有潘尼在。一股想家的感覺襲來，他突然無法忍受看不到潘尼。他好想聽到父親的聲音。他渴望看到潘尼駝背的肩頭，甚至勝過他餓極時對食物的渴望。他爬起來，攀上岸，跑過通往墾地的路。父親可能不在了。可能死了。作物毀掉，兒子離開，父親可能絕望地打包搬走，他永遠找不到父親了。

他嗚咽地說：「爸——等我。」

太陽正在西沉。他深怕來不及在天黑前回到墾地。他把自己累壞了，只好慢下腳步用走的。他渾身顫抖，心臟狂跳，不得不完全停下來休息。離家半哩的地方，黑暗籠罩了他。即使在薄暮中，地標依然那麼令人熟悉。他認出墾地的高大松樹，松樹比悄悄蔓延的夜色更黑。終於來到木條柵欄旁。他一邊摸著柵欄一邊往前走，打開大門，進到院子裡。他經過屋子旁，來到廚房門階，站在階梯上，又光腳悄悄來到窗邊，往窗戶裡窺探。

爐裡燒著微弱的火。潘尼裹著被子，駝背坐在一旁，一手蓋在眼睛上。裘弟走到門邊，打開門閂走進去。潘尼抬起頭。

「歐莉？」

「是我。」

他以為父親沒聽到他說的話。

「是我，裘弟啊。」

潘尼轉過頭來，驚訝地看著他，男孩全身汗跡與淚痕斑斑，空洞的雙眼埋藏在糾結的髮絲之下。潘尼看著他，彷彿這個消瘦、衣衫襤褸的男孩是個陌生人，而他正在等待陌生人說明來意。

潘尼說：「裘弟啊。」

裘弟垂下眼。

「過來。」

他走向父親，站在父親身邊。潘尼向他伸出手，抓住他的手翻過來，在自己手中緩慢搓揉。裘弟感覺到手上雨水似的溫暖水滴。

「兒子……我幾乎要放棄你了。」

潘尼摸摸他的手臂，然後抬頭看著他。

「你沒事吧？」

他點點頭。

「你沒事……你沒死，也沒離開。你沒事啊。」他的臉亮了起來：「讚美上帝。」

裘弟心想，真不敢相信，爸爸還要他。

他說：「我一定得回家。」

「當然了。」

「我說恨你們的那些話……我不是認真的。」

那張臉上的光芒化做令人熟悉的微笑。

「你當然不是認真的。我小時候，講話也像小孩子。」

潘尼在椅子上挪動了一下。

「紗櫥裡有吃的。在那邊的鍋子裡面。你餓嗎？」

「我只吃過一次。昨天晚上吃的。」

「只吃過一次？這下你知道了。飢餓啊——」潘尼的眼睛在火光中閃爍，一如之前裘弟的想像。

「飢餓他那張臉，比老瘸子還狠毒，對吧？」

「好可怕。」

「那邊有餅乾。打開蜂蜜吃。葫蘆裡應該有牛奶。」

裘弟在盤子間摸索。他站著吃，狼吞虎嚥，手指掏進一盤煮豇豆，把豇豆舀進嘴裡。潘尼注視著他。

他說：「很遺憾你得那樣學到飢餓是怎麼回事。」

「媽呢？」

「她駕車去佛瑞斯特家跟他們交易玉米種子了。她想再試著種一些作物。她把雞帶去換了。她的自尊大受打擊，可是不得不去。」

裘弟關上紗櫥的門。

他說：「我該洗一洗。我髒死了。」

「爐床上有溫水。」

裘弟把水倒進洗臉盆，刷洗臉、手臂和雙手。水髒到連腳也洗不了。他把水潑到門外，又添了水，然後坐到地上洗腳。

潘尼說：「真想知道你去了哪裡。」

「我去了河上。本來想去波士頓。」

「原來如此。」

潘尼裹在棉被裡顯得十分瘦小乾癟。

裘弟說：「爸，你還好嗎？好一點了沒？」

潘尼注視著爐裡的餘燼良久。

他說：「跟你說實話好了。我連一槍打死都不大值得。」

裘弟說：「等我把工作做完，你得讓我去找老醫生來看你。」

潘尼端詳著他，說：「你回來變得不一樣了。你學到了教訓。再也不是隻小鹿了。裘弟——」

「是，父親。」

「我要跟你談談，像男人跟男人一樣談。你覺得我背叛你了，可是有件事每個男人都必須知道，也許你已經知道了，不只我會背叛你，要被毀掉的也不只你的小鹿。兒子，人生總是會背叛你。」

裘弟望著父親，點點頭。

潘尼說：「你看過人類的世界是怎麼回事。你已經知道有些人下流又壞心，你看過死亡的厲害，你也招惹過飢餓了。誰都希望活得輕鬆美好。生活是很美好，美好極了，可是並不輕鬆。生活會把人打倒，人爬起來，又會被打倒。我這輩子從來就不輕鬆。」

他的雙手折了折被子的皺摺。

「我希望你過得輕鬆，比我輕鬆。看到自己孩子面對世界的時候，人都會心痛，很清楚孩子會像自己一樣，被這世界生吞活剝。我希望盡量讓你輕鬆久一點。我想讓你和你的小鹿一起玩鬧。我知道牠讓你沒那麼寂寞，可是人人都會寂寞，那該怎麼辦？被打倒的時候，該怎麼辦？當然只能認命，然後繼續努力。」

裘弟說：「我覺得我跑掉了，很可恥。」

潘尼坐挺了身子。

他說：「你的年紀差不多可以自己做決定了。你可能渴望像奧利佛一樣出海去。好像有些男人適合在陸上生活，有些適合在海上生活。不過如果你決定待在這裡，耕種這塊地，我會很高興。哪天你挖一口井，讓這裡的女人再也不用在滲水的山坡洗衣服，我會很高興。你願意嗎？」

「我願意。」

「就這麼說定了。」

他閉上眼睛。爐床裡的火已經燒得剩下餘燼了。裘弟用灰把餘燼圍起來，這樣早上還會有通紅的炭。

潘尼說：「我上床需要人幫忙。看來你媽要待在那裡過夜了。」

裘弟降下肩膀，讓潘尼重重靠上去，一跛一跛走向床。裘弟將被子蓋到他身上。

「兒子，有你回家，就像美酒佳餚了。上床休息吧。晚安。」

這些話讓他全身暖烘烘的。

「晚安，爸。」

他回自己房間，關上門，脫下破破爛爛的襯衫和褲子，鑽進溫暖的被窩。他的床柔軟舒適。他伸展雙腿，愜意地躺著。他隔天一定要早早起床擠奶、拿柴進來，然後去種田。工作的時候，小旗不會在旁邊和他玩了。父親不再擔著最沉重的擔子。不過沒關係。他一個人也沒問題。

他發現自己正在側耳傾聽。他想聽的是小鹿的聲音，聽牠在屋子周圍奔跑，或在房間角落的空氣草床墊上挪動。他再也聽不見小旗的聲音了。不知道母親有沒有把土蓋到小旗的屍體上，禿鷹有沒有把屍體清光。小旗啊──他相信自己再也無法像愛小鹿一樣愛任何人了，無論那是男人、女人或自己的孩子。他會寂寞一輩子。可是男人會認命地繼續努力。

才剛墜入夢鄉，他就大喊出聲：「小旗！」

那不是他的叫喚聲，是個男孩的聲音。在比陷穴更遠的地方，木蘭樹更過去的那棵南方綠櫟樹下，有個男孩和一隻小鹿並肩奔跑，直到再也不見蹤影。

鹿苑長春（普立茲小說獎，傳頌超過80年經典全譯本）
The Yearling

作　　者——瑪喬莉・金南・勞林斯（Marjorie Kinnan Rawlings）
譯　　者——周沛郁
植物譯名審定——蘇正隆（台師大翻譯研究所副教授）
封面設計——萬勝安
責任編輯——鄭襄憶、朱彥蓉
校　　對——陳正益
行銷業務——王綬晨、邱紹溢、劉文雅
行銷企劃——黃羿潔
副總編輯——張海靜
總 編 輯——王思迅
發 行 人——蘇拾平
出　　版——如果出版
發　　行——大雁出版基地
地　　址——231030 新北市新店區北新路三段207-3號5樓
電　　話——（02）8913-1005
傳　　真——（02）8913-1056
讀者服務信箱——E-mail andbooks@andbooks.com.tw
劃撥帳號 19983379
戶　　名——大雁文化事業股份有限公司
出版日期——2024年6月 二版
定　　價——500元
ISBN 978-626-7334-97-3



歡迎光臨大雁出版基地官網
www.andbooks.com.tw
訂閱電子報並填寫回函卡

國家圖書館出版品預行編目 (CIP) 資料

鹿苑長春 / 瑪喬莉・金南・勞林斯（Marjorie Kinnan Rawlings）. 周沛郁譯. -- 二版. -- 新北市：如果出版：大雁文化發行, 2024.06
面；　公分

譯自 : The yearling

ISBN 978-626-7334-97-3 ( 平裝 )

874.57　　113007152

如果